Ute Bales
Kamillenblumen

RHEIN
MOSEL
VERLAG

5. überarbeitete Auflage 2012
RHEIN-MOSEL-VERLAG
Brandenburg 17, D-56856 Zell/Mosel
Tel.: 06542-5151 Fax: 06542-61158
www.rhein-mosel-verlag.de

ISBN 978-3-89801-215-7
Ausstattung: Cornelia Czerny
Lektorat: Michael Dillinger
Titelfoto: Fredy Lange, © Helios-Verlag, Aachen

Ute Bales

Kamillenblumen

Roman aus der Eifel

Ausgezeichnet mit dem Sonderpreis
der Jury des Literaturwerks
Rheinland-Pfalz 2011

RHEIN-MOSEL-VERLAG

Zur Erinnerung an Gertrud Feiler, genannt Kolverather Traud
(1884-1964)

»Kamillenblumen« erzählt die Geschichte der Hausiererin Traud, die – mit ihrer Mutter – im Frühjahr 1901 obdachlos wird. Eine Weile noch werden sie von Verwandten geduldet, bevor sie vollends auf die Straße geraten und keinen anderen Weg sehen, als sich auf den Höfen der Eifeldörfer als Wanderarbeiterinnen zu verdingen. Durch den zusätzlichen Verkauf von Kamille sichern sie sich eine karge Existenz. Als die Mutter stirbt, zieht Traud allein weiter ...

Der Roman beschreibt die jahrzehntelange Wanderung der Traud, quer durch die Eifel, vor, während und nach den beiden Weltkriegen. Er erzählt von Hunger, Elend und Dreck, von Einsamkeit und Ausgrenzung. Aber auch von Schönheit, Würde und Größe. Und von der ungewöhnlichen Liebe zu Paul.

Romangrundlage bildet das Leben der Gertrud Feiler, die in der ersten Hälfte des vergangenen Jahrhunderts durch die Eifel zog, auf Bauernhöfen arbeitete und ansonsten zeitlebens vom Verkauf ihrer Kamillenblumen lebte.

Nicht Liebe bitt ich! Selber auch Freundschaft nicht!
Von meiner Angst voll, bitt ich nur Menschlichkeit!
Wenn ich begraben lieg, und schlummre,
Menschlichkeit nur! Ach, nur eine Träne!

Friedrich Gottlieb Klopstock

Flügel

Seit dem Morgen kauerte sie auf dem Bett vor dem vergitterten Fenster, bewegte den Oberkörper vor und zurück, um dann wieder ganz still zu sitzen. Wenn sie den Kopf hob, blieb ihr Blick an den weiß gestrichenen Stäben hängen, von denen der Lack abgeblättert war, verharrte dort, als gäbe es kein Darüberhinaus, keine Welt dahinter.

Hier auf der Vier war die Welt zu Ende.

In dem Schlafsaal, wo es nach scharfer Seifenlauge roch und für die Nacht blaue Birnen in die Lampen geschraubt wurden, war es ihr gelungen, einen Nachtfalter, der unaufhörlich gegen die Scheibe geschlagen und sich im Morgengrauen in einer Ecke des Fensterrahmens niedergelassen hatte, in die Hände zu bekommen.

Mit wildem Flügelschlagen war das Insekt vor ihren tastenden Händen geflüchtet, hatte alle Kraft aufgebracht, um der unerbittlichen Jägerin zu entkommen. Dann aber verlor es den Halt auf der glatten Fensterbank, krümmte sich zusammen, um die gestäubten Flügel zu schützen, die sich am Ende doch auf groteske Weise vom Körper abdrehten, zerfledderte Fetzen nach einem kurzen Kampf.

Die alte Frau hielt die gewölbten Hände fest verschlossen, spürte das Krabbeln in den Handflächen, saß getröstet und verzaubert von den zarten Bewegungen des Tierchens, dessen Versuche Spannung in die zittrigen Flügel zu bekommen, immer schwächer wurden.

Sie wollte den Falter nicht quälen, nur bei sich haben, die Angst teilen, sich festhalten. In der Mühle waren so viele gewesen, schöne blaue Nachtgaukler. Mit ihnen hatte sie ihr Lager geteilt, mit Mäusen und Ratten dazu und auch sonst allem möglichen Gekräuch.

Genau danach hatte sie hier gesucht, und jetzt lag etwas in ihrer Hand, das wie ein Gruß von den Wiesen und Wäldern schien, etwas, das in die Irre gegangen war und wie sie nun in der Falle saß. »Du kommst net mehr fort«, flüsterte Traud, während sie die Handflächen einen Spalt breit öffnete und den entstellten Insektenkörper betrachtete. Blitzschnell schnappten ihre

Hände zu, als sich die Flügel zu regen begannen. »Du kommst net mehr fort, wir kommen beide net mehr fort.«

Gegen Mittag, als die ohnehin schwachen Bewegungen in ihrer Hand aufhörten, hätte sie den Falter beinahe weggeworfen, so wie etwas Ekelhaftes, von dem man sich zu befreien sucht. Aber sie hielt die Hände weiter geschlossen, spürte dem verschwundenen Kribbeln nach, drehte nicht einmal den Kopf, als die Schwester mit dem Napf herein kam, dem Gepansche aus Brei und Milch, das sie ohnehin nicht aß.

Es war immer dieselbe Schwester. Sie erkannte sie an den schlurfenden und quietschenden Schritten auf dem blanken Linoleum, sie erkannte sie auch an der Art, wie sie den Napf auf den festgeschraubten Tisch stellte, ja sogar an ihrem Atmen. Sie sprach selten etwas und wenn, dann war es belanglos wie alles andere, belanglos wie das Warten, das Essen, das Sitzen, der Tag und die Nacht.

Als die Schwester gegangen war, legte Traud den Falter in ihre Anstaltsschürze, wie einen Schatz, das Wesen aus der ihr verschlossenen Welt. Bewegt betrachtete sie die bläulichen Staubspuren und das grünliche Sekret, das auf ihrer Handfläche zurückgeblieben war. Vielleicht hatte der Falter denselben Vogel singen hören, den Duft derselben Blumen gerochen, den Wind gespürt, der vor den vergitterten Fenstern lauernd um das Haus zog.

Am Nachmittag erhob sie sich, wollte – wie so oft – das Fenster öffnen, weil der Drang nach Luft, nach Himmel und Erde zu groß geworden war. Verzweifelt rüttelte sie am Rahmen, schlug mit den Fäusten gegen die Stelle, an der der Griff herausgeschraubt war. Ebenso gut hätte sie singen oder tanzen, den Falter zerquetschen oder mit dem Kopf gegen die Wand schlagen können. Es wäre einerlei gewesen. In ihrer Raserei über den fehlenden Fenstergriff fiel der Falter aus der Schürze. Plump lag er mit angezogenen Beinchen auf dem Linoleum, und jetzt erst fiel ihr auf, dass er tot war. Für einen Moment durchzuckte sie der Gedanke, dass sie eigentlich ihre Hände falten müsse. Bestürzt ließ sie sich mit einem dumpfen Laut auf die Knie fallen, bedeckte das Insekt mit ihrer Schürze, faselte ein paar Sätze, die wie ein Gebet klangen und blieb schluchzend liegen. »Nimm mich mit«, bettelte sie, »so nimm mich doch mit!«

»Machen Sie keine Geschichten, Sie sind doch sonst so friedlich.« Die Schwester stellte ein Glas mit einer klaren Flüssigkeit auf den Tisch neben dem Fenster.

»Fort hier«, befahl Traud, »weg!«

Achselzuckend wandte sich die Schwester dem Nachbarbett zu, wo eine Greisin vergeblich versuchte, ihre nackten und mageren Beine mit einem Tuch zu bedecken und aus einem zahnlosen Mund so grell und fremd aufschrie, dass es auch Traud durchzuckte.

Erschrocken haschte sie nach dem Falter, hob ihn auf und legte ihn sorgsam auf das Kopfkissen. Zärtlich strich sie mit den verschafften Händen über das raue Leinen, auf dem oben an der Kante mit Schnörkelschrift »Heil- und Pflegeanstalt Andernach« eingestickt war. Einen Moment stand sie unschlüssig. Dann setzte sie sich ans Fußende ihres Bettes. Lange ruhte ihr Blick auf dem Falter. »Der Paul bringt mir bald en Kleid«, flüsterte sie, »wirst schon sehn. Wenn er kommt, dann geh ich fort mit ihm, ganz weit fort.«

Schattenrand

Maria Feiler war eine fliegende Händlerin, besser gesagt eine Art Wanderarbeiterin, die mit ihrem mageren Kind von Dorf zu Dorf, von Haus zu Haus zog, den Leuten getrocknete Kamillenblumen feilbot und ansonsten auf den Höfen der Eifeldörfer um Arbeit nachsuchte.

Das war nicht immer so gewesen.

Damals, als der Matthes noch lebte und die kleine Traud auf dem stattlichen Gehöft am Fuß des Hochkelbergs mit Puppen aus Porzellan spielte, war alles anders. Damals, als das Jahrhundert wechselte und die Kammern voller Roggen lagen, der Duft von frischgebackenem Brot täglich die Stube füllte und selbst die Bottiche mit dem Schweinefutter randvoll waren, hatte sie nicht im Traum daran gedacht, dass sie einmal so armselig dastehen würde.

Ja, zu jener Zeit war alles anders, und gar oft spukte der Gedanke in ihrem Kopf, wie es wohl gekommen wäre, wenn bloß der Matthes ein paar Jahre länger gelebt, wenn der Schuldenberg nicht gewesen, wenn man sie nicht aus dem Haus getrieben hätte. Ja, wenn.

Diese Gedanken hatten mit den Jahren einen bitteren Zug um ihren Mund gegraben und sie haderte mit Gott und der Welt, dass ihr, nachdem sie das letzte Stück Ackerland einem Gläubiger überlassen musste und der Hausrat beschlagnahmt wurde, nichts anderes übrig geblieben war, als mit dem schmächtigen Mädchen das Glück auf der Straße zu suchen. Um alles, was sie jemals besaß, war sie gebracht, und obendrein tuschelte und tratschte es hinter ihrem Rücken; es zischelte und wisperte, die Lästerer und Klatschmäuler ließen ihrer Schadenfreude freien Lauf, und wochenlang schlug der jungen Frau nichts als Spott entgegen. »Den schönen Hof verjuxt, alles runtergewirtschaftet, im Grab umdrehn tät sich der Jupp, wenn er's wüsst, so jung und so dumm!«

Nur gut, dass der Jupp nicht mehr erfahren hatte, was aus Maria geworden war. Reichlich anders hatte er sich das Leben seiner Tochter vorgestellt und auch einiges dafür getan, dass sie es gut haben sollte. »Dat brauch mein Tochter net zu tun«, pflegte er zu sagen und war stets darauf bedacht, Maria mit den bäuerlichen Arbeiten zu verschonen, was den Neid der anderen Mädchen im Dorf schürte.

Josef Schneider gehörte zu den reichsten Bauern im Dorf, besaß an die zehn Stück gut genährtes Glanvieh, auch kräftige Zugpferde, Schweine und Gänse, große, weit gestreute Felder in bester Lage, einen riesigen Obstgarten mit feinen Sorten wie Renetten, Mirabellen und Reineclauden. Drei Knechte und zwei Mägde hatten zu schaffen. Sie kamen aus den umherliegenden Dörfern und verdingten sich gern an seinem Hof, war doch das hohe Ansehen auch ein Aushängeschild für tüchtige Arbeiter.

Gut leben ließ es sich auf dem Schneiderhof bis zu dem Tag, als sie den Vater tot vom Feld zurückbrachten. Lange schon hatte er seine Herzgegend gespürt, wollte aber nicht klagen und rackerte weiter, bis er, mitten in der Rübenernte, einem Infarkt erlag. Schwer drückte Marias Mutter dieser Verlust und bald verfiel sie in eine Trübsal, die jegliches Schaffen und Kümmern unmöglich machte. Zwei Jahre litt und jammerte die Witwe, bis der Tod sie erlöste.

Maria stand nunmehr allein in der Welt. Zwar war das beachtliche Anwesen in Kolverath ihr zugefallen, aber sie sah sich außerstande, die Landwirtschaft angemessen fortzuführen und war deshalb immerzu auf fremde Arbeitskräfte angewiesen, die ihre Lage oftmals auszunutzen wussten.

Dieser Zustand änderte sich zunächst, als Maria, knapp nach Ablauf des Trauerjahres, Matthias Feiler heiratete. Lange schon hatte der Matthes um sie geworben und sie war froh, einen Bauern gefunden zu haben, der nach der Hochzeit sogleich die Obliegenheiten für den Hof übernahm. Geschickt war er, ein findiger Landwirt dazu, und es machte Maria den Anschein, dass es mit ihm gelingen könnte, das Erbe nicht bloß zu erhalten, sondern den Besitz noch zu mehren.

Dann kamen die Kinder; Traud gleich ein Jahr nach der Hochzeit und Anna kaum zwei Jahre danach. Die Kleinste konnte noch nicht laufen, als der Matthes bei Waldarbeiten von einem herabrollenden Tannenstamm erfasst und mehrere Stunden eingeklemmt lag. Männer aus dem Dorf fanden ihn mit zerquetschten Lungen, blau im Gesicht, in einem entsetzlichen Delirium.

Sie schafften ihn noch ins Dorf, aber nicht mehr auf sein Gehöft.

So blieb Maria mit ihren 23 Jahren wieder alleine mit dem Hof. Da war die erdrückende Arbeit, so viel Arbeit, mit der sie sich kaum auskannte, die sie trotz der Knechte, die bei ihr geblieben waren, nicht schaffen konnte, da waren die beiden kränklichen Kinder, da war die Trauer um Matthes. Da war niemand, den sie um Rat fragen konnte, wohl aber einige, die das Schmeicheln verstanden und ihr hinterrücks Geld und Vieh abknöpften.

Die kleine Anna ging ihrem Vater, knapp zwei Jahre alt, hinterher. Da verließ Maria jeglicher Mut, so leer wurde alles, das Geld zerrann ihr zwischen den Händen, und bald schon begann sie Schulden zu machen, immer mehr Schulden, zuletzt einen ganzen Berg, bis sie schließlich nach und nach, die Felder zuerst, am Ende auch Haus und Hof verkaufen musste.

Was sonst hätte sie tun sollen, als mit der Traud bei Verwandten und Bekannten im Dorf um Kost und Unterkunft zu fragen, ihre Dienste als Magd anzubieten, auszuhelfen im Feld oder im Stall, um sich und das Kind am Leben zu halten?

Schwalbennester

Schon Wochen vor dem Weggang vom Schneiderhof hatte Maria kaum geschlafen, wohl hundertmal hin- und herüberlegt, was sie tun könnte, wer ihr helfen und wie vielleicht noch alles zu retten wäre.

In der letzten Nacht fand sie gar keine Ruhe mehr. Die ganze Zeit wanderte sie umher, besah sich die leer geräumten Zimmer, den übrig gebliebenen Hausrat, strich mit den Händen über die vertrauten Türklinken und die alten Tapeten mit den blassen Farben, betrachtete die hellen Stellen, die Bilder und Möbel an den Wänden hinterlassen hatten. Dann saß sie lange in der Küche auf einem Schemel und starrte, die Hände geballt, vor sich hin. Sie hatte nur Gedanken an das ungewisse Morgen und fürchtete nichts ärger als den Moment, an dem es hell werden würde und sie hinaus mussten, weg von ihrem Hof, weg von ihren Wiesen mit den schönen Obstbäumen, weg von den Feldern und von allem, was ihr so viel bedeutete. Nur noch ein paar Stunden und dann wäre all das Vergangenheit, der gusseiserne Ofen in der Küche, das gewohnte Ticken der Uhr in der Stube. Dann wären sie fort, ein paar Wochen noch bei den Nachbarn, aber dann, wohin dann? »Nee, nee, dat kann mir doch keiner nehmen, Jesses nee ...«, heulte Maria und tastete über die kahlen Wände. Ständig kamen ihr Erinnerungen in den Sinn, Bilder von früher, und sie versuchte sich einzureden, dass alles nur ein böser Traum sei. Dann aber rang sie wieder die Hände und erschrak, als ein dünnes, bläuliches Licht den neuen Tag ankündigte. Hilflos spähte sie nach dem aufkommenden Morgengrauen, sie fürchtete jedes noch so kleine Licht, wollte die Nacht verlängern, die Uhr anhalten und konnte doch nichts tun, als umherzugehen, zu weinen und zu beten.

Schon frühzeitig begann es auch oben in der Kammer zu rumoren. Maria horchte nach den Schritten über sich, hörte, wie Traud auf den knarrenden Holzdielen geschäftig umher lief und stellte sich vor, wie sie ihre Sachen zusammen suchte, ein paar Kleider, warme Strümpfe, das Glitzerbild vielleicht, das Jesus mit Heiligenschein auf einer Wiese mit silbernen Schafen zeigte.

Schwerfällig erhob sich Maria von ihrem Schemel, auf dem sie die Nacht gewacht hatte. Mit einem langen Blick sah sie sich in der leeren Küche um, wo nur noch Herd und Ofen standen, machte dann ein paar Schritte zur Stube hin, lief wieder zurück in die Küche, trat ans Fenster und hielt sich die Hände vors Gesicht. Jetzt war es also soweit, schon polterte Traud auf den Stiegen.

So früh wie möglich wollten sie gehen, das schien ihr leichter, denn um keinen Preis würde sie mit ansehen, wie die neuen Besitzer Einzug hielten. Sie hatte längst alles zusammen gepackt, was übrig geblieben und leicht mitzunehmen war. Mit schwimmenden Augen sah sie auf den gefüllten Wäschekorb und die Gepäckstücke, die im Erker an der Wand lehnten, dort, wo gestern noch der lange Tisch aus Kirschholz stand mit den Bänken, an denen sie oft vergnügt gesessen hatten. Kerben waren auf dem Boden zurückgeblieben und Spuren von genagelten Schuhen.

Sie taumelte und musste sich an der Wand abstützen, als sich leise die Tür öffnete und Traud ins Zimmer äugte. Das Mädchen war bereits fertig angezogen, trug feste, geschnürte Stiefel, einen langen braunen Rock mit feinen hellen Streifen, darüber eine grob gestrickte grüne Weste. Die krausen braunen Haare hatte sie mit einem Band gebunden, dennoch drängten sich einige Locken aus der festen Klammer und umrahmten ihr frisches, offenes Gesicht mit den wachen dunklen Augen, die sorgenvoll auf die Mutter gerichtet waren. Still nahm sie Marias Hand, die sie fest drückte. »Wir schaffen dat schon, Mutter, wirste sehn.«

»Ja, dat müssen wir wohl«, entgegnete Maria und wischte sich mit dem Handrücken die Nase. »Biste fertig?«

Traud nickte.

»Dann guck dich noch mal um. Damit du et net vergisst.«

Sie ging zum Korb, entnahm ein Stück Brot, das sie mit einem Rest Sirup bestrich. »Dat is für dich. Is alles wat noch da is. Milch gibt et auch net mehr. Aber du kannst nachher wat trinken bei Michels.«

»Wenn du net isst, ess ich auch net!« Traud nahm das klebrige Brot und wickelte es in ein Stück Zeitung. »Los, komm. Wir warten net mehr. Dat macht uns nur traurig.«

Sie packten sich den hoch beladenen Korb, schleppten die Taschen mit der Wäsche und die zugeschnürten Kartons – darin ein paar Erinnerungen und etwas Hausrat – bis zur Haustür, wo Maria einen Moment stehen blieb.

»Gib Obacht auf die Sachen, dat is alles, wat wir noch haben«, mahnte sie ihr Kind, das den Rat der Mutter unbeachtet ließ und draußen auf dem Hof so energisch das Gepäck auf einen Holzkarren lud, dass alles ins Wanken geriet und Maria nochmals mahnend eingreifen musste. Mit einer Kordel zurrte Traud die schwankende Last fest, griff nach der Deichsel und zog den Karren bis zur Hofeinfahrt.

»Kannst wohl net warten, von hier wegzukommen.« Mit einem Schmerzenslaut drehte Maria den Schlüssel in der Haustür. »Vorbei. Hier kommen wir nie mehr hin«, sinnierte sie, »nie mehr.«

»Die können bleiben«, sagte Traud und wies mit traurigem Blick nach den Schwalben, die sich ein ums andere Mal unters Dach und die hohen Bögen der Scheune schwangen, wo sie ihre Nester wussten.

»Ja, bis zum Herbst«, sagte Maria, »dann müssen sie auch sehn, wo sie hinkommen.« Blass und fröstelnd stand sie auf der Schwelle und sah sehnsüchtig nach dem Stall, aus dem seit Wochen kein Blöken mehr drang und das gewohnte Geklapper der Milcheimer längst ausgeblieben war.

»Komm, lass uns gehn, einmal muss et eben sein«, drängte Traud und wandte den Kopf nach Maria, die ihr langsam und zögerlich folgte.

Die Sonne stand noch niedrig, als sie dicht nebeneinander dem holprigen Weg zum Nachbargehöft folgten. Traud zog den Karren. Das Holz der Deichsel war abgesprungen und der dünne Draht, der vom Griff übrig geblieben war, schnitt ihr, besonders wenn der Weg steil wurde, in die Hände. Sie ließ sich nichts anmerken, wollte sie doch der Mutter um keinen Preis noch mehr Last aufhalsen. Maria trug zwei Taschen auf dem Rücken, hielt das braune Schultertuch an den Enden fest umklammert und spürte nur ein Martern im Kopf, ein Hämmern und Toben, dachte daran zurück zu rennen, die Tür zu verbarrikadieren, niemanden einzulassen und zu bleiben, dort, wo sie hingehörte. Dennoch gingen sie weiter, hinüber zu Michels, den langjährigen Nachbarn, denen sie gegen Kost und Logis auf den Feldern helfen sollten und während dieser Zeit Gelegenheit hatten, die wenigen übrigen Geschäfte abzuwickeln, die in Kolverath noch zu tun waren.

Die paar Wochen auf dem Nachbargehöft vergingen schnell und Maria war von der ständigen Sorge geplagt, wie es wohl mit ihnen weitergehen sollte. Es war abgemacht, dass sie bis Himmelfahrt bleiben konnten, aber schon zwei Wochen vorher bot ein Bruder von Matthes an, die beiden, so sie denn tüchtig wären, für eine Weile bei sich aufzunehmen. Maria war froh um jedes Angebot, das ihnen eine bescheidene Aussicht auf ein Auskommen erlaubte und sagte erleichtert zu.

So zogen sie, als die Felder bestellt waren, zur Schwagerfamilie nach Sassen, einem kleinen Dorf, einen halbstündigen Fußmarsch von Kolverath entfernt.

Auch diesmal fiel der Aufbruch schwer, verließen sie nun auch das Dorf, die alten Wege und die Nachbarn, bei denen sie sich wohl gefühlt hatten. Es gab ein herzliches Abschiednehmen und ein Versprechen vom Michelsbauern, dass sie, zumindest in der Erntezeit, stets gern gesehene Helfer seien. »Is gut zu wissen«, erwiderte Maria, »wer weiß, wie et noch für uns kommt.« Traud stand abseits, winkte den Michelskindern, zog dabei ungeduldig an der Deichsel des Karrens, richtete den Blick weit in die unbekannte Ferne und polterte bald mit ihrem Gefährt über die krumme Dorfstraße.

Als sie an der Kapelle vorbeikamen, einem schlichten Bauwerk aus Basaltsteinen, drängte es Maria hineinzugehen, um sich für das ungewisse Vorhaben den Beistand der Muttergottes und den der Schutzpatronin, der Heiligen Apollonia, zu erbitten. »Bete, dat uns nix passiert, hörste, und dat wir immer gut unterkommen.« Maria kniete eine Weile auf der harten Holzbank und barg den Kopf in den Händen.

Traud betete nur kurz, zu wirr waren die Gedanken. Sie besah sich den barocken Altaraufsatz mit den gewundenen Ranken, die geschmückte Muschelnische, die Muttergottes mit der Krone in der Mitte, rechts daneben die Heilige Anna, auf dem Schoß das Kind. Die Gottesmutter war beschäftigt mit Jesus, Sankt Anna wirkte in sich gekehrt. Einzig von der Heiligen Apollonia glaubte sie sich wahrgenommen, und so betete sie zu ihr, vergaß auch nicht sich zu bedanken und trippelte ungeduldig mit den Füßen, bis Maria sich erhob.

Sie folgten der Dorfstraße, die nach ein paar Biegungen in einem Waldstück verschwand. Schweigsam legten sie die kurze Wegstrecke nach Sassen zurück. Maria war von einer beißenden Wehmut erfasst, es war ihr nicht nach Erzählen zumute und auch Traud blickte betrübt zurück nach dem Dorf, von dem sie bald nur noch Umrisse sah, da die blendende Sonne alles in ein goldenes Licht getaucht hatte.

Unterwegs dachte Maria, dass es für Traud die beste Lösung sei, bliebe das Mädchen in Sassen doch in der Umgebung ihres Heimatdorfes und zudem bei den Cousinen und Vettern, die ihr seit vielen Jahren vertraut waren. Nichts ersehnte Maria mehr, als ein Unterkommen, ein neues Heim zu finden. Hatten Peter und Nanni, die Schwäger, doch das Elend auf dem Schneiderhof selbst mit angesehen und um den Matthes ebenso getrauert wie sie. Vielleicht würde alles wieder so werden wie früher, als Matthes noch lebte und die Verwandten oftmals zum Sonntagskuchen kamen. Zwar waren sie seit seinem Tod nicht mehr nach Kolverath gekommen, aber immerhin standen sie ihnen jetzt, wo sie in der Not waren, zur Seite und räumten eine Kammer.

Schon als sie den Karren auf des Schwagers Hof zogen, beschlich Maria ein seltsam bedrückendes Gefühl. Da öffnete sich keine Tür, kein Vorhang bewegte sich am Fenster und niemand, wie früher üblich, lief ihnen entgegen. Auch Lux, der Hund, schlug nicht an und kratzte auch nicht wie sonst an der Tür.

Anklopfen an der schwarzen, massigen Haustür mussten sie und in diesem Anklopfen lag etwas Bittendes, etwas Demütigendes und Bettelndes, das Maria nie vorher gefühlt hatte. Auch die anschließende Begrüßung fiel anders aus als früher, als der Matthes noch dabei war, und Maria ahnte sehr bald, dass Peter, der Schwager, sie nicht aus Mitleid, sondern aus gut kalkuliertem Eigennutz bei sich aufnahm. Er verleugnete nicht, dass sie ihm bestens zupass kamen, jetzt, wo die Feldarbeit bevorstand und er Helfer gebrauchen konnte. Wie eine Bittstellerin hatte er Maria hingestellt, als sie ihm versprechen musste, alle Arbeit in Haus und Feld mitzutun und sich für nichts zu schade zu sein. Wie bedauernswert hatte sie in diesem Moment ausgesehen, immer dünner wurde ihre Stimme, immer scheuer der Blick. Da verstand es der Schwager wohl, sogleich das Wertmaß anzulegen, geizte auch nicht mit harten Worten und warf Maria in erschöpfender Rede den allzu fahrlässigen Umgang mit Josefs Erbe vor.

»Richtig tief drin sitzt ihr jetzt. Hast et weit kommen lassen. Zum Bettelpack gehört ihr. Kannst froh sein, dat wir verwandt sind. Sonst hättst du sehn können, wo du bleibst mit deinem Kind. Zu verschenken haben wir nämlich nix.«

Auch Traud gelobte mit Blick auf Maria alle Arbeit zu tun und die Mutter zu unterstützen. »Wat für dein Mutter gilt, gilt auch für dich«, bestimmte er, »denn wer net schafft, kriegt auch nix zu essen, verstanden?«

Wie abgemacht, bot er ihnen ein Dach überm Kopf und Essen dazu. Gänzlich unchristlich wollte und durfte er nicht scheinen, aber er machte keinen Hehl daraus, dass ihm Bettelvolk, und dazu zählte er Maria und Traud, die sich seiner Meinung nach selbst zu Bettelvolk gemacht hatten, widerwärtig und störend war.

Sein Hof, der mitten im Dorf, direkt an der Straße lag, war bescheidener eingerichtet als der Schneiderhof. Es gab weniger

Vieh und weniger Gesinde, aber die Arbeit war gleich und für Maria, die von den schmutzigsten Arbeiten bisher weitestgehend verschont geblieben war, begann eine neue Zeit. So wie früher die eigenen Mägde, so musste sie jetzt die grobe Arbeit selbst tun, waschen, bleichen, putzen und fegen. In aller Frühe eilte sie – die bloßen Füße in Holzklumpen – in die Küche, um Feuer zu machen. Ihre hagere Gestalt, die von nun an stets in einem grob gewebten, verschossenen Blaudruckrock und einem geflickten Arbeitshemd steckte, huschte hierhin und dorthin, und war sie fertig in Haus und Hof, übernahm sie die Arbeit der Knechte. Sie putzte Stiefel, bürstete Kleider, schleppte Wassereimer, schälte Kartoffeln, wusch Teller und scheuerte Treppen. Sie half bei Wind und Wetter im Feld und bei der Ernte, trieb das Vieh auf die Weiden, mistete den Stall, molk die Kühe, wusch ihre Euter und striegelte ihnen den verklebten Dreck von den Flanken. Anfangs glaubte sie, die harte Arbeit niemals ertragen zu können. Aber da ihr keine andere Wahl blieb, fügte sie sich in ihr Schicksal, tat alles, was ihr geheißen wurde ohne zu murren, und hoffte auf Besserung, irgendeine Verbesserung ihrer Lage, die irgendwann, vielleicht erst in ferner Zukunft, kommen würde. Sie kannte keine Pausen, glaubte fest daran, mit ihrem Eifer den Platz sichern zu können, was ihr besonders für Traud entscheidend schien.

Auch Traud packte mit an und ging, anders als die Kinder im Haus, oft schon vor Morgengrauen der Mutter im Stall und in der Küche zur Hand.

Durften sie zunächst in einer Kammer im Wohnhaus schlafen, verwies Peter sie bald schon hinauf in eine zugige Dachkammer mit einem undichten, blinden Fenster und einer Schräge, die so niedrig war, dass niemand dort aufrecht stehen konnte. Er benutzte den fadenscheinigen Vorwand, den Platz im Haus anderweitig zu brauchen, was sich als schlichtweg gelogen erwies. Hatte Nanni, die Schwägerin, anfänglich zumindest etwas Mitempfinden für die prekäre Lage gezeigt, so warf auch sie bald schon Maria vor, nicht umsichtig genug gewirtschaftet und das Erbe leichtsinnig aufs Spiel gesetzt zu haben.

»Selbst Schuld biste an deinem Schicksal, wie kann man nur einen so schönen Hof vertun? Und jetzt denkste, wir füttern dich durch. Kannst froh sein, dat der Peter so gutmütig ist mit euch, sonst wärt ihr längst schon auf der Straß«, drohte sie und oft, so oft, dass sich der Satz fest in Marias Hirn gebrannt hatte, fügte sie hinzu: »Hast sicher dem Matthes schon Sorgen gemacht, wär sonst net so früh ins Grab gekommen.«

Maria hatte einiges einzustecken, nicht nur die ständigen Gängeleien durch die Schwägerin, die sie tapfer und ohne Widerspruch ertrug, weil sie nicht wusste, wohin mit sich und dem Kind. Sie schaffte und half, wo es nur ging, und je mehr sie wirkte und rackerte, desto mehr betrachtete man sie als Magd, mit der man entsprechend verfahren konnte.

Was für Maria schwerer wog als das eigene Schicksal war das ihrer Tochter. Wohl waren Regina, Ulrich und Horst, die Schwagerkinder, in der ersten Zeit freundlich zu ihr gewesen. Mit den Kindern im Dorf war es genauso und anfangs durfte sie mit ihnen umgehn. Je mehr sich aber die Schwäger gegen Maria stellten, desto mehr wurde auch Traud schief angesehen. Irgendwann taten es die Kinder den Eltern gleich und glaubten bald ebenso in ihr einen minderwertigen Menschen zu erkennen, für den aufgrund seiner Armut andere Regeln galten.

Hatte Maria ihrer Tochter den Wechsel nach Sassen und die neue Umgebung zuerst kaum angemerkt – im Gegenteil, eine Weile erschien ihr die neue Umgebung sogar förderlich – so machte längst auch Traud einen zunehmend traurigen Eindruck. Das lag nicht nur an den verwaschenen, abgetragenen Sachen, die sie von Regina bekam und in denen sie blass und krank wirkte. Nein, für die abgelegten Kleider war Maria dankbar. Es lag auch nicht an den filzigen Haaren und den abgewetzten Schuhen. Es war eher der ernste und kummervolle Ausdruck in dem Kindergesicht, der Maria zunehmend beängstigte. Die braunen, wachen Augen des Mädchens blickten oft ratlos und finster, um den Mund lag ein Zug von Trauer und Trotz.

Seit dem Herbst ging sie mit Regina in die Volksschule. Was ihr anfangs Freude machte, wurde bald schon zu einer Tortur für Körper und Seele. Die täglichen Hänseleien, der Spott, das Geflüster und Gelächter zehrten an ihr und oft ballte sie die Fäuste, wenn sie an die Schulkameraden dachte.

Um St. Martin wurde es für Traud besonders schlimm. Am Abend, neben Maria auf dem Strohlager, weinte sie über die bitteren Worte, die sie tagsüber eingesteckt hatte. »Dat ich stinken tät, haben sie gesagt«, heulte sie, rieb den Rotz am Ärmel ab, dass es dort glänzte wie von Schneckenspuren, »dabei wäscht sich der Horst überhaupt net. Keiner will neben mir sitzen. Der Ulrich hat Lumpenmädchen zu mir gesagt, obwohl ich genauso flink bin wie die anderen und in der Schul sogar noch besser. Nur weil wir kein richtiges Heim haben«, heulte sie und auch Maria kämpfte mit den Tränen. »Wenn du rechnen kannst, Traud, dat Einmaleins und die Brüch, dann gehn wir weg und suchen uns wat Neues.«

In dieser Nacht lag Maria lange wach. Die stickige Luft unterm Dach nahm ihr den Atem und mehrfach streifte sie sich die Decke vom Hals, dann wieder darüber, wechselte immerzu die Seite, lag mit brennenden Augen, tastete ein paar Mal nach dem schlafenden Körper der Traud und Schweiß rann ihr von der Stirn. Als sie schließlich in einen Halbdämmer fiel, sah sie den Matthes vor sich stehen, der ihr mit sorgenvollem Blick seine Hand reichte. Sie wollte die Hand greifen, aber ihr Arm bewegte sich nicht, lag starr auf der Decke, wie gelähmt. Sie rang nach Luft, wollte schreien, den Matthes bitten sie mitzunehmen, aber es kam kein Laut, die Hand war weit, so schrecklich weit und schließlich verschwunden. Erschöpft sank Maria in einen unruhigen Schlaf.

Als sie am frühen Morgen erwachte, war sie erfüllt von traurigen Erinnerungen. Immer noch rang sie nach Luft, richtete sich mühsam auf und zog mit einem energischen Ruck das niedrige, mit Spinnenweben verkleisterte Fenster auf. Modrig war es hier. Die Luft lastete. Wenn der Matthes nur wüsste, wie es ihr ging. Dann wiederum dachte sie, dass es besser sei, wenn niemand etwas von ihrem Elend erfuhr. Sie biss die Zähne aufeinander, unterdrückte die Tränen, griff nach Schürze und Rock und dem verschlissenen Arbeitshemd, an dem die Ellenbogen durchzustoßen drohten, kleidete sich an, bedeckte ihr Haar mit dem braunen Tuch, das sie im Nacken band und verließ leise die Kammer, um bald darauf mit der Küchenarbeit zu beginnen.

Als sie vor dem Herd kniete und mit einer Ofenstange die kalte Asche in den Schuber strich, kam Regina in die Küche. »Wieso is Traud noch net unten? Die soll sich beeilen. Muss mein Schuh putzen. Die Mutter hat gesagt, dafür wär die grad gut!«

Wütend fuhr Maria herum. »Du freches Dingen«, schrie sie, »wag dat net nochmal!« Sie war aus der hockenden Stellung aufgesprungen und schwang drohend die Ofenstange.

Schnippisch gab Regina zurück: »Du kannst mir gar nix. Und hast mir auch nix zu sagen. Schau doch mal an dir runter, Aschenbrödel«, kicherte sie, wies auf die Asche und den Ruß auf Marias Kleidern. »Ihr seid Bettelvolk, Dreck, sonst gar nix. Und dat Traud wird wohl noch mein Schuh putzen!« Triumphierend stellte sie ihre verschmutzten Schnürschuhe mitten in der Küche ab und ging hocherhobenen Kopfes hinaus.

Aufgebracht umkrampfte Maria das Schüreisen und sah auf die Schuhe. »Aschenbrödel«, dachte sie, »ja, dat bin ich. Aber Aschenbrödel hat schließlich dat große Glück gefunden. Dat hat Regina sicher vergessen. Ich brauch net mehr viel, aber dat Kind, wenn et dem so gehn würd wie dem Aschenbrödel ...« Während sie vor dem Aschenkasten kniete, schwor sie sich: »Wenn Traud rechnen kann, dann gehn wir.«

Einmal mit dem Wind

Eifrig verfolgte Traud die Rechenstunden, dachte immerzu an Marias Versprechen. Sie übte und lernte, was sie konnte, reizte mit ihrem Eifer die Cousinen noch stärker. Trotz zunehmendem Gespött ließ sie nicht nach, schloss einen Pakt mit sich selbst, indem sie gelobte, nichts mehr an sich heran zu lassen, die bösen Worte gar nicht zu hören und eines Tages stark zu sein und sich zu wehren.

Als der Winter einsetzte und der Schnee meterhoch lag, versprachen sie sich, dass dies der letzte Winter in Sassen sein würde, dass sie nur noch ein paar Monate durchhalten wollten. Sie trösteten sich damit, zumindest für die kalten Monate eine Unterkunft und auch Essen zu haben.

Um Weihnachten wurde nochmals besonders deutlich, welch geringes Ansehen sie bei der Schwagerfamilie hatten. Zum Essen am Heiligen Abend wies man sie vom Tisch. Von den Vanillekipferln, die Maria gebacken hatte, durften sie nicht kosten. Auf dem Weg zur Mitternachtsmette hatte Nanni ihr aufgetragen, mit Traud hinten in der Kirche stehen zu bleiben, vorne bei der Familie sei für sie kein Platz. Die ganzen Weihnachtstage dachte Maria ans Fortgehen, jeden Tag betete sie um eine Lösung für sich und das Kind.

Aber nach dem ersten Winter folgte der zweite und auch noch ein dritter.

Maria hatte den Mut nicht gefunden weiter zu ziehen und scheute sich zudem, ihre Tochter aus der Schule zu nehmen. So lernte und übte Traud weiter, dass selbst der Lehrer aufmerksam wurde und sich lobend über ihren Fleiß äußerte, ja sogar eines Tages vor Peters Tür stand. Den beiden erstaunten Hausfrauen, Nanni und Maria, die er in der Futterküche antraf, schlug er vor, Traud in die Schule nach Kelberg zu schicken. Laut lachen musste Nanni über das Ansinnen des Lehrers.

»Wat? Die soll auf en besser Schul? Die haben doch kein Dach überm Kopf! Schaffen sollse, vom Lernen hat eine wie die doch sowieso nix.« Spöttisch zeigte sie auf Maria, die still da stand und ergänzte: »Die is an allem schuld. Wenn se net den Hof verjuxt hätt, dat dummes Dingen ...«

Dann zogen plötzlich Neidgefühle in Nanni auf, hatte sich der Lehrer ihrer Kinder wegen nicht auf den Weg gemacht. »Und überhaupt. Mit dem Fratz isset net weit her. Also geschickt is se net und ob se so gescheit is, na, dat bezweifel ich aber.«

Unsicher stand der Lehrer zwischen den dampfenden Töpfen, bekräftigte nochmals seine Einschätzung, lobte Trauds Geschick und die Aufmerksamkeit besonders im Rechnen, und bat nochmals, dass sie es sich doch überlegen sollten. Maria schüttelte den Kopf. »Dat Kind kann net nach Kelberg. Wir haben kein Dach mehr überm Kopf. Da sind ander Sachen wichtiger als die Schul.« Der Lehrer nickte, spürte, dass hier nichts zu machen war und verabschiedete sich.

Als er fort war, begann der Spott von neuem. »Der hat sich aber gründlich vertan mit deiner Traud. Ausgerechnet die soll nach Kelberg! Der hat sich dat Mädchen wohl net angeguckt. Wenn einer gehn könnt, dann wär et unser Ulrich, aber dat Gör? Nie und nimmer.« Maria rührte schweigend weiter und insgeheim erfüllte sie das Lob des Lehrers mit großem Stolz.

Von nun an betrachtete sie ihre Tochter aufmerksamer. Eigentlich fiel ihr erst jetzt auf, dass Traud, so wie der Lehrer gesagt hatte, nicht nur sehr sorgfältig arbeitete, sondern außer einem guten Gedächtnis auch einen großen Wissensdurst hatte. Sie begann ihr Heftchen und Bücher zuzustecken, die sie im Haus fand und ließ sich von ihr allabendlich Geschichten vortragen. Traud las alles, was ihr unterkam, und es gefiel Maria, obwohl sie ahnte, dass ihr dieser Eifer wenig nutzen würde.

Der Stolz auf die Tochter bewirkte außerdem, dass Maria Nanni gegenüber aufmüpfiger wurde und von nun an Widerworte gab. So ließ sie sich nicht mehr drangsalieren, arbeitete langsamer und gönnte sich sogar Pausen.

»Nimmst dir in letzter Zeit allerhand raus«, wetterte Nanni, »nur weil du meinst, dat Traud so schlau is. Aber davon kannst du dir noch lang nix kaufen und dein Balg auch net. Sieh zu, dat de dein Arbeit schaffst, un wenn dat net bald wieder floriert wie früher, könnt ihr gleich einpacken.«

Maria antwortete nicht. Sie versuchte die Worte zu ignorieren, die Angst zurückzudrängen. Deutlich spürte sie, dass der Mut gewachsen war und dieses Gefühl gab ihr die Kraft, kurz nach Neujahr – Traud war gerade 14 Jahre alt geworden – vor Nanni hinzustehen und auszusprechen, was sie so lange schon bewegte.

»Wir gehn fort«, sagte sie entschlossen, »wenn et Frühjahr kommt, sind wir weg. Ihr seit uns net gut. Ihr habt uns auch net geholfen. Ich hab so lang ausgehalten, dat mein Kind in die Schul konnt, sonst wären wir schon längst weg. Bei fremden Leut wär et uns sicher besser gegangen.«

»Wo wollt ihr denn hin?«, lachte Nanni und sah Maria forschend und spöttisch in die Augen.

»Wir werden irgendwo wat anderes finden und auch leben.«

»Wat wollt ihr denn schon anfangen?«, fragte Nanni verächtlich.

»Ich könnt Arbeit finden, überall, wo man tüchtige Leut braucht«, erwiderte Maria, »wir gehn zu Verwandten von der Mutter. Dort kann ich sicher im Haus mithelfen.«

Wieder lachte Nanni laut und boshaft. »Du hast ja kein Ahnung, wie et sonstwo zugeht. Meinste, einer gibt dir en Stell, wo du so verlottert bist und nix hast? Und dann, wat glaubst du, ob du überhaupt noch jemand findst von deinen viel gelobten Verwandten? Ihr seid lang hier gewesen und in der Zeit hat sich viel geändert. Wat glaubste, wer du bist?«

»Wat Bessres als hier finden wir allemal!« Trotzig strich sich Maria die krausen Haare unter das Tuch.

»Außerdem«, fuhr Nanni fort, der plötzlich Bedenken über den Verlust einer tüchtigen und billigen Arbeitskraft kamen, »wat kannste denn überhaupt? Waschen, putzen, flicken, wat sonst noch? Und wer brauch dat schon?«, meinte sie abfällig und verzog den Mund. »Du kommst ja gar net klar in der Welt. Haste ja in Kolverath schon bewiesen. So ne Pleite macht dir so schnell keiner nach. Wirst sehen, am End landst du mit deiner Traud auf der Straß. So wie du die Sach mit dem Haus vermasselt hast, so vermasselst du der auch noch alles.«

Maria hob den Kopf und ihre Augen funkelten. »Ich brauch euch net mehr. Ihr könnt von mir aus denken, wat ihr wollt. Du wirst auch merken, wenn wir net mehr da sind«, fügte sie hinzu und verließ die Stube, um nach Traud zu sehen.

Sie fand Traud im Stall bei den Kühen, wo sie mit einer Forke und schwungvollen Bewegungen Heu in die Futtertröge streute. Obwohl es kalt war und der Atem des Mädchens dampfte, bemerkte Maria, dass ihr der Schweiß unter dem Kopftuch hervor rann und das Haar an den Schläfen klebte. Traud keuchte.

»Schau Mutter, die Bless is so arm dran. Wird die ganze Zeit geknufft von Frieda, die is schrecklich futterneidisch.«

Immer wieder drückte sie Friedas gehörnten Kopf vom Futtertrog der Bless weg und schimpfte über die Bosheit des Tieres, das unablässig das Maul mit der langen Zunge nach der fremden Krippe reckte. Lux, der Hund, lief aufgeregt hin und her, bellte wütend nach Frieda, die das Spiel ungerührt fortsetzte, während sie mit dem Schwanz nach einer fetten Fliege schlug. Erst als Traud kein Futter mehr nachschob, wurde das Tier ruhiger.

»Jo, jo, jetzt ist Schluss, jetzt isset gut, wir essen auch net, bis wir satt sind.«

Traud setzte sich auf den Balken neben dem Trog und kraulte Lux' Fell, der zutraulich zu ihren Füßen lag und ihr hingebungsvoll in die Augen sah.

»Lux ist der einzige Freund hier«, beklagte sie sich bei Maria, die näher gekommen war und sich neben ihr im Stroh niederließ. »Der merkt ganz genau, dat sie uns net wollen. So wie der Bless, so isset mir zumut. Mutter, warum müssen wir immer noch hier bleiben?«

Niedergebeugt saß sie, den struppigen Kopf des Tieres mit beiden Armen umfasst. Maria antwortete nicht. Sie betrachtete den wohlig gähnenden Lux und ihr Blick fiel auf Trauds abgeschabte Schuhe. Sie dachte daran, dass diese Schuhe lange noch, sehr lange noch, halten mussten.

Bettelmensch

Irgendwann, als die Tage länger wurden und das erste Grün über die Eifelhügel schimmerte, befand Maria die Zeit für gekommen. Zu oft hatten sie sich an den Abenden in ihrer Dachkammer ausgemalt, was sie tun und wohin sie gehen könnten, wie viel besser und schöner es doch anderswo sein mochte. Lange und genau hatten sie überlegt, was sie brauchen würden, um sich im Notfall auch draußen in Wald und Flur durchzubringen.

Maria hatte Traud gegenüber die Zuversicht genährt, in Hoffeld bei einem entfernten Verwandten nicht nur Arbeit und Unterkunft zu finden, sondern auch eine hilfsbereite Familie. Traud drängte auf die in Aussicht gestellte Wanderschaft. Fort, nur fort von den rohen und groben Bauersleuten wollte sie, denen die Mutter nichts recht machen konnte, fort von den gehässigen Klassenkameraden, fort von den bitteren und harten Worten, die sie täglich schlucken mussten.

So hatte sich Maria eines Morgens endlich das braune, fadenscheinige Tuch umgelegt und Traud bedeutungsvoll angesehen. »Heut isset soweit. Wir gehn. Du kannst schon längst ordentlich rechnen und also isset Zeit für uns. Pack dein Sachen zusammen und überleg genau, wat du all brauchst.«

Maria selbst trug unter dem Tuch eine schwarze, gestrickte Jacke, darunter eine dunkle Bluse. Sie hatte gleich zwei Röcke übereinander gezogen, mehr besaß sie ohnehin nicht mehr, ebenso verfuhr sie mit zwei Paar langen, gestrickten Strümpfen. Sie schnürte die groben Lederschuhe, die Nanni ihr abgetreten hatte, sah ihren armseligen Beutel durch, vergaß nicht, im Haus noch um ein paar Nahrungsmittel, darunter Essig und Brot nachzufragen, die sie, begleitet von einem spöttischen Blick, aber ansonsten anstandslos bekam. Ihre Decken und ein paar Tücher lud sie auf den Handkarren, mit dem sie nach Sassen gekommen waren.

Traud, die kaum etwas eingepackt hatte, stand aufgeregt neben der Karre und wartete auf das Zeichen zum Aufbruch. Maria nickte ihr kurz zu, ergriff die Deichsel und schlug eilig und ohne sich nochmals umzusehen den engen Weg ein, der zur Kapelle führte. Das Mädchen, nur mit einem Rucksack bepackt und allerhand bunten Kleidungsstücken am Leib, jauchzte laut auf, als sich die Mutter so energisch entfernte. Sie warf den Kopf zurück, sah nach den geöffneten Fenstern des Hauses und rief so laut sie es vermochte: »Jetzt könnt ihr all machen! Nach Hoffeld gehn wir, da ist man uns gut!« Dann rannte sie los, wurde noch eine Weile von Lux verfolgt, der das alles für ein Spiel hielt und schließlich mit eingezogenem Schwanz an der Grenze des Hofes stehen blieb.

»Dreh dich net um«, murmelte Maria und ihre Stimme verriet den Groll, den sie gegen Peter und Nanni hegte. »Lass sie all. Sollen selbst sehn. Wenn et so ist wie hier, dann muss man eben gehn. Da hilft et nix. In Hoffeld sieht et anders aus. Zwar hab ich den Josef lang net gesehn, weiß aber wohl, dat der en schönen Hof hat und fleißige Händ brauchen kann. Wirst wieder waschen müssen, und im Sommer heuen und dreschen.«

»Wie weit isset nach Hoffeld?«, fragte Traud gespannt und besah sich die lehmige Straße, die aus dem Dorf führte.

»Net weit. Morgen sind wir da. Vorher schlafen wir in Rothenbach. Da weiß ich einen Vetter, wo wir über Nacht bleiben können. Und morgen, morgen schon sind wir da!«

»Muss ich da wieder in die Schul?«

»Werden sehn, mit anpacken musst du, bist ja schon recht geschickt, wat brauchst du die Schul!« Traud jauchzte. Schön war es, Seite an Seite mit der Mutter übers Land zu ziehen. Schön, nicht mehr in die Schule zu müssen und zu lieben Menschen zu kommen. Sie brach sich einen Stock von einer Weide, den sie übermütig schwang, bis er in der Luft vibrierte.

Der Frühling hatte die Eifel mit satten Farben überzogen, die letzten Schneehaufen waren in sich zusammengesunken. Die Luft stand in jener unglaublichen Bläue, wie sie sich nur im Frühjahr zeigt. Die Büsche trieben und seltsame Pflanzen wuchsen auf den vulkanischen Höhen. Manche der knorrigen Äste waren mit Knospen besetzt, die Weiden hatten ihre Kapseln abgeworfen und grau-gelbe Kätzchen platzten hervor. Der Ginster blühte und leuchtete golden von den Hängen.

Maria ging zügig, ohne Traud zu beachten, die immer wieder stehen blieb, sich die Landschaft besah, dem Gezwitscher in den Zweigen lauschte und sich gerne hier und dort auf einem Stein oder im Gras niedergelassen hätte. Einmal nur rasteten sie am Hochberg, kurz vor Bereborn, wo sie sich ein Stück schwarzes Brot teilten, das sie als Wegzehrung mitbekommen hatten. Verträumt saß Traud im Gras, hielt eine Scherbe farbigen Glases gegen die Sonne, wodurch alles wie in ein grünliches Licht getaucht wirkte. Weit blickte sie über waldige Höhen hinweg in die Ferne, wo Berge, Täler und Wolken ineinander übergingen.

Bis zum Abend waren sie nach Rothenbach gewandert und Maria hatte nicht zu viel versprochen. Freundlich wurden sie von Alfred aufgenommen und sogar eine warme Suppe gab es, bevor sie in der Scheune die Decken über dem Stroh ausbreiteten. Traud, ermüdet vom weiten Weg, schlief sofort ein. In der Nacht träumte sie, dass eine Katze sich zu ihren Füßen niedergelassen, behaglich geschnurrt und sie gewärmt hätte.

Maria drehte und wendete sich auf dem Strohlager. Furcht beschlich sie vor dem Ungewissen, besonders in der Dunkelheit umkreisten sie bedrohliche Gedanken. Mit offenen Augen lag sie und wartete auf das Ende der Nacht. Noch bevor das Vieh im Stall anfing zu brüllen, fuhrwerkte sie bereits in der Scheune herum. Sie half beim Füttern der Kälber, schleppte Wassereimer und fegte den Stall. Auch von Alfred gab es ein wenig Wegzehr, zwei Kanten frisches Brot und Wurst, eine Flasche Milch und gute Wünsche für das ungewisse Vorhaben. »Wenn ihr gut voran kommt, seid ihr am Abend in Hoffeld«, sagte er und stellte in Aussicht, dass, wenn sie keine Unterkunft finden sollten, er für die Heuernte Helfer brauche und Kost und Logis anböte.

»Is gut«, sagte Maria, »wenn et nix wird beim Josef, kommen wir wieder. Ich hoff trotzdem, dat wir bleiben können. Schon allein wegen dem Kind«, fügte sie hinzu, und als ob ihr die wenigen mit Alfred gewechselten Worte zu viel wären, drängte sie: »Weiter! Komm Traud, wir müssen weiter ...«

Am späten Nachmittag erreichten sie den Wald um die Kirmutscheidermühle. Für Traud war die baldige Ankunft verlockend, hatte doch der ungewohnte Marsch ihre Beine und Füße stark beansprucht. Maria hingegen zeigte keinerlei Zeichen von Müdigkeit. Sie schritt zielstrebig voran, verließ mitten im Wald den schmalen Weg, der direkt ins Dorf führte.

Über einen engen, verwachsenen Seitenweg gelangten sie nach einem ordentlichen Fußmarsch zu zwei abseits gelegenen Höfen, die sich, aus der Ferne betrachtet, dicht aneinander schmiegten und nur durch einen Garten getrennt waren. Das hintere Haus war mit Roggenstroh gedeckt und wirkte wegen der schiefen, dunklen Fenster geduckt, aber heimelig. Eine Viehtränke stand im Hof und ein paar Hühner kratzten auf dem steinigen Boden nach Körnern. Vor dem anderen Haus, das dichter am Weg stand, hatte sich ein riesiger Kastanienbaum ausgebreitet. Das rote Dach schimmerte durch die Zweige. Ein grün verputzter, offener Vorbau schützte eine hölzerne Eingangstür und eine lange Reihe winziger Fenster, die allesamt geöffnet waren, erlaubten einen Blick auf das Inventar im Inneren des Hauses.

»Da vor uns, dat is der Metzenhof, da wohnt der Josef«, erklärte Maria der Traud, die erwartungsvoll nach den Häusern spähte und zusammenzuckte, als ein Hund anschlug.

Das Gebell wurde lauter und wütender, als sie sich näherten. Bald erschien eine Frau auf der Schwelle, die dem Hund Einhalt gebot und den Wanderern freundlich entgegen sah.

»Der tut nix«, sagte sie zu Traud, die des Hundes wegen an die Seite der Mutter geflüchtet war. Maria streckte der Frau die Hand entgegen und gab Traud ein Zeichen, es ihr nachzutun.

»Ich bin Maria. Mein Vater ist der Schneider Jupp. Wir kommen aus Kolverath und haben dort Haus und Hof verloren. Vom Jakob aus Sassen weiß ich, dat ihr manchmal Helfer brauchen könnt. Ich mach alles, Feld- und Stallarbeit, Hausarbeit, auch Kinderhüten, nähen und waschen. Und mein Tochter«, dabei wies sie auf Traud, die verschüchtert neben ihr stand und die Hände um ihren Beutel klammerte, »die kann dat alles auch.«

Die Bäuerin war eine rundliche Frau in mittleren Jahren, hatte ein frisches, offenes Gesicht und braune, gutmütige Augen. »Du bist also Maria«, lächelte sie. »Kommt erst mal rein. Und ruht euch aus. Ich bin Ann. Wegen Arbeit muss ich Josef fragen, aber dem wird schon wat einfallen. Von Kolverath seid ihr gekommen? So weit? Da habt ihr sicher Hunger. Nun kommt schon rein.«

Die Tür mit dem Rundbogen führte ebenerdig zur Küche, die durch ein kleines Fenster von der Seite her erhellt wurde. Von hier aus gelangte man in drei angrenzende Zimmer. Aus einem der Räume äugten zwei Kinder neugierig nach den Fremden.

»Dat sind Maria und Traud aus Kolverath, Verwandte von uns«, erklärte Ann ihren Kindern, »die Mutter von Maria war eine Schwester von der Tant Christel. Stimmt et?«, fragte sie Maria, die nur stumm nickte. »Denkt mal, die zwei haben ihren Hof verloren und deshalb müssen sie erst mal hier bleiben. Lauft auf et Feld am Bächerseifen und ruft Vatter, dat er kommen soll.«

Sofort rannten die Kinder los den Vater zu holen, der die Sache zu entscheiden hatte.

Müde saßen Maria und Traud auf der Bank am Fenster und hofften.

»Ihr habt bestimmt auch Durst. Wartet, ich hol euch wat.« Als Ann in der Kammer verschwunden war, hatten sie Zeit, sich umzusehen. Warm war es in der Küche, sauber und ordentlich. Der Geruch nach frisch gebackenem Brot hing noch in der Luft. Die Dielen waren blank geschrubbt, ein großer verzierter Taken* reichte fast bis über die ganze Wand. Seitlich gab es ein offenes Herdfeuer mit Rauchfang, über dem auf quer gezogenen Eichenhölzern Fleischwaren zum Räuchern aufgehängt waren. In der Feuerstelle lag ein glimmender Baumstamm. Ansonsten gab es noch einen Kohlenherd, auf dem ein dampfender Kessel mit Kochwäsche stand. Vor der Bank auf der sie saßen, stand ein langer Tisch, an dem mindestens zehn Leute Platz fanden.

Ann kam mit Brot und Milch zurück. »Grad gebacken«, sagte sie stolz zu Traud, machte das Kreuzzeichen über dem runden Laib, schnitt großzügig ab und reichte ihr einen Kanten, »ganz frisch. Ich hab nix lieber als frisches Brot«, lächelte sie und stellte dazu ein Glas Birnenkompott auf den Tisch. »Noch vom letzten Jahr. Jetzt esst ihr erst mal wat.« Beide griffen tüchtig zu, solange sie mit der Bäuerin alleine waren.

Als Josef in die Küche trat, genierte sich Traud und wagte kaum noch zu kauen. Furchtsam und verstohlen schielte sie nach dem Bauern. »Du bist also dat Maria aus Kolverath.«

Josef, ein großer Mann mit feinen, ernsten Gesichtszügen, zog die Kappe vom Kopf, streckte Maria die Hand hinüber und zwinkerte Traud zu. »Iss ruhig weiter«, forderte er sie auf, während er seine Weste über einen Stuhl warf. »Ihr kommt wie gerufen. Grad heut morgen hab ich gedacht, wie gut ich ein paar schaffige Leut brauchen könnt. Ich kann euch zwar net viel bieten, aber die Kost wird schon rausspringen. Wenn ihr damit zufrieden seid, so soll et abgemacht sein. Schlafen könnt ihr auf dem Heuboden oder in der Kammer neben dem Stall.«

Er ging zum Spülstein, krempelte die Ärmel seiner Arbeitsjacke bis über die Ellbogen, nahm ein Stück Seife, verrieb den Schaum über den kräftigen Unterarmen, tauchte die Arme in die bereit stehende Wasserschüssel und trocknete sich ab. Dann setzte er sich neben Maria auf die Bank, gespannt ihre Geschichte anzuhören und dazu Neuigkeiten zu erfahren aus Kolverath, von den

* Wandschrank

Verwandten und was es sonst so gäbe. Er nahm sich die Zeit eine Weile mit ihnen zu plaudern und auch Traud wurde befragt und von den beiden Kindern ordentlich bestaunt, ob ihres ungewöhnlichen Schicksals. Dann entschied er: »Maria kann gleich mit ins Feld an der Mühl, die Kinder sollen dat Mädchen mitnehmen und ihr den Hof zeigen, da lernt sie wat.«

Hubert und Hilde hießen die Kinder, und Hilde gefiel Traud besonders. Hilde trug ihre langen, blonden Locken in Zöpfen geflochten und mit einer rot schimmernden Schleife gebunden. Sie hatte die weichen, sanften, aber aufmerksamen Augen der Mutter, ging in einem hübsch genähten Kleid, trug feste, saubere Lederschuhe. Sofort war sie bereit gewesen, sich der Traud anzunehmen und fing auch bald ein Gespräch an, in dem sie ganz genau wissen wollte, wie und weshalb das mit ihr so gekommen war.

Traud erzählte so gut sie es vermochte vom Vater, den letzten Wochen in ihrem Haus, von wo man sie fortgejagt hatte, von der Zeit in Sassen und dass die Mutter nun keinen anderen Rat mehr wusste als weiter zu ziehen, hierher nach Hoffeld, und dass sie, wenn auch das nicht klappen sollte, noch weiter ziehen müssten. Sie erwähnte auch, dass sie gerne mit der Mutter ginge, dass sie aber dafür beten würde, bald wieder eine Heimat zu haben.

Bei diesen Schilderungen kam Hilde der alte Hornickel in den Sinn, ein Herumstreuner und Kinderschreck, der regelmäßig durch das Dorf zog und bettelte. »Bist du jetzt auch ein richtiges Bettelmensch wie der Hornickel?«, fragte sie neugierig und Traud erschrak. Ratlos zuckte sie mit den Schultern und wusste keine Antwort.

Auch Hubert, der den beiden gefolgt war, zeigte Interesse an der außergewöhnlichen Geschichte, musterte Traud aber mit Abstand und Missbilligung, besah sich die ärmlichen Kleider, die kaputten Schuhe und das karge Bündel, das sie unterm Arm trug. »Ja, dat sieht alles danach aus. Du bist en richtiges Bettelmensch«, stellte er fest.

Still stand sie vor ihm und nur ein winziges Zucken um den Mund verriet ihre Scham. Sie wusste nicht, was sie war, bloß dass er sie einen Bettelmensch nannte, Abschaum also, Gesindel, ließ sie plötzlich so klein erscheinen, so winzig, wie ein schwacher Punkt und die anderen so groß. Ein Bettelmensch. Sie war also ein Bettelmensch.

Herzflimmern

Josef hatte ihnen zwei Laubsäcke in der Milchkammer zwischen Küche und Stall ausgelegt. Die Kammer war eng, lag aber geschützt und warm. Es roch nach kuhwarmer Milch, ein schmales, hohes Fenster hing schief in den Angeln, allerlei Stallgerätschaften standen in den Ecken.

Maria und Traud lernten schnell, sich auf dem Metzenhof zurechtzufinden. Am Morgen trieben sie die Kühe hinaus, misteten den Stall, putzten die Schweinekoben. Manchmal half Maria in der Küche, was aber eher Sache der Bäuerin blieb. Traud half bei der Wäsche, sortierte und weichte Leintücher in Seifenlauge, heizte den Ofen. Dann machte sie sich mit Wurzelbürste und Kernseife über das verdreckte Arbeitszeug her, das sie in einer Zinkwanne weichte. Oft gingen sie mit ins Feld oder in den Garten. Sie packten mit an, wo sie konnten und oft huschte ein anerkennendes Lächeln über Josefs Gesicht, wenn er den beiden bei der Arbeit zusah.

Während Maria von früh bis spät rackerte, sah Josef darauf, dass Traud Pausen hatte. Dann und wann schickte er sie mit den Kindern ins Dorf, gab ihr auch die leichteren Arbeiten, ließ sie sogar die Schulhefte seiner Kinder lesen.

Traud genoss die Freundlichkeit der Bauernfamilie wie eine Erholung von der Zeit in Sassen. Der einzige, der sie immer wieder herumstupste und mit seinen Blicken beschämte, war Hubert.

Am Johannestag war Traud früher als sonst mit der Stallarbeit fertig. Sie lehnte an einem Pfosten an der Tür und blinzelte in die Sonne. Vom Nachbargrundstück äugte ein Junge herüber. Sie bemerkte ihn erst, als er dicht vor dem Gatter stand.

»Wer bist du?«, fragte er interessiert und seine blauen Augen glänzten. »Bist du dat Mädchen aus Kolverath? Hubert hat mir erzählt, dat ihr jetzt hier bleiben müsst.«

Sie senkte den Blick, denn sofort dachte sie daran, was Hubert wohl sonst noch gesagt haben könnte. Kein Wort kam über ihre Lippen; sie drehte den Kopf und sah in die andere Richtung. Als der Junge aber mit einem Satz über den Zaun sprang und ihr seine Hand reichte, wich der beklemmende Druck, denn was sie in seinen Augen las, war weder Missbilligung noch Spott, eher Neugier und Respekt.

»Ich bin Paul. Gell, du bist dat Mädchen aus Kolverath?«, fragte er erneut und sie nickte. »Ich hab euch schon gesehen, als ihr gekommen seid. Ich wohn direkt nebenan«, eiferte er weiter und zeigte auf den rückwärtig liegenden Hof, der von allerhand Himbeer- und Nusshecken umsäumt war. »Bleibst du jetzt hier?«, wollte er wissen, indem er sie genau betrachtete. »Wirst noch sehn, Ann ist ganz nett, aber der Bauer, na ja, ich sag besser nix.«

Traud, immer noch keiner Antwort fähig, lächelte befangen, nickte wieder. »Kannst du net sprechen?« Paul zeigte lachend mit dem Finger auf sich selbst und wiederholte: »Paul«. Dann zeigte er auf Traud und zuckte die Schultern. »Traud, ich bin et Traud«, sagte sie und rannte ins Haus zurück.

Immer wieder ergab es sich, dass Paul auf Traud traf. Das war nicht immer zufällig, denn ob sie im Stall helfen musste, im Haus oder auf dem Feld, stets hatte er just dort etwas zu bestellen, etwas auszurichten oder zu besprechen, wo auch sie war, und immer war es seine freundliche, offene Art, die ihr gefiel. Von weitem schon schwenkte er die Mütze, wenn er sie sah, rief einen Gruß und sah ihr lange nach. Am besten war es, wenn sie miteinander arbeiteten.

Oft halfen sich die benachbarten Bauern bei Aussaat und Ernte aus und so geschah es, dass Paul und Traud gemeinsam mit ein paar Knechten und Mägden das Gemüsefeld am Ackersberg zu bestellen hatten. Gingen sie auch in verschiedenen Reihen des Feldes, so glückte es ihm dennoch immer wieder, neben Traud zu gelangen und mit ihr ein paar Worte zu wechseln. Und auch sie verstand es, in seine Nähe zu schlüpfen. Gar zu oft wurde die begehrte Nähe gestört und man scheuchte sie zurück in ihre Reihen, immerzu mit dem Hinweis, sich auf die Arbeit zu besinnen. »Auf jetzt! Jeder für sich! Hier wird geschafft und net geschwätzt!«

Auch Josef, der gegen Abend vorbei kam, um zu sehen, was sie ausgerichtet hatten, trieb sie mit groben Worten auseinander. »Wisst ihr net, wat Arbeiten heißt?«

So wie der Bauer griff auch Maria ein, sparte nicht mit Beschimpfungen und Drohungen und oft erntete Traud, ohne den genauen Grund zu erfahren, eine schallende Ohrfeige, stand mit einem fragenden, traurigen Ausdruck im Gesicht zwischen den Ackerfurchen. Arglos, wie sie war, begriff sie Marias Grobheit nicht, wusste wohl, dass man sie Pauls wegen schalt und hatte dennoch niemals das Gefühl, etwas Unrechtes zu tun.

Außer Josef hatte jeder bald bemerkt, dass Paul Traud gern hatte, machte er doch keinen Hehl daraus. Einige Male forderten ihn seine Mutter und auch Ann auf, das Mädchen in Ruhe zu lassen. »Lass sie arbeiten«, mahnten beide und Ann fügte hinzu: »Verblitz dir net die Augen! Hilf lieber deinem Vater und lass die Flausen, du Nichtsnutz.«

Auch Hubert zog Paul vertraulich auf die Seite und warnte: »Lass die doch in Ruh. Was willste denn mit so einer? Ist doch nix wert ... Wenn wir sie net mehr brauchen können, müssen sie wieder fort auf die Straß. Mit der dat is nix.«

Paul lachte nur und entgegnete: »Ich lass mir doch von dir net in die Karten gucken. Wenn ich dat Traud gern hab, dann ist dat mein Sach. Nur damit du et weißt: Ich hab sie gern. Dat is en ganz fein Mädchen, sogar noch besser als die im Dorf. Und schaffen kann die. Ich hab et selbst gesehn.«

Maria ließ Traud nicht aus den Augen. Als ihr auffiel, dass auch ihre Tochter öfter, als es ihr genehm war, den Kopf wandte und nach Paul Ausschau hielt, glaubte sie, noch stärker eingreifen zu müssen.

Eines Abends, als sie früher als gewöhnlich mit der Arbeit fertig waren und sie sich nebeneinander auf dem Stroh zur Ruhe gelegt hatten, schubste sie Traud in die Seite und sagte: »Vergiss die Sach mit dem Paul. Der ist nix für dich. Schau weg, wenn er kommt. So einer wie der will dich net. Sein Vater hat en großen Hof. Du hast nix. Der macht dir nur schöne Augen, um später seinen Spaß zu haben. Und wenn du dich drauf einlässt, lässt der dich fallen, so schnell kannst du net gucken. So Leut wie wir, die will keiner. Mit den Fingern zeigen sie auf uns. Du merkst dat noch net, aber ich ...« Sie machte eine wegwerfende Bewegung und rollte sich mit einem tiefen Seufzer auf die Seite. »Wahrscheinlich denkt er sogar, dat so eine wie du leicht zu haben ist.«

Beim letzten Satz war sie ins Sinnieren gekommen und dann begann sie mit ihrem Schicksal zu hadern, verdammte lautstark die Ungerechtigkeit, die ihnen widerfahren war, erklärte noch, dass Traud bald eine Frau sein würde und deshalb noch mehr auf sich achten müsse. Dann murmelte sie etwas von Blut und dass Traud auch bald dran wäre, während das Mädchen dalag, den Blick ins hohe Gebälk der Scheune gerichtet, ins Dach, wo sie durch ein paar Löcher den Sternenhimmel über sich sah. Sie dachte an Hubert, der sie ein Bettelmensch genannt hatte und hoffte darauf, irgendwo am Himmel eine Sternschnuppe zu sehen, um zu wünschen und zu bitten.

Als Paul ihr anderentags von seinem Garten aus einen fröhlichen Gruß zurief, zuckte sie zusammen. Sie stand vor einem Wäschebottich – Schuhe und Strümpfe hatte sie ausgezogen und das Kleid, der Nässe wegen aufgeschürzt – und tauchte die Wäsche so energisch ins Wasser, dass ihre krausen Haare vornüber fielen und in die Lauge gerieten. Sie hob den Kopf auch nicht, als er zum zweiten Mal grüßte, rieb und schrubbte die Laken nur umso heftiger.

»Traud, hörste net? Haste so viel Arbeit?«, erkundigte er sich und machte Anstalten, näher zu kommen. Da warf sie die Laken hin, eilte mit bloßen Füßen über den Hof, hinein ins Haus und schlug die Tür hinter sich zu. Paul stutzte, stand eine Weile ratlos herum und ging verwundert weg, nicht ohne sich mehrmals nach der Tür umzusehen, durch die sie entschwunden war.

Am Sonntag sahen sie sich in der Kirche. Traud kniete in der hintersten Bank auf der Frauenseite neben ihrer Mutter und hielt den Kopf so streng geradeaus, dass Paul ganz unruhig wurde und seine Andacht völlig vergaß. Er konnte sich auf ihr Verhalten keinen Reim machen und so versuchte er sie abzupassen, wartete, bis sie am Ende der Messe nach dem Ausgang strebte. Bevor sie ans Weihwasserbecken trat, hatte er bereits seine Finger eingetaucht und hielt ihr seine Hand entgegen. Sie aber ignorierte seine Geste, seine Anwesenheit, bekreuzigte sich gänzlich ohne Weihwasser und ließ ihn stehen. Er sah ihr nach, wie sie an Marias Seite zurück nach dem Metzenhof ging und fragte sich unablässig, was wohl mit ihr geschehen war.

In seiner Not suchte er Rat bei Hubert, der Pauls Ansinnen mit einem knappen Schulterzucken kommentierte. »Wat willste denn immer noch mit der? Lass sie doch. Is besser so. Die müssen sowieso bald fort. Dann is Ruh.«

Am Abend vor Johanni war Traud früher als sonst ins Bett gegangen. Maria war noch in der Küche mit allerhand Hausrat beschäftigt. Ihre schlurfenden Schritte und das Klappern mit Geschirr waren bis in die Kammer zu hören.

Traud lag wach, sah durch die Ritzen der Bretter in den Himmel und schreckte zusammen, als das schiefe Stallfenster mit einem Ruck geöffnet wurde und dann, plötzlich, irgendetwas Rundes, Helles in ihre Richtung flog. Sie versteckte den Kopf unter der löchrigen Decke, lag bange Minuten reglos, traute sich kaum zu atmen. Als aber alles ruhig blieb, lugte sie vorsichtig mit dem Kopf hervor und spähte ins Dunkel nach dem ominösen Etwas, das knapp neben ihren Laubsack gerollt war. Zaghaft tastete sie danach und hatte bald ein feines, besticktes Tuch in der Hand, das mit ein paar Nadeln befestigt, um einen Apfel gewickelt war.

Schnell entfernte sie die Nadeln. Das Tuch war weiß, aus feiner Seide und an den Kanten mit roten Mohnblumen bestickt. Andere, kleinere Blüten in Gelb und Grün waren auf den Stoff gedruckt und am linken unteren Rand hatte jemand mit einem Stift ein geschnörkeltes T und ein P gezeichnet. Trauds Gedanken hüpften. Dann, als fühlte sie sich ertappt, biss sie in den Apfel, aß hastig, als ob sie Spuren verwischen wollte. Das Taschentuch versteckte sie unter ihrem Leibchen. Immer wieder tastete sie nach dem weichen Stoff und jedes Mal war die Berührung eine Wohltat. So schlief sie ein.

Obwohl sie das Tuch mit heimlichem Stolz erfüllte, mied sie Pauls Nähe eine lange Weile. Wohl, weil ihr die Worte der Mutter im Kopf herumgingen, aber auch, weil sie nicht wusste, was sie in seiner Nähe hätte sagen oder tun sollen.

So stand sie auch Tage später befangen im Garten, wusste nicht, wohin sie ihre Blicke lenken sollte, als Paul ihr aus den Nachbarhecken einen Gruß hinüber schickte. »Haste schon gesehn, Traud, bald sind die Kirschen reif! Und et werden dies Jahr ganz viele!« Nur halb ließ er sich hinter den prallen Kirschblüten sehen, stand der Baum doch inmitten anderen Gesträuchs, das ihm bis zum Hals reichte.

»Ich weiß et schon«, erwiderte sie, die auf der anderen Seite hinter dem Zaun stand und trotz ihrer anfänglichen Verlegenheit bald beflissen die höchsten Äste zu sich herab zog, um Paul besser sehen zu können. »Wenn die Kirschen reif sind, sind wir net mehr hier. Die Mutter hat et gestern gesagt. Sie können uns net mehr brauchen. Und bis zur Heuernte dauert et noch zu lang.« Besorgt äugte sie hinauf zum Baum, der in seiner vollen Blütenpracht von unzähligen Bienen umschwärmt wurde. »Wir helfen diesen Monat noch auf dem Feld und dann sind wir fort.«

»Wo geht ihr hin?«, fragte er und ohne sich zu besinnen rief er: »Ich geh mit euch! Ich lass dich net allein gehn. Wo sollt ihr denn hin? Auf die Straß?«

Besorgt blickte er auf Traud, die mit den Schultern zuckte. »Der Mutter wird schon wat einfallen. Sie will Kamillenblumen trocknen, die verkaufen wir und dann wird et schon gehn. Wir gehen vielleicht wieder zu Verwandten.«

Hoffungsvoll drehte sie sich zum Scheunentor, von wo Maria misstrauisch zu ihnen herüber sah. Als fiel Traud etwas ein, tastete sie nach dem Tüchlein, das sie in ihren Ärmel gestopft hatte und dort eine kleine Beule verursachte. »Gefällt et dir?«, fragte Paul und als sie ihm scheu zunickte und dann verlegen wegsah, jauchzte er laut auf, lachte und rief: »Ich geh mit! Ich geh mit euch!« Er machte Anstalten um den Zaun herum zu rennen, aber sie sprang auf, verschwand erschrocken im Haus und zog die Tür hinter sich zu.

Nach dem Mittag schickte Ann sie zum Helfen in die Waschküche. Mit Kernseife schrubbte sie zusammen mit Maria und einer Magd schwere Laken und grobe Tücher auf Waschbrettern, bis die Hände rot und die Haut ribbelig geworden waren. Die weißen Laken sollten zum Bleichen auf der Wiese am Bach ausgelegt werden und so machte sich Traud mit dem riesigen Weidenkorb, den sie sich auf die Hüften stützte, auf den Weg.

Einen rau gewebten Kittel hatte sie sich über ihre Leinenkleider gezogen, die Haare lose zusammengebunden. Auf der Wiese atmete sie den nahen Sommer, großdoldiger lila Flieder hing über den Zaun, die Apfel- und Kirschbäume blühten, und alles war Duft und Farbe. Eine gelbe Katze schlich entlang des Zaunes. Traud breitete die nassen Laken über das frische Grün und als einige nebeneinander lagen, ergab es für sie ein lustiges Bild; weiße Flecken, wie Spielfelder auf grünem Grund. Geblendet von der Sonne verschwammen die Felder vor ihren Augen, grün und weiß und lila, und sie begann zu hüpfen, lief um die Laken herum, mal im Kreis, mal im Zickzack und lachen musste sie, weil ihr alles so bunt und lustig vorkam.

Da griffen zwei Arme nach ihr und sie ließ sich ziehen, weiter um die Tücher, ein paar lachende blaue Augen zwinkerten ihr zu, ihr brauner Zopf flog hoch, die Schritte wurden schneller und alles jauchzte um sie herum. »Paul, Paul, hör auf, ich werd schwindelig!«, rief sie lachend und außer Atem, doch er drehte sie umso heftiger, bis alles durcheinander wirbelte und den beiden, berauscht von der Schnelligkeit und den Farben, war es, als flögen sie über die Laken durch die laue Luft. Lachend und erschöpft hielten sie sich umfasst und lösten die Hände erst, als Traud eine Person gewahrte, die sich vom Haus her auf sie zu bewegte. Abrupt ließ sie Paul zurück, packte sich den leeren Korb und rannte an den blühenden Bäumen vorbei, zurück in Richtung Stall.

»Du Faulenzer! Haste nix anderes zu tun, als hier rumzutollen, man hört Euch ja häuserweit. Sag, wer war dat Mädchen, dat so schnell fort ist?« Die Stimme von Pauls Vater grollte, zornig blitzten die Augen, während er seinen Sohn packte. »Wat war dat für ein Mädchen? Los sag et schon!«

»Dat sag ich net«, trotzte Paul, sah seinen Vater herausfordernd an und wollte fort, als er eine starke Faust im Rücken spürte. »So, dat sagst du net? Beine machen werd ich dir. Ich weiß et sowieso. Die Streunerin war et. Dat Lumpenmädchen. Untersteh dich net und treff' se wieder, euch beide werd ich durchprügeln. Dat wär et noch! Dat ich zum Gespött werd! Mein Sohn und so eine. Untersteh dich! Wenn ich euch noch mal zusammen seh ... Hast du dat verstanden?«

»Dat Traud ist kein Lumpenmädchen.«

Völlig außer sich zerrte der Bauer ihn am Kragen. »Wat sagste? Dat Traud ist kein Lumpenmädchen? Guck se dir doch an. Und erst die Mutter. Nix haben die. Betteln kommen sie in unser Dorf. Landstreicher sind et, Ludervolk, Ungeziefer! Ausgerottet gehört so wat und mein Sohn scherzt mit so einer umeinander ...«

»Die Mutter schafft doch und Traud hilft auch«, hielt Paul aufgebracht dagegen, »und nähen kann se. Ich hab et selbst gesehn.«

»Die soll nähen können? Lumpereien hat se im Kopf und sonst gar nix. Zigeuner sind et. Der Jupp muss aufpassen, dat ihm nix fehlt, wenn die weg sind. Und du gibst dich mit so einer ab. Rüber gehn sollt ich und dafür sorgen, dat se fortkommen ... So wat wollen wir hier im Dorf net. So wat kommt mir nie mehr vor! Und jetzt pack dich und geh der Mutter zur Hand.«

Nur noch wenig Zeit war ihnen geblieben. Ob es an Pauls Vater lag oder einfach daran, dass man ihrer überdrüssig geworden oder sie schlichtweg nicht mehr brauchen konnte, Maria und Traud mussten ihre Bündel packen. Selbst Ann, die noch gute Worte für sie eingelegt hatte, konnte nichts anderes mehr tun, als ihnen für den Weg Brot, Eier und etwas Schinken zu reichen.

»Et tut mir leid, von mir aus hättet ihr noch bleiben können, aber, hmm, der Josef hat et net mehr gelitten«, sagte sie zu Maria, die nur eine wegwerfende Bewegung mit der Hand machte, das Tuch um ihren Kopf fester zog und Traud zu sich rief. »Werden sehn, wo wir hinkommen. Et wird jetzt warm und wir können alle zwei ordentlich schaffen. Ich hab nur Sorg vor dem Winter«, sagte sie.

»Na, bis dahin seid ihr wieder im Brot.«

Zuversichtlich nickte Ann und strich Traud über den Kopf. »Ihr müsst gut aufeinander aufpassen. Dann geht alles.«

Bekümmert blickte Ann den beiden hinterher, als sie mit ihrem wackligen Karren den Hof verließen. Hilde und Hubert standen abseits, Hilde winkte und Traud bemerkte, wie Hubert im Haus verschwand. Ein paar Mal noch sah sie sich um, hielt Ausschau nach Paul, der nicht erschienen war. Vielleicht würde die Mutter Recht behalten, gewiss sogar, denn viel versprochen hatte er, viel zu viel davon geredet, dass er mitkommen wollte, aber gehalten hatte er nichts.

Kamillenblumen

Barfüßig gingen sie nebeneinander her. Gegen Mittag wurde es heiß, die Luft stand. Am Nachmittag herrschte eine drückende Schwüle.

»Da drüben ist ein Drees*«, sagte Maria und zeigte auf eine Lichtung. »Als Kind war ich oft hier, mit meinem Vater.«

Sofort rannte Traud los, hatte sie doch den ganzen Weg schon über Durst geklagt. »En Drees«, rief sie, »siehste, et is für alles gesorgt!«

Maria folgte gemächlich. »Pass auf, dat du net reinfällst«, lachte sie und beobachtete, wie sich Traud mit dem ganzen Oberkörper über den Rand des Brunnens beugte, sich im rötlichen Wasser spiegelte, mit der Hand Wasser schöpfte und gierig trank.

Früher schon war dieser Ort und überhaupt jede Stelle, an der ein Drees sprudelte, ein seltsamer, geheimnisvoller und anziehender Ort für Maria gewesen. Deshalb freute sie der Anblick der blubbernden Quelle, die mit Eisen und Kohlensäure angereichert war, der Rand bewachsen mit allerlei Wasserpflanzen und grünlichen Algen. »Brunnenmännchen kumm, ich schenken dir en Bunn«, sang sie, während sie ihre Hände ins eiskalte

* natürliche Sprudelquelle in der Eifel

Wasser hielt. »Tunne Jöt hat mir erzählt, dat wer in einen Drees springt und sich ganz weit runterlässt, in eine verwunschene, herrliche Welt gelangt, viel schöner als hier oben, mit wundersamen Gärten, mit Zwergen und Elfen, Feen, allerhand Schätzen und vielleicht auch mit Frau Holle.«

»Wie bei Goldmarie«, lachte Traud, »wenn man da tüchtig schafft, regnet et Goldtaler.« Maria beugte sich vor und betrachtete im dunklen, aufgewühlten Wasser die Bruchstücke ihrer Gesichter, zerstückelt in winzige Teilchen. Sie seufzte bei dem Gedanken an die vielen Dinge, die geschehen waren, seit sie sich hier zuletzt gespiegelt hatte. Sie dachte daran, dass diese Quelle noch in tausend Jahren sanft und ruhig sprudeln würde, wenn sie und Traud längst nicht mehr auf der Welt herumwandern und sich niemand mehr ihrer entsinnen könnte.

Auch Maria trank aus der hohlen Hand. Sie wischten sich den Mund und füllten ihre Flaschen. Dann gingen sie weiter durch ungemähte Wiesen voll mit wildem Sauerampfer und Klee. Maria rupfte hier und da an den Kamillenstauden, bis sie Sträuße in unterschiedlichen Größen in der Hand hielt, die sie mit langen Grashalmen umwickelte und an ihr Gepäck band.

»Dat is jetzt grad die richtige Zeit für Kamille«, verriet sie Traud, »um Johanni ist sie am allerbesten. Eigentlich muss man sie morgens pflücken, direkt nach dem Tau, andernfalls wird sie schnell schwarz. Wenn man sie dann noch im Schatten trocknen lässt ...« Maria richtete sich auf.

»Wat is dann?«, wollte Traud wissen.

»Dann hat man ein gutes Allheilmittel gegen allerhand Krankheiten. Wenn die Leut wüssten, wat man alles mit Kamille machen kann. Dat hilft gegen Würmer, gegen Krämpfe, Koliken und entzündete Augenlider, man kann auch Aufgüsse und Sitzbäder draus machen. Wunden heilen schneller, grad die eitrigen, und blonde Haare glänzen besonders schön, wenn man sie nach dem Waschen damit spült. Außerdem tut et den Frauen gut, wenn sie bluten.«

Traud bückte sich ebenfalls nach der Kamille. »Ja, im Schatten trocknen lassen«, ergänzte Maria, »dat sind die Geheimnisse.« Lachend richtete sie sich auf und betrachtete die üppige Ernte mit den unzähligen weißen Blüten, aus deren Mitte jeweils ein gelbes Herz leuchtete.

Die trüber werdende Sonne schimmerte noch durch einen milchigen Schleier und versteckte sich dann hinter einem aufziehenden düsteren und schweren Gewölk. In der Ferne wirkte der Himmel verschwommen.

»Wo bleiben wir in der Nacht?«, fragte Traud und sah sorgenvoll nach den schwärzer werdenden Wolken.

»Ich weiß net«, antwortete Maria und ohne sie anzusehen ging sie weiter.

»Aber et gibt ein Gewitter!«

»Und? Wat heißt dat schon? Wir sind doch net aus Zucker.«

Die Luft füllte sich mit Getön, es rumorte und polterte aus dem gelb und schwarz gefärbten Firmament, hier und dort zuckten Blitze. Im gewittrigen Licht setzten sie ihren Weg fort, bis Traud ausrief: »Da! Jetzt fängt et an. Ich hab schon Tropfen überbekommen.«

Maria blickte zum Himmel. »Irgendwat werden wir schon finden. Arbeit. Und auch en Dach überm Kopf. Du musst kein Angst haben.«

Das Grollen wurde stärker, auch der Regen, und sie beschleunigten ihren Schritt. Sie kamen an einem verwitterten Feldkreuz vorbei, das schief im Boden stand. Maria verharrte einen Moment und bekreuzigte sich. Dann traten sie aus den offenen Feldwegen in einen Wald. Heftiger Regen trommelte inzwischen auf die Rücken der beiden Gestalten, die, den triefenden Saum ihrer Kleider hochhaltend, über die schlüpfrigen Wege staksten. Ungelenk rannten sie über Pfützen, als sie eine Hütte gewahrten, die im dichten Regen zunächst nur als trüber Fleck sichtbar wurde.

Die Hütte entpuppte sich als ein grob gezimmerter Holzverschlag mit einem gestampften Lehmboden. In die Wände, die nur teilweise aus Lehm bestanden und weiß gekälkt waren, hatte jemand grobe Nägel geschlagen, an denen allerhand Pferdegeschirr und Sensen hingen. Auf feuchten Heuballen ließen sie sich erschöpft nieder. Der Regen prasselte gegen die morschen Bretter, der Himmel grollte. Sie zogen die nassen Tücher aus, die sie zum Trocknen ausbreiteten und über die Sensen hängten. Besorgt betrachtete Maria die Kamillenblumen, die durch den Regen wüst geworden waren. Behutsam schüttelte sie die Sträuße mit den nunmehr geschlossenen Blüten und suchte nach einem trockenen Platz.

Dann saßen sie schweigend, bis es Maria nach draußen zog, wo sie eine Weile vor dem Bretterverschlag stand, den Blick in die grauen, düsteren Wolken geheftet. »Wir müssen hier bleiben, et dämmert schon und der Regen hört net auf.«

Zitternd saß Traud auf dem Strohballen. Unangenehm war die Nässe längst bis auf die Haut gekrochen, klamm fühlte sich alles an und bekümmert betrachtete sie die vom Schlamm verdreckten Füße. Gut, dass sie die Latschen geschont hatte, die wären sicher sobald nicht zu trocknen gewesen. Eine Fledermaus flog durch einen Bretterspalt und huschte lautlos wieder hinaus. Tausende von Ameisen rannten geschäftig hin und her, berührten einander an den Fühlern, um sich dann wieder zu zerstreuen. Etwas Banges lag in der Luft des Regentages.

Da klopfte es gegen die Bretterwand.

»Traud, Traud, bist du da drin?« Erschrocken verharrten sie, Maria deutete auf die Tür und gab Traud Zeichen nicht zu öffnen. »Vor mir braucht ihr doch kein Angst zu haben«, lachte Paul, der die windschiefe Türe mit einem Ruck aufgedrückt und mit einem Bündel im Arm eintrat.

Ein halbwüchsiger brauner Welpe, der noch täppisch auf den Beinen war, trottete ihm hinterher, schüttelte sein nasses Fell und begann in der Scheune herumzuschnüffeln, an den durchnässten Kleidern zu schnobern.

»Hab gesehen, dass ihr gegen Kirchhardt aufgebrochen seid. Da bin ich euch hinterher. Hier ist noch eine Decke. Die hab ich für dich stibitzt, et waren noch drei andere da.« Er lockte den Hund, der sich ihm sofort näherte und zutraulich mit dem Schwanz wedelte. »Gell Brauner, Traud soll et warm haben.« Lächelnd kraulte er den Welpen, der sich dicht an ihn geschmiegt hatte, hinter den Ohren.

Maria hielt sich im Hintergrund, betrachtete den nassen Hund, Pauls gewebte Decke und wusste nicht, was sie zu dem unerwarteten Besuch sagen sollte.

»Traud, sag doch, sehn wir uns wieder? Ihr kommt doch zurück, oder?« Bittend sah er nach Maria hinüber. »Kommt ihr wieder?« Maria zuckte mit den Schultern. »Wissen wir net. Wenn uns einer Arbeit gibt. Wir wissen gar nix.«

Bekümmert stand er vor Traud. »Ich muss wieder fort«, sagte er und sah ihr fest in die Augen, während er nach ihrer Hand griff, »aber ich vergess dich net und du vergisst mich auch net, versprochen?«

Sie nickte unsicher und drehte sich nach Maria, die ihn ungehalten anfuhr: »Jetzt mach dich aber heim. Dein Vatter wird schon lang warten. Und schlag dir dat Mädchen aus dem Kopf. Dat hat doch keinen Zweck.« Paul gab keine Antwort, sah, wie sich Trauds Hände in die Decke krallten, zwinkerte ihr heimlich zu, pfiff nach seinem Welpen und verließ den Schuppen.

Nachdem er gegangen war, saß Traud noch eine lange Weile und befühlte die grobe Wolle der rauen Decke, die sie sich über die Beine gelegt hatte. Gedankenverloren zupfte sie an den hellgrauen eingewebten Flinkern und sah nach den Schnaken und Nachtfaltern, die den fast ausgebrannten Kerzenstumpen, den sie entzündet hatten, umschwirrten.

»Warum hab ich net gesagt, er soll verschwinden?«, fluchte Maria, »wat muss der kommen und sich verabschieden? Glaubt wohl, da haben wir drauf gewartet!«

Traud schwieg. Sie kehrte sich gegen die Bretterwand und horchte nach dem gedämpften Prasseln des Regens draußen auf das undichte Dach.

Anderentags war der Himmel strahlend blau. Als sie nach der Nacht auf dem wenig kommoden Lager in ihren feuchten Kleidern das auf einem Lappen ausgebreitete Essen verzehrten, glaubte Maria nochmals, sie warnen zu müssen und setzte fort, was sie in Hoffeld begonnen hatte. »Trau bloß keinem Mann. Sei auf der Hut und pass gut auf. Lass dich mit keinem ein. So Leut wie wir dürfen auf keinen zählen. Wir müssen uns jeden Tag durchschlagen und dabei auf all Gefahren achten. Sei net dumm«, drohte sie und beobachtete, wie Traud Pauls Decke eng an sich drückte. »Ja, halt die Decke ruhig fest. Als ob uns sein abgelegtes Zeug helfen könnt!«, zürnte sie und während sie sich mit der Hand durch die Haare fuhr, begutachtete sie die Kamillenblumen, die nur leidlich getrocknet waren. »Der wird schon wissen, warum er sie dir gebracht hat. Kann nix Gutes bedeuten.« Zornig stupfte sie Traud gegen die Schultern, was diese dazu bewog, die Decke noch fester an sich zu pressen.

Gegen Mittag hatten sie bereits ein gutes Stück Fußmarsch zurückgelegt und waren auf eine Anhöhe gestiegen, von der aus sie einen guten Blick über die runden Eifelkuppen hatten. Endlose Wälder lagen um einsame Dörfer, hier und dort funkelte ein See oder ein Bach, wo an manchen Stellen Frauen knieten und Wäsche spülten.

Sie entschlossen sich, eine Rast einzulegen. »Im nächsten Dorf wollen wir die Kamillenblumen feilbieten, die sind zwar net mehr so schön wie gestern, aber für vier frische Bündel kriegen wir hoffentlich ein Brot«, erklärte Maria und richtete den Blick auf die noch verschwommene Ansammlung einiger Häuser in der Ferne. Sie lachte, als sie sah, wie Traud sich hinter ein paar Hecken verzog und sich ins hohe Gras hockte.

Das Dorf hieß Wiesemscheid und lag inmitten eines großen Waldes. Eine krumme Dorfstraße führte an einer Kapelle mit einem schiefen Turm vorbei, nur wenige ärmliche Höfe schmiegten sich an die Kirchenmauern. Am Dorfbrunnen machten sie Rast, wuschen sich so gut es ging und tranken. Ein Bauer schritt hinter ein paar Kühen her und als er auf gleicher Höhe war, fragte ihn Maria um Arbeit.

»Hier gibt et kein Arbeit!« Mürrisch betrachtete er die beiden Frauen und lästerte: »Außerdem wollen wir kein Zigeunervolk im Dorf haben. Macht euch weg! Schert euch fort!« Energisch machte er mit seinen Händen Zeichen, dass sie verschwinden sollten. Gereizt schlug er mit seinem Stock der letzten Kuh gegen die Flanken, so dass auch das andere Fleckenvieh rasche Schritte vorwärts machte. Mit dem Stock deutete er in Richtung des Waldes. »Geht nach Brücktal! An der Brückermühle, da gibt et solche wie ihr!« Gereizt trieb er seine Kühe weiter.

Maria blieb ungerührt. »Lass uns weiter gehen. Bis zum nächsten Dorf ist et net weit und vielleicht haben wir Glück.«

Wie Maria richtig vermutete, lag das nächste Dorf hinter dem Hügel und es brauchte kaum eine Stunde, um dorthin zu gelangen.

Vor der ersten Haustür standen sie eine Weile, bevor sie eintraten. Die Tür führte ebenerdig zu einer Küche, die mit großen Steinplatten ausgelegt war und etwas tiefer lag als die übrigen Räume. Der weite Rauchfang, seitlich, führte in einen wuchtigen Kamin und oben, an eichenen Gesimsleisten, hing allerhand Küchengerät. Auf dem Herd stand ein dampfender Topf mit Schweinefutter. Ein junges Mädchen saß auf einer Bank im Eck und hielt ein etwa zweijähriges Kind auf dem Schoß, dem sie einen Vers vorsang. »Himmelstierchen fliech, dein Vatter is im Kriech, dein Mutter is im Pommerland, Pommerland ist abgebrannt, Himmelstierchen fliech ...«

Als sie die beiden gewahrte, hörte sie abrupt mit ihrem Singen auf und fragte erstaunt: »Wer seid ihr denn? Wat wollt ihr?« Maria zog an der Grasschleife und ein Strauß Kamillenblumen löste sich vom Gepäck. »Wir verkaufen gute Kamillenblumen. Sind frisch und gesund. Besonders, wenn man wat am Magen hat ...« Traud wollte dem Mädchen den Strauß reichen, zog aber die Hand zurück, als es entgegnete: »Da müsst ihr mein Mutter fragen. Ich kenn mich net aus.« Indes rief sie nach ihrer Mutter und bald erschien eine blonde, große Frau mit einem weiteren Kind an der Hand. Belustigt blickte sie auf die trockenen Blüten und fragend sah sie Maria an. »Habt ihr nix anderes? Kamillenblumen? Die hab ich selber im Garten. Habt ihr kein Garn, keine Wolle, keine Spangen?«

»Nein«, sagte Maria, »wir verkaufen nur Kamille.« Die Frau, augenscheinlich enttäuscht über das schmale Warenangebot, hatte sie sich doch einen richtigen Hausiererkoffer vorgestellt mit allerlei Utensilien, rückte neugierig an Traud heran.

»Und du? Musst du auch schon mit auf die Straß?« Traud wich vor ihr zurück. Sie nickte. Maria wollte das Bündel wieder festzurren, als die Bäuerin fragte, ob sie etwas essen wollten. »Ihr seht hungrig aus.«

Sie schickte ihre Tochter nach Suppe und lud die beiden Wanderinnen ein, sich zu setzen und zu rasten. »Wo kommt ihr denn her?«, wollte sie wissen und fragte die beiden aus, wie es in anderen Dörfern so wäre, was man sich an Neuem berichte, ob es überall genügend Frucht und Korn gäbe. Schließlich wollte sie auch wissen, wie es mit ihnen soweit gekommen sei, dass sie mit Kamille herumziehen müssten.

Das Mädchen brachte die Suppe. Langsam und unsicher griff Traud nach dem Löffel und begann zu essen. Maria erzählte in knappen Sätzen, blieb dabei steif und unzugänglich. Als der Teller leer war, stand sie auf, bedankte sich und wollte sich verabschieden. »Ihr könnt gern noch da bleiben«, bot die Bäuerin an, »bis morgen, wenn ihr wollt. In der Scheuer ist genügend Platz und so hättet ihr Gelegenheit, heut noch im Dorf herum zu gehn und eure Blumen zu verkaufen.«

Beglückt schubste Traud Maria in die Seite. Dankbar blickte sie auf die Bäuerin, dann auf ihre Mutter, die erfreut einwilligte. Die Frau erzählte noch, dass sie mit ihren fünf Kindern allein geblieben, dass ihr Mann bereits in jungen Jahren verstorben sei und dass sie die ganze Hauswirtschaft mit Hilfe der Schwiegerleute und einiger Knechte bewältige, was sich mitunter oft schwierig gestalte. Ihre offene und herzliche Art tröstete Traud und heimlich flüsterte sie Maria zu, dass sie doch ein riesiges Glück gehabt hätten, gleich an der ersten Haustür eine Aufnahme zu finden.

Sie bezogen einen Platz auf der Tenne und blieben den ganzen Sommer. In Welcherath gab es genügend Arbeit. Sie wuschen, ernteten, waren mit beim Heuen und Dreschen, halfen in Haus und Stall. Sie waren mit allem zufrieden, arbeiteten zuverlässig und fleißig und fast schien es, als hätten sie eine neue Heimat gefunden. Zwar wurden sie von vielen im Dorf gemieden, als Fremde betrachtet, als Lumpenvolk, einmal sogar als Bagage beschimpft, aber sie konnten sich nähren und hatten einen warmen Platz.

Bis nach der Getreideernte hielt ihr kleines Glück. Für den Herbst hatte die Bäuerin die Feldarbeit bereits anderweitig versprochen. »Nächstes Jahr könnt ihr wieder kommen«, bot sie an, »für die Kartoffeln und Rüben hab ich genügend Helfer, da brauch ich euch net mehr. Aber ich dank euch recht herzlich für die Arbeit. Ihr seid fleißige und ehrliche Leut«, lachte sie und drückte Traud einen extra Groschen in die Hand. »Jetzt könnt ihr noch gut anderweitig Arbeit finden. Wenn ihr wieder kommt, erzählt mir nur alles, wat so passiert draußen in der Welt.«

Gern versprachen sie wieder zu kommen und insbesondere Maria freute sich über das Angebot, das ihnen im nächsten Sommer sicherlich zupass käme. Sie verließen den Hof nicht ohne die kleine Wehmut, die sich immer dort einstellt, wo es gut war, sprachen sich unterwegs Mut zu und hatten dennoch Angst, jede für sich.

Auf dem Weg nach Meuspath wurde es dunkel. Maria hatte die Entfernung falsch eingeschätzt und dachte sich, irgendwo im Wald einen Unterschlupf zu finden.

Der Himmel in dieser Augustnacht war klar und tausend Sterne leuchteten. Selbst die kleinsten Punkte glimmerten und Traud konnte sich nicht satt sehen am Funkeln und Glitzern über sich. Dann und wann fielen Sternschnuppen. »Wünschen musst du«, lächelte Maria, hob die Hand und zeigte hinauf in die glitzernde Pracht. Für Traud schien das ganze Firmament in Bewegung zu sein und sie wusste gar nicht, was sie sich alles wünschen sollte.

»Alles, alles!«, rief sie, warf den Kopf, dass die Locken flogen und hüpfte vor Freude, »ich wünsch mir einfach alles!« Dann wollte sie wissen, was Sternschnuppen seien und Maria erklärte nach bestem Wissen, explizierte die ihr geläufigen Sternbilder Schwan und Leier, auch den Polarstern, deutete in Richtung des Großen Wagens, von dem sie gehört hatte, dass er seit Urzeiten den Weg nach Norden weise. »Dat wat wie ein weißer Streifen aussieht, ist die Milchstraß mit Millionen von Sternen, großen und kleinen. Und wer weiß, wat dahinter steckt.«

Oft schon hatte die Unendlichkeit über ihrem Kopf Traud mit erhabenem Staunen erfüllt. Niemals aber war ihr so warm und hoffnungsvoll zumute wie in dieser Nacht. »Gibt et noch mehr Erden, so wie unsere?«, wollte sie wissen.

Maria zog sie auf einen Baumstamm, der am Weg lag. »Komm, wir setzen uns ein bisschen. Et ist alles so groß über uns«, sagte sie, während sie den Rucksack im Gras abstellte. »Sicher gibt et andere Erden.«

»Und sind da auch Tiere und Menschen und Pflanzen?« Traud legte sich mit dem Rücken auf den Stamm, um besser sehen zu können.

»Warum soll et dort keine Tiere und Menschen geben?«, fragte Maria. »Warum soll et nur hier Lebewesen geben?«

»Gibt et denn dort oben auch Menschen wie du und ich und Paul?« Sie deutete mit dem Finger in Richtung des Grossen Wagens, der sich deutlich vor dem schwarzen Grund abhob und sich zu bewegen schien.

»Gewiss«, antwortete Maria, »da kannst du ganz sicher sein. Bloß dat wir nix von denen wissen. Und vielleicht auch nie wissen werden.« Da setzte sich Traud aufrecht hin, blickte hinauf und lächelte unter Tränen. »Wie kommt man dorthin, Mutter? Mit dem Paul, da gehn wir hin.«

Zu dunkel war es um weiter zu ziehen, die Sterne erhellten die Waldwege nur schwach. Also richteten sie sich einen Platz unter dem offenen Himmel, am Rande des Waldes. Sie legten sich auf Stroh, das sie auf den Feldern zusammengesucht hatten; Pauls Decke diente als Kopfkissen.

Sie lagen beide lange wach und lauschten den Geräuschen des Waldes. Traud zuckte dann und wann zusammen, wenn das Knacken des Geästs oder ein Rascheln im Gestrüpp an ihr Ohr drang. »Die Bäum rauschen all anders«, bemerkte sie und horchte nach dem Wind in den Zweigen. »Und im Sommer rauschen sie anders als im Winter«, ergänzte Maria. »Wenn Schnee liegt, sind sie ganz ruhig, du wirst et noch sehn.«

Als sie aufwachten, war die Sonne noch nicht aufgegangen. Dunkel und still lag alles, die Sterne schienen sich aufgelöst zu haben. Die feuchte Kühle des Morgens kroch über die Wiesen.

Traud schüttelte sich beim Aufstehen rötliche Ameisen vom Hals. Eine Nachtigall begann zu singen. Wenige Augenblicke später tönte ein zarter Pfeifton – nach dem ersten Vogel erklang eine zweite und dritte Stimme, ein richtiges Konzert hub an. Vögel hüpften von Ast zu Ast und aus den zwitschernden Nestern reckten sich lange Hälse, offene Schnäbel an gefiederten Körpern.

Schweigend packten sie ihr Zeug zusammen, jede hing ihren Gedanken nach.

Unterwegs wollte Traud der Mutter eine Geschichte ablauschen, ein Märchen oder ein Lied. Maria, die ihr diesen Wunsch nicht abschlagen wollte, begann zu singen.

»Es freit ein wilder Wassermann
in der Burg wohl über dem See,
des Königs Tochter wollt er han,
die schöne junge Lilofee ...«
Maria bemerkte, wie Traud tief einatmete.
»Sie hörte drunten die Glocken gehn,
im tiefen, tiefen See,
wollt Vater und Mutter wieder sehn,
die schöne junge Lilofee.«

Ganz still war alles ringsum, nur Marias stolze, starke Stimme erfüllte die Luft, und der Klang war tröstlich für Traud, weil sie spürte, dass sie nicht alles verloren hatten, dass ihnen doch noch etwas von Daheim geblieben war.

»Und als sie vor dem Tore stand,
auf der Burg wohl über dem See,
da neigt sich Laub und grünes Gras
vor der schönen jungen Lilofee.
Und als sie aus der Kirche kam,
vor der Burg wohl über dem See,
da stand der wilde Wassermann,
vor der schönen, jungen Lilofee.«

Die Wiesen und das Haus am Hochkelberg fielen Traud ein und obwohl sie sich nur noch dunkel erinnern konnte, dachte sie daran, wie schön es war, dass die Mutter das Lied mitgenommen hatte.

»Sprich, willst du hinunter gehn mit mir,
von der Burg wohl über dem See?
Deine Kindlein unten weinen nach dir,
du schöne, junge Lilofee.«

Bei der letzten Strophe bewegte Traud ganz leise die Lippen, verdrehte ein bisschen den Reim und ihre Augen strahlten.

»Und eh ich die Kindlein weinen lass
im tiefen, tiefen See,
scheid ich von Laub und grünem Gras,
ich arme, junge Lilofee.«

Sie waren kaum eine Viertelstunde gegangen, da sahen sie, dass es bis Meuspath nicht mehr weit gewesen wäre. Auf einer der unterhalb gelegenen Weiden grasten Kühe und ein paar Hütejungen kommandierten einen Hund. Auf der Wiese am Krebsbach hielten sie sich eine Weile auf, aßen das Brot, das ihnen die Bäuerin in Welcherath eingepackt hatte. Dann ging Maria zum Bach und Traud sah zu, wie sie Kleidungsstücke über einem Stein schrubbte und durch das Wasser zog. Die ausgewrungenen Teile klemmte sie zum Trocknen am Rucksack fest.

In Meuspath fanden sie für einen Monat Arbeit in der Krebsbachmühle. Der Müller hatte zwei umherziehende Männer aufgenommen, die auf Maria einen verwilderten Eindruck machten. Sie redeten Rotwelsch, das sie nicht verstand und trauten sich, ihr und Traud offen und frech in die Augen zu sehn. Ständig bangte sie um ihre Tochter, besonders wenn sie an getrennten Stellen arbeiten mussten. Deshalb riskierte sie, vor der beginnenden Kartoffelernte weiter zu ziehen und hoffte inständig auf ein sicheres Winterquartier.

Über Wald- und Feldwege gelangten sie nach Kirsbach. Maria hatte büschelweise Kamille gepflückt; auch Minze und Schafgarbe hingen an ihrem Beutel.

Noch bevor das Dorf in Reichweite kam, tönte vom Tal herauf der tiefe, warme Ton eines Ambosses. Während sie die Hügel hinab stiegen und über die Mitte der Dorfstraße an strohgedeckten Häusern vorbei gingen, erzählte Maria, dass sie sich Sorgen mache wegen der schlechten Aufbewahrungs- und Transportmöglichkeiten für die Kamille.

»Ständig sieht dat Kraut so zerrupft aus, weil et ständig bewegt und oft nass wird. Wir müssten die Blüten im Wald verstecken, in verschiedenen Dörfern und an geschützten Orten aufhängen. So hätten wir überall schöne Vorräte.«

»Aber dat nimmt uns doch einer weg«, befürchtete Traud und Maria nickte. »Ach, vielleicht haste Recht. Dann müssen wir sehn, dat wir Zeitungspapier kriegen, wo wir et einwickeln können.«

Eine Frau, die sich mit Besen und Kehrschaufel auf ausgetretenen Treppenstufen zu schaffen machte, richtete sich neugierig auf, als die beiden vorüber gingen. Ansonsten lag Kirsbach wie ausgestorben. Nur das Hämmern aus der Dorfschmiede war zu hören, silbern und regelmäßig. Als sie näher kamen, drang Pferdegewieher und das Geräusch von klirrendem Eisen zu ihnen hinüber. Die offene Schmiede, deren schiefe Lehmwände von Holzbalken gestützt wurden, war von außen wegen eines üppigen Gartens und einer mit Efeu überwucherten Mauer kaum einzusehen.

Verrostete Karrenräder und altes Eisen lagen herum. Am Blasebalg stand der Schmied, zog an der Kette, die Luft fauchte in die Glut, Asche staubte auf, Funken wirbelten. Mit einer langen Zange stocherte er eine glühende Stange auf, zog sie auf den Amboss. Er mühte sich, mit der linken Hand das Eisen auf dem Amboss zu halten und es mit der rechten zu biegen. Als er die beiden Frauen bemerkte, die unentschlossen vor seinem Garten standen und miteinander sprachen, senkte er den Kopf, vertiefte sich noch mehr in seine Arbeit, bog und zerrte die Stange, zog und drehte die Seiten, bis er sie, nachdem das Eisen erkaltet war, wieder ins offene Feuer legte. Maria rief über die Mauer, dass sie Kamille zu verkaufen hätten, beste Kamille, die immer und überall zu gebrauchen wäre.

»Weiberzeug«, brummte der Schmied und setzte noch hinzu, dass er keiner Kamille bedürfe und dass die Frauen sich fortscheren sollten und überhaupt sei die Kamille nur ein Vorwand, sich in die Häuser zu schleichen und zu stehlen.

»Wir können auch arbeiten«, rief Traud, stellte sich ganz gerade und entschlossen hin und sah den Schmied erwartungsvoll an. Erstaunt bemerkte der Mann den Mut, mit dem Traud für sich und die Mutter warb.

»Arbeiten könnt ihr? So seht ihr aber net aus. Wie Gesindel seht ihr aus, ja, dat kommt schon eher hin«, nuschelte er und wischte sich die rußgeschwärzten Hände an seinem derben Lederkittel ab. »In die Kartoffeln könnt ihr mit. Drei Tage gegen Kost und Logis in der Scheun, und Kost nur in der Scheun. Ins Haus lass ich euch net.«

Die Frau des Schmieds trat aus dem Haus und ein misstrauischer Blick auf die beiden Wanderinnen verriet ihre Gedanken. Fragend sah sie ihren Mann an, der sogleich erklärte, dass man den Streunern die Scheune zeigen und sie dann an den Hasenberg begleiten solle, zum Kartoffelacker, wo sie sich umgehend an die Arbeit zu machen hätten. »Jetzt wo der Pitter ausfällig ist, kann ich die zwei brauchen«, meinte er, trat wieder an sein Feuer, überprüfte das glühende Eisen und sah nicht einmal mehr auf, als die Bäuerin Maria und Traud einen Wink gab.

So kam es, dass beide kaum eine Stunde später zwischen den Ackerfurchen am Hasenberg standen, mit einer Hacke die Erde lockerten und Pflanzen mit Knollen aus dem braunen Grund zogen. Die jungen Kartoffeln sortierten sie der Größe nach in Weidenkörben: die dicken Kartoffeln zum Essen, die mittleren zum Setzen im nächsten Jahr, die kleinen und zerhauenen für die Schweine.

Gegen Mittag brachte ein schwarz gelocktes Mädchen einen Topf mit Suppe.

Mit ihnen auf dem Feld befanden sich ein paar Knechte, die an die harte Arbeit gewohnt waren und wenig sprachen. Einer der Knechte, ein junger, aber grober und unbehänder Mann, hatte sich an Traud herangeschlichen und ihr ein paar Mal mitten ins Gesicht gelacht, dabei einige Zahnlücken entblößt und sich die Lippen geleckt. In einem günstigen Moment war er derart nah an sie herangekommen, dass sie seinen schlechten Atem schmeckte und sich abgestoßen von der schmutzigen Gestalt hilfesuchend nach der Mutter umsah.

»Hau ab«, rief Maria, »lass dat Mädchen in Ruh!«

»Wie?«, entgegnete der Mann, indem er seine Hacke hob und drohend auf Maria zuging. »Wat hast du hier zu sagen?

Schau dich doch mal an, du Vogelscheuch! Du hast mir gewiss nix zu sagen und dat Mädchen da hinten«, und dabei zeigte er auf Traud, die mit gesenktem Blick dastand, »gefällt mir. Gefällt mir sogar sehr.«

»Lass die Frauen in Ruh und schaff lieber wat«, mischte sich die Bäuerin ein, die verärgert hinüber sah. »Musst du jedem Rockzipfel hinterher?«, tadelte sie, bemaß aber der Situation keine weitere Bedeutung bei und bückte sich weiter nach den Kartoffeln.

Während sich Maria wieder der Arbeit zuwandte, beschlich sie neuerlich dieses ungute Gefühl, dass alles ungerecht sei, sie ihrem Kind nichts als dieses schmutzige und elende Leben auf der Straße anzubieten habe und dass sie zudem in Gefahr seien, ja, das würde immer deutlicher. Fest schwor sie sich, irgendwann und irgendwie aus dieser beißenden Armut herauszukommen, vor allem Traud aus dem Elend zu holen und ahnte dennoch, dass alles schlimmer werden würde, noch schlimmer als es schon war, und dass ihre Tochter nicht zu schützen sei vor den Gefahren der Straße. Den ganzen Mittag sprach Maria nicht mehr, fraß die Wut in sich hinein, behielt Traud im Auge und erst als sie in die Schmiede zurückkehrten, wurde ihr wieder wohler.

Am Abend gab es einen Teller mit Dickmilch, den das gleiche schwarz gelockte Mädchen, das um die Mittagszeit Essen aufs Feld gebracht hatte, mitten in der Scheune auf dem staubigen Boden abstellte.

»Wie Vieh werden wir behandelt«, klagte Maria, aß aber mit Appetit und untersagte Traud, die Scheune nochmals zu verlassen. »Hier bleibst du und legst dich zur Ruh. Morgen geht et wieder ins Feld. Und halt dich in meiner Näh.«

Gegen Mitternacht gab es ein Handgemenge in der Scheune. Traud schrie wie wild und Maria fuhr derart zusammen, dass sie sofort aufsprang und nach dem erstbesten Gegenstand, einer Mistgabel, griff. Angsterfüllt eilte sie zu ihrer Tochter, an der sich eine Gestalt zu schaffen machte, sie betastete, heftig atmete und erst erschrak, als Maria die Forke hob. Es war derselbe Knecht, der sich nachmittags bereits an Traud herangemacht hatte und nun den Schutz den Nacht ausnutzte und ebenfalls lauthals schrie: »Diebe, kommt herbei, Diebe!«

Er stand nur knapp wieder auf den Beinen, als der Schmied über den Hof hastete. Von weitem schon mokierte er sich über den Lärm, fluchte auf denjenigen, der es sich erlaubt hatte, rechtschaffene Leute aus dem Schlaf zu reißen. Mit offenem Mund rannte der Knecht seinem Herrn entgegen: »Diebe! Die zwei wollten dir die Vorrät stehlen! Wenn ich et net gemerkt hätt ...«

Atemlos redete er auf den Schmied ein, der zunächst nicht recht wusste, wie er den Fall deuten sollte. Traud zitterte vor Angst, hatte sich in Pauls Decke gehüllt. Maria schrie aus Leibeskräften: »Dat Schwein! An dat Mädchen wollt er sich ranmachen! Wir sind kein Diebe.«

»Lasst sein, Frau. Euch glaubt man sowieso net«, entgegnete der Schmied und ohne die Angelegenheit weiter zu prüfen, wies er auf Marias Habseligkeiten und entschied: »Packt euch und haut ab – und du,« – mit Blick auf seinen Knecht – »leg dich schlafen und gib Ruh.«

Ohne aufzuschauen packte Maria die wenigen Sachen zusammen, eine Decke und ein paar Kleidungstücke, die zum Trocknen auf Heuballen lagen und gab Traud ein Zeichen, es ihr nachzutun.

Wortlos gingen sie an dem keifenden Knecht vorbei. Der Schmied kehrte erst wieder in seine Kammer zurück, als sie das Hoftor hinter sich zugezogen und in der Dunkelheit verschwunden waren.

Maria hatte es eilig, von der Schmiede fort zu kommen. »Mach voran, komm weg hier«, rief sie mit erstickter Stimme und gab Traud einen Schubs. Die Luft um sie her war grau und feucht, ebenso die Häuser. Traud dachte an all die Wünsche, die sie in der Sternschnuppennacht losgeschickt hatte. Nichts, aber gar nichts davon hatte sich erfüllt. Vielleicht standen auch jetzt über dem Grau die Sterne. Tränen stiegen ihr auf und sie weinte leise vor sich hin, wagte nicht, die Mutter anzusehen, die gebeugt vor ihr her ging, traute sich nicht zu fragen, wie es mit ihnen weiter gehen sollte.

Sie dachte an Paul, von dem sie nichts mehr gehört hatte. Nur die Decke und das Taschentuch erinnerten sie lebhaft an die Zeit in Hoffeld und oft fragte sie sich, ob er wohl noch an sie denke. Gerne hätte sie Maria danach befragt, aber sie fürchtete Abschlägiges zu hören, war die Mutter doch ohnehin ein misstrauischer Mensch, der nur Schlechtes annahm.

Hundertmal hatte sie sich an den wilden Tanz um den Kirschbaum erinnert, an die weißen Tücher, hundertmal daran gedacht, wie er ihre Hand ergriffen, sie angesehen und durch die Luft gewirbelt hatte. Das Taschentuch, das inzwischen schmutzig geworden war, hielt sie vor Maria geheim. Sie verwahrte es an unterschiedlichen Plätzen, mal versteckte sie es unter ihrem Leibchen, mal stopfte sie es unter den Ärmel, mal in ihr Bündel, aber stets hütete sie das Tuch und wenn sie besonderen Trostes bedurfte, so wie an diesem Morgen, griff sie danach und roch daran.

Den Herbst über halfen Maria und Traud bei Ernten mit. Jedes Mal dauerte der Aufenthalt nur so lange, wie sie gebraucht wurden. Mit der Kamille verdienten sie immerhin ein paar Groschen, die sie für Notfälle in den Saum ihrer Röcke eingenäht hatten und für Brot oder sonstige Nahrung brauchten. Maria war um sich selbst wenig besorgt wegen der fehlenden Heimstatt, bloß dass Traud kein Dach überm Kopf hatte und es bald Winter würde, bekümmerte sie.

Über Welcherath und Reimerath zogen sie, als nasses und nieseliges Wetter einsetzte. Ein paar Wochen konnten sie in Brücktal bleiben, bis auch die Rübenernte vorbei war und der Nebel mit seinen weißen Gespinsten die Eifel wie in einen Kokon hüllte. Die schwachen Sonnenstrahlen, die sich tagsüber noch manchmal zeigten, schafften es nicht den feuchten Dunst zu durchdringen, der sich klamm auf die Kleider legte und bis auf die Haut kroch.

Mitte November wurde es kalt. Als auf den Wiesen silberner Raureif fror, plante Maria in die Struth zu gehen, wo ihr von Kindheit an das Wolles Haus bekannt und vertraut war, ein Hof, von dem sie glaubte, dass Unterkunft und Arbeit möglich wären.

Bisher hatten sie Glück gehabt und stets einen Schober oder einen Unterstellplatz gefunden, außerdem waren sie vom langen Sommer her mit Kamillenblumen versorgt. Ausgezehrt und anspruchslos wie sie waren, reichte die jämmerliche Essensration noch mindestens eine Woche. Bis in die Struth war es weit. Traud taten schon jetzt die Füße weh und mürrisch stolperte sie neben Maria her, klagte, dass ihre Füße sie nicht mehr tragen wollten und dass sie Hunger leide.

»Weißte«, sagte Maria, »dat et Menschen gibt, denen et schlechter geht als uns? Wir sind gesund, haben jeder zwei kräftige Beine zum Laufen, haben Händ zum Schaffen und so Gott will, immer wat zu essen. Vielen geht et schlechter als uns, auch wenn et net gerecht ist, dat et den einen schlecht und den anderen gut geht. Unser Herrgott hat mehr gelitten. Denk an die Dornenkron und die Nägel. Wir zwei sind frei wie die Vögel.«

Maria fing einen unsicheren Blick auf. Traud wusste, dass sie sich alles andere als frei fühlte, sondern gezwungen in eine Lebensrolle, die sich auf krasseste Art von dem Leben der anderen unterschied, schwer drückte und jeden Tag aufs Neue alle Kräfte erforderte.

Manchmal, wenn Maria aus welchem Grund auch immer etwas Mut geschöpft hatte in ihrem kläglichen Sein, glaubte sie, ihrem Kind etwas davon mitgeben zu müssen. Dann erzählte sie Heiligenlegenden oder Märchen, sang Lieder, die sie an früher, an den Hof in Kolverath und ihre eigene Mutter erinnerten. Sie hatte eine volle, wohlklingende Stimme und kannte traurige Lieder, die Traud immer wieder hören wollte.

Oft aber, wenn sie mit allem haderte, was ihr zugestoßen war, fluchte Maria über weite Strecken des Weges. Dann musste sich Traud nicht nur jeglichen Jammer über ihre Lage verkneifen, sie brauchte auch gar nicht erst um Unterhaltung nachzusuchen.

Heute war Maria guter Laune und voller Hoffnung baldigst in die Struth zu kommen, dass sie Traud allerhand Geschichten vortrug.

Sie zeigte ihr die alte Köhlerstraße im Riem, die von Kelberg nach Mayen führte, eine uralte Heerstraße, die von den Römern stammte, und an vielen Stellen vom Lauf des Trierbachs berührt wurde; erzählte auch, dass die Straße gleichzeitig ein alter Pilgerweg zum Grab des Apostels Matthias in Trier sei. Sie wies in Richtung Boos, dann nach Hünerbach und auf die Bergkuppen aus Eifelbasalt rings um den Hochkelberg. Wilde Reiterheere seien hier entlang gekommen, die Legionen Cäsars, und später sei auch Napoleon, der siegreiche Kaiser der Franzosen hier entlang marschiert. Mit Fahnen und Trompetenschall, Wagen, Kanonen und Kutschen, unzähligen Kriegern hoch zu Ross seien sie gen Osten gezogen, zum Rhein hinüber, denn nach Moskau wollten sie. Im grausigen Winter darauf, als die Wölfe in Schümel und Riem heulten, da kamen sie zurück, die Soldaten der großen Armee. In Säcke und Fetzen gehüllt, so erzählte Maria, die Füße mit Lumpen umwickelt, seien die Überreste der Bataillone durch die kleinen Dörfer gewankt, die Urgroßmutter selbst hatte es gesehen. Halb verhungert und frierend seien sie in die Dörfer gekommen, hätten um trocken Brot gebettelt und um ein bisschen Wärme vom Ofen.

»Stimmt dat auch?«, zweifelte Traud und Maria nickte. »Dat kannste glauben. Ein ganzes Bataillon lag drüben im Arbachtal neben der Franzenmühle. Dat Tälchen, wo sie Halt gemacht haben, heißt heut noch Franzosengraben.«

Schweigsam gingen sie nebeneinander her, bis sie auf den Ferkelsweg kamen. Traud versuchte sich Napoleon vorzustellen, auf einem stolzen Rappen und einer Krone auf dem Kopf. »Ob sie ihm die Kron abgenommen haben?«, fragte sie. »Die hat er sicher in Frankreich gelassen. Wer weiß, wo die hingekommen ist«, antwortete Maria.

»Erzähl mir noch mal die Geschicht vom goldenen Wagen«, bettelte Traud und Maria, die diese Geschichte wohl schon an die fünfzig Mal erzählt hatte, strich ihr lächelnd über den Kopf. »Na gut, dat is ja auch ein schönes Stück. Da kann man nachher träumen, dat man den Schatz gefunden hätt.«

Für einen Moment blieb sie mitten auf der Straße stehen und wies nochmals mit der Hand nach den entfernten Bergen. »Du weißt et ja, vor vielen hundert Jahren stand oben auf dem Hochkelberg ein stolzes Schloss. Ein Graf hat dort gehaust, der hieß Reinald und war grausam und hartherzig zu den Bauern in Kolverath, Sassen und Bereborn, auch zu denen in Mannebach.

Alle mussten schwere Frondienste leisten und dem Graf Vieh und Frucht abgeben. Als Reinald die Idee hatte ein Schloss zu bauen, wurd et noch ärger für die Bauern. Alle Männer mussten dort schaffen und bald ragten hohe Türm ins Land und zeigten, wie mächtig der Graf geworden war. Sogar en Türmer stand hoch oben auf den Zinnen und blies jeden Abend in sein Horn. Als dat Schloss fertig gebaut war, ließ Graf Reinald einen unterirdischen Gang graben. Der endete beim Kloster, dat, du weißt schon, damals noch auf der Rödderwies, oberhalb von Bereborn stand. Eines Tages kamen feindliche Reiterscharen ins Land und näherten sich dem schönen Schloss. Graf Reinald schickte nach den Kriegsknechten in den Dörfern und hoffte drauf, dat man seine schöne Burg verteidigen würd. Aber die Leut waren net dumm und hatten drum schon lang gemerkt, dat schreckliche Dinge passieren würden und waren mit ihrem Vieh und dem Hausrat in die Dornhecken im Elztal geflohen, weit hinter den Jumpenhoard, wo einmal unser Wies war.«

Seufzend schulterte Maria das Bündel neu, zog ein schmutziges Tuch aus der Tasche, schnäuzte sich lange und sorgfältig, bis Traud ungeduldig wurde. »Erzähl doch weiter, dat is grad, wo et am spannendsten is.«

»Ja, ja«, entgegnete Maria, »aber du weißt doch, wie et weiter geht. Der Graf bekam ne scheußliche Angst vor den blutdürstigen Horden und deshalb is er mit seinem Pferd und ein paar Dienern nach Lothringen geflüchtet. Aber zuvor vergaß er net seinen kostbarsten Besitz, einen großen Wagen aus purem Gold in einem tiefen Schacht unter der Burg zu vergraben. Natürlich hat der keinem den Ort verraten, nur er selbst, vielleicht noch ein, zwei Knappen wussten Bescheid. Die Feinde aber ruckten heran, zündeten die Dörfer an, plünderten die Felder und schließlich auch die Burg. Aus Wut, weil sie nix fanden, kein Gold, kein Geschmeide und gar nix, rissen sie die Mauern vom Schloss ein. Da blieb kein Stein mehr auf dem anderen.«

Traud seufzte. »Siehste, da hat er soviel gehabt, dat viele Gold und dat Schloss, und et hat ihm nix genutzt. Die Vergeltung für sein Grausamkeiten blieb doch net aus.«

»Wird man denn belohnt, wenn man gut ist?«

»Du kannst aber wat fragen. Sicher wird man belohnt. Und wenn et erst im Himmel ist.« Traud nickte, befand auch die Sache mit der späten Belohnung als gerecht und drängte Maria weiter zu erzählen.

»Oooch, du weißt et doch«, wiederholte sie. »Wie oft soll ich die Geschicht denn noch erzählen? Wo war ich denn stehn geblieben?« Als ob es sie einige Mühe kostete, setzte sie die Erzählung fort, während sie zügig weiter schritt.

»Also dat Schloss stand net mehr und der Graf war über alle Berge. Dann vergingen viele Jahre. Der Graf kam nie mehr zurück. Bis heut weiß kein Mensch, wat mit ihm passiert is. Aber irgendwie, wie weiß ich net, vielleicht durch einen der Diener, erfuhr man vom goldenen Wagen und die Leut fingen an, danach zu suchen. Sie gruben und gruben und fanden auch einmal eine eisenbeschlagene schwere Kiste mit Wappen und Urkunden, nur den goldenen Wagen, den fanden sie net. Aber du weißt et ja alles«, fügte Maria hinzu und sah streng zur Traud hinüber, »denk dran, dein Urgroßmutter hat gesagt, et läg ein Fluch über dem Schatz am Hochkelberg, und wenn der Wagen einst gefunden würd, täten alle Quellen rund um den Berg aufhören zu sprudeln und dat Mosbrucher Maar tät sich wieder mit Wasser füllen.«

»Wär dat denn schlimm?«, fragte Traud, »hier gibt et doch soviel Quellen.« Sie sah hinüber zum Hochkelberg. »Können wir net trotzdem nach dem Wagen suchen?«, fragte sie enttäuscht, »wir würden ihn bestimmt finden. Und dann könnten wir en Haus haben und en Hof, so wie früher in Kolverath.«

Maria lachte. Dann drohte sie: »Ein Schatz gegen den anderen, oder? Wat is der größere Schatz, unser Drees oder dat Gold, dat vielleicht nur Unglück bringt? Nee, nee, wir lassen et lieber liegen, wer weiß, wat dat noch gäb ...«

Eine ganze Weile noch hing Traud ihren Gedanken nach. Die Sache mit dem Schatz, davon war sie überzeugt, wäre die Rettung. Was sie alles tun würde mit dem Geld! Ein Haus, das wäre am wichtigsten. Auch ein Garten gehörte dazu und ein paar Hühner und Kühe, Pferde oder Schweine. Obstbäume auch und schönes Inventar. Und schließlich würde sie Paul suchen, Paul, den sie so lange nicht mehr gesehen hatte. Dann wäre sie kein Bettelmensch mehr und er bräuchte sich nicht für sie zu schämen.

Struthwege

Gegen Abend zog Nebel herauf. Die Wiesen verschwammen und mit ihnen die kreisförmig angeordneten schwarzlila Pilze, die auf hohen, wässrigen Stielen standen.

»Hexenringe«, sagte Maria.

Bald lag Köttelbach vor ihnen, zur Nacht hin Boxberg und noch einmal galt es ein Nachtlager zu suchen, bevor sie bei Wolles an die Tür klopfen wollten. Die Nacht war feucht und kalt, Dunst hing in den Bäumen, die Tannen standen wie Riesen. In der Nähe eines Bachlaufs fanden sie in einem Unterstand für das Vieh nur dürftigen Schutz.

Maria schien es unverschämt, die Leute zu so später Stunde aus dem Bett zu holen, außerdem fürchtete sie deshalb eine Abfuhr. »Morgen werden wir sehn«, sagte sie zu Traud, die sich in der Ecke des Unterstandes ein Lager richtete. Sie kroch in die Viehkrippe, die nicht für ihre Länge gedacht war. Krumm lag sie, mit angezogenen Beinen. Während jede ihren Gedanken nachhing, aßen sie noch einen Kanten Brot und hofften darauf, bei Wolles für eine Weile Quartier beziehen zu können.

Trauds dünne Decke schützte kaum vor dem Wind. Sie schlief unruhig und krampfte während des Traumes die Hände zusammen, weil sie glaubte, Goldstücke aus Graf Reinalds Schatz gefunden zu haben. So fest hielt sie die Hände geschlossen, dass sie noch den ganzen Vormittag die Spuren ihrer Fingernägel auf dem Handballen spürte.

Als sie anderentags gegen Mittag in die Struth kamen, konnte Traud kaum noch laufen. Die Füße waren geschwollen; die Schuhe boten längst keinen Halt mehr und sie rutschte auf der abgewetzten Sohle, die nur noch seitlich dank ein paar Stichen hielt, immer wieder ab. Sie war froh, als das Wolles Haus in Sicht kam, ein weitläufiges Anwesen aus Fachwerk mit einem riesigen Dunghaufen vor dem Haus, auf dem ein Hahn einen durchdringenden Schrei erhob, als sie sich näherten.

Wolles Juppes war ein Junggeselle und lebte im Haushalt seiner Schwester Lies, die mit einem Mann namens Anton verheiratet war, der die Kunst des Körbeflechtens beherrschte. Seinen Unterhalt verdiente sich Anton hauptsächlich mit dem Flechten von Rümpchen*, Einkaufskörben, Bienenkörben, mit dem Binden von Besenreisern oder mit dem Ausbessern von Strohdächern.

Juppes hatte allerdings mit alldem nichts zu tun. Er beackerte zwar sein Land, versorgte aber lieber seinen Bienenstand, und noch lieber befasste er sich mit Irrlichtern, die ihn abends und nachts in Versuchung und damit in die Irre führten, mit Gespenstern, die sich ihm während des Schlafes schwer auf die Brust setzten und ihm oft genug die Luft abdrückten. Außerdem plagten ihn die Geister und Seelen Verstorbener, die ihm Botschaften zuflüsterten von Unglück und Verderben, Not und Tod.

Alle, die im Wolles Haus lebten, waren alt: der Sohn des Hauses, und Wolles Josef, der Neffe von Juppes, war nicht richtig im Kopf. Da alle gebrechlich waren und auch der Sohn des Hauses sich nicht selbst helfen konnte, war es schlecht bestellt um die Sauberkeit des Haushaltes. Es gab Flöhe in Massen und anderes Ungeziefer, überall Staub und Dreck, jede Menge verschmutzter Wäsche und so kam es, dass Maria und Traud im Wolles Haus willkommene Arbeiterinnen wurden.

Kaum hatten sich die beiden in der Scheune einquartiert, wurde große Wäsche gehalten. Noch vor dem Mittag machte sich Maria an die Arbeit, denn ein hoch aufgetürmter grauer Berg Wäsche, der vor Schmutz nur so strotzte, lag im Durchgang zum Stall. Maria erhitzte das Wasser, Traud weichte ein Stück Kernseife auf und gemeinsam schrubbten und rieben sie im Dampf der kochenden Lauge die Laken auf ausgedienten Waschbrettern, bis die Hände rot und wund aussahen. Maria hatte den Ehrgeiz, die Wäsche weiß zu bekommen, das würde einen guten Eindruck machen, flüsterte sie Traud zu. Vom mühsamen Verkauf der Kamillenblüten gab sie ihr deshalb einen Groschen und schickte sie Wäschebläue zu holen.

* geflochtene Brotkörbe

Wieder musste Traud laufen, taten ihr doch vom Vortag noch die Füße weh. Zur Zenz nach Boxberg hatte Maria gesagt und in Richtung der Brücke gezeigt. »Da gehste hin und komm ja bald wieder.«

Traud verlor keine Zeit und so schleppten sie am Nachmittag die Wäsche an den Bach und versuchten mithilfe der Bläue Juppes zum Staunen zu bringen. Sie gaben sich alle Mühe, stand doch das Winterquartier auf dem Spiel; jedoch war die Mühe vergebens, es blieben immer nur graue Leinenstücke zurück.

Dennoch hatte Juppes den guten Willen der beiden Frauen erkannt und eingesehen, dass es bezüglich der Wäsche nicht nur an der guten Absicht der Wäscherinnen lag. Er bot sogar an, dass sie in der Futterkammer schlafen und bis nach Neujahr mindestens bleiben könnten, so lange schätzte er die Zeit ein, den Haushalt in Ordnung zu bringen. Er schmunzelte, als er sah, dass sich Maria und Traud zuzwinkerten.

Erfreut richteten sie in der Kammer zwischen Stall und Scheune ihr Winterlager. Das war der geschützteste Ort des Hauses, Wärme kam aus dem Stall vom Vieh und sie hatten richtig Platz.

Juppes freute sich über den brauchbaren Zuwachs im Haus und so kam es, dass er beide allabendlich neben den warmen Herd auf eine Holzkiste einlud, wo er seine phantastischen Geschichten zum Besten gab. Hier erfuhr Traud von Wotans Heer, das im November und Dezember durch den Himmel brauste und dabei jeden mitriss, der davon Zeuge wurde. Sie erfuhr von Berchta, die in Raunächten Schnee besprach, von den Seelen Verstorbener, die sich als Irrlichter auf der Erde herumtrieben, weil sie zu Lebzeiten einen Grenzstein versetzt oder sonst Böses getan hatten, weswegen sie keine Ruhe fanden. Während die Scheite im Ofen krachten und Juppes die Fingerknöchel knacken ließ, erzählte er von armen Seelen, die man einquetschen und verletzen könne, wenn man eine Tür im Haus zu fest zuschlage. Sie erfuhr von Gespenstern, die sich nächtens den Menschen schwer auf die Brust setzten und danach trachteten, ihnen die Atemluft abzudrücken. Juppes verriet auch, dass man Letzteres verhindern könne, wenn man beim Zu-Bett-Gehen die Schuhe nicht mit den Spitzen zuvorderst unter das Bett stelle, sondern umgekehrt.

Ungeachtet seiner phantastischen Erzählungen begannen die Flöhe, die sich tagsüber in seiner Kleidung eingenistet hatten, durch die Herdwärme ermuntert, zu hüpfen und neue Nahrungsquellen zu suchen. Und so war es nur folgerecht, dass Traud, die neben Juppes kauerte, das nächste Opfer wurde.

Wenn Juppes von der Holzkiste aufstand, machte Maria den verzweifelten Versuch, die sprungbereiten, blutdürstenden Tiere von Traud fernzuhalten. »Lass doch, lass mich«, rief Traud. Keinesfalls wollte sie versäumen, wie Juppes mit seiner irdenen Pfeife, die er mit Tabak gestopft hatte, vor den Herd trat, die Feuerungstür öffnete, nach dem Eisenhaken griff und die Glut aufschürte, dann mit bloßen Fingern ein Stück glühender Holzkohle herausnahm, auf die Pfeife legte und mit schnellen kurzen Zügen, begleitet von einer gewaltigen Qualmwolke, den Tabak zum Glimmen brachte. Juppes machte sich nichts aus den Flöhen. Er war weiterhin mit seiner Pfeife befasst und genussvolle lange Züge zeugten vom Erfolg der Zeremonie. Mit bloßen Händen nahm er das glühende Kohlenstück ab und beförderte es zurück ins Feuer. Traud strahlte.

Juppes war den Frauen gut und auch Lies und Anton ließen den beiden bald freie Hand, so dass sie sich nach langer Zeit wieder heimisch fühlten.

Wolpernzeit*

Der Februar brachte starke und lang anhaltende Regenfälle. Rhein und Mosel standen so hoch wie nie und auch die Struth glich einer Seenlandschaft. Bäche waren zu reißenden Flüssen geworden, die die Täler überschwemmten. Im März richtete Hagelschlag großen Schaden auf den Fluren an.

Noch das ganze Frühjahr blieb das Wolles Haus ein Gehöchtnis** für beide. Unterkunft war ihnen sicher, auch wenn es bei Juppes wenig Arbeit gab. Ihren Platz in der Futterkammer konnten sie trotzdem behalten.

Während Maria sich bei anderen Bauern im Dorf und in der Umgebung verdingte, blieb Traud meist bei Juppes und Lies. Bald

* Zeit der Blaubeeren ** geschützter Ort, Refugium

schon erledigte sie einen Großteil der Stallarbeit, was sie genoss, war es doch im Stall und bei den Tieren warm und geschützt, während es auf dem Feld zog und die Kälte empfindlich in die Haut schnitt. Ab März trieb sie jeden Morgen die Kühe hinaus. Barfuß lief sie mit einer Haselrute hinter dem gefleckten Vieh her, das seinen Weg auswendig wusste, schlotterte vor Kälte, hüpfte vor und zurück, rieb sich die Füße. Wenn der Frost allzu sehr quälte, stapfte sie in einen warmen, dampfenden Kuhfladen und bewegte die Zehen, bis sich ein wohliges Lächeln auf ihrem Gesicht ausbreitete.

Im Juni, als die Beeren reiften, entschied Maria weiter zu ziehen, hatte sich Lies doch in letzter Zeit immer öfter über die beiden Schmarotzer – wie sie Maria und Traud nannte – mokiert. »Bei Juppes kannst du trotzdem immer anklopfen«, erklärte sie Traud, »aber wir wollen et net übertreiben. Überall gibt et jetzt Beeren zu pflücken, wir haben den ganzen Sommer zu tun und können uns wat verdienen.«

Maria wusste, wo die besten Beeren wuchsen, kannte sie doch die Wälder und was darin florierte, genau. Immer teilte sie ihr Wissen mit Traud, belehrte sie über den rechten Umgang mit Kräutern, welches Kraut wann und je nach Blütenstand gegen welche Krankheiten oder Maläste helfe.

Oft, wenn Maria bei den Ernten einsprang, schickte sie Traud hinaus auf die Wiesen, an Böschungen und Raine, um wilde Erdbeeren zu suchen. Von Peter und Paul an reiften die Wolpern und auch hier schloss Traud sich den Gruppen von Frauen und Kindern an, die alljährlich auf der Suche nach den begehrten blauen Beeren die Wälder durchstreiften. Mit Eimern, Körben, Essnäpfchen und Milchkannen zogen sie los, alles sah ganz bunt aus, die Frauen mit den Kopftüchern und den Schürzen. Um den Bauch hatten sie sich Seile gebunden – so waren die Hände frei zum Pflücken –, daran hing die Beerendose an einem aus Draht gemachten Henkel.

Die Frauen pflückten weniger für den eigenen Bedarf, wohl aber um sich ein paar Mark zu verdienen, denn in der Nähe der Städte, in Daun, Ahrweiler oder Gerolstein, ließen sich die Beeren gut verkaufen.

Immerzu dachte Traud an den Notgroschen, von dem Maria gesprochen hatte, der sie vor Hunger bewahren und durch den Verkauf der Wolpern zustande kommen sollte. Frühmorgens um fünf zog sie deshalb los, rannte den anderen voraus, um zuerst an den guten Plätzen zu sein, ging stundenlang in gebückter Haltung umher. Trotz des Essiglappens, den sie sich über den Kopf gezogen hatte, war sie gegen Mittag schon von Mücken zerstochen. Die Hände waren so blau wie die eines Färbers und auch das Gesicht hatte vom ständigen Wegwischen der Mücken blaue Flecken. Nach ein paar Tagen hatte Traud so viele Beeren gesammelt, dass zwar der Rücken lahm war, es aber Zeit wurde, einen Abnehmer für die Früchte zu finden.

Jemand hatte ihnen gesagt, in Mayen, in den Hotels, könne man die Blaubeeren besonders gut verkaufen. Maria zögerte nicht lange. Mayen, das sei nicht weit und der Marsch würde sich lohnen. Auf dem Hegerhof in Katzwinkel hatten sie sich Körbchen erbeten und Traud hatte ihre Freude daran, die prallen Beeren aus den alten Blechgefäßen in die Spankörbchen zu füllen und vorsichtig für den Transport zu stapeln. Gespannt war sie, was der Verkauf einbringen würde und träumte davon, dass es ihnen bald, wenn nur etwas Geld da wäre, besser ginge. Maria hatte inzwischen dafür gesorgt, dass der Vorrat an Kamille nicht ausging.

Viele Stunden waren sie durch die Hitze des Elztales gewandert. Matt leuchteten weite blühende Weizenfelder. Im Hitzedunst stand das orgelnde Summen der Bienen. Ein paar Mal rasteten sie. In der Nähe von Luxem war Traud in den Wiesbach gesprungen und hatte ausgiebig gebadet. Am Abend entzündeten sie ein Feuer und rösteten ein paar Krebse, die Maria unter glitschigen Steinen aufgespürt hatte. Traud hätte gerne etwas von den Beeren genommen, aber zu sehr reizte sie die in Aussicht gestellte Besserung ihrer Lage, sodass sie darauf verzichtete.

Sie genoss es, mit Maria zu wandern. Schön waren die Tage, schön auch die Abende, mild die Nächte, wo tausende von Glühwürmchen schwirrten, im Dunkeln blinkten, wieder verloschen, um bald von neuem zu funkeln.

Nie hatte Traud so viele Menschen gesehen wie in Mayen. Sie konnte sich gar nicht satt sehn an all den verschiedenen Kleidern, den Frisuren, den Wagen. Erst als sie die Leute bestaunt hatte, fielen ihr die Gebäude auf: das Burgtor und die Stadttore, Halsgraben und Steinbrücke und die mächtige Genovevaburg die, auf einer Schieferkuppe erbaut, über allem thronte. »Da hat et erst vor kurzem gebrannt«, wusste Maria und zeigte hinauf zu den weißen Türmen, von denen Fahnen flatterten.

Traud sah Läden mit Fahrrädern, optischen Geräten und Schmuck, einen Laden mit Schlipsen, Taschentüchern und Schals. Staunend näherte sie sich einem Geschäft mit exquisiten Damenkleidern, vorsichtig lehnte sie die Hände an die Scheibe, bald drückte sie sich die Nase platt. Vor ihr lagen Röcke und Kamisolen in den schönsten Farben und Stoffen, dazu Tücher, eines bestickt mit einem blau-gelben Blumenmuster. Verträumt stand sie, da öffnete sich mit einem Klingelgeräusch die Ladentür, eine Dame trat aus der Tür, fasste Traud ernst ins Auge, kräuselte die dunklen Brauen, sah nach Maria, die in einigem Abstand stehen geblieben war, weil sie sich nicht näher herangetraut hatte, und gab ihr mit einem Handzeichen zu verstehen, dass sie verschwinden sollten. »Kschsch, kschhh«, zischte sie, sodass das Mädchen zusammenzuckte und ein paar Schritte rückwärts ging. An der Scheibe, an die sie sich gelehnt hatte, blieb ein schmieriger Fleck zurück.

Sie gingen an einem großen Hotel vorbei und Traud warf neugierige Blicke in den Saal, wo die Fenster offen standen. Riesige Kronleuchter aus Glas hingen von der Decke, Menschen in feinen Kleidern liefen über dicke, rote Teppiche, manche saßen in gepolsterten Sesseln und unterhielten sich, einige rauchten, taten aber ansonsten nichts.

»Hier brauchen wir net zu fragen. Die jagen uns sofort raus.« Maria zog Traud, die stehen geblieben war, von einem Plakat fort, das neben dem Eingang eines Bekleidungsgeschäftes angeschlagen war: ›Betteln und Hausieren bei Polizeistrafe verboten‹. »Is Betteln und Hausieren denn datselbe?«, fragte sie und Maria schüttelte den Kopf. »Nee, aber die wollen beides net.«

Sie verweilten vor einem Parfümgeschäft, betrachteten die zierlichen Fläschchen und die Preistafeln, genossen den feinen

Duft, der aus der offen stehenden Ladentür zu ihnen drang. Beim Schlachter hingen Kalbsviertel, Würste und allerhand blutiges Gedärm an glänzenden Stangen. Im Blumengeschäft nebenan standen gradgewachsene Rosen und bunte Nelken in Vasen und Traud konnte sich nicht vorstellen, dass es Menschen gäbe, die das kaufen konnten. Im Schaufenster einer Konditorei lockten üppig verzierte Cremetorten; eine silberne Schale war randvoll mit Schokoladenkeksen und Butterkaramellen, daneben lagen bunte Papierschachteln, von denen sie glaubte, dass sie nur leckere Sachen enthielten. Wieder stand sie eine Weile, äugte nach den schönen Dingen, betrachtete verwirrt die Menschen, die achtlos vorüber gingen, hier und da einen Blick in die Auslagen warfen, zwanglos herumspazierten, gut gekleidet waren und sicher genügend Geld in der Tasche hatten. Niemand beachtete Mutter und Tochter, die schwer bepackt in abgeschabten Kleidern und zerlatschten Schuhen zögernd dem Weg entlang der Läden folgten. Nur ein Radfahrer kam angeschnauft, seine Radglocke schrillte.

»Dat is alles net für uns«, sagte Maria und wies auf die Auslagen, »da können wir net mal reingehen.«

»Wieso sind wir eigentlich weniger wert als die anderen?«, fragte Traud, nachdem sie sich die Leute besehen und einen Vergleich angestellt hatte.

»Dat is eben so«, entgegnete Maria, »dafür kannst du aber nix. Et is immer ungerecht in der Welt. Die einen haben viel und die andern nix. Wir hatten auch mal wat. Jetzt haben wir nix mehr. Aber et gibt einen Trost. Der Pastor hat gesagt, wer auf Erden erniedrigt wird, wird im Jenseits erhöht.«

»Wo is dat Jenseits? Ich hätt auch gern mal en schönes Kleid«, murmelte Traud, während sie sich in den Rocksaum schnäuzte, aber Maria zog sie einfach weiter, »ja, ja, die Geiß wollt auch einen langen Schwanz haben und hat auch keinen bekommen ...«

Dort, wo die Läden weniger wurden, gelangten sie zu einem neu erbauten Hotel direkt an einer befahrenen Straße. »Zum alten Fritz« las Traud und »Restauration Fritz Colmie«. Besonders der hohe Giebel fiel ihr auf. »Fenster hat et wie Torbögen«, sagte sie zu Maria und fügte hinzu, dass sie endlich versuchen sollten, dort die Blaubeeren anzubieten. Maria zögerte, sah an sich hinab, betrachtete die schmutzigen Schuhe, die verdreckten Kleider und nahm dann Traud in Augenschein. »Du gehst rein«, entschied sie, zog Traud in einen Seiteneingang des Hauses, wo sie die Körbchen nochmals richteten.

Nie hatte Traud derart schöne Räume gesehen. Der Flur des Hotels war mit einem dicken grünen Teppich ausgelegt, der sich anfühlte wie weicher Waldboden. Die Wände waren teilweise mit Blumenmustern bemalt, teilweise mit prachtvollen Tapeten verziert. Es roch frisch und teuer. Die Körbchen in ihrer Hand zitterten, als eine Frau in einem schwarzen Kleid auf sie zu trat und nach ihrem Wunsch fragte.

»Einen Wunsch hab ich net, ich verkauf Wolpern und Kamille.« Beherzt hielt sie die Körbchen hoch und fügte hinzu: »Ich hab sie in Katzwinkel gepflückt. Die sind ganz frisch, nur dat ich weit damit gelaufen bin.« Sie erntete einen verwunderten Blick.

»Fritz!«, rief die Frau, »komm doch mal her. Hier ist ein Fräulein. Sie kommt aus Katzwinkel, um uns Blaubeeren zu verkaufen.« Es dauerte einen Moment, bis ein bärtiger, stämmiger Mann im Flur erschien und ebenso verwundert auf Traud schaute wie die Frau, die ihr inzwischen eines der Körbchen abgenommen hatte. »Es sind schöne Beeren, Fritz«, sagte sie und nickte dem Mann zu. »Na, dann kauf sie doch, wenn sie dir gefallen.«

Der Mann lachte, kniff dabei die Augen und fragte: »Wat willste denn für die Beeren?« Traud schluckte. Auf diese Frage war sie nicht gefasst gewesen und doch war das der Grund, weshalb sie hier war. 18 bis 20 Pfennig pro Pfund, das war der Preis, von dem sie gehört hatte. Zunächst traute sie sich nicht den Mann mit den gutmütigen Augen anzusehen. Dann aber hob sie den Kopf und antwortete bestimmt und klar: »22 Pfennig für dat Pfund. Ich hab noch mehr. Wenn ihr alles nehmt, wird et billiger.«

»Du bist aber ne tüchtige Verkäuferin«, lobte er. Sein Blick allerdings war zusehens mitleidiger geworden, je länger er sich Traud besah. »Geh mit meiner Frau in die Küch. Da kannste die Körbchen abstellen.«

Der Mann verschwand hinter einer schweren Eichentür und sie folgte der Frau in einen riesigen Raum, wo Männer mit weißen hohen Mützen an Herden standen und neugierig hinüber sahen. »Dorthin, da auf den Tisch«, erklärte die Frau. Traud zögerte. Was, wenn sie betrogen würde und nachher nichts bekäme? Die Frau ahnte, was in ihr vorging. »Du brauchst keine Angst zu haben. Du kriegst dein Geld«, versprach sie.

Stolz verließ Traud das Hotel. Eine gute Verkäuferin, hatte der Mann gesagt, das sei sie. Maria wartete in einem Seitenweg. »Et is alles gut gegangen. 22 Pfennig hab ich gesagt, für dat Pfund. Die wollen noch mehr. Gib mir alles«, bestimmte Traud.

In diesem Moment trat ein junger Mann auf die Schwelle des Hauses. Er war schick gekleidet und rauchte eine Zigarre. Sein Blick blieb an den beiden zerlumpten Gestalten hängen, die ihre Handelsware sortierten. »Was macht ihr da?« Drohend kam er näher und schwenkte seine Zigarre. Maria zuckte zusammen.

»Wir verkaufen Kamille und Wolpern«, erklärte Traud erneut.

»Schert euch fort, Gesindel, was ihr seid!« Ziemlich nah war er heran gekommen. Breitbeinig stand er da, der Rauch seiner Zigarre roch harzig. Traud ballte die Fäuste. »Ich hab schon Wolpern in die Küch gebracht. Ich muss noch mal rein, mein Geld holen ...«

»Dein Geld holen ...«, spottete er und tippte sich ärgerlich mit dem Finger auf die Stirn. »Macht, dass ihr fort kommt, sonst helf ich euch nach! So ein Gelumpe vor dem Haus können wir nicht brauchen.«

»Dat Mädchen hat grad Wolpern bei euch im Haus verkauft und wir haben ein Recht auf unser Geld«, wiederholte Maria und machte Anstalten, auf die Eingangstür zuzugehen.

»Kommste wohl weg da, so wat wie dich lassen wir da nicht rein!« Ein weiterer Mann erschien auf dem Hof, es folgten ein paar Helfer aus der Küche, schließlich gab es ein richtiges Geläuf. »Dat Mädchen war eben in unserer Küch«, meinte einer der Köche. »Wollt wohl stehlen«, mutmaßte ein anderer. »Ihr seid Schweine«, schrie Maria und ihre Stimme überschlug sich, »alles Schweine!«

Sie waren kaum ein Stück die Straße hinunter gelaufen, da hörten sie schnelle Schritte hinter sich. Die Frau im schwarzen Kleid hatte von dem Vorfall gehört und bemühte sich nun, die Sache aufzuklären.

»Nichts für ungut«, rief sie schon von weitem. »Ich wollte nicht, dass ihr beschimpft werdet. Es gibt ungerechte Leute«, fügte sie hinzu, als sie die beiden eingeholt hatte. »Hier hast du dein Geld.« Sie reichte Traud einen Geldschein. »Na, nimm schon. Du hast doch fleißig gepflückt.«

Zu Maria gewandt sagte sie: »Ich muss mich entschuldigen für meinen Portier, der ist manchmal ein bisschen impulsiv.« Maria nickte, sagte kein Wort, drehte sich um und ging weiter. Auch Traud schwieg, fühlte den Geldschein in der Hand, sah auf die Frau, die mit enttäuschtem und mitleidigem Blick in ihrem schönen Kleid mitten auf der Straße stand.

Die restlichen Wolpern hatten sie doch noch verkaufen können. Sie hatten keine guten Geschäfte damit gemacht, weil ihnen der Mut für gute Geschäfte abhanden gekommen war.

Besonders Traud drückte die Ungerechtigkeit, die ihr auf Schritt und Tritt begegnete. Sie hatte alle Freude an den Beeren verloren. »Schmutzig sind die Beeren«, heulte sie, »weil ich sie in den Händen hatt. Und ich bin Gesindel.« Maria schwieg. Sie biss die Zähne aufeinander und immer wieder kreisten dieselben Worte in ihrem Kopf: Unrecht, Schmutz, Gesindel.

Bucheckern

Mit all den Beschwerlichkeiten, die Ihr abverlangt wurden, wuchs in Maria dennoch manchmal ein Gefühl der Kraft, das sie auf Traud übertrug. Trotz aller Niederlagen war die Hoffnung zurückgekehrt, sich und das Kind irgendwie durchzubringen, war die Ernte der Beeren und der Kamille doch reich gewesen und hatten sie durch den Verkauf immerhin ein paar Groschen in die Taschen bekommen. Auch Traud, die nach dem Vorfall in Mayen tagelang mit bitterer Miene herumgeschlichen war, hatte wieder an Zuversicht gewonnen.

Obwohl sie den Sommer über keine feste Bleibe fanden und wochenlang herumzogen, genoss Traud das unstete Leben unter freiem Himmel. Sie lernte Wetterzeichen und Tierspuren zu deuten, unterschied zuverlässig Pflanzenarten und Vogelstimmen, las die Tageszeiten an den Verfärbungen der Felsen ab. Weder Wind und Wetter noch die schwärzeste Nacht schreckten sie. Beinahe jeden Abend hatte Maria ein Feuer gemacht und Fische oder Brot auf Stöcke gespießt und gebraten. Wie liebte es Traud, wenn es Kartoffeln gab und sie in der Glut nach den schwarz gewordenen Erdäpfeln stocherte; wie köstlich schmeckten gerade die verbrannten Feuerknollen. Wo immer es möglich war, badete sie in Bächen oder Tümpeln, drehte die Steine nach Krebsen, streichelte Forellen, die sie – wie sie es von Maria gelernt hatte – im entscheidenden Moment hinter den Kiemen packte und jauchzend ans Ufer warf.

Bis zum Ende des Sommers verfügten sie über beachtliche Kamillenvorräte, die – trotz Trauds Protesten – über etliche Dörfer in irgendwelchen Schobern verteilt waren und die sie geschickt anzupreisen wussten, weswegen sie bald auch den Beinamen »Kamillenweiber« trugen. Mit dem dicken Bund Kamille, dem grauen Tuch um Kopf und Schultern, der gebräunten Haut und den verschafften Händen wirkte Maria ohnehin wie ein Kräuterweib, was ihr nicht unrecht war.

Kamen sie in ein neues Dorf, so ging Traud meist voran und mit der Zeit entwickelte sie ein gutes Gespür für Höfe, auf denen sich eine Nachfrage lohnte. Auch bei abschlägigen Antworten war sie nicht verlegen, versuchte immer wieder einen Fuß in die Tür zu bekommen, was oft erfolgreich war.

»Wollt Ihr net – können wir sonst net helfen?«, fragte sie und ihre kugelrunden dunklen Augen blickten so vertrauensselig in die Welt, dass es für manchen Bauern schwer war, sie weiterzuschicken. »Ich kann Zimmer sauber machen, Wäsche waschen, Geschirr putzen, alles Mögliche ...«

Wenn gar nichts zu machen war, fluchte sie, warf mit bösen Blicken um sich. »Alles für die Katz! Wat sind dat bloß für Leut?« Dann sammelte sie neue Energie für den nächsten oder übernächsten Hof.

Obwohl sie nicht geglaubt hatten, nochmal in Hoffeld eine Arbeit zu bekommen, verbrachten Maria und Traud den Herbst wieder auf dem Metzenhof. Vom blinden Korbmacher Dures, der sich jeden Monat einmal durch die Struthdörfer tastete – seinen klapprigen Hund an einer straff gezogenen Leine vorneweg – hatten sie erfahren, dass Josef Leute für die Kartoffelernte brauchte und so waren sie über Wiesemscheid und Barweiler gewandert, bis sie gegen Ende Oktober auf dem Metzenhof anklopften. Josef hatte zwar etwas gezögert, war ihm doch der Ärger mit seinem Nachbarn eingefallen, den er ihretwegen gehabt hatte. Auf Drängen von Ann willigte er schließlich ein. So bezogen sie also das bekannte Lager in der Milchkammer und während sie ihre Decken auf dem Stroh ausbreiteten, hoffte Traud heimlich darauf, Paul bald wieder zu sehen.

Maria musste sofort mit aufs Feld.

Traud wurde mit den anderen Kindern zum Bucheckernsammeln geschickt. Es war eine Anordnung an alle Schulkinder, um die Ölnot auf den Dörfern zu mindern. Einen Großteil der Eckern mussten sie an die königliche Forstverwaltung abliefern, einen geringen Teil durften sie behalten. Das Erntejahr war üppig, die Buchen hingen voll, wie es selten vorkam. Rings um Hoffeld gab es prachtvolle Buchenwälder und das bedeutete Arbeit für alle. Das halbe Dorf war mit Tüchern, Stangen und Sieben unterwegs, um die Früchte zu ernten, die später zu Speiseöl gepresst werden sollten.

Auch Hilde und Hubert schlossen sich dem Erntezug an. Nur Paul ließ sich nicht blicken, nach ihm zu fragen, wagte Traud nicht. Mit den Gedanken bei ihm machte sie sich an die Arbeit, jubilierte über jeden gefüllten Sack und glühte vor Eifer.

Paul hatte auf einem anderen Hof ausgeholfen. Kaum dass er Traud gewahr wurde, stieß er einen solchen Jauchzer aus, dass die Knechte auf dem Hof zusammenliefen. »Traud, du bist ja wieder da!«, schrie er, rannte zu ihr hin, umschlang sie und warf sie hoch in die Luft. Ihre Augen glänzten wie lange nicht.

Sein Freudenausbruch blieb nicht ungerügt. Noch am gleichen Abend musste er seiner Mutter versprechen, Traud in Ruhe schaffen zu lassen. Sie verdeutlichte ihm, dass das Wandervolk nicht wie andere Menschen sei und er solle darauf achten, sich nicht zuviel in ihrer Nähe aufzuhalten, da sie es ansonsten dem Vater erzählen müsse, der dann schon wisse, wie mit ihm zu verfahren sei.

Paul nickte zwar, ließ sich aber nichts sagen, rannte Traud hinterher, wo es ging, wartete morgens schon, dass sie aus dem Haus käme, blieb an ihrer Seite, ließ sich durch nichts und niemand vertreiben.

Traud war eine geschickte Pflückerin. In Ermangelung von Stangen oder sonstigen Werkzeugen stieg sie bis in die Kronen der Buchen, um die besten Nüsse herunterzuschaffen, blieben doch gerade die begehrtesten und dicksten oftmals hängen. Beständig knackte es im Geäst; Paul mahnte und schrie. Aber Traud war behänd und fix, sodass er, der selbst ebenso flink in die Kronen kroch, schnell Zutrauen in ihre Kletterkünste fasste. Obwohl die Bäume oft heftig wankten, spornte er sie bald sogar an, mehr zu schütteln und wilder an den Ästen zu reißen, bis die Früchte auf die ausgelegten Tücher hinunter prasselten und sie eine Handvoll nach der anderen in ihre Beutel füllten.

Als Traud herausgefunden hatte, dass sich die Bucheckern bestens zu Geld machen ließen, begann sie, jeden Tag ein bis zwei Säckchen zurückzulegen. Paul, den sie ins Vertrauen gezogen hatte, explizierte sie ihre beschwerliche Lage, auch, dass der bevorstehende Winter ihr Angst mache und sie sich durch den Verkauf der Früchte eine Aufbesserung ihrer ohnehin kläglichen Rücklagen versprach, die ansonsten nicht einmal bis Weihnachten reichen würden. »Außerdem will ich Mutter überraschen. Die wird Augen machen, wenn wir ein bisschen Geld haben.«

Gern versprach Paul zu helfen und so zweigten sie immer mehr Säckchen ab, die alle in seiner Kammer unterm Bett verschwanden. Jeden Tag saßen sie auf den Bäumen, rupften an den Ästen und ließen die braunen Nüsse in ihre Säcke kollern. »Dat wird ein schönes Zubrot«, rief sie und langte nach ausladenden Ästen. »Ja, und schöne Nüsse sind dat«, entgegnete er, besah sich die dicken Eckern, staunte, dass es kaum taube und verwurmte gäbe, und blinzelte nach Traud.

Am Michaelstag riss sie sich beim Herunterrutschen vom Baum die Hand auf. Paul, der sofort herbeigerannt war, besah sich die aufgerissene Stelle. »Oh, dat is alles voller Spleiter«, sagte er, »die müssen raus, sonst gibt et ne Blutvergiftung.« Er beugte sich über die blutende Wunde, zog ein Tuch aus der Tasche, tupfte das Blut ab und versuchte mit den Fingernägeln die sichtbaren Spreißel zu ziehen.

»Da is noch wat drin«, sagte Maria, als Traud abends nach Hause kam und die verwundete Hand zeigte. Maria versuchte die übrigen Splitter zu fassen. »Ich komm net richtig dran. Wir brauchen wat Spitzes, ne Pinzette.«

»Lass doch Mutter. Dat macht doch nix.« Maria zog einen weiteren Holzsplitter aus der Wunde und hielt ihn Traud vor die Nase. »Doch, doch ... die müssen all raus, sonst vergiftet sich dein Blut.« Am Abend borgten sie im Haus eine Pinzette. Maria zog das murrende Mädchen unter ein Kerzenlicht und zupfte an der Wunde herum.

Trauds Verletzung begann schon am anderen Tag zu klopfen, ein paar Tage darauf eiterte sie und bald lief ein dunkler Strich entlang der Pulsader bis hoch zum Ellenbogen.

Gegen Ende der Woche lag sie in der Milchkammer, nass vor Schweiß und Fieber. Dann und wann kam Maria vorbei und sah nach der Wunde. »Jetzt isset ne richtige Blutvergiftung«, stellte sie fest und kräuselte besorgt die Stirn, »so wat is gefährlich. Wenn der Strich am Herzen ankommt, isset aus. Ich geh und besorg Kernseif.«

Schon bald trug sie eine Schüssel mit dampfendem Wasser herein, löste einen Brocken Kernseife darin auf, nahm Trauds Hand und legte sie vorsichtig in die schmierige Lösung. Traud zuckte zusammen und zog die Finger zurück, aber Maria fasste die Hand erneut, legte sie zurück ins Wasser. »Lass sie drin. Et muss so heiß sein, wie du et vertragen kannst. Sonst gehn die Bazillen net raus.« Sie bewegte die Hand im Wasser. »Wir müssen aufpassen, dat die net ins Herz wandern.«

Zwei Wochen lag Traud in heftigem Fieber. Maria kam alle paar Stunden, badete die Hand in der milchigen Lauge, brachte Milch, sprach ihr gut zu, sorgte, dass sie es warm hatte.

Unzählige Male linste Paul in das schmale Fenster der Futterkammer und an einem Mittag, als er sicher war, dass alle auf dem Feld waren, schlich er sich hinein. Lange kauerte er neben der schlafenden Traud, betrachtete ihr Gesicht, strich ihr über das verschwitzte Haar und schwor sich, die Eckern unter seinem Bett so bald wie möglich zu Geld zu machen.

Heimlich brach er in der folgenden Woche auf, schleppte seinen schweren Sack, der ihn schon auf halbem Weg zu Boden zog, nach Barweiler. Im Kellerraum einer Colonialwarenhandlung gab es eine Annahmestelle für die Bucheckern. In einer langen Schlange stand er, besah sich das Regal mit Sternchenzwirn, Durchziehgummi, Knöpfen und Karamellen, wartete geduldig, bis die vielen Frauen und Kinder, die außer Eckern auch Waldbeeren dabei hatten, bedient wurden. Gespannt äugte er auf den Zeiger der Waage, der bis zum Ende ausschlug, als er seinen Sack in die große Schale hob. 20 Pfennig pro Kilo wollte die alte Derpels geben und Paul zitterten die Hände, als die Krämerin etwas von fast 25 Kilo murmelte.

Aber statt Geld aus der Kasse zu nehmen, überreichte sie Paul zwei Pfund Mehl in Papiertüten und notierte auf einem Blatt den restlichen Wert der Eckern als Gutschrift für einen späteren Einkauf. »Nimm deiner Mutter en schönen Gruß mit. Sie hat gesagt, mit den nächsten Eckern holt sie dat Mehl ab. Braucht ihr sonst noch wat?« Verdattert stand er mit dem Mehl im Arm.

»Aber dat sind meine Eckern«, beteuerte er, »dat Geld will ich.«

»Seit wann gibt et denn sowat?«, lachte die Derpels, »mein und dein ... Dein Mutter wird sich schon freuen, wenn du den Gutschein bringst. Willst dir ja noch kein Motorrad kaufen, oder?« Lachend griff sie nach dem nächsten Sack, den eine Frau ihr über die Theke reichte, die ebenfalls mitlachte. Geknickt verließ Paul das Geschäft. Das Mehl musste er abgeben, soviel war klar, den Gutschein auch, denn gewiss würde die Derpels nachfragen. Ein dicker Kloß saß in seinem Hals. Was sollte er bloß Traud sagen? Wäre er doch nach Wiesemscheid gelaufen, dort hätte ihn niemand gekannt.

Mitte des Monats ging das Fieber zurück und Traud war wieder einigermaßen beieinander, als es in die Kartoffelernte ging. Blass und dünn war sie geworden, das Fieber hatte an ihr gezehrt und sogar Hubert stellte fest, dass so ein Klappergestell für die Feldarbeit nicht tauge. Einen Tag blieb sie noch in der Scheune auf dem warmen Stroh liegen, aber dann war sie – auch wegen Paul – nicht mehr zu halten und bettelte darum, endlich wieder hinaus zu dürfen. Fahl und kraftlos ging sie an Marias Seite über den Hof, als Paul, der schon längst auf diesen Tag gewartet hatte, herbeigerannt kam und ihr sogleich seine Hilfe anbot.

Obwohl Maria Traud einen vielsagenden Blick zuwarf, sah man die beiden bereits am anderen Tag gemeinsam auf dem Acker, zwischen den braunen aufgeworfenen Furchen, hintereinander und nebeneinander, und besonders Paul war die Freude über Trauds Genesung anzusehen. »Hab alles verkauft«, raunte er ihr zu, als sie sich unbeobachtet fühlten. »Komm heut Abend raus, hinter den Schuppen, da gib ich dir dat Geld«, verriet er und schmunzelte. »Ein schönes Zubrot haben wir, ein richtig schönes Zubrot.«

Am Abend blieb Maria länger als gewöhnlich im Haus. Die Bäuerin hatte ihr noch einiges an Flickwerk aufgetragen und so war es für Traud keine Schwierigkeit gewesen, unbemerkt aus dem Stall zu kommen. Paul wartete bereits, als sie hinter dem Holzschuppen hervor kam und empfing sie, indem er sie heftig an sich zog und ihr einen Kuss auf den Mund drücken wollte. Traud schreckte zurück, wusste einen Moment lang nicht, was sie tun sollte, drehte sich dann aber entschlossen um und wollte zurück in die Scheune.

»Traud, warte, so war et doch net gemeint«, rief er, beeilte sich, hinter ihr her zu kommen und als er sie am Ende des Gatters eingeholt hatte, packte er sie an den Schultern und stammelte: »Ich hab dich doch nur so lieb.« Sie blieb stehen und sah ihn ernst und traurig an. Die Worte ihrer Mutter kamen ihr in den Sinn.

»Meinst wohl, mit mir kannste alles machen, bloß weil wir kein Dach überm Kopf haben?« Vorwurfsvoll brannten ihre Augen.

»Ich hab dich lieb, egal wat du bist und wer du bist«, entgegnete Paul, »und jetzt bin ich froh, dass ich et endlich gesagt hab.« Er kramte aus seinen Hosentaschen einen dunklen Stoffbeutel hervor, den er mit einer Kordel zusammengezogen hatte. »Net dat du meinst, dafür müsstest du mir einen Kuss geben«, sagte er und reichte Traud die Münzen. Sie zögerte einen Moment, sah verlegen einer Katze nach, die hinter dem Zaun durch das fahle, dürre Gras schlich. Dann nahm sie den Beutel und verbarg ihn hastig unter ihrem Leibchen.

»Danke, wir brauchen dat Geld dringend.« Sie wollte sich davonmachen, aber er hielt sie zurück. »Denk net immer so schlechte Sachen von mir. Ich tät für dich alles machen, sogar stehlen.« Er dachte an die Münzen, die er ihr gegeben hatte, spürte aber keine Gewissenbisse. »Ich weiß et, aber jetzt muss ich fort.«

Sie hatte sich kaum ein paar Meter entfernt, da besann sie sich eines Besseren. Sie verlangsamte den Schritt, kehrte um und noch ehe sie sich versah, hielt Paul sie fest, zog sie erneut hinter den Bretterverschlag, wo er sie heftig küsste.

»Wo warst du?«, fragte Maria, die vor ihr in die Kammer zurückgekehrt war. Traud gab keine Antwort. In Maria stieg Wut hoch. »Wo bist du gewesen?«, wiederholte sie. Traud sah nur auf den Boden mit einem starren Ausdruck, der kein Gefühl erkennen ließ. Hart schlug ihr Maria ins Gesicht. Außer sich vor Zorn schrie sie und tobte, schlug erneut nach Traud, die sich zurückbog und versuchte, sich mit den Armen zu schützen. Als sie merkte, dass Blut aus der Nase lief, nahm sie einen Fetzen Stoff aus dem Beutel und betupfte die verwundete Stelle. »Leg dich jetzt hin«, befahl Maria, »untersteh dich net noch mal so lang draußen zu bleiben!«

Traud zog die Schuhe aus, legte sich in ihren Kleidern auf das Stroh und hielt die Augen geschlossen. Ab und zu strich ihr rechter Fuß über den linken, wo über den Zehenknöcheln die Forstbeulen juckten. Schlafen konnte sie lange nicht. Nebenan im Stall stampften die Pferde, schabten mit ihren Hufen und schnaubten. Sie horchte auf das Brummen einer Fliege, die durch die Kammer surrte, bis Maria ein Tuch nahm und auch nach dem Insekt schlug.

Mitten in der Nacht wachte Traud auf. Sie tastete mit ihren Händen, spürte etwas Feuchtes zwischen den Beinen und raffte den Rock hoch. Im Schein des Mondes erkannte sie, dass helles, rotes Blut über die Schenkel rann, in den Rock tropfte, wo bereits dunkle rote Flecken entstanden waren. Voller Entsetzen wühlte sie in ihrem Beutel nach einem Tuch und stopfte es sich zwischen die Beine. Vor Schreck glaubte sie sterben zu müssen. Angst saß in ihrem Bauch, ihre Hände zitterten. Maria schlief ruhig und fest. Traud fiel ein, dass auch sie auf die gleiche Art blutete. »Wenn du auch soweit bist«, so Marias Worte, »dann biste en Frau.« Stumm heulte sie vor sich hin, während das Blut auf Rock und Strümpfen verkrustete.

Nimmerwieder

An die zehn Jahre zogen die beiden nun schon durch die Eifel, von Sassen bis in die Struth, hinauf ins Ahrtal, hinunter an die Mosel. Stets in der Hoffnung auf mildherzige Menschen zu treffen, die entweder Arbeiterinnen brauchen konnten oder aber eine Verwendung für die getrockneten Kamillenblumen hatten, die sie gegen ein paar Pfennige, ein Ei, einen Kanten Brot oder ein warmes Essen eintauschten.

Sie waren ihre Wege schon so oft gegangen, dass sie jeden Baum kannten und jeden Steg und auch zu allen Zeiten, selbst in der tiefsten Nacht, nicht irrten. Sie besaßen nur das, was sie auf dem Leib trugen, dazu ein paar Leinentaschen, gefüllt mit kärglichem Proviant und ein paar Lumpen, die sie auf einem schiefen, zweiräderigen Handkarren hinter sich herzogen.

Mit den zerlumpten Röcken, von denen Maria der Last wegen gleich mehrere übereinander trug, streifte sie den Boden. In den schief gelaufenen Schuhen ging sie müde und erschöpft, die strähnigen, grauen Haare, die sie nur halbwegs zu einem Zopf zusammengebunden hatte, hingen ihr über die matten Augen, das Gesicht wirkte ebenso grau wie die Haare, die Haut wie gegerbt, die Hände verschafft und rissig. Die ganzen Jahre dachte sie immerzu, dass dieses Elend irgendwie aufhören müsse, ganz und von selbst irgendwann aufhören müsse und so jammerte und betete sie. An sämtlichen Wegeskreuzen erhob sie laut und klagend ihre Stimme, flehte um Gnade und Gerechtigkeit, denn immer schwerer drückte sie ihr Dasein, immer mehr erschöpfte es sie, zu Fuß, bei Sturm und Regen, Hitze und Kälte, Schnee und Eis über Land zu ziehen. Ihr Leben war ihr so bitter und oft sagte sie, dass das Beste, was Gott zu geben habe, der Tod sei. »Nur Not und Kummer, dat is alles, wat ich für uns seh, mühsam schleppen wir uns von Dorf zu Dorf, Sommer und Winter und immerdar, en Leben wie en Hund et net führen möcht.«

Traud sah wohl den üblen Zustand und vermochte auch zwischen sich und den anderen zu unterscheiden. Zwar saß in den Dörfern, durch die sie zogen, die Not ebenso hinter den Türen, ernährten die mageren Wiesen doch kaum das Vieh. Und wenn sie bei den Bauern arbeiteten, hatte sie am eigenen Leib die Mühsal gespürt, den kargen Vulkanböden Nahrung abzugewinnen. Viele lebten von der Hand in den Mund, als Tagelöhner oder Viehjungen, mussten weit weg, in die Städte, um sich als Fabrikarbeiter durchzuschlagen. Einigen ging es so wie ihnen, stets unterwegs, landauf, landab, ein Hausiererleben, ein Bettelleben.

Die Reichen hingegen, das hatte Traud bei Botengängen gesehen, lebten wie die Herren. Die Wohnungen waren eingerichtet mit Sesseln und Kommoden, richtigen Betten mit Sprungrahmen, die Schränke gefüllt mit gesponnener Leinwand und feinstem Damast, Glas und Porzellan. Sie glaubte auch, sich erinnern zu können, dass es mit ihnen einst besser gewesen war. Wehmütig bewahrte sie ein Bild ihres Vaters im Gedächtnis, das sie sich vom Hörensagen zusammengereimt hatte, das Bild eines arbeitsamen, klugen Bauern, dem zu früh der Tod begegnet war, weswegen sich ihr Leben nun so schäbig und arm gestaltete. Die Erinnerung an diese besseren Zeiten lag weit und fern, wie ein schöner Stern, aber sie haderte nicht.

Traud, im November 23 Jahre alt geworden, zerlumpt, aber fein und schlank im verschossenen Kleid, mit zarten Zügen, langen braunen Locken über einer ungewöhnlich hohen Stirn und einer gewissen Melancholie in den dunklen Augen, hatte niemals Regeln und Anstand gelernt. Dennoch schien sie scheu und schlicht, war sie doch von der Mutter angehalten, wenig zu sprechen, umsichtig zu sein, die Welt sei voller Lumpengesindel ...

Längst schon hatte sie sich an das Gejammer der Mutter gewöhnt, kannte nichts als das unstete Leben und weil sie es nicht besser wusste, dachte sie oft bei sich, dass sie es so schlecht nicht getroffen hätten. War es doch draußen im Wald oft heimelig und still, wie lebendig war die Nacht, wie geheimnisvoll war es, wenn ein Flüstern durch die Zweige ging, ein Seufzer entlang der hohen Stämme, als sehnten sich die Bäume nach etwas. Wie schön war es, wenn Käuzchen schrien und Leuchtkäfer tanzten, wenn sich frühmorgens Rehe an den Waldrändern zeigten, wenn an jedem Gras Tautropfen blitzten, sich beperlte Netze über die Büsche spannten und der Wald wie mit Silber überschüttet war. Wie gut roch ihr Strohbett, wie lieb waren ihr Eichkatzen und Füchse. Niemand kam den Hasen und Mardern so nah wie sie; allein für sie musizierten Grillen und Frösche. Auch wenn der Sturm die Wipfel der Tannen bog und beugte, Blitze zuckten und Regen prasselte, war sie am liebsten draußen und sah in den Himmel. In ihrem schlichten Empfinden dachte sie, dass es ohnehin gottgewollt sei und für sie das Beste, in den Wäldern zu hausen, die Natur zu atmen und sich von dem zu nähren, was sie mit ihren Händen schaffen konnten.

Das einzige, was Traud Sorgen bereitete, war die Mutter. Marias Schritte waren mit den Jahren kürzer geworden und seit dem Herbst humpelte sie. Die Anstrengungen des letzten langen, eisigen Winters hatten sie entkräftet, sie war abgemagert, an den Füßen quollen Beulen, es stach ihr in der Lunge und oft kämpfte sie um Luft.

Den ganzen Advent hatte Traud um ein Wunder gefleht, aber statt eines Wunders verschlimmerte sich Marias Zustand und daran änderte auch die Steinhütte bei Mosbruch nichts, in der sie seit Tagen hausten, ein Feuer unterhielten und sich mit gebratenen Kartoffeln und Kamillentee am Leben hielten. Ein umherziehender Scherenschleifer hatte Traud geraten, den Strumpf der Mutter, nachdem sie ihn acht Tage getragen, umzuwenden und um den Hals zu wickeln. Als das nicht half, war Traud fest entschlossen nach Kolverath zu laufen, um Hilfe zu holen.

Weil aber Maria eine unbändige Angst vor der letzten Stunde befiel und sie partout nicht alleine bleiben wollte, erhob sie ein schreckliches Geschrei. Eher wäre sie bereit sich aufzuraffen, trotz des Schnees und der Eiseskälte selbst um Hilfe zu gehen, Traud sollte nur bei ihr bleiben, unbedingt bei ihr bleiben, ihr beistehen in ihrem Leid.

Am Vorabend des Weihnachtsfestes 1909 lag tiefer Schnee und eine schneidende Frostluft ließ alles gefrieren. Da bewegten sich von der Kolverather Höhe herab zwei Gestalten langsam auf das Dorf zu. Maria stöhnte schwer, unter ihren Schritten knarrte der Schnee, mühselig schleppte sie sich über die vereisten Wege. Traud stützte sie, sprach ihr gut zu, dann wieder betete sie ein Stück und suchte nach Lichtpunkten im verzehrenden Dunkel. Es war so still, so tot und kalt, und Traud begann zu schluchzen. An mehreren Häusern keuchten sie vorbei, mühsam erreichten sie den Michelshof, Heim ihrer einstigen Nachbarn, wo noch Licht in der Stube brannte. Verzweifelt klopfte Traud gegen die Tür.

»Mein Mutter! Helft uns! Lasst uns rein, schnell, beeilt euch ...« Sie klopfte und heulte. Im Haus gab es Geflüster. Die Bäuerin trat mit einer Lampe in der Hand vor die Tür. »Mein Gott, wat um alles ...« Sie stockte. »Dat is doch ... Maria, bist du et?«

Traud antwortete statt der Mutter und ließ sich dankbar in die Stube führen. Drin befanden sich außer der Frau die vier dunklen – inzwischen halbwüchsigen – Kinder und die Großmutter, die in einem Sessel am Ofen eingeschlafen war. Die Kinder drängten sich neugierig um die Eintretenden und musterten sie mit scheuer Neugier. Armselig, wie armselig.

Maria sank, kaum dass sie die Wärme spürte, kraftlos auf die Dielen. Ihr langes weißes Haar hing wirr um den Kopf, das zerquälte und eingefallene Gesicht trug Züge langen Leidens.

Zusammen mit der Bäuerin schleppte Traud die Fiebernde über den Boden und bettete sie auf einer Holzbank am Ofen. Während sie neben ihr kauerte, legte die Bäuerin frisches Holz auf. »Gleich wird et warm. Dat hilft.«

Traud sah zu, wie sie Milch aufkochte und Grieß hinein gab. Zitternd strich sie ihrer Mutter über den Kopf und wusste nicht, ob sie vor Hunger so schlotterte, vor Kälte oder aus Angst. Was wäre, wenn die Mutter stürbe? Was würde aus ihr werden?

Für die Nacht hatten sie Maria auf einem Bündel Stroh gebettet. Mit geschlossenen Augen lag sie da, schwer atmend. Ein Laken und ein paar Kleidungsstücke waren über sie gebreitet. Neben ihr hockte Traud, blass und verängstigt, schob ihr zur Erleichterung eine Decke unter den Kopf, betastete die brennende Stirn, erschrak jedes Mal, wenn Maria krampfhaft um Luft rang.

Die Kranke schien eingeschlafen und als sie die Augen wieder öffnete, beugte sich Traud zu ihr und fragte leise: »Wie isset dir?«

»Mir isset gut«, antwortete Maria und nach einer langen Pause brachte sie hervor: »Traud, dat du et weißt. Ich bin net mehr lang bei dir.«

Dann befiel sie erneut ein quälender Stickhusten, und es vergingen angstvolle Minuten, bis sie sich wieder etwas erholt hatte. Als der Anfall vorüber war, lag sie schweißnass und matt auf ihrem Lager, hielt die Augen halb geschlossen.

»Mutter, nimm mich doch mit«, bat Traud verzweifelt, »wat soll ich denn allein anfangen? Bin doch unnütz auf der Welt.«

»Nee, nee, du bist net unnütz.« Mühsam hob Maria den Kopf. »Du hattest immer en tapferen und guten Mut. Ich weiß dat. Versprich mir, dat du stark und mutig bleibst, hüt dich vor den Menschen, die sind net all gut«, flüsterte sie und strich ihr über die Wangen. Traud stiegen Tränen in die Augen. Die ungewohnte Zärtlichkeit von Maria schnürte ihr den Hals zu, denn es war nicht üblich zwischen ihnen, wie bei allen armen Leuten. Sie beugte sich herab, umfasste die Mutter, presste den Kopf an Marias Brust, richtete sich wieder auf und barg ihr Gesicht in beide Hände.

Die ganze Nacht wachte sie neben Marias Lager. Lange und aufmerksam hatte sie das ruhige und friedliche Gesicht der Mutter studiert. Obwohl sie sich vor Müdigkeit kaum noch halten konnte, dachte sie, wenn sie jetzt in den Schlaf sinke, wäre es das letzte Mal, dass sie ihre Mutter lebend bei sich hätte. Der Gedanke bald allein zu sein, verursachte einen stechenden Schmerz in der Herzgegend. Sie spürte die Nüchternheit dieser Stunde bis ins Mark und hatte kein Gebet, alles war stumm in ihr, das Unerbittliche des Todes war etwas Grausames, dem sie nichts entgegen halten konnte, und sie wünschte die Zeit zurückdrehen zu können, weit zurück bis ins Nichts.

Gegen Morgen sah die Michelsbäuerin nach den beiden und fand Traud winselnd vor Marias Füßen, auf dem Boden liegend. Der Pfarrer wurde gerufen die Tote auszusegnen, die Kinder des Dorfes wurden angeschickt, die sieben Kreuze zu beten.

Schon gegen Mittag ging es in Kolverath von Haus zu Haus, dass eine der Hausiererinnen in der Nacht verstorben sei. Als die Sterbeglocke geläutet, der Leichnam in die Stube geschafft und das Sterbebett aufgerichtet wurde, kauerte Traud mit entseeltem Blick am Boden. Nur halb gewahrte sie, wie Maria die Hände gefaltet und das Kinn aufgebunden wurde und aus allen Häusern Frauen herbei kamen, um zu beten und Totenwache zu halten.

Ungerührt saß sie zwischen den Schwarzgekleideten, die abwechselnd das Glaubenbekenntnis beteten, dann die Rosenkränze zur Hand nahmen und laut klagend die Muttergottes um Hilfe riefen; mit dem schmerzhaften Rosenkranz zuerst, dann dem freudenreichen, zuletzt dem glorreichen. Bevor sie die lauretanische Litanei anschlossen, beteten sie noch ein Vaterunser für denjenigen, der als nächstes von ihnen stürbe. Traud hoffte inständig, dass sie es sei, schien ihr das Leben doch unwert wie nie zuvor; wusste sie doch ohnehin, dass sie der Verstorbenen irgendwann folgen würde. Der Gedanke daran war tröstlich, noch tröstlicher als der Beistand der Bauern, die für Maria beteten.

Zum Tod der Mutter hatte sie drei Messen lesen lassen, das war alles, was sie selbst beisteuern konnte. Ansonsten hatte sich die Gemeinde der Verstorbenen angenommen. So war ein Sarg beschafft, ein Platz auf dem Kirchhof bestimmt und der Michelsbauer hatte für die Totenmesse gesorgt.

Es war ein Begräbnis, wie es das Dorf selten erlebt hatte. Vier Männer trugen den grob gezimmerten Sarg und hinter ihnen her kamen zwei blaulippige, schlotternde Messdiener. Dann folgte Traud in ihrem zerrissenen Rock, dem ausgedienten Schuhwerk und einem schwarzen Tuch um den Kopf, begleitet von den Frauen, die die Totenwache gehalten hatten. Nach ihnen reihten sich die Kinder ein, die vordersten ernst und schweigsam, die hinteren lachend und scherzend. Ein dürftiger Trauerzug.

In der Nähe einer großen Linde, unweit eines Kreuzgangs, hatte der Totengräber mühselig aus der gefrorenen Erde die Grube gehoben. Als der Leichenzug sich dem Grab näherte, trat der Pfarrer hinzu, begleitete das letzte Stück des Weges mit einem spärlichen Requiem. Vor dem offenen Grab ließen die Männer mit Hilfe von Seilen den Sarg hinab, der Pfarrer sprach die Gebete, nochmals wurde ein Psalm gesungen. Zwei der Träger richteten das Kreuz auf. Die Leute des Dorfes warfen jeder der Toten eine Handvoll Erde nach und als ihr Kreis lichter wurde, drängten sich die Kinder an die Gruft, bemaßen mit staunenden Augen die Tiefe und warfen ein paar Tannenzweige auf die hölzerne Kiste.

Bald stand nur noch Traud am offenen Grab, sah auf den Sarg, auf die Linde, die das Grab schützen würde. In der Hand hielt sie Marias Rosenkranz, den sie als einziges von den Sachen der Mutter an sich genommen hatte. Sie senkte den Kopf und betrachtete ihre Schuhe. Die Sohlen waren längst abgelaufen. Sie befühlte die offene Stelle an den Fersen. Auch oben zeigten sich Risse. Sie lehnte sich an die Linde und schloss die Augen. Maria hatte einmal gesagt, es sei etwas Wunderbares um die Kraft der Menschen, durchzuhalten. Bei diesem Gedanken vermochte sie die Tränen nicht mehr zurückzuhalten.

Der leichte Wind, der sich aus Osten erhob, war eisig kalt und stach ihr ins Gesicht. Was sollte sie nur anfangen? Sie dachte an Marias Augen, an ihr Haar, an ihre Hände. Sie dachte daran, was sie alles gesagt hatte, wie elend doch ihr Leben war und dass es jetzt wenigstens eine von ihnen warm hätte.

»Aber ich, wat mach ich nur«, schluchzte sie und wischte sich mit den blau gefrorenen Händen die Nase, »wat soll ich nur anfangen?«

Vielleicht war es seit jenem Tag, dass sie glaubte, sich der Welt und den Menschen verschließen zu müssen. In einem weiten Bogen war sie erst spät zum Michelshof zurückgekehrt, um Abschied zu nehmen und zu danken, den Leuten, die es gut mit ihr und der Mutter gemeint hatten.

Noch tagelang strich sie im Dorf und auf den Feldern herum, als könne sie nicht weiter. »Dat armes Mensch«, sagten die Bauern und schüttelten bedauernd die Köpfe. Lange brachte sie es nicht fertig Kolverath zu verlassen. Einige Male hatte sie es versucht, war aber doch wieder zurückgelaufen, einmal mitten in der Nacht, zum Grab, dann am Elternhaus vorbei, barg das Dorf doch das Kostbarste, was sie je besessen hatte. Immer wieder dachte sie, dass sich der Hügel doch auftun müsse, die Mutter freigeben, die so tief in der harten, gefrorenen Erde lag.

Endlich ging sie fort.

Es war immer noch schneidend kalt, aber der Himmel wölbte sich bereits blau, dann und wann lugte die Sonne hervor. Der Weg ging über frostige, zugefegte Wiesen. Hinter den Wiesen lag der Wald. Tannen wechselten mit alten Eichen, der Weg wurde schmaler, lange Baumstämme lagen längs der Wege, ein Rehbock schreckte hoch im Gehölz, ein Bach stürzte zu Tal. Auf einer Lichtung plätscherte ein Drees.

Traud ließ sich am Brunnenrand nieder, schöpfte Wasser mit der Hand und trank. »Brunnenmännchen kumm, ich schenken dir en Bunn«, hörte sie Marias Stimme. Sie schüttelte den Kopf und starrte ins rötliche Wasser. »Alles vorbei«, dachte sie, stand auf, wischte die nassen Hände am Rock ab.

Am nächsten Tag wanderte sie vom frühen Morgen bis zum späten Abend, straßauf, straßab. Alles, was sie sah, betrübte ihr Herz. Die Menschen erschienen ihr dumpf und böse. Sie wollte mit niemandem sprechen, obwohl sie sich einsamer fühlte denn je, spürte weder Hunger noch Durst. Marias Rosenkranz baumelte um ihren Hals.

Dannesseln

In der Eifel wurde es Frühling. Das erste zarte Grün legte sich über die Wiesen und der wenige Schnee, der jetzt noch fiel, blieb nicht mehr liegen. Die Sonnenstrahlen brachen sich in unzähligen Regentropfen, die an den noch kahlen Zweigen hingen.

Ein paar Tage schon hatte Traud so gut wie nichts gegessen, außer einem Ei, das sie einem Nest entnommen, ausgestochen und getrunken hatte. Wasser gab es im Überfluss, aber die Felder lagen öde, die Sträucher standen kahl.

Sie hatte keine Kamillenblumen mehr zum Verkauf, so dass sie erwog, im nächsten Dorf zu betteln. Obwohl Maria ihr tausendmal eingeschärft hatte, dass sie keine Bettlerinnen seien, schreckte sie dieser Gedanke nicht mehr. Sie dachte nur daran, irgendwo ein bisschen Ruhe zu finden, einen Platz, an dem sie, wenn auch nur kurz, ein wenig Schutz finden könnte.

Gegen Mittag erreichte sie die Franzenmühle bei Mannebach. Mehrfach schon war sie mit Maria durch Mannebach gezogen und sie kannte ein paar Häuser, wo man um Arbeit anfragen könnte. Sollte sie nichts finden, beschloss sie neben dem Dorfbrunnen die Hand aufzuhalten.

Bei Nikolaus Jax, einem Gesundbeter und Wunderheiler, der insbesondere Warzen und Hautausschläge wegbetete, erhielt sie einen Teller Dickmilch. In den anderen Häusern gab es nur abschlägige Antworten. Mit der Feldarbeit wäre es noch nichts, kräftige Männer würden gebraucht zum Umgraben der Felder, keine schwachen Weiber. Traud hörte nicht mehr zu, als man ihr im letzten Haus mit abwehrenden Handbewegungen entgegen trat und verließ wortlos den Hof, zog ihr Bündel hinter sich her, das über den Boden streifte und wusste nicht mehr wohin. Die Sache mit dem Betteln verwarf sie, damit würde es hier auch nichts werden. Sie müsste also weiter, fort und immer wieder fort. Sie durchquerte ein weites Waldstück, dann ein zweites.

In ihrer Verzweiflung und Erschöpfung blieb sie am Ortsausgang von Arbach neben einem Wegekreuz stehen und schloss die Augen. Ihr schwindelte, die Beine knickten ein. Eine ganze Weile saß sie im Halbdämmer, gelehnt an den Stein. Ein gefleckter, armseliger Köter, der herum strich, schnoberte an ihren Füßen. Sie hatte nicht einmal die Kraft, ihm einen Tritt zu geben.

Als sie ihren Namen rufen hörte, schreckte sie auf. »Traud, Traudchen!«, hörte sie eine Männerstimme von den Wiesen her. Noch benommen sah sie, wie ihr eine Gestalt aufgeregt entgegen rannte, mit der Mütze winkte und weiterhin ihren Namen rief. Als sie erkannte, dass es Paul war, richtete sie sich mühsam auf. Nie hätte sie geglaubt, ihn nochmals wiederzusehen.

Er war jetzt fast bei ihr, ließ seinen Beutel ins Gras fallen und öffnete seine Arme. »Traud, ich hab dich gesehn. Als du durch dat Dorf bist. Ich konnt nur net sofort weg. Bin im Lohn beim Kuffes. Sag, wie siehst du denn aus?« Entsetzt registrierte er ihren verwahrlosten Zustand, das müde, abgezehrte Gesicht, die matten Augen. »Fehlt dir wat?«

Traud schüttelte den Kopf, erzählte kurz, dass sie ihre Mutter verloren habe und sich jetzt alleine durchschlage. »In Kolverath liegt die Mutter und ich wusst net wohin. Von hier muss ich auch wieder fort. Ich find kein Arbeit.«

»Ich frag für dich. Beim Kuffes gibt et immer wat zu tun und wenn et nur für zwei Tag ist«, bot Paul an und fügte hinzu: »Ich muss wieder fort. Aber du – bleib hier und warte. Oder nein, besser geh doch einfach mit und wir fragen zusammen.«

Sie wehrte ab. »Schau doch, wie ich ausseh. So gibt mir keiner Arbeit. Die Leut denken, ich wär en Diebin, en Bettelmensch.«

»Denk doch sowat net. Wenn se dich erstmal kennen ... Du bist immer noch so hübsch, und dein Haar is so wild wie früher.« Er strich ihr über die dunklen Locken. Die Berührung tat gut und Traud lächelte. »Wenn du willst, komm gegen Abend hier vorbei. Ich wart auf dich.«

»Ja, Traud, ich komm. Und dat du ja wartest. Denk dran, mir wird schon wat einfallen.«

Im ersten Moment dachte sie daran, schnellstens von Arbach zu verschwinden, das nächste Dorf lag nicht weit, eine Stunde höchstens. Andererseits gefiel es ihr, dass er ihr hinterher gerannt war und sich nun wieder um sie bemühte. Sie tastete nach dem Taschentuch. Ja, sie würde auf Paul warten. Warm wurde ihr bei dem Gedanken, dann aber fielen ihr die Warnungen der Mutter ein, dass es nichts Gutes bedeuten könne, wenn sich jemand um sie bemühe. Kurz entschlossen packte sie sich ihr Bündel auf den Rücken und machte sich auf den Weg nach Salcherath.

Auf halber Strecke fielen ihr seine munteren Augen ein, die sie so herzlich angelacht hatten und es reute sie, gegangen zu sein. Sie zögerte. Am Eulenberg verlangsamte sie den Schritt. Jetzt wäre es sicher zu spät, umzukehren. Paul würde längst nach ihr Ausschau gehalten haben und enttäuscht zurückgegangen sein. Sie rastete auf einer Anhöhe, kramte einen Kamm aus ihrem Bündel und begann die Haare zu entwirren, die sie seit Tagen nicht mehr in Ordnung gebracht hatte.

»Wat tu ich da?«, fragte sie sich, »mich guckt ja doch keiner an.« Plötzlich hatte sie es eilig. Sie verstaute den Kamm und ging zurück in die Richtung, aus der sie gekommen war.

Von weitem schon kam ihr Paul entgegen: »Traud, wo warst du? Ich hab schon gedacht, du bist wieder fort ... Du kannst bei Dietrichs helfen, dat sind Nachbarn und wir können uns jeden Tag sehn.« Freudig griff er nach ihrer Hand und ein warmes Gefühl breitete sich in ihrem Bauch aus.

Bei Dietrichs gab es für Traud nur Arbeit, die sie gern erledigte. Bettenmachen, Putzen, Fegen, Geschirrwaschen und Näharbeiten. Die alte Frau Dietrichs hatte sie streng angesehen, als sie, von Paul begleitet, ihren Dienst antrat. »So jung und auf der Straß?«, fragte sie und ihr Blick verriet, dass sie sich allerhand ausmalte. Paul nahm Traud sogleich in Schutz, erzählte die ganze traurige Geschichte und ließ auch nicht aus, dass sie besonderer Unterstützung bedürfe, da sie erst kürzlich die Mutter verloren und gänzlich allein da stünde. Die alte Frau hatte trotz aller Strenge gutmütige Augen und ließ sich überzeugen, Traud bei sich zu behalten. Sie erlaubte ihr sogar in einer Kammer zu schlafen, versorgte sie obendrein nicht nur mit Essen, sondern auch mit einem groben Stoff, aus dem sie sich einen Rock nähen durfte.

So hatte sich die Sehnsucht nach einem ruhigen Platz erfüllt, nicht aber die Sehnsucht nach der Mutter und hartnäckig hielt sich das Gefühl, dass sie zurück müsse nach Kolverath, die Mutter holen, einfach abholen wie etwas, das man zurückgelassen hat. Sie erzählte Paul von ihren Gedanken und er versuchte zu trösten, besuchte sie fast täglich und es heiterte sie auf, wenn er seinen braunen Hund mitbrachte und sie miteinander schwatzen konnten.

Mitte März begann die Feldarbeit auch für die Frauen und Traud sollte mit hinaus, Kartoffeln und Rüben setzen. Als sie an den ersten Abenden müde und erschöpft vom Feld zurückkehrte, dachte sie, dass es die ungewohnte harte Arbeit sei, die ihr zu schaffen machte. Aber die Ermattung wurde schlimmer, sie wirkte abgespannter und blasser denn je, schnappte auch häufig nach Luft und musste von der Dietrichs mehrfach angehalten werden, sorgfältiger zu arbeiten.

Gegen Ende der Woche war die Atemnot noch ärger geworden und sie rang bereits auf dem Weg zum Feld nach Luft. Beim Setzen der Kartoffeln hielt sie mehrfach inne, richtete den Oberkörper auf, tastete mit der Hand nach den schmerzenden Lungen. Mit einemmal wurde ihr schwarz; Sekunden später lag sie zwischen den Ackerfurchen und röchelte. Die Knechte, die sofort behilflich waren, richteten sie auf, gaben ihr ein paar Klapse auf die Wangen und als sie sahen, dass Traud nicht in der Lage war, sich auf den Beinen zu halten, legten sie sie auf den Ochsenkarren und fuhren sie zurück ins Dorf.

Die Witwe Dietrichs schlug die Hände überm Kopf zusammen, als sie das Gefährt kommen sah. »Um Jottes willen, wat is denn dat? Ich hab se net angestellt, dat se mir krank wird. So wat kann ich net brauchen«, rief sie und blickte angewidert auf Trauds zuckenden Körper. »Man weiß ja gar net, wat se hat«, sagte sie zu den Knechten. »Geht, ruft den Paul. Der hat sich doch immer um se gekümmert, soll er auch jetzt sehn, wat er tun kann. Ich hab genug für se getan.« Im Umdrehen wies sie noch darauf hin, dass man ja schließlich nicht einmal wisse, ob Traud getauft sei.

Traud spürte weder die Blicke, noch hörte sie, was gesprochen wurde. Das Fieber, in dem sie lag, schützte vor harten Worten und neugierigen Augen. Paul, der sofort zu ihr geeilt war, schaffte es irgendwie der Dietrichs den Platz in der Scheuer abzuringen, wo er sie betten und pflegen wollte. »Ich weiß net, ob dat gut is, ob de net besser die Finger davon lässt. Komm ihr net zu nah, du weißt ja net, wat se hat«, warnte die Dietrichs, »nachher steckst du dich noch an.«

Paul dachte nicht an sich, sah nur, dass Traud Hilfe brauchte und spürte deutlich, dass jeglicher Beistand nur von ihm kommen konnte. Und so richtete er ihr das Lager dort, wo er sie einigermaßen geschützt wusste, hoffte und betete.

In jener Nacht fand Paul keinen Schlaf. Immerzu dachte er an Traud und ein ungutes Gefühl plagte ihn. Schließlich lief er hinüber zu Dietrichs Scheune, wo er bereits von draußen ihr entsetzliches Röcheln hörte. Die Scheunentür war verrammelt und so verschaffte er sich Eintritt über Stall und Futterküche und stand endlich vor ihrem Krankenlager. Es war beklemmend finster in der Scheune, er konnte nichts erkennen, tastete nach Streichhölzern in seiner Tasche, fand aber keine, langte nach Traud und fühlte bloß etwas Warmes, Feuchtes, erschrak über die seltsame Empfindung, die ihn beschlich.

Während sie um Luft rang, rannte er hinaus, zurück durch den Stall in die Küche, wo er beim Herd Hölzer fand. Mit zittrigen Händen entzündete er neben ihrem Lager ein Hölzchen, kurz flammte es auf, er sah Blut auf ihrem Gesicht, um ihren Mund, an ihren Händen, an der wollenen Decke. Alles war voller hellroter Flecken und als das Hölzchen erlosch, war ihm, als ob Dunkelheit und Sterben eins seien.

Er zündete ein zweites Hölzchen an. Traud röchelte und bewegte angstvoll die Hände. Wieder verlosch das Hölzchen. Er nahm ein Tuch aus der Hosentasche und wischte ihr das Blut vom Mund. Sie zuckte. Danach lag sie, mit irrem Blick, ohne sich zu rühren und er spürte, dass sie weit weg war. In der Küche füllte er einen Krug mit Wasser, goss eine Tasse halbvoll und beeilte sich, wieder in die Scheune zu kommen.

»Trink en bisschen«, flüsterte er und hielt ihr die Tasse hin, »dat wird dir gut tun.« Er richtete ihr den Kopf auf, um ihr zu helfen, aber kaum hatte sie einen Schluck genommen, sank sie wieder kraftlos zurück. Dann setzte er sich neben sie ins Stroh und wartete. Trauds Haare lagen aufgelöst auf der Decke. Vorsichtig streckte er seine Hand aus, strich über die vom Schweiß verklebten Strähnen, streichelte sie sanft und fürchtete nichts mehr, als dass sie sterben könnte.

Irgendwann tief in der Nacht kam sie zu sich, bemerkte Pauls Hand auf ihrem Haar und lächelte erfreut über die Berührung.

»Geh doch heim«, sagte sie, »wat willste bei mir bleiben?«

»Nee, ich lass dich net allein, nie lass ich dich allein.«

Sie lag eine ganze Zeit schweigend und sah ihn an. Eigentlich sah sie nur seine Umrisse, spürte seine Hand auf ihrem Haar, an ihrem Kopf, manchmal an ihrem Ohr.

»Warum willst du, dat ich gehn soll?«, fragte er.

»Ich schäm mich so«, antwortete sie. Sie musste schlucken, sirrend ging ihr Atem und sie rang um Luft, was einen erneuten Hustenanfall zur Folge hatte.

»Du darfst kein Angst haben. Ich bin dir gut, dat gilt für immer. Vielleicht ist et ja net so schlimm. Morgen werd ich Medizin holen, in Kelberg, dann wird et besser, wirste sehn.« Paul griff nach dem Wasserkrug, den er neben dem Krankenlager ins Stroh gestellt hatte. Er feuchtete ein Tuch an und legte es Traud auf die Stirn. Dann begann er, ihr das Gesicht zu waschen, den Hals. Ihre Haut erschien ihm so weiß, so durchscheinend und wieder beschlich ihn das Gefühl, sie zu verlieren. Er zog ihr das Leibchen aus, aus dem das bestickte Tuch heraus fiel; sie ließ es sich gefallen. Er wusch ihr die Arme, die Brust, trocknete sie ab, zog sie wieder an.

»Komm net so nah«, warnte sie, »net, dat du dich ansteckst.«

Dann nahm er sie in die Arme und wartete, bis das bläuliche Licht des Tages die Scheune erhellte und er zu Kuffes zurück musste.

Paul hielt, was er versprochen hatte. Er schaffte es nicht, dass ein Arzt nach ihr sah, wohl aber gelang es ihm, eine Medizin zu erhalten, auf Umwegen zwar, dafür umso wirksamer.

Er war ein Tee aus Dannesseln, der auf den hiesigen Äckern wuchs und als Geheimmittel gegen Auszehrung und Lungenleiden galt. Jeden Tag, morgens und abends kam er, setzte zwei Esslöffel der zerkleinerten Pflanze in einer Tasse mit kochendem Wasser an und sorgte dafür, dass ihn Traud schluckweise trank, denn nur so wirkte er. Er plauderte mit ihr und sprach ihr Mut zu. Er brachte Milch, frische Tücher, Wasser, fütterte sie mit Brei und eine Weile schien es, als ob Traud ihn nicht einmal sähe. Sie lag und hielt die Augen geschlossen, spürte einen unsäglichen Schmerz auf den Lungen, besonders beim Einatmen und es wäre ihr Recht gewesen, hätte sie jemand erlöst von den Qualen, die nicht nur von der Krankheit kamen.

Einmal hatte sie zu Paul gesagt, dass es doch sowieso egal um sie sei, dass niemand sie vermisse, niemand sie brauche. »Dat stimmt net, dat is net wahr, ich brauch dich«, hatte er gesagt und gehofft und gefleht, Traud, seine Traud, würde wieder genesen.

Erst nach über vierwöchigem Lager erholte sie sich. Obwohl im Dorf keiner mehr einen Pfifferling für sie geben wollte, hatte ihr Gesicht doch wieder Farbe angenommen und die Mattigkeit in den Augen nachgelassen. Paul war die Freude über die Besserung deutlich anzumerken und sogar sein brauner flapsiger Hund sprang um Traud herum, schnüffelte an ihren Füßen und wedelte mit dem Schwanz. »Is ja gut, Stüpp, is ja gut«, lachte sie. »Gell Stüpp, dat Traud wird wieder«, schäkerte Paul und kraulte dem struppigen Tier den Hinterkopf. »Bleib noch liegen. Ich muss fort, aber heut Abend hol ich dich und dann machen wir en Spaziergang. Wirst sehn, dat geht schon.«

Traud wusste nicht, wie lange sie gelegen hatte. Nur langsam spürte sie ihre Kräfte zurückkommen und dachte daran, dass sie diese Kräfte bald brauchen würde, um weiter zu ziehen. Bis zum Abend hatte sie sich ein wenig hergerichtet, das schlafverlegte Haar gekämmt und den neuen Rock angezogen. Als Paul mit Stüpp erschien um sie zu holen, war sie schon bereit, sehnte sich sogar nach der frischen Luft und drängte darauf, die Felder und den Wald zu sehen.

Stolz schritt er mit ihr durch das Dorf. Hinter einigen Fenstern bewegten sich Köpfe, blickten neugierige Augen. Dorthin, wo die Dorfstraßen in Feldwege übergingen, gingen sie. Stüpp folgte Traud auf dem Fuß. Eine Schar Buben mit einem Hund kam ihnen entgegen. In groben Leinenkitteln, mit kurz geschorenen Haaren, liefen sie um das Paar herum, neckten Paul und zogen ihn mit Traud auf.

»Kannste keine andere kriegen?«, lachten sie, nannten sie eine Vogelscheuche und Lumpenmädchen. Ein ganz Mutiger scheute sich nicht, an ihrem Rock zu ziehen. Paul packte einen der Buben am Kragen. »Haut ab und wagt et ja net, en Frau zu beleidigen! Ihr seid dat Gesindel und sonst keiner!«

Zornig blitzten seine Augen und er versetzte dem Jungen einen groben Schlag gegen die Brust, dass dieser hinterrücks kugelte und in einem feuchten Graben landete. Dann ballte er die Fäuste nach dem Rest der Gruppe und schrie: »Ja, immer auf die Schwachen. Anders könnt ihr net. Pack, dat ihr seid!« Wieder wollte er einen der Buben greifen, als die Gruppe auseinander stob und sich davon machte.

Wie das Elend selbst stand Traud am Weg, starrte den Buben hinterher. »Paul, lass mich«, sagte sie. »Dat hat keinen Sinn. Sobald ich wieder laufen kann, bin ich weg.« Erschrocken griff er nach ihrer Hand, aber sie entzog sich ihm mit einer schnellen Bewegung.

»Aber wo willste denn hin?«, fragte er enttäuscht.

Sie zuckte mit den Schultern. »Ich hab schon lang kein Heimat mehr«, flüsterte sie. »Aber die kannst du doch wieder finden. Und Traud, du kannst auch Arbeit finden. Bleib doch hier. Ich will mit der Dietrichs sprechen. Die is zwar manchmal grob, aber auch gutmütig. Warte doch noch. Ich will heut Abend schon mit ihr sprechen.« Leise fügte er hinzu: »Mit meinem Vater will ich auch sprechen. Und dann bleiben wir beieinander.«

Zuversichtlich waren seine Augen und Traud lächelte. Insgeheim aber hatte sie bereits beschlossen zu gehen, morgen schon, gleich in der Frühe. In Dietrichs Scheuer konnte sie nicht mehr bleiben nach der Krankheit und vielleicht auch wegen Paul, der sich mit ihr zum Gespött gemacht hatte. Außerdem war sie sicher, keine Arbeit mehr zu kriegen, schon gar nicht bei der Dietrichs, und obendrein wollte sie ihm die Zukunft nicht erschweren.

»Denk dran, wer du bist«, fielen ihr die Worte der Mutter ein. »Leut wie uns vermisst keiner. Du machst dich höchstens zum Gespött. Sie werden ein Spielchen mit dir treiben und dich dann fallen lassen ...« Laut sagte sie: »Wat meinst du, wat dein Vater sagt, wenn du so eine wie mich heimbringst? Weißte noch in Hoffeld, im Garten, als er uns auseinander gescheucht hat. Wat willste ihm sagen?«

»Dat ich bei dir bleiben will, werd ich ihm sagen. Ich hab immer an dich gedacht. Immerzu. Und du? Sag, haste auch an mich gedacht?« Fragend stand er vor Traud, die statt einer Antwort das Tüchlein aus ihrem Leibchen kramte. Erfreut fasste Paul das schmutzige Stück Stoff und faltete es auseinander. »Siehste. Du hast et noch. Und ich – ich hab dich genauso aufbewahrt. Hier.« Dabei legte er die Hand auf sein Herz, sah ihr ernst in die Augen und versprach, sobald es möglich wäre, mit seinem Vater zu sprechen. Er fügte hinzu, dass er auch im Falle eines abschlägigen Bescheides bei ihr bleiben und für sie sorgen wolle.

Noch eine Woche blieb Traud in Arbach. Sie half bei leichten Arbeiten im Haushalt der Frau Dietrichs und Paul hatte alle Hoffnung, dass sie bleiben möge. Ein paar Mal gingen sie abends über die lehmige Dorfstraße, bis zur Tannenkultur und zurück, einmal auch bis an die Eschbachmühle. Paul erzählte von seinen Zukunftsplänen. Stüpp lief dabei von einem zum anderen, wedelte mit dem Schwanz. Deutlich hatte sich die Freude seines Herrchens auf das Tier übertragen.

Am ersten Freitag im April kam Paul mit zwei Hunden.

»Der ist für dich«, lachte er und zeigte auf einen jungen, noch täppischen Mischling, der zutraulich herangekommen war, an Traud herumschnüffelte und sich an ihrem Bündel zu schaffen machte. »Der ist von Marx' Hündin. Hat vor ein paar Wochen die schönsten Welpen geworfen, sechs Stück. Der hier war der allerschönste, heißt auch Stüpp, oder wat meinst du?«, fragte er, kniff den Welpen, der sich sofort auf den Rücken drehte und ihm den Bauch entgegen streckte, hinter die Ohren. »Jo, jo, du kleiner Kerl. Willst wohl gekrault werden ... Traud, dat wird en guter Hund, en treuer Hund. Oder Stüpp, wat is?«

Eine Weile neckte Paul die beiden Hunde, die sich schwanzwedelnd auf sein Spiel einließen und wild miteinander balgten, sah aber immer wieder zur Traud hin, die zögernd dastand und nicht recht wusste, was sie mit dem unerwarteten Geschenk anfangen sollte.

»Gell Paul, dat is dein Abschiedgeschenk«, sagte sie, bereute aber im gleichen Moment das Gesagte.

»Aber Traud, wat meinste?«, fragte er gedrückt. »Morgen fahr ich nach Haus, red mit meinem Vater. Und dann wollen wir sehn«, sagte er, zwinkerte ihr hoffnungsvoll zu, fasste sie am Arm und flüsterte: «Du und ich, dat bleibt so.«

In der Nacht lag Traud lange wach. Der wollige Welpe lag an ihrer Seite, schnaufte, und sie musste lachen, als er herzhaft gähnte. »Jo, jo Stüpp, da haste dir aber ne Gesellschaft ausgesucht.«

Der Schlaf wollte sich nicht einstellen. In der ersten Dämmerung packte sie deshalb ihr Bündel, zog zwei Röcke übereinander, schnürte die Schuhe, zwickte den schlafenden Hund ins Fell und trat vor die Scheune. »Komm, Stüpp!«

Es war kühl draußen, ein schwacher Wind strich über die Landschaft. Ein dünner Morgennebel zerstäubte im Licht. Der Himmel war verhangen, Wolken trieben schwerfällig nach Norden. Manchmal riss eine auf und ließ darüber eine andere Wolke sichtbar werden, weiß und schneller dahin ziehend.

In der Ferne sah sie ein paar Bauern mit ihren Eggen, die bereits in aller Frühe hinaus gezogen waren, ihre Felder zu bestellen. Traud zögerte. Sie wusch sich im Waschkump das Gesicht, nässte den Kamm und kämmte sich die Haare. Als die Morgenglocke zu läuten begann, ging sie zügig über den Hof, folgte dem Weg, der am Arbach vorbei in den Wald führte. Stüpp, der immer wieder an ihr hochsprang, ein Stück vor rannte und wieder zurückblieb, schenkte sie keine Beachtung.

Schneeblumen

Den Winter über war Traud bei Wolles in der Struth geblieben und selbst wenn sie fort gewollt hätte, sie wäre nicht weit gekommen.

Wochenlang lag der Schnee mannshoch. Unaufhörlich wirbelten die Flocken. Morgens, mittags und abends schaufelte Traud Schnee. Die blaugefrorenen Hände hatten kaum Zeit sich zu erholen, schon musste sie wieder hinaus und selbst in der Nacht eilte sie, um den Weg vor dem Haus freizuhalten. Einmal nur stand sie nicht auf und schon wurde sie kaum Herr über die Schneemassen, die in den Morgenstunden das Haus bis zum Dach zugeschüttet hatten. Allesamt waren die Struthhäuser in dieser Nacht bis zu den Dächern im Schnee versunken, von Zäunen und Sträuchern war nichts mehr zu sehn, von der Kirche lugten noch Dach und Turm heraus. Von manchen Häusern gruben Männer den Schnee von den Dächern, sollte das Gebälk nicht unter dem enormen Gewicht brechen.

Erst Ende Februar klarten die Nächte auf, der Schnee blitzte und funkelte, wenn er von den Sternen beleuchtet wurde. Dann kam der Frost. Immer noch lagen die Dörfer abgeschnitten von der Welt. Eisblumen wuchsen an den Scheiben. Nachts hörte Traud, wie sich Schneeplatten von den Dächern lösten und in dumpfem Getöse von den Dächern krachten.

Die Wege blieben bis weit in den März zugefegt. Wollte jemand seinen Nachbarn besuchen, musste er sich mühsam den Weg freischaufeln. Die Leute verkrochen sich hinter die warmen Öfen, äugten nach dem Himmel und beteten um einen Wetterumschwung.

Bis April währte die Unterkunft, dann scheuchte Lies sie hinaus, kreischte herum, dass sie mit ihrem verzottelten Bastard diesmal viel zu lange geblieben wäre und das Wolles Haus offensichtlich mit einem Asyllager verwechsele. Juppes mit seinem weichen Gemüt entließ sie freundlicher. »Pass gut auf dich auf. Komm wieder, wenn die Kartoffeln so weit sind«, nickte er und klopfte Traud auf die Schulter.

Es machte ihr nichts aus weiterzuziehen. Seit dem Herbst hatte sie sich kaum fortbewegt, eine lange Zeit für ihr unstetes Gemüt.

Längst schon drängte es sie danach, frische Luft zu atmen und mit Stüpp die blühende Natur zu durchstreifen.

Gerade im Frühjahr gefiel ihr die Eifel.

Gelbe Butterblumen standen an den Feldrainen, Heckenrosen blühten in Weiß und Rosa, weiße, duftige Wolken zogen am Himmel. Von bizarr geformten Felsen tropfte das Wasser, die Holdersträuche schickten sich an, erste Blüten zu treiben, seitwärts im Erlenbusch ziepte eine Drossel, Stüpp schnüffelte und wedelte mit dem Schwanz. In Neichen knieten Frauen an der Lieser und wuschen; einige hatten weiße Laken auf der Wiese zum Bleichen ausgelegt. Um die Schuhe zu schonen, entschloss sich Traud, barfüßig weiterzulaufen. In Beinhausen nahm sie den Weg Richtung Teufelstein. Am Afelskreuz, einem uralten Ablasskreuz, rastete sie. Ein Wanderer teilte ein Brot mit ihr.

Am Nachmittag folgte sie der Straße nach Mosbruch, am Abend gelangte sie nach Kolverath.

Dort stand sie lange vor dem Erdhügel ihrer Mutter, kehrte dann aber dem Dorf den Rücken zu und wanderte die Straße in die Richtung zurück, aus der sie gekommen war.

Ins Ahrtal wollte sie gehen. Ein paar Stationen wusste sie, wo sie ein, zwei Nächte bleiben konnte, eine Mühle zuerst, dann eine Wagnerei.

Hoffeld umging sie Pauls wegen, stattdessen blieb sie über zwei Monate bei Schäfern, die mit ihren Herden am Düpplenberg lagerten.

Als im Sommer 1911 schwere Wolkenbrüche über die Eifel gingen, Ahr und Elz bis zu drei Meter hohes, reißendes Wasser führten, die Waldwege unpassierbar waren, fand sie Unterkunft bei einem Köhler, der mit seinem verwahrlosten Sohn und einer Kuh am Wirftbach in einer jämmerlichen Hütte hauste. Es war ein windschiefer Bau, die Fenster waren durch Bretter ersetzt, die wenigen Scheiben waren schmutzig und blind, Tuchfetzen dienten als Vorhänge.

Der wortkarge Mann mit seinem schwarzen wettergegerbten Gesicht und dem fussigen Backenbart lebte von der Hand in den Mund, war in gleicher Weise zerlumpt und nur anfangs darum bemüht, in seinem Elend einen gewissen Anstand zu wahren. Dass dies nur dem Augenschein galt, spürte Traud bald schon, verfuhr er doch nach und nach immer ungnädiger mit ihr. Obwohl sie alle Arbeit tat für ein bisschen Kost und Unterkunft im Stroh, nannte er sie bereits nach ein paar Tagen eine Schmarotzerin, eine Vagabundin, der nicht zu trauen sei, ein Lumpenweib. Trotz der prekären Lage, die sich täglich zuspitzte, entschloss sich Traud des fürchterlichen Wetters wegen durchzuhalten.

An einem grauen Morgen, – sie hatte sich gerade vom Stroh erhoben, hörte den Regen in der Traufe lärmen und sah noch, wie der Junge mit der Kuh fort ging – stand der Köhler mit wildem Haar und gierigen Augen in der Tür. Als er den Griff mit einem Holz von innen verrammelte, begriff sie. Sekunden später war er bei ihr, keuchte etwas von »Hurenweib«, presste sie mit einer Hand gegen die Bretterwand, mit der anderen Hand betastete er ihren Körper. Sie spürte seinen heißen Atem auf ihrem Gesicht, sah in einen halbgeöffneten Mund mit fauligen Zähnen, fühlte schwielige rohe Hände auf ihrer Brust, die schließlich zupackten und sie zu Boden drückten.

Draußen jaulte Stüpp. Traud schrie und kämpfte, riss an seinen Haaren, zerkratzte sein Gesicht. Als er auf ihr lag, wusste sie, dass nichts und niemand ihr helfen würde, dass sie ausgeliefert war, ein Lumpenweib, Freiwild.

Der Regen hatte die Waldwege in Schlammbahnen verwandelt, als sie mit leeren Augen zurück in Richtung des Hochkelbergs wanderte. Wie Blei waren die Beine, der Kopf schmerzte. Immer noch regnete es, die Wiesen lagen unter Wasser. Nur mühsam kam sie voran, bis Wiesemscheid war sie völlig durchweicht.

Ungeachtet des scheußlichen Wetters schritt sie voran, suchte keinen Schutz, hatte sie am Morgen doch auf dramatische Weise erfahren, dass es nirgendwo Schutz gab.

Sie verließ die Straße, ging über matschige Wiesen, Erdklumpen hingen an den aufgeplatzten Schuhen und machten ihren Gang schwer. Stüpp trottete hinterher. Es hatte keinen Sinn, darüber nachzudenken, was in der Köhlerhütte passiert war, wusste sie doch, wie Menschen sein konnten. Es hatte überhaupt keinen Sinn, an die Menschen zu glauben. Sie lief und lief, ohne an den Dingen Anteil zu nehmen, ohne zu wissen wohin.

Gegen Abend stürmte es. Wind erhob sich, stärker, immer stärker, es brauste in den Bäumen, die Zweige neigten sich zueinander, während es Traud weiter und weiter trieb. Heftige Böen heulten über die Eifelkuppen, fielen fauchend in die stillen Täler ein. Graue, schwere Wolken brachten unaufhörliche Regenmassen. Schotter wurde von den Straßen und Erde von den Feldern gespült. Wind heulte in ihren Ohren, die Feuchtigkeit krümmte den Körper zusammen, sie keuchte die lehmigen Wege entlang, fühlte nach ihrer fiebrigen Stirn, stechende Kopfschmerzen peinigten sie. Sie wand sich in Krämpfen, zerbiss sich die Lippen, bis Blut daraus floss. Sie stolperte und fiel, blieb auf der durchweichten Erde liegen und hatte das Gefühl hineinkriechen zu müssen, dorthin, wo es warm war. Stüpp winselte und jaulte, zerrte an ihren Kleidern, an ihrem Beutel, rannte vor und zurück, bis auch er neben Traud verzottelt und durchnässt liegen blieb.

Nach Tagen des Herumirrens hatte sie in Müllenbach eine Bleibe gefunden. Im Dorf wurde die Straße erneuert und mit einem Kopfsteinpflaster belegt. Eine riesige Dampfwalze bewegte sich über die Steine, fuhr hin und her und ebnete den grauen Basalt. Die Männer des Dorfes hatten sich zum Helfen eingefunden, schippten mit Hacken und Schaufeln die Erde beiseite. Für Traud gab es deshalb auf den Höfen genügend Arbeit. Solange die Straße eine Baustelle blieb, hatte sie ein Auskommen, und also rackerte sie und schaffte, dachte nicht an gestern und morgen, tat, was man von ihr verlangte, wollte selbst nichts. Einzig Paul verwahrte sie in ihrem Herzen als etwas Schönes, Reines.

Der Juli in Müllenbach wurde heiß und trocken. Die Sonne hatte die Wiesen versengt, die Luft flimmerte. Seit mehr als vier Wochen hatte es nicht mehr geregnet. Seit Tagen schon lag eine lähmende Schwüle über dem Dorf.

Anfang August genügte ein einziger Funke, um die ausgedörrten Strohdächer zu entflammen und in der Nacht auf St. Thomas flogen tausende Funken wie glühende Wespen durch die

Luft. Die Häuser standen eng aneinander. Lehm, Holz und das Stroh, aus denen sie gebaut waren, brannten wie Zunder. Zwar hatte der Ahlertsbauer den Brand geahnt, war nächtens aufgestanden und durch das Dorf geschlichen. Gegen drei kehrte er beruhigt heim, denn nirgends hatte er einen Schein entdecken können. Als die Flammen aufloderten, lag er und schlief. Sein Sturmläuten kam zu spät und so brannten drei, vier Häuser bereits lichterloh, bevor Hilfe herbeieilte.

Auch das zweite Feuer, das wegen eines Unwetters ausgebrochen war, hatte die Bauern im Schlaf überrascht. In Sekunden schlugen die Flammen hell aus den Fenstern, fingen sich in den strohgedeckten Vordächern, wühlten im Gebälk, ein Funkenregen wirbelte durch die Luft, von der Kirche herüber erhob sich ein grelles Geläut. Die ganze Nacht schlugen sie mit Ästen, Schaufeln und nassen Tüchern auf die Flammen ein. Unentwegt rannten sie zum Brunnen, schleppten Eimer um Eimer heran, bis der Brunnen, in dem das Wasser des heißen Sommers wegen ohnehin niedrig stand, nichts mehr hergab. Auch der Trierbach führte nur noch ein Rinnsal. Dennoch beluden sie ihre Karren mit Eimern und Kannen, stürzten hinunter zum Bach, rannten und schrien durcheinander, jeder versuchte seine Gefäße zu füllen, um die Habe zu retten, das Vieh, die Hühner, die Schweine.

Traud, die in der Scheune des Ahlertshofes nächtigte, eilte in den Stall, um das Vieh hinauszuschaffen. In ihrer Panik konnte sie die brüllenden Tiere nicht schnell genug losbinden, eine Kuh trat nach ihr, sie strauchelte, dicke Rauchschwaden schlugen ihr entgegen, der Qualm stach in den Augen. Als sie wieder auf die Beine kam – im dichten Qualm war nichts zu erkennen – versuchte sie, den Kopf der Kuh zu greifen, erwischte zufällig den Strick, an dem sie das Tier fortzerrte. Sie rannte in die falsche Richtung, schlug mit dem Kopf gegen brennendes Gebälk, taumelte, rutschte mit dem Fuß über glitschigen Stallmist, fiel, spürte dann nur noch den höllischen Tritt eines Hufes auf ihren Schultern. Während die Kuh mit irren Augen in die Wiesen stürzte, kroch sie mühsam voran, hinaus aus dem Stall und blieb erschöpft liegen, als sie Gras und Erde unter sich fühlte. Stüpp hatte sich in den Lauf des Trierbaches gerettet.

Am anderen Morgen wurde das Ausmaß des Brandes offenbar. Scheune und Ställe waren vernichtet, beißender Rauch lag über dem Dorf, der verkohlte Kadaver einer Ziege lag an der Straße. Vier Familien hatten ihr Obdach verloren und suchten nun in den Nachbargemeinden oder bei Verwandten um Unterkunft. Einzig der Ahlertsbauer war auf seinem verkohlten Gehöft verblieben.

Traud hatte sich beim Retten der Kuh eine tiefe Wunde am Arm zugezogen, die – ebenso wie die Schulter – wochenlang schmerzte und für alle Zeiten eine sichtbare Narbe hinterließ. Ungeachtet der nässenden Wunde half sie so gut es ging, denn dringlich war es, die Scheunen und Ställe herzurichten, da die Ernte kurz bevorstand. Häuser, Geräte und Werkzeug mussten von Schutt und Asche gesäubert werden, überall lagen Skelette von Bäumen und Buschwerk.

Bis Oktober dauerte es, bis ein notdürftiges Bewohnen möglich war. Wie zum Ausgleich bescherte ein nasser Herbst reichen Ertrag. Die Kartoffelernte war üppig wie nie, selbst alte Leute wollten eine so einträgliche Ernte noch nicht erlebt haben.

Vogelstraßen

Im Juni 1914 war der österreichische Thronfolger Franz Ferdinand in Sarajewo ermordet worden. Ende August erschien ein Reiter in Kaisersesch, schwang vor dem schaulustigen Menschenansturm, der seinetwegen entstanden war, ein Taschentuch, und verkündete die Mobilmachung. Er hielt die Titelseite der Potsdamer Tageszeitung in die Höhe und las mit kraftvoller Stimme: »Mobilmachung Deutschlands. Seine Majestät der Deutsche Kaiser hat die allgemeine Mobilisierung des deutschen Heeres und der deutschen Flotte angeordnet. Der Reichkanzler lässt mitteilen: ›Lasst eure Herzen schlagen zu Gott, eure Fäuste auf den Feind‹!«

Lärm erhob sich unter den Zuhörern, einige jubelten, andere stimmten patriotische Lieder an. »Heil dir im Siegerkranz, Herrscher des Vaterlands, heil Kaiser dir ...!«

Traud begriff nicht, wieso so viele von der Notwendigkeit dieses Krieges überzeugt waren. Überall hörte man die Leute reden, es ging um Blut und Ehre, um das Vaterland, um die Kriegserklärungen. Auch vom Frieden wurde gesprochen, den der Kaiser wolle, weswegen jetzt gekämpft werden müsse. Irgendwie dachte sie, dass sie das alles nichts anginge. Hatte sie doch genug mit ihrem armen Sein zu tun, so dass sie den drohenden Krieg als weit weg, weit entfernt empfand. Überhaupt der Kaiser. Der würde sie nicht einmal ansehen und also, was ginge sie der Kaiser an? Jetzt hatte der mächtigste Mann in Deutschland einen Krieg ausgerufen und deutsche Soldaten sollten gegen Österreicher, Serben, Russen und Franzosen kämpfen. Traud wusste nicht einmal, wo Russland lag und auch Frankreich, das lag weit.

Obwohl Lies tobte und keifte, verbrachte Traud den Winter abermals in der Struth und hatte auch Stüpp wieder dabei, der inzwischen genauso verlaust, abgemagert und zerlumpt aussah wie seine Herrin. Der Hund, der es ohnehin gewöhnt war sich sein Fressen selbst zu beschaffen, deshalb oft tagelang ausblieb, ohne dass sie sich um ihn sorgte, durfte, wenn es beißend kalt war, im Stall bleiben. Traud bezog ihren alten Platz in der Futterküche.

Wie gewohnt saßen sie allabendlich um den glühenden Ofen und Juppes gab seine phantastischen Geschichten zum Besten. Er berichtete vom Untergang eines riesigen Schiffes mit lauter reichen Leuten, das auf einen Eisberg aufgelaufen war. Er disputierte über den Krieg, erzählte vom Kaiser, der im letzten Herbst höchstpersönlich in Gerolstein eine Kirche eingeweiht haben sollte, deren Inneres in reinstem Gold schimmere. Tausende von Menschen hätten im Kylltal die Straßen gesäumt, um den Kaiser zu sehn, hätten Fahnen geschwungen und die Hymne gesungen. Er fügte hinzu, dass auch er gefahren wäre, wenn nicht kurz vorher eine Stimme am oberen Steiwelsberg aus einer Nusshecke zu ihm gesprochen und ihn gewarnt hätte.

Auch über den Krieg sprach er. »Werdet schon sehn«, fabulierte er, »die Zeiten werden bald besser. Wenn unsere Jungens erstmal den Franzmann verkloppt haben, geht et bergauf.«

Als ob er besondere Ahnung von Kriegsstrategien habe, erklärte er den erstaunten Frauen, dass erstmal die Front in Flandern durchbrochen werden und dann von oben aufgerollt werden müsse. »Und dann soll et auf Paris gehn!«

Als 1915 der Stellungskrieg im Westen begann, Schlachten in der Champagne, Verdun, Somme, Serbien und dem Weichselbogen, den Vogesen und am Hartmannswillerkopf folgten, sammelte Traud Kamillenblumen im Ueßtal und ließ sich auch nicht daran hindern, als sie hörte, dass der Krieg entgegen den Worten des Kaisers länger dauern würde und sicher bald keiner mehr Verwendung für Kamille habe. Sie mied die Gedanken an den Krieg, obwohl auch für sie Veränderungen spürbar wurden.

Schon frühzeitig begann man in der Eifel damit, Jugendliche auf den Soldatendienst vorzubereiten. Jugendwehrkompanien wurden gebildet, die besonders am Sonntagnachmittag gedrillt werden sollten. Als Anreiz wurde jedem Mitglied eine Mütze versprochen. Grüßen, Strammstehen, Rechtsum, Linksum, Parademarsch, Gewehrpräsentieren – das sollte die eiserne Jugend werden. Traud wusste nicht, was sie davon halten sollte und selbst Stüpp knurrte nach den jungen Soldaten, glaubte an ein Spiel, in das er sich immer wieder einmischen wollte, hätte sie ihn nicht zurückgehalten.

In Müllenbach war die Maul- und Klauenseuche ausgebrochen. Um die Seuche nicht zu verschleppen, wurden Karren, Vieh und Menschen über ein Desinfektionsmittel geleitet, welches auf den Boden gestreut wurde. Traud musste bis zum Abklingen der Epidemie warten und konnte sich – da sie in einem Seuchendistrikt unterwegs war – auch nirgends sonst verdingen, schon gar nicht mit Stüpp.

So blieb sie nicht nur den Sommer über, sondern fand noch bis in den Winter ein Auskommen in Müllenbach. Das war ihr nicht unrecht, war der Krieg doch unheimlich und bedrohlich geworden, hatte sie doch die eine oder andere Schreckensnachricht gehört und war auch durch eigene Erfahrungen vorsichtiger geworden.

Bereits seit Kriegsbeginn, vom Herbst bis in den Mai, konnte man den Kanonendonner von Verdun her hören, bald mehr, bald weniger, am besten aber bei leicht gefrorenem Boden. Im Februar, beim Angriff auf die Forts bei Verdun, klirrten die Fensterscheiben. »150 Kilometer Luftlinie, man kann den Krieg höre ...«, sagten die Leute, zeigten mit den Fingern nach Westen, stellten sich vor, wie Splitter über die Trichter sausten, glühende Funken durch die Luft stoben, sich Soldaten in die Gräben drückten und Verwundete auf Zeltbahnen von der Front zurückgeschleift wurden. »Furchtbar muss et da sein mit dem Gas und all dem anderen.« Die Frauen eilten auf die Straße, pilgerten nachmittags auf dem Kreuzweg. »Hilf Maria, et is Zeit, hilf, Mutter der Barmherzigkeit.«

Der gewaltige Kanonendonner war unheimlich, besonders für die Kinder, die nachts davon hochschreckten und glaubten, der Teufel selbst säße im Keller. »Unser Glocken müssen auch in den Krieg«, erzählte eine junge Frau Traud und flüsternd fügte sie hinzu: »Die werden eingeschmolzen. Für Munition und Waffen.«

Traud hatte Angst. Sie mied die Wälder. Allerhand Volk trieb sich dort herum, ihre vertrauten Plätze fand sie nicht selten verwüstet. Eher suchte sie die Nähe der Bauern, die Nähe der Dörfer. Jetzt war sie auch oft froh, Stüpp bei sich haben, den sie zwar meist sich selbst überließ, dessen Anhänglichkeit aber dennoch tröstete. Sie hatte kaum bemerkt, dass aus Stüpp mit der Zeit ein schönes Tier geworden war. In der Farbe glich er einem Wolf, war von kräftiger, geschmeidiger Gestalt. Auf der Stirn hatte er einen weißen Strich, die Augen waren schwarz und leuchtend, die Ohren hoch angesetzt und lang.

Bereits im Oktober wurde es empfindlich kalt und Mitte November fiel der erste Schnee. Der Kriegswinter 1917 wurde außergewöhnlich hart und lang wie selten.

Während noch bis Anfang Mai eine hohe Schneedecke lag, standen die Obstbäume bereits Mitte des Monats in dicken Blüten und der Wald in frischem Grün. Die Schwalben waren wieder da, alles zwitscherte und Traud sang für Stüpp ein Lied. Die Wiesen waren übersät mit Butterblumen, unzähligen gelben

Punkten, so weit sie schauen konnte. Zum Grab der Mutter zog es sie und so ging sie zuerst nach Kolverath, dann über Reimerath nach Brücktal. Wespen, Heuschrecken und Mücken surrten um sie herum, summten und flirrten durch die Luft, zirpten durcheinander. Stüpp, der nach ihnen schnappte, hatte seinen Spaß und auch Traud war es wohl in der blühenden Natur.

Den Sommer verbrachte sie in der Bauerschmühle, machte sich aber Anfang Oktober bereits auf, um einen gesicherten Winterplatz für sich und Stüpp zu finden. Zwei Tage wanderte sie, an der Nürburg vorbei, durch Rothenbach, wo sie am Drees rastete, sich ausgiebig wusch und kämmte, sich dann ein Feuer machte und Brot röstete. Anschließend folgte sie stundenlang einem rotfarbigen Bach.

Eine Woche blieb sie in Bongard, aber als ihr der Schringerbauer klarmachte, dass mit einem Winterlager bei ihm nicht zu rechnen sei, packte sie sich wieder auf.

Allerheiligen war sie schon früh auf den Beinen. Der Boden war in der Nacht durch den Nebel klamm geworden, die Decke hatte nicht mehr vermocht, die Feuchtigkeit abzuhalten und so war sie entgegen ihrer Gewohnheit schon unterwegs, als es noch nicht dämmerte. Stüpp, der vorausgelaufen war, hatte sie im Bongarder Wald aus den Augen verloren. Sie bog links in ein kleines Tal ab, ging dann am Waldrand entlang und machte am Bückel eine Rast, wo sie aß und wartete, bis Stüpp ihr wieder bellend an die Brust sprang.

»Ne Arbeit brauch ich, ne richtige Arbeit, wo ich länger bleiben kann«, dachte sie, denn mit Schrecken fiel ihr der letzte Winter ein und die fürchterliche Kälte, die sie ausgehalten hatte. »Heilige Appollonia, hilf mir«, betete sie, »und mach, dat ich zu guten Menschen komm.«

Rechterhand lag Bodenbach im Nebel, der Kirchturm ragte aus dem Grau der Dunkelheit, alles wirkte verschwommen, die Feuchtigkeit war Traud in die Kleider gezogen, alles war unbehaglich und dumpf.

Sie kauerte am Waldrand auf einem Baumstumpf, aß ein Stück hartes Brot, das sie lange kaute, während sie in ihrem Bündel kramte. Sie kämmte die Haare, band das Kopftuch darüber, packte ihre Habseligkeiten und wollte sich gerade auf den Weg machen, als ein merkwürdiges Gefährt in Sicht kam.

Ein alter Mann zog einen hölzernen Wagen hinter sich her, der über und über mit Korbwaren bepackt war. Auf dem Wagen hockte eine zusammengekauerte Person, in schwere Wolldecken gehüllt. Sogar der Kopf war von einem großen Tuch verdeckt, sodass aus dem ohnehin kleinen Gesicht nur noch stechende, schwarze Augen und eine spitze Nase hervorlugten. Traud war stehen geblieben und gaffte nach dem Wägelchen, erschrak, als der Mann sie freundlich grüßte und trat beiseite, um das seltsame Gefährt passieren zu lassen.

»Auch schon so früh auf den Beinen?«, rief er und hielt an, aber schon murmelte eine Stimme vom Wagen her: »Weiter, geht et bald weiter?«

»Ja, ja, et geht ja schon weiter«, nickte der Alte, zog den Karren ein paar Meter voran und sagte: »Wir sind ja bald daheim. Haben net viel Körb verkauft. Dat Geschäft geht auch immer schlechter.« Traud nickte und wollte ihren Weg fortsetzen.

»Wo willst du denn hin, so früh?«, fragte er interessiert. Sie zeigte nach Westen. »Nach Borler. Vielleicht nach Nohn. Ich such Arbeit.«

Wieder stoppte das hölzerne Gefährt. »Mit Arbeit isset schlecht hier. Geh lieber in die ander Richtung. Nach Mayen. Da sehn die Felder schon ganz anders aus.«

Traud musste lachen und entgegnete: »Im Winter sehn die Felder überall gleich aus. Und ich will ja net auf en Feld.«

»Im Frühjahr kannste wieder kommen. Dann vielleicht ... Aber jetzt?« Er zuckte mit den Schultern.

Plötzlich erhellte sich sein Gesicht. »Ich könnt wohl jemand brauchen. Für mein Frau.« Zweifelnd musterte sie den Alten, seine ärmliche Jacke, das wacklige Fuhrwerk und die seltsam eingepackte Gestalt, die sich bisher nicht bewegt hatte.

»Ihr habt doch selbst nix«, entgegnete sie, »wat könnt ich also ausrichten?«

Der Mann zeigte auf die Körbe, die auch links und rechts an den Seiten des Wagens baumelten, wies auf das geduckte Geschöpf und sagte: »Ich bin der Fehrer, Korbmacher aus

Bodenbach. Dat is mein Frau da hinten auf dem Wagen. Mein Frau kann net mehr gehn, schon lang net mehr. Ich muss sie immer, wenn ich mein Körb verkaufen will, mitnehmen. Dat is ziemlich schwierig für mich. Ich muss sie ja auch pflegen und alles. Et wär gut, wenn ich einen hätt, der auf dat Gret aufpassen könnt, wenn ich weg wär.«

Erwartungsvoll stand er vor Traud, die argwöhnisch nach der verhüllten Gestalt äugte. Fehrer übersah diesen Blick und fügte hinzu: »Außerdem is Krieg. Hättst en Dach überm Kopf und zu essen. Der Hund könnt auch unterkommen. Unser Haus is zwar net besonders kommod, aber zum Leben reicht et. Wär dat wat?« Traud wusste nicht, was sie sagen sollte. Sicher, ein Dach überm Kopf war in diesen Zeiten und bei dem drohenden Frost mehr als verlockend und der Mann sah auch recht freundlich aus. Bloß die Alte dort auf dem Wagen hatte noch nicht mal rübergeschaut. Stüpp umkreiste das Fuhrwerk und wedelte mit dem Schwanz. Traud war unschlüssig.

»Mein Frau is gelähmt. Die kann nix mehr machen. Un et wär gut, wenn en Frau sich um se kümmern könnt. Gell, Gret?«, fragte er nach hinten, gab Traud ein Zeichen ihm zu folgen, führte sie dicht zum Wagen, wo er seiner Frau vorsichtig die Decke vom Kopf zog. Die schwarzen Augen der Gret wirkten jetzt etwas freundlicher. Sie lächelte Traud sogar an, griff aber sofort wieder nach ihrer Decke, die sie sich schützend vor das Gesicht hielt.

»Dat is so, seit sie dat Kind gekriegt hat«, erklärte Fehrer, »von der Geburt. Seitdem liegt sie im Bett oder sitzt hier auf dem Wagen. Dat Kind is tot. En schreckliches Leben is dat.« Traurig strich der Fehrer seiner Frau über den Kopf.

»Wat meinst du«, wollte er wissen, »willst du et mal probieren? Ich muss nämlich bald wieder fort. Weißt schon, mit den Körben.« Der gutmütige Fehrer hatte auf Anhieb Zutrauen zur Traud und das stärkte sie im Glauben, bei Fehrers nicht schlecht aufgehoben zu sein. Ohnedies wusste sie nicht wohin und so nickte sie, drehte sich nach Gret um und sagte: »Jo, wir können et ja mal probieren.«

Der Korbmacher zwinkerte ihr zufrieden zu und zog an der Deichsel. Zusammen mit den beiden Alten sowie Stüpp an der

Seite ging sie nach Bodenbach. Unterwegs fragte er sie gründlich aus, wer sie sei und wo sie herkomme, freute sich, als sie ein paar gemeinsame Bekannte aus Kolverath ausfindig machten, war doch auch er, ähnlich wie sie, viel in der Eifel herumgekommen. »Dat wir uns nie getroffen haben«, lachte er und dachte bei sich, dass nicht nur ihm, sondern auch Traud mit der neuen Abmachung geholfen war.

Das Fehrerhaus lag oberhalb der Kirche, ein düsteres Kabäuschen mit einem winzigen, Fenster, das seine grün gestrichenen Läden nach der Straßenseite zeigte. Die eichene Haustür mit dem hübschen Schnitzwerk war wie eine Stalltür in zwei Hälften geteilt. Die Mauern bestanden aus Lehm. Jemand hatte sie mit einem Kalkanstrich getüncht, der mit den Jahren schmutzig und fleckig geworden war. Hier und da bröckelte der Verputz und an verschiedenen Stellen zeigten sich Salpeterflecken. Das moosbewachsene Strohdach hing von der Wetterseite tiefer hinab als vorne zur Straße hin.

Drinnen war es finster und kalt. Obwohl Fehrer sofort die Läden geöffnet hatte, drang nur ein dürftiges Licht in die karge Stube und tauchte alles in ein unbestimmtes Grau. Fest zog Traud das Tuch um die Schultern. Im Haus war es eisiger als draußen, der Hauch ihres Atems stand in der Luft. Unsicher sah sie sich um. Die Wände und die niedrigen Decken, die ursprünglich weiß gefärbt waren, hatten durch den Rauch des offenen Feuers ein glänzend schwarzgraues Aussehen erhalten. Es gab hier keinen gemauerten Herd, wohl aber lag eine große, quadratische Steinplatte für ein offenes Reiserfeuer auf dem Boden. Die dahinterliegende Wand wurde geschützt von einem schweren gegossenen Takeneisen, das verziert war mit einer Darstellung der Belagerung der Nürburg. Auf dem Tisch lagen ein angeschnittenes Kommisbrot und ein Messer. Ein säuerlicher Geruch wie nach Essigmost stach in die Nase. In der Rumpelkammer nebenan lagen Holzspäne und Lumpen auf dem Boden.

Die Frau auf dem Karren begann zu lamentieren, dass sie Hunger habe, dass es schrecklich kalt sei und sie sofort hineingetragen werden wolle. Ungeduldig zuckte sie mit dem Kopf, bis Fehrer ihr die Decken abnahm, sie ins Haus trug und auf einem Bett im winzigen Nebenzimmer absetzte. Auch dort hörte das Jammern nicht auf, bis Fehrer sie in die Küche holte. Grets schwarze, aufmerksame Augen blitzten. Offenbar hatte sie nicht verstanden, dass Traud zu ihrer Hilfe gedacht war und sie beschimpfte ihren Mann fremde Frauen mitzubringen, klagte, dass sie nutzlos sei und dass er sich dergleichen nicht unterstehen würde, wenn sie gesund wäre. »Fein hast du dir dat ausgedacht ...«

Geduldig erklärte Fehrer, warum Traud mitgekommen war, explizierte ihr, dass er bald wieder fort müsse mit den Körben und dass es besser für sie sei hier zu bleiben, schon allein der Kälte wegen. Argwöhnisch stierte Gret auf Traud, die nicht untätig herumstehn wollte und damit befasst war, Feuer zu machen. »Wo soll die denn bleiben?«, fragte Gret, »als ob wir Platz hätten für so eine! Und für den Hund erst recht net! «

»Wo et so kalt ist, kann sie in der Küche schlafen, später vielleicht im Stall. Der Hund kann in der Scheuer bleiben. Der hilft sich schon selbst«, erklärte Fehrer, beugte sich zu seiner Frau und flüsterte ihr zu: »Weißt Gret, die is net viel gewöhnt. Is auch ein armes Mensch. Wir können uns gegenseitig helfen.«

Mürrisch saß Gret auf ihrem Stuhl und belauerte Traud, die Reisig brach und ins Feuer blies. »Gleich wird et warm«, sagte Traud und blickte unsicher zu ihr hinüber.

Den Winter verbrachte sie im Fehrerhaus und war es leidlich zufrieden. Wochenlang hätte sie gar nicht fortkönnen, türmte sich doch der Schnee in gewaltigen Massen vor den Häusern und auf der Straße. Abgeschnitten von der Welt lag das Dorf. Unaufhörlich tanzten Flocken vor dem Fenster und auch Fehrer, dem seine nächste Reise längst schon unter den Nägeln brannte, musste sich gedulden. Zu mühsam wäre es gewesen, sich Wege zu bahnen, selbst bis Kelberg wäre es ein kritisches Unterfangen gewesen, hatten doch schon einige Leute besonders bei Einbruch der Nacht die Richtung verloren.

Fehrer nutzte die Zeit Körbe zu flechten, große und kleine Tragekörbe, Wäschekörbe mit Henkel, ohne Henkel, Futterkörbe mit Rinde. Vom letzten Jahr noch standen ganze Bündel von Korbweiden im Stall, von denen er, um weiße Körbe flechten zu können, die schönsten Ruten nach und nach schälte und kochte, wovon ihm die Hände aufquollen. Die gröberen Weiden behandelte er nicht, aus ihnen machte er Futterkörbe, manchmal auch Aalreusen, die sich besonders im Frühjahr gut verkaufen ließen. Oft half Traud ihm bei dieser Tätigkeit, was sie gern tat, konnte man vom Fehrer doch einiges über die Weltgeschicke erfahren. Zu vielen Themen hatte er sich eine eindeutige und hintergründige Meinung gebildet. Er wusste Bescheid über den Kriegsverlauf, über die deutschen Erfolge im U-Boot-Handelskrieg mit England, berichtete von ganzen Horden Freiwilliger, von der großen Schlacht in Flandern, über den Einsatz der neuen Panzerkampfwagen der Engländer bei Cambrai, sogar dass Griechenland in den Krieg eingetreten sei, und hatte allerhand Mutmaßungen über den Fortgang der Schlachten, besonders die an der Westfront. Vieles von dem, was er so von sich gab, hatte er aufgeschnappt. Aber er hatte auch darüber nachgedacht und war zu ganz eigenen Ergebnissen gekommen.

»In unseren Zeitungen steht drin, dat wir Recht haben. In den französischen Zeitungen steht, dat die Recht haben. Weshalb sollen wir eigentlich so einen französischen Schlosser oder Drucker oder Schreiner angreifen? Die meisten von unseren Jungens, die da draußen kämpfen, haben nie vorher einen Franzos gesehn. Und den Franzosen geht et genauso.«

Zögernd fragte Traud, was sie schon lange bewegte: »Wieso is eigentlich überhaupt Krieg?«

Fehrer schob die Mütze in den Nacken und kratzte sich am Hinterkopf. »Irgendeiner wird schon wat davon haben. Der Kaiser zum Beispiel. Jeder Kaiser muss mindestens einmal einen Krieg gemacht haben, sonst kommt der net in die Geschichtsbücher rein.« Eine Weile schwiegen sie.

Nach langem Nachdenken fuhr er fort: »Wat meinst du, Traud, die Franzosen haben doch die gleiche Angst zu sterben wie unser Soldaten auch. Dat macht doch keinen Unterschied. Die sind net besser oder schlechter wie wir. Dat is alles Quatsch. Auch auf die warten Frauen, Väter, Mütter oder Kinder, irgendwo in Frankreich.« Er machte eine Pause. »Die werden doch all nur gegeneinander getrieben. Sterben wie die Fliegen, manche sind noch net mal zwanzig. Dat ganze Leben hätten sie vor sich.«

Dann redete Fehrer über seine Frau und immer wieder ermunterte er Traud, gut zu Gret zu sein, wo sie doch so viel zu leiden hätte. »Unzufrieden is sie«, sagte er, »sehr unzufrieden. Und dat wären wir auch, wenn wir uns net mehr bewegen könnten. Und immer denkt sie, ich tät sie betrügen. Aber weißte, ich denk noch net mal dran. Hab sie doch geheiratet und gewusst, dat gilt in bösen wie in guten Zeiten. Die Lähmung isset, weshalb sie oft so bös wird. In Wirklichkeit ist sie ein ganz liebes Mensch.«

Ein friedlicher Blick lag in seinen Augen, wenn er von Gret sprach und Traud verstand, dass es mehr war als ein Eheversprechen. Der Paul, so kam ihr in den Sinn, hätte auch auf sie aufgepasst, ihr geholfen, ihr beigestanden. Seufzend strich sie die Rinden von den glatten Weiden.

Obwohl Gret gelähmt war, spürte sie doch, dass der Fehrer im Glück war. Oder Gret. Aber das war einerlei.

Draußen wurde es milder, Tauwetter setzte ein. Dann regnete es und Fehrer war nicht mehr zu halten. Zu lange waren die Einnahmen aus den ohnehin spärlichen Geschäften ausgeblieben.

Meist war er jetzt ganze Wochen fort, kam erst an Samstagen von seinen Handelsreisen zurück. Während er auf den Dörfern Körbe verkaufte, war für Traud der Umgang mit Gret oft eine scheußliche Sache. Ständig mutmaßte sie über ihren Mann. Besonders gegen Abend und auch in der Nacht war sie in Angst, dass der Fehrer mit diesem oder jenem Fraumensch trieb, was zu seinem unsteten Leben passte. Dass sie, wenn er zu Hause war, estimiert und geschätzt wurde wie selten eine Frau, übersah sie nicht bloß, sie verübelte es ihm sogar, indem sie sagte, dass dies seine jämmerliche Pflicht sei, die er aber nur aus dem schlechten Gewissen heraus täte, wisse sie doch sehr wohl Bescheid über seine hinterlistigen Schweinereien, die er vor ihr zu verbergen suche.

Oft dachte Traud, die Galle müsse ihr platzen über soviel Undank. Aber sie hielt an sich, verlor kein böses Wort und pflegte Gret so sorgfältig weiter, wie es der Fehrer selber getan hätte. Selten verließ sie das Haus, ein paar Mal war sie in der Kirche gewesen, immer dann, wenn sie glaubte, niemandem zu begegnen. Da Fehrer sämtliche Einkäufe auf seinen Handelsreisen erledigte, gab es für Traud nur wenige Gelegenheiten hinauszukommen. Bloß einmal war sie mit Stüpp nach Kelberg auf den Markt gegangen, hatte mit den mühselig verdienten Groschen des Korbmachers ein Stück Stoff für Gret erstanden und war spätabends heimgekehrt.

Außer zu Fehrers Vermieterin, die gleich nebenan wohnte, hatte sie keinerlei Kontakte ins Dorf, ging den Leuten aus dem Weg, die ihr, wie sie meinte, ohnehin argwöhnisch hinterherblickten. Sie dachte sich, einstweilen bei Gret zu bleiben, pflegte den Haushalt so gut es ging, kochte in großen Töpfen über dem offenen Feuer Fehrers Weidenruten. Manchmal sah sie nach Stüpp, den sie aber mehr oder weniger sich selbst überließ.

Der einzige Mensch, der Trauds Einsamkeit unterbrach, war besagte Vermieterin, die alte Ammi, die gleich nebenan in einer ebenso armseligen Hütte lebte und unter frommen Wahnvorstellungen litt. Es war keine Seltenheit, dass sie nachts an die Läden klopfte und Einlass begehrte, um sie zu warnen vor irgendwelchen Mächten, die sie umkreisten oder um mit ihr zusammen eine Kerze aufzustellen und unheilvolle Geister zu bannen. Ein paar Mal ertrug Traud die seltsamen Besuche, auch weil der Fehrer ihr schwer ans Herz gelegt hatte freundlich zu der Alten zu sein, damit sie den Zins nicht erhöhe. Auch um das eigene Lager nicht zu gefährden, hatte Traud eingewilligt.

Einmal war sie sogar freiwillig nach drüben gegangen, um ein paar Eier zu bringen und hatte dabei gesehen, wie die alte Jungfer in ihrer heruntergekommenen Stube vor einem mit vertrocknetem Grünzeug und brennenden Kerzen geschmückten Altar kniete, den sie sich mitten in der Stube aufgebaut hatte, lauthals sang und beschwörerische Gebetsformeln von sich gab. Traud lief es kalt den Rücken hinunter. Wie benommen stand sie in der Tür, besah sich die Alte, die sich in einem weißen Umhang auf den Boden geworfen hatte, die Hände hob gegen das Kreuz mit dem gemarterten Christus und nach einer glänzenden, goldbekränzten Monstranz griff, die vor dem Altar stand.

Sie schien Traud nicht zu bemerken und selbst, als diese näher heran trat um sich das merkwürdige Gebaren zu erklären, sah sie nicht auf und setzte ihre klagenden Gesänge fort. Eine unbestimmbare Mischung aus Furcht und Neugier ergriff Traud. Sie legte die Eier vorsichtig auf das Brett unter dem Fenster und wollte sich hinausschleichen, als die Alte sie am Arm packte.

»Du hast dat Zeichen im Gesicht«, flüsterte Ammi und kam so nah heran, dass sie ihren Atem auf der Haut spürte. »Ich hab et gleich gewusst, als ich dich gesehn hab. Du bist gezeichnet«, lächelte sie, ließ den Arm lockerer, fasste Traud ins Gesicht, berührte die dunklen Brauen, fuhr mit dem Finger über die Wangenknochen hinunter bis zu den Lippen und sah ihr fest in die Augen.

Gebannt stand Traud und war keiner Bewegung fähig. »Sieh dich vor«, drohte die Alte, es zuckte um ihre Augen und ein gequälter schrecklicher Laut entwich ihren Lippen. »Du bist in großer Gefahr. Bete, bete!«, schrie sie, rief nach den Heiligen, nach Zacharias und Johannes, nach den Engeln, nach Michael, dass er Schwert und Lanze ziehe, nach Rafael und Uriel, flehte um Gabriels Schutz. »Oh, helft ihr doch, seht ihr denn net ...«, und wieder begann sie zu beten, geriet dabei in eine entrückte Ekstase, die Traud schauern ließ. Immer noch stand sie am gleichen Platz, konnte die Augen nicht lassen von der gekrümmten alten Frau, die aus ihrem religiösen Delirium nicht herausfand, wusste nicht, was davon zu halten war, glaubte plötzlich, dass nicht sie gemeint war, sondern Paul, der vielleicht in großer Gefahr schwebe. Der Krieg kam ihr in den Sinn und dass der Fehrer gesagt hatte, dass es so viele Freiwillige geben würde. Sie schnappte sich die Alte, packte sie an den Schultern und fragte mitten ins Gebet: »Meint Ihr den Paul? Wat is mit dem?« Die Alte taumelte, stockte, atmete schwer, erhob sich vom Boden und auf ihrem Gesicht zeigten sich sehr angestrengte Züge. »Paul?«, fragte sie. Sie griff nach einer brennenden Kerze, die mit einem strahlenbekränzten Lamm verziert war, das in der Vorderpfote eine Fahne trug. Wachs tropfte auf die Dielen. Geistesabwesend lächelte sie vor sich hin: »Ja, auch der ist in Gefahr. Du bist schuld dran. Bet also. Dat is alles, wat du machen kannst. Bete, bete.«

Erschöpft ließ sie sich auf einem Stuhl nieder, wischte ihr Gesicht am hellen Umhang ab und betrachtete den Altar mit den flackernden Kerzen. Verstört verließ Traud die Stube. Draußen war es düster und regnete in Strömen; Stüpp jaulte in der Scheune.

In der Nacht schrak sie aus einem grässlichen Traum. Paul lag in einem Graben, aus seinem Mund quoll Blut. Er wollte reden, aber mit jedem Laut sprudelte das Blut schneller, bis er über und über davon bedeckt war und selbst die Augen nicht mehr öffnen konnte. Es war, als ob das Blut ihn begraben wolle. Kalter Schweiß rann ihr den Rücken hinunter, sie glaubte selbst im Blut zu liegen, zäh und schlammig zog es sie hinab, tiefer und tiefer. In einem vergeblichen Kampf mühte sie sich, bis sie mit den Armen um sich schlug.

Schweißnass erwachte sie, schwer atmend lag sie auf dem Stroh, grübelte über den denkwürdigen Traum nach und das Gerede der alten Ammi. War das alles bloßer Irrsinn, die reine Wahnvorstellung einer Verrückten? Welche Gefahr war gemeint? Der Krieg? Vom Fehrer und seiner Frau ging keine Gefahr aus, auch nicht vom Dorf, überhaupt war ihr Leben schon wesentlich unsicherer gewesen als jetzt. Und Paul? Hatte die Alte Recht? Allerhand Gedanken hämmerten in ihrem Kopf und in grausigen Bildern stellte sie sich den gequälten Paul vor, der vielleicht verletzt und blutend in irgendeinem Schützengraben lag, ein Bein oder einen Arm verloren hätte, blind wäre und ohne Hilfe, ohne ihre Hilfe. Schwankend stand sie auf, der Kopf war ihr wüst, die Glieder schmerzten. Sie ging in der Küche herum, horchte nach dem regelmäßigen Atem der Gret und begann zu beten. »Heilige Maria, Mutter Gottes, hilf dem Paul ...«, flüsterte sie, während sie am Fenster stand und in die Dämmerung starrte.

Die ganze Woche begleitete sie das ungute Gefühl um Paul. Erst gegen Ende der Woche, als Fehrer wieder auftauchte und einiges an Neuigkeiten mitbrachte, wurden die Gedanken blasser.

Wie jedes Mal bei seiner Heimkehr, so musste auch an diesem Wochenende der arme Fehrer regelrechte Hassausbrüche seiner Frau über sich ergehen lassen, die er stets geduldig ertrug. Still saß er neben ihr, strich ihr dann und wann über das Haar, was sie zu neuen Attacken veranlasste. Erfahrungsgemäß wurde sie irgendwann leiser und seine beschwichtigenden Worte zeigten Wirkung.

Traud wartete stets gespannt auf Neuigkeiten von draußen, aus den Dörfern, vom Krieg. So war ihm diesmal zu Ohren gekommen, dass der Papst sich um Frieden bemüht hatte, dass es sogar einen Waffenstillstand und Friedensverhandlungen der Mittelmächte mit Russland gegeben habe, ob dies allerdings wegen der Papstrede so geschehen war, wusste er nicht zu sagen. Traud versuchte zu erfahren, wie es den Soldaten an der Front ginge, dachte dabei an Paul, aber Fehrer wusste nichts darüber und wandte sich einem anderen Thema zu.

Vielleicht ist er gar nicht an der Front, versuchte sie sich zu beruhigen, wurde aber den Gedanken an ihn trotzdem nicht los. Immer wieder kamen ihr die Namen der Kriegschauplätze in den Sinn, die der Fehrer erwähnt hatte, Somme, Verdun oder Serbien. Sie versuchte sich deshalb mit Arbeit abzulenken und bot ihm an, wieder beim Flechten zu helfen.

In der knappen Zeit, die Fehrer zwischen seinen Reisen und der Herstellung neuer Körbe blieb, kümmerte er sich liebevoll um seine Frau, pflegte sie, kämmte ihr Haar, wusch und bettete sie. Montags packte er den Karren und begann eine neue Reise zu Fuß durch die Eifel. Hart war sein Brotverdienst, litt er doch mit zunehmendem Alter an stechenden Rückenschmerzen, kämpfte zudem des Nachts um Luft, war aber nicht zu bewegen den Doktor zu holen, weil er die Kosten nicht aufbringen konnte. Wenn er am Samstag heimkehrte, taten ihm alle Knochen weh vom langen Marsch, von den holprigen Straßen, vom Ziehen des Karrens, den unbequemen Lagern und er konnte von Glück sagen, wenn von den wenigen Pfennigen, die ihm der Verkauf seiner Körbe einbrachte, Traud eine dünne Suppe kochen konnte. Selten waren die Schüsseln voll, satt waren sie nie.

Auch Gret kränkelte. Durch die schadhaften Wände drang die Kälte, das offene Feuer war nur mit einem schlechten Abzug versehen, so dass es in der Stube ständig rauchte und Husten üblich geworden war. Außer an einem quälenden Krampfhusten litt Gret an hartnäckigen Halsschmerzen. Wochenlang war der Hals so geschwollen, dass das Schlucken nur unter größten Schmerzen möglich war und bloß noch Flüssiges durch den Schlund passte. Alles Mögliche hatten sie versucht, aber die Frau klagte und jammerte in einem fort, so dass es Traud zuviel wurde, und sie einige Male – oft mit Stüpp – hinausgerannt und durch die Flur gestreift war, bis es ihr wieder wohler wurde und sie zur Gret zurückkehren konnte. Als Gret die Schmerzen nicht mehr aushielt, fiel Traud ein altes Mittel ein und sie hatte ihr geraten, den Strumpf des linken Fußes, nachdem sie ihn acht Tage getragen, umzuwenden und um den Hals zu wickeln. Gret war mit allem einverstanden, was Linderung versprach, und in diesem Fall hatte Trauds ungewöhnliches Rezept geholfen.

Zum ersten Mal empfand Gret so etwas wie Dankbarkeit ihr gegenüber und fast schien es so, als ob sich das Verhältnis bessern sollte. Jedenfalls ließ sie mit Vorwürfen und Ermahnungen nach, wurde milder, auch was die Wortwahl betraf und sogar das misstrauische Gezeter um ihren Mann wurde schwächer. Ein paar Mal konnte der Fehrer in Frieden heimkehren und er genoss die Ruhe, glaubte, dass Gret endlich aufgehört habe mit ihrem Schicksal zu hadern, und zündete aus Dankbarkeit für den Sinneswandel in der Kirche drei Kerzen an.

Leider währte der friedliche Zustand nicht lange. Irgendwann im Mai verspätete er sich, weil er aufgrund eines gefährlichen Sturms nicht weiter konnte. Seine Entschuldigung, irgendwo in der Struth unter fürchterlichen Umständen genächtigt zu haben, ging in durchdringendem Geschrei und Gezeter der Gret unter. Alles und jedes traute sie ihm zu, ihm, dem Lügner, dem Schänder, für den die Körbe nur billiger Vorwand zum Zweck seien, dem Verräter, der sie alleine zurückgelassen und sich mit der Traud ein gutes Gewissen gemacht hatte. Wild zuckte der Kopf über dem unbeweglichen Körper, zu den grotesken Bewegungen blitzten böse Augen. Lange dauerte es, bis sie sich beruhigte, länger als sonst, und diesmal blieb ein schlechter Geschmack zurück, der allen in den Gliedern stecken blieb und den ganzen Sonntag für eine gedrückte Stimmung sorgte.

Am Abend entschied Traud, dass sie weiterziehen wolle. »Vielleicht isset besser, wenn dat Gret wieder mitfährt«, sagte sie zum Fehrer, der sie ratlos ansah. »Da sieht sie, wo du bist und wat du machst. Außerdem kommt sie raus. Et is ja wieder schön draußen. Ich will auch weiter. Ich find jetzt Arbeit«, lächelte sie. »Im Sommer brauch man so Leut wie mich.«

Der Fehrer nickte. »Hab mir et schon gedacht. Bist ein Mensch, der sein Freiheit braucht. Und ich weiß ja«, sagte er, indem er sich vertraulich zu ihr beugte, »dat war net immer leicht mit der Gret. Dafür dank ich dir. Wenn de willst, kannste wieder kommen. Et war mir immer en Beruhigung, wenn du hier warst.«

Lange betrachtete er Traud, die stolz vor ihm stand, den Kopf Richtung Fenster gedreht hatte und nach draußen spähte. »Ja, im Sommer muss ich raus. Da kann ich in keinem Haus sein«, sagte sie, »dat zieht mich regelrecht fort. Morgen geh ich.«

Gret hatte in ihrer Kammer mitbekommen, dass gesprochen wurde und zankte wieder. »Ja, flüstert nur. Meint wohl, ich merk nix. Werdet noch sehn, wat ich alles merk. Glaubt wohl, mit mir könnt ihr alles machen, bloß weil ich mich net bewegen kann.« Traurig schüttelte der Fehrer den Kopf. Er sah Traud nach, wie sie in den Stall hinüber lief und schon von draußen Stüpp lockte.

Mit der Morgendämmerung verließ sie mit ihrem Hund das Dorf. Nichts regte sich, als sie durch die Gassen ging. Kurz dachte sie daran, sich ein letztes Mal in der Kirche niederzuknien, verwarf diesen Gedanken aber wieder, als sie die schmale Gestalt der Küsterin erblickte, die aus einer Seitengasse in wehenden, schwarzen Röcken zur Kirche eilte, um zu läuten. Traud stieg den Hügel hinauf und während sie hinter dem Friedhof den Wiesen abwärts folgte, begleitete sie das Morgengeläut bis zum Bodenbacher Drees, wo sie sich erfrischte und leidlich herrichtete. Sie dachte an den Fehrer, der vielleicht jetzt schon den Karren beladen hatte und seiner Frau gut zuredete.

Auf den Feldern, die links und rechts des Weges lagen, gingen Bauern mit ihren Pflügen. Über einem steinigen Acker flog kreischend ein Krähenschwarm auf.

Sie begegnete zwei Nerother Hausierern, die mit Mausefallen, Schaumlöffeln und Topfuntersetzern unterwegs waren und ihr sogleich ein Geschäft mit ihren Drahtwaren anboten. Traud grüßte nicht einmal, hatten doch die Nerother Händler einen finsteren Ruf und sprachen jenisch obendrein.

Die ersten Häuser von Borler wirkten grau und verlassen. Linkerhand duckte sich eine Kapelle unter einer Kastanie. Ein Bauer mit einem Ochsengespann kam ihr entgegen, musterte sie verwundert, hob dann aber doch die Mütze.

»Wisst Ihr, wer en Magd brauchen kann?«, fragte Traud und als der Bauer nicht sofort sein Gespann anhielt, drehte sie sich um und ging weiter. Sie war wohl schon den Hügel hinter der Kapelle hinabgelaufen, als er hinter ihr herrief: »Geh in die Wirtschaft. Frag da. Gleich da vorn, rechts, der Hof.«

Dankbar winkte sie zurück, pfiff nach Stüpp und fasste das Haus mit dem verrosteten Hinweisschild »Gastwirtschaft Wwe. Philipp Reuter« ins Auge.

Von der Straßenseite her war die Größe des Hauses kaum auszumachen. Wohl aber sah das Anwesen gepflegt aus, jemand hatte eine Rosenhecke in den knappen Streifen zur Straße hin gepflanzt, die Fenster glänzten und hinter den blanken Scheiben hingen helle, gehäkelte Leinenspitzen. Traud bog um die Ecke, betrat den Hof, ging am Misthaufen vorbei. Allerhand Ackergeschirr versperrte den Eingang zum Stall, Bretter und ein Balken lehnten an der Wand neben der Scheune, die Tür zum Wohnhaus stand offen. Traud trat ein und da sie kein Geräusch hörte, fragte sie in die Stille, ob jemand da sei, bekam aber keine Antwort, ging nach einer Weile wieder hinaus auf den Hof und war im Begriff abzuwarten, die Zeit für ein Gebet in der nahen Kapelle zu nutzen.

Während Stüpp dem Bachlauf folgte, ging sie nochmals den Hügel hinauf, blieb kurz im Schatten der Kastanie stehen, trat dann durch den niedrigen Torbogen ins Halbdunkel der Kapelle, besah sich die Tafel mit den 14 Nothelfern, setzte sich auf eine der geschnitzten Bänke, wo sie um Arbeit und einen trockenen Schlafplatz betete. Es war still in der Kapelle und es roch nach Weihrauch. Von draußen kam kein Geräusch herein und so war Traud trotz der harten und hohen Lehne der Holzbank eingeschlafen.

Sie mochte wohl eine ganze Weile geruht haben, als herannahende Schritte sie aufschrecken ließen. Für einen Moment hatte sie die Orientierung verloren, wusste nicht mehr, ob sie noch beim Fehrer, im Wald oder schon in einem Dorf angekommen war.

Eine Frau mit faltigem Gesicht und einem schwarzen Kopftuch trat ein, näherte sich mit schlurfendem Gang dem Glockenstrang, der aus einem Loch in der Decke auf den Boden hing, griff danach und zog mit aller Kraft, bis ein helles Mittagsgeläut einsetzte. Traud erhob sich. Unbehaglich wurde es ihr in Anwesenheit der Alten, die sie von oben bis unten musterte und dabei stumm blieb. Als das Geläut schwächer wurde und schließlich ganz aufhörte, verließ sie den Andachtsraum, besann sich ihrer Absicht, pfiff nach Stüpp, der unter der Kastanie nach Fliegen schnappte, lief den Hügel hinab, bog bei der Schänke ums Eck, überquerte den gepflasterten Hof und ging auf die immer noch offenstehende Tür zu.

Erschrocken verharrte sie, als sie von der Küche her ein entsetzliches Geschrei vernahm. Ein paar Kinder rannten aufgeregt hinaus, eines rempelte Traud, während es um Hilfe schrie. Vor der Tür lag ein Besen quer, auf dem sich ein Schwarm Bienen tummelte, die zum Teil tot, zum Teil verklebt und aufgespießt an den Borsten hingen. Traud besah sich den merkwürdigen Fund, entschloss sich dennoch aufgrund des Geschreis, das unvermindert anhielt, einzutreten und ihre Hilfe anzubieten.

In der Gaststube standen ein paar einfache Holztische und ein verzierter gusseiserner Ofen. An der Wand befand sich ein Holzschrank mit Glastüren, hinter denen Bonbongläser und Zigarrenkisten, Wein- und Schnapsgläser verwahrt wurden. Durch ein Schiebefenster konnte man in die Küche sehen. Drinnen, im Halbdunkel, kniete die Wirtin auf dem Boden, gebeugt über einem kleinen Jungen, der mit verrenkten Gliedern dalag und aufs Grässlichste schrie und tobte. Noch war er wie ein Mädchen gekleidet, seine rötlichen Locken reichten bis auf die Schultern. Das Gesicht der Mutter war halb verdeckt von einem Tuch, das verzogen auf dem Kopf saß und auf einer Seite lange rote Haare freigab, die mit weißen Strähnen durchzogen und zu einem Dutt zusammengebunden waren. Die Frau war noch recht jung, aber Traud erkannte wohl, dass sich schon herbe Züge eingeschlichen hatten. Alle Mühe hatte sie damit, den Jungen zu bändigen.

»So halt doch still«, schimpfte sie und versuchte, mit einem nassen Lappen das Gesicht des schreienden Kindes zu betupfen, »die Bienen sind doch all fort, jetzt halt endlich still.«

Der Junge kreischte weiter und stemmte sich dabei mit den Füßen gegen ein Tischbein. »Mutter, Mutter, dat tut so weh, Mutter!«

Die Wirtin hatte in ihrem Eifer Traud zunächst nicht bemerkt. Sie hatte dem Buben den Kittel aufgeknöpft und die anderen Kinder nach Wasser und Tüchern geschickt, in die Kammern und in den Stall, während sie ihrem Jüngsten nicht von der Seite wich. »Beeilt euch, holt ne Pinzette, in der Stub in der Schublad, wir müssen die Stachel ziehn.« Wieder erhob der Junge ein ohrenbetäubendes Geschrei. »Und Essig, bringt Essig mit.«

Die Kinder zogen in ihrer Panik an allen Schubladen, fanden nicht gleich das Richtige und so griff Traud nach einer Flasche Schnaps, die sie dem oberen Regal der Schanktheke entnahm, damit sogleich einen Lappen beträufelte und der Wirtin reichte. Die musterte Traud nur kurz, murmelte noch: »Et gibt jetzt nix. Seht ja selbst. Et ist geschlossen ...«, nahm aber den Lappen und tupfte weiter, bis die Kinder eine verbogene Pinzette brachten und ängstlich und verschüchtert um ihren Bruder herumstanden. Während die Wirtin an den Stacheln zupfte, kniete Traud neben ihr und hielt die Flasche bereit. Das Schluchzen des Jungen wurde stärker.

»Dat gibt ne Vergiftung!«, schrie die Wirtin, während sie sich die nassen Augen am Ärmel abwischte und in schrecklicher Furcht dem Jungen die Stirn befühlte. »Franz, Franz, hörste net? Sag doch wat!«

Der Junge lallte etwas, verdrehte die Augen, die Mutter rang die Hände, befühlte wieder den Kopf und aufgeregt entschied sie: »Ins Bett mit ihm, er muss sofort ins Bett. Jüpp, geh den Doktor rufen. Und beeil dich!« Sofort rannte einer der Brüder los.

Zwei der Jungen trugen Franz hinauf in die Kammer. Eines der Kinder lief voraus und hielt die Türen auf. Traud folgte mit den schnapsgetränkten Lappen.

Elend saß die Wirtin vor dem Bett ihres Kindes, das neben zwei anderen Betten stand. »Er hat mit den andern gespielt. Draußen auf der Wies, am Bach. Wie oft hab ich gesagt, sie sollen net an die Bienenkörb gehn.« Verzweifelt vergrub sie den Kopf in den Händen. »Dann haben die Kinder mich gerufen. Grad vor dem Essen. Sofort bin ich rüber gerannt, zu den Körben, und da hab ich meinen Franz gefunden, so wie die Kinder et gesagt hatten. Er wär über und über voll mit Bienen. Ich konnt gar nix anderes machen, als den Besen zu holen, so dicht haben die Bienen an ihm gehangen, dat arme Kind.« Erst jetzt konnte Traud erkennen, dass das Gesicht des Kindes bereits angeschwollen war.

»Der Jung hat schrecklich geschrien, als ich mit dem Besen kam. Und um sich geschlagen hat er. Ich hab Wasser geholt, aber dat waren zu viele, viel zu viele. Mindestens 50 Stich. Ich weiß gar net, wie viel Stachel ich jetzt gezogen hab.« Wieder beugte sie sich über das Kind, das stöhnend im Bett lag und sich krümmte.

»Ich krieg die Augen net auf, Mutter, ich seh nix mehr«, heulte der Junge und betastete mit seiner Hand die Augen. Die Wirtin hielt ihm die Hände fest und besah sich die Einstiche um die Augen.

»Mindestens zehn Stich hat er im Gesicht«, schluchzte sie. »Hoffentlich ist dem Aug nix passiert. Der Doktor wird lang brauchen. Bis der hier ist. Er kommt von Kelberg. Heilige Maria, Mutter Gottes, hilf ihm.«

Schweigend saßen sie eine Weile, bis Franz, der in einen Dämmer gefallen war, wieder erwachte. »Mein Bein«, klagte er und befühlte sich die Waden, »die brennen wie Feuer.«

»Dat sind zu viele Stich.« Die Wirtin kämpfte mit den Tränen. »Dat is dat Gift. Et fängt an zu wirken. Und der Doktor braucht zu lang.«

»Essigsaure Erd«, fiel Traud ein, »dat hilft.« Überrascht sah die Wirtin auf. »In der Küch. Im Schrank … ne blaue Tube. Die is alt, wird aber wohl noch helfen.« Traud eilte, die Salbe zu suchen.

Zu zweit behandelten sie die Einstichstellen, von denen einige bereits einen roten Hof gebildet hatten. Dann holte Traud Wasser, sah nach den Kindern, hielt Ausschau nach dem Doktor. Die Wirtin wachte am Krankenbett, flüsterte und betete, während Franz eingeschlafen schien. Lange saß sie versunken, hielt die Hand des Kindes.

»Setzt Euch doch hin«, sagte sie, als Traud in die Kammer zurückkehrte, »wir können jetzt nix tun. Nur warten. Dat mit dem Doktor kann lang dauern. Wat wolltet Ihr eigentlich?«

Verlegen rückte sich Traud das Tuch zurecht. »Ich komm aus Kolverath und wollt fragen, ob ich hier helfen kann.«

Ein müdes Lächeln ging über das erschöpfte Gesicht der Wirtin. »Du hast ja schon geholfen.« Die beiden Frauen sahen sich an. »Ich bin Katharina. Wenn du willst, kannste erstmal hier bleiben«, sagte sie und fügte hinzu: »Ich könnt schon jemand brauchen. Bin schon lang Wittfrau, allein mit meinen Kindern und der ganzen Wirtschaft.«

Traud nickte, während Katharina Franz über den Kopf strich. »Dem Kind darf nix passieren, hilf mir beten, dat dem Kind nix passiert. Ich hab schon einen im Krieg, unser Hubert, grad 18 Jahr is der. Seit September is er fort. Jeden Tag wart ich auf Post. Der verdammte Krieg!«

Traud durfte in der Scheune nächtigen. Auch für Stüpp gab es dort Platz.

Am späten Abend kam der Doktor. Er besah sich den Jungen, schüttelte bedeutungsvoll den Kopf, sprach von einer äußerst ernsten Sache und verordnete eine Arznei, die erst am anderen Tag von einer Kelberger Apotheke mitgeschickt werden konnte. Er bat Katharina, das Kind auch in der Nacht zu bewachen und besonders auf die Augen zu achten, die geschwollen aussähen. »Was das mit den Augen ist, weiß ich nicht«, murmelte er, »hoffen wir das Beste.« Er befand die essigsaure Erde als geeignetes Mittel, verordnete aber eine neue Salbe, versprach, bald wieder nach dem Jungen zu sehen und war dann verschwunden.

Um Franz stand es schlecht. Zwei Wochen lag er ohne Besinnung, dann setzten qualvolle Krämpfe ein, die eine erneute Ohnmacht zur Folge hatten. Katharina und die Kinder sowie Maria – ihre älteste Tochter, die ins Dorf verheiratet war – bewachten das Bett. Sie blieben auch in der Nacht bei ihm, strichen ihm die schweißnassen, hellen Locken aus der Stirn, hielten seine Händchen, die immer wieder über die Stiche kratzen wollten vom Leib fern, flößten ihm Milch und Tee sowie die bitteren

Tropfen des Doktors ein, behandelten die Stiche mit Essigerde und beteten. Auch Traud hielt Wache, hoffte und betete wie die anderen, suchte im Wald nach Kräutern, kochte Tee davon und sorgte für wohltuende Umschläge.

Als Franz nach fast drei Wochen wieder bei sich war, quälten die unzähligen Stiche, die sich teilweise schwer entzündet hatten, immer noch. Die Haut war am ganzen Körper rot und geschwollen, die zahllosen Einstiche deutlich sichtbar. Ein Auge konnte er öffnen, das linke aber, das heftiger geschwollen war als das andere, blieb geschlossen und so sehr Franz es auch versuchte, je heftiger er schrie, je verzweifelter er die Augen aufreißen wollte, es biss und stach innerlich und ließ sich doch nicht öffnen.

Katharina war froh, Traud bei sich zu haben, weil sie ihr doch einiges an Arbeit abnahm, dabei umsichtig hantierte und in aufrichtiger Sorge war um Franz. Traud ging mit aufs Feld, half im Garten, versorgte das Vieh, übernahm einen großen Teil der Hausarbeit, nur die Gastwirtschaft erledigte Katharina allein.

Kurz vor Maria Lichtmess, an einem Sonntag, war die Wirtschaft brechend voll. Während Traud sich in den oberen Räumen zu schaffen machte, wurde es unten zunehmend lauter. »Immer die Soldaten«, dachte sie und öffnete das Fenster nach der Straße, von wo ein neues Geräusch an ihr Ohr drang, das weit in der Ferne begonnen hatte und immer näher herankam. Es war ein Motorrad, es fuhr langsam und machte einen höllischen Lärm, der im ganzen Umkreis hallte. Immer lauter wurde das Geknatter und nun konnte sie sehen, dass es ein Militärrad war, das zunächst am Haus vorbeifuhr, dann bei der Kirche wendete, den kleinen Hügel wieder hinablenkte, in Katharinas Hof einbog und sich damit ihrem Blick entzog. Eine ganze Weile noch hing das Geknatter in der Luft und es roch nach Brennstoff. Sie ging zurück ins Zimmer, wo sie sich den Korb mit Wäsche packte und die Treppe hinabstieg.

Der Soldat hatte sein Motorrad abgestellt und trat soeben in den Flur, als Traud mit dem Wäschekorb auf der Hüfte die letzte Stufe erreicht hatte. Er sah heruntergekommen aus. Auf dem Kopf trug er eine alte Mütze, die längst Farbe und Form verloren hatte, seine Brille hatte er über die Stirn geschoben. Die Jacke war aus schwerem Stoff und an manchen Stellen geflickt. Feldflasche und Brotbeutel hingen an seinem Koppel. Er erfasste sie mit einem raschen, eindringlichen Blick, nickte kurz und schritt an ihr vorbei in die Wirtsstube, wo laut gegrölt und gesungen wurde und Katharina alle Hände voll zu tun hatte, die durstigen Kehlen zu versorgen.

»Traud«, rief sie, »komm in die Stub und hilf mir Gläser waschen!« Eilig brachte Traud den Korb in die Kammer, strich sich ein paar Mal übers Haar und über den Rock und betrat den verqualmten Raum, in dem es außer nach Tabak noch nach verbrannten Zwiebeln roch, besah sich die vielen Männer, die an den Tischen saßen, Bauern und Soldaten, die Bier und Branntwein tranken und Siebzehn+Vier spielten. Nicht wenige von ihnen waren nach dem Hochamt in Bodenbach hierher gekommen, hatten das Spiel bis zum Abend fortgesetzt und sich dazu ordentlich besoffen.

Der Soldat war an der Theke stehen geblieben und hatte zum Gruß die Mütze vom Kopf gezogen. Sein schwarzes, von Brillantine glänzendes Haar war seitlich gescheitelt. Er zeigte auf eine Flasche und Katharina nickte. Traud drängte sich an ihm vorbei hinter den Ausschank, griff nach den schmutzigen Gläsern, packte sich so viele sie konnte und war gerade im Begriff, damit in die Küche zu verschwinden, wo Katharina bereits eine Schüssel mit heißem Wasser vorbereitet hatte.

»He Mädchen, bleib mal stehn, ich glaub, ich kenn dich!« Der Soldat packte sie an den Schultern und lachte. Sie zuckte zusammen. »Ich wüsst net«, murmelte sie und wollte weiter. »Doch, doch ...« Mit alkoholschweren Lidern stand er und zog an ihrem Rock. »Du warst mal in unserem Dorf. Ich komm aus Hoffeld«, sagte er. Traud sah auf. »Du warst mit deiner Mutter in Hoffeld auf dem Metzenhof. Lang her, aber ich hab dich sofort erkannt.« Der Soldat lachte. »Ich wette, du kennst mich net mehr.«

Misstrauisch beäugte sie ihn, wusste nicht, was sie sagen, wie sie sich verhalten sollte. »Mein Mutter is tot. Dat ist lang her«, sagte sie schließlich und verschwand mit den Gläsern in der Küche. Immer wenn sie an Hoffeld dachte, dachte sie an

Paul und was wohl aus ihm geworden war. Sie tauchte die Gläser ins Wasser, tastete mit nassen Händen nach dem Tüchlein mit dem gestickten Monogramm, fuhr dann, wie wenn sie den Gedanken an ihn zerstreuen wollte, eilig fort zu waschen und sah nicht auf, als sie hinter sich Schritte hörte.

»Ja, du bist ein richtiges Bettelmensch«, hörte sie die Stimme des Soldaten, »jetzt bist du also wirklich ein richtiges Bettelmensch geworden.« Zornig wandte sich Traud um und sah Hubert geradewegs ins Gesicht. Das waren seine Worte gewesen, damals in Hoffeld, als sie Kinder waren. Wie hatte sie sich geschämt deshalb. Wie hartnäckig waren diese Worte stecken geblieben, wie oft hatte sie deren Nachhall gehört.

»Jetzt weißt du, wer ich bin, oder?«, lachte Hubert, »oder hast du dat schon öfter gehört? Wegen so einer ist der Paul in den Krieg«, fuhr er fort, während er Traud umkreiste, um genau zu erfassen, was sich in ihr abspielte. Sie hob den Kopf und er sah, dass ihr Gesicht verändert war.

In der Wirtsstube hatte einer ein Lied angestimmt. »Es braust ein Ruf wie Donnerhall, wie Schwertgeklirr und Wogenprall: zum Rhein, zum Rhein, zum deutschen Rhein, wer will des Stromes Hüter sein ...«

»Jetzt singen sie wieder«, sagte Hubert. »Et sind die Soldaten. Sie haben et satt und wollen nach Haus, deshalb singen sie.«

»... Lieb Vaterland magst ruhig sein, fest steht und treu die Wacht, die Wacht am Rhein! ...«

»Aber hör doch, wat sie singen«, entgegnete Traud.

»Ganz egal«, meinte Hubert, »et ist ihnen egal.« Sie horchten, bis unten die letzte Strophe angestimmt wurde.

»... so führe uns, du bist bewährt, in Gottvertraun greif zu dem Schwert, hoch Wilhelm, nieder mit der Brut und tilg die Schmach mit Feindesblut ...« Hubert stand ganz gerade. »Hast du gehört? Hoch Wilhelm!«

Sie zuckte mit den Schultern. »Paul is im Krieg?«, fragte sie schließlich und ließ die Augen verlegen herumwandern. Dann war es also wahr, was die alte Ammi gesagt hatte. Sie wünschte sich, Hubert hätte nicht bemerkt, wie nah ihr seine Worte gegangen waren und beugte sich wieder über die Gläser.

»Ja«, entgegnete er. »Und dat freiwillig. Wie man hört, wegen einem Bettelmensch ...« Um ihren Mund zuckte es. »In Frankreich soll er sein. Vielleicht hat er sich auch anwerben lassen. In Wirtshäusern und auf Kirchweihen werden viele aufgegriffen, wenn se besoffen sind und so lang ohne Essen eingesperrt, bis se freiwillig dat Handgeld nehmen ...«

Traud stand auf, entfernte sich ein Stück von Hubert, verharrte neben dem Kohlenbecken. Sie hörte die kreischende Stimme der wahnsinnigen Ammi in ihrem Ohr: »Bete, bet, der Paul is in Gefahr. Und du bisset schuld.«

Eine Weile standen sie schweigend in der Küche. »Ich weiß nix über ihn«, sagte Hubert plötzlich, »nur dat er dich gesucht hat. Dat hat sein Mutter erzählt. Die war net grad begeistert.« Gerne hätte sie noch etwas gefragt, aber sie schwieg, denn sie hörte Katharinas Schritte im Flur. »Wenn ich den nochmal sehn sollt, erzähl ich ihm, wat aus dir geworden is«, beeilte sich Hubert zu sagen, bevor er an der Wirtin vorbei in die Schankstube ging.

Katharina hatte es eilig. »Komm, komm endlich mit den Gläsern«, sagte sie, griff nach den bereits gewaschenen Gefäßen, schüttelte den Kopf, meinte noch, dass Traud doch sonst nicht so langsam sei und dass man sich vor Mannsbildern, die einem in die Küche folgten, hüten solle.

Als Traud eine ganze Zeit später das Geknatter des Motorrades im Hof hörte, sprang sie auf, spähte aus dem Fenster, konnte aber nur Schatten erkennen, lehnte sich an die Wand und starrte in die Dunkelheit. Kurz dachte sie daran, dass sie nach Stüpp sehen müsse. Aber sie blieb stehen, hörte noch, wie einer in der Wirtsstube Nägel einschlug. Dumpfe, langsame und dunkle Schläge wechselten sich mit hellen, schnellen ab. Dann setzte das Hämmern aus und sie sank auf einen Stuhl.

Die Heuernte hatte gerade angefangen, da tauchte Hubert erneut in Borler auf. Am helllichten Tag schon hatte er sich einen Schnaps bei Katharina bestellt und obwohl es ihr eilig war aufs Feld zu gehen, zögerte sie, ihn abzuweisen. Während sie nach der Flasche griff, kam er zur Sache. Ob Traud noch da sei, wollte er wissen, und als sie nickte, versuchte er in Erfahrung zu bringen, wie lange sie noch gedenke, in Borler zu bleiben.

»Nach dem Heuen muss sie weiter«, sagte Katharina. »Dat hab ich ihr schon gesagt. Sie war jetzt lang hier, hat mir viel geholfen.« Sie füllte das Glas und stellte es vor Hubert auf den Tresen.

»Ich nehm sie mit. Hab genug Arbeit«, sagte er und leerte in einem Zug sein Glas. »Unser Magd is fort. Da hab ich an Traud gedacht. Ich kenn sie noch aus der Zeit, als sie mit ihrer Mutter rumgezogen is. Ein armes Mensch«, bemerkte er und blinzelte mit den Augen. Katharina konnte mit dem seltsamen Gast wenig anfangen, wollte ihm gerade erklären, dass sie in Eile sei und aufs Feld wolle, als Traud hereinkam.

»Ahh, da kommt sie ja«, grüßte Hubert und ein zynisches Lächeln spielte um seinen Mund. »Hab schon auf dich gewartet. Nehm dich gleich mit. Kannst froh sein über dat Angebot. Unser Magd hat sich verheiratet und jetzt brauchen wir wieder jemand auf dem Hof. Kannst gleich dein Zeug packen. Ich trink noch einen und dann geht et los.«

»Da gehören immer zwei dazu«, erwiderte Traud, »und du befiehlst mir net. Da will ich vorher gefragt werden.«

»Hört, hört«, lachte Hubert, »gefragt werden will sie. Gnädige Frau, wie wärs?« Das gekünstelte Lächeln verschwand, als er den zweiten Schnaps orderte und sich Katharina zuwandte.

»Hast du dat gehört? Froh sein kann sie über mein Angebot. Oder wat meinste? So wat kommt net alle Tage. Hat wohl noch nen Zacken in der Krone?«

»Wenn sie net will, will sie net«, sagte Katharina, »da kann man nix machen.«

»Ob sie will oder net, sie kommt jetzt mit«, bekräftigte Hubert sein Vorhaben und forderte Traud erneut auf, ihr Zeug zu packen. Stolz warf sie den Kopf zurück, sah ihn im Weggehen über die Schulter missbilligend an und sagte mit forscher Stimme: »Niemand hat mir zu sagen, wat ich zu tun oder zu lassen hab. Und mit dir geh ich net. Nie!«

»Mir dir geh ich net«, äffte Hubert sie nach. »Gekrochen kommste noch«, drohte er, »ein Bettelmensch bist du und ein Bettelmensch bleibst du. Dat hab ich schon immer gewusst. Und wegen so einer is Paul im Krieg und atmet Giftgas ...«

In Trauds Gesicht zuckte es. »Lauf mir bloß net mehr nach, ich warn dich. Lass mich in Ruh, und Schluss!« Sie verließ die Stube und hörte noch Huberts Fluchen, als sie über den Hof ging. »So ein Undank! Da meint man et gut, aber Pack bleibt eben Pack ...«

Den ganzen Nachmittag sprach Traud nicht mehr. Beim Heuen stieß sie ihre Gabel so energisch in die gelben Halme, als ob sie jemand erdolchen wollte, verbarg die verheulten Augen hinter der schweren Last. Mit schwungvollen Armbewegungen schleuderte sie das Heu auf einen Leiterwagen und rannte unverzüglich zum nächsten Hoppen. Rot und erhitzt war ihr Gesicht, mehrfach hatte sie sich die Augen gewischt, was eine schmutzige Spur auf den Wangen hinterlassen hatte. Einmal nur hielt sie inne, stand mit gesenktem Kopf, die Hände auf den Stiel der Heugabel gestützt. Dann richtete sie sich wieder auf und arbeitete noch verbissener als vorher. »Wenn dat Wetter hält, haben wir bald alles unter Dach!« Traud lächelte zwar, als Katharina ihr vom Wagen aus zuwinkte, aber das Lächeln war unnatürlich und gezwungen.

Katharina vermied es Traud anzusprechen, sah sie doch, welche Wirkung die beleidigenden Worte von Hubert hinterlassen hatten. Sie fragte auch nicht, was es mit Paul auf sich habe.

Fraß und Brut

Zur Laubzeit des Jahres 1918 verbreitete sich die Nachricht, dass es an der Front an Tierfutter mangele. Um diesen Zustand zu ändern, fanden in der gesamten Eifel Laubsammlungen statt. Die Jugend wurde mit Karren und Decken hinausgeschickt, halbwüchsige Burschen, aber auch Soldatenfrauen und Mägde halfen mit. Mit Besen aus Haselruten schichteten sie das welke Blätterwerk von den Wegen und Wiesen auf beachtliche Haufen, dann packten sie es in Wehrmachtsplanen. Vor dem Krieg hätte es als Stallstreu Verwendung gefunden, aber jetzt kamen allabendlich Armeelaster, die die herbstliche Last aufluden und damit nach Westen verschwanden.

Auch Traud wurde, nachdem sie aus Borler fortgegangen und wieder einmal durch Kolverath gezogen kam, mit herangenommen, maulte zwar über die unnütze Arbeit, hantierte aber in gewohnter Manier tüchtig mit dem Rechen und ihr Genörgel gab Anlass zu manchem Gelächter und Foppereien durch die Halbwüchsigen.

»Jetzt sind wir also im Kriegsdienst«, schimpfte Traud, die braun verbrannt von der Arbeit auf den Feldern in ihren verschossenen Kleidern, mit bloßen, an den Fersen zerschundenen Füßen da stand und mit dem Rechen in der Luft herumfuchtelte, »wie wenn ich wat mit dem dreckigen Krieg zu tun hätt!«

Traud hatte von jungen Soldaten gehört, die aus dem Feld beurlaubt wurden und danach nicht mehr zu ihrer Truppe zurückgekehrt waren. Laut spekulierte sie darüber, wie es wohl käme, wenn das alle tun würden. Sie dachte an die Wirtin in Borler, die die Sorge um ihren Sohn nicht losließ, und an ihre Worte, wie sinnlos und ungerecht der Krieg doch sei und dass der Hubert gerade erst 18 Jahre alt geworden war.

»Versteht ihr dat denn net«, schrie sie, während sie die bunten Blätter zusammenrechte und die lachenden Jugendlichen mit den pomadisierten gescheitelten Haaren sie angafften und Stüpp neckten. »Hoffentlich kommt ihr net mehr dran. In der Zeitung stand, der Kaiser hätt gerufen und all wären ihm gefolgt. Im Einberufungsbefehl steht aber drin, dat Zuwiderhandlungen mit dem Tod bestraft werden. Dat hab ich selbst gelesen.«

»Du kannst lesen?«, spotteten die Jungen. »Oder hast du selbst en Einberufung gekriegt?« Einer von ihnen näherte sich ihr mit geballter Faust. »Fuffzehn Deserteure, wenn net noch mehr, treiben sich hier rum, vielleicht ganz in unserer Näh. Dat sind fuffzehn feige Schweine. Die klauen uns die Hühner und dat Vieh. Und Geld. Na, wie finden wir dat? Der Ludwig hat schon Nachtwachen aufgestellt und Feuer gemacht, dat ihm nix mehr wegkommt. Na, wat sagst du zu solchem Pack?« Traud wandte sich ab, schüttelte den Kopf, zeigte auf ein Plakat, das jemand an einen Baum befestigt hatte, »Viehfutter für die Front« stand darauf, murmelte etwas von Mut und Unrecht, warf den Rechen hin und entschloss sich, am nächsten Tag weiterzuziehen.

Im November wurde Waffenstillstand beschlossen. Traud war zwischen Senscheid und Dankerath unterwegs, als ihr die ersten deutschen Truppen auf dem Rückzug begegneten. Die Soldaten belegten die Häuser sowie die Schul- und Wirtssäle. Allerorten wurden Feldküchen aufgebaut, aus denen sie versorgt wurden und wo auch manches Mal Gemüse, ein Kanten Brot oder ein Fetzen Fleisch für Traud und Stüpp abfiel.

Anfang Dezember kamen die Amerikaner. Auch sie besetzten die Schulsäle und zogen Mitte des Monats weiter. Vor Weihnachten erschien ein zweiter Trupp Amerikaner, der das ganze Dorf in Besitz nahm. Für Traud wurden gute Quartiere rar, denn selbst Schober und Ställe waren dicht belegt und sie scheute sich, mit Soldaten das Lager zu teilen. Die Männer mit den dunklen Uniformen waren ihr fremd, die Sprache wüst, und es war ihr unverständlich, dass sie, wenn sie an den Zahltagen Geld bekamen, Kriegsabzeichen und Orden kauften, gar eiserne Kreuze, für die sie bis zu 30 Mark zahlten.

Lauthals lachen musste sie, als sie die Verordnung der amerikanischen Besatzungsmacht entzifferte, die an der Müllenbacher Schule ausgehängt war. Ein gelbes Plakat klebte neben der Schultüre und Traud brauchte eine ganze Weile, bis sie die schnörkelige Schrift entziffert hatte und losprustete: »Es ist streng verboten zu scheißen neben die Hauser oder auf die Straßen. Aborten mussen immer sauber sein. Dieselbe mussen in jedem Fach mit Grüber eingerichtet werden um mannschliche Abfall zu halten. Das muss sofort gemacht werden. Decken für den Gesitz muss sofort besorgt werden. Gesitz muss immer bedeckt sein, so keine Fliegen hereinkommen können. Alle Aborten mussen Fliegeloss sein.«

»Lass dich bloß net beim Lästern erwischen«, meinte ein Bauer, der ebenfalls lachend vor dem Plakat stehen blieb. »Tja, jetzt weißte Bescheid, dat Gesitz muss bedeckt sein. Oder meinen die dat Gesäß?« Traud waren die stinkenden Bretterverschläge einerlei. An die fensterlosen, dunklen Klohäuschen mit den kniehohen Sitzen und dem Loch in der Mitte wollte sie sich nicht gewöhnen. Satt und faulig roch es dort, der Gestank und die Spuren der Vorgänger taten ein Übriges und sie zog es vor, sich – wie immer – in die Büsche zu schlagen und statt nach

Zeitungsfetzen auf Gras zurückzugreifen. »Ich geh da sowieso net rein«, maulte sie. Einmal nur hatte sie ein Wasserclosett gesehen, bezweifelte aber den Sinn und Zweck dieser Einrichtung. Der Bauer meinte bloß: »Recht haste. Jetzt wollen sie uns Manieren beibringen, die Amis, glauben wohl, sie hätten et mit Wilden zu tun.«

Erst im Juli verließen die amerikanischen Truppen die Dörfer und Traud schien es zunächst, dass alles wieder so werden würde wie früher. Aber der Krieg hatte Wunden hinterlassen. Es war nicht bloß das schreckliche Kriegsende, es war auch nicht, weil der Kaiser abgedankt und auf Rat Hindenburgs ins holländische Exil gegangen war. Die Stimmung hatte sich geändert, die Menschen waren andere geworden.

Aus Russland kam die Nachricht, dass noch während des Krieges eine Revolution ausgebrochen sei, der Zar abgedankt und Lenin ein neues revolutionäres Programm formuliert habe. Dort wurde der Boden nun aufgeteilt und man sprach darüber, dass die Arbeiter jetzt die Kontrolle über Produktion und Güterverteilung hätten. Eine Weile dachte Traud, dass die Welt vielleicht gerechter werden würde. Als sie aber merkte, dass sich für das Volk auch mit der neuen Weimarer Verfassung rein gar nichts zum Besseren geändert hatte, schimpfte sie weiter auf die Regierung im fernen Berlin, auf Ebert, den sie für den neuen Kaiser hielt und von dem sie nur wusste, dass er einmal Sattler gewesen war.

Krähenspuren

Die Straße nach Müllenbach führte neuerdings am Dorf vorbei. Bläulich und grau schimmerte der frische Teer mit den schlackigen weichen Stellen, an denen die Schuhe kleben blieben. Verwundert betrachtete Traud die ungewohnte Straßenführung. Ärgerlich schüttelte sie den Kopf und pfiff nach Stüpp.

Heringsmichel kam ihr auf seinem Fahrrad entgegen, an der Lenkstange baumelte sein berühmtes Fischnetz. Nach dem Krieg hatte er damit begonnen, alle vierzehn Tage durch die Dörfer der Bürgermeisterei Kelberg zu fahren und Heringe zu verkaufen. Ein großes Pappschild war an seinem Lenker befestigt. »1 Hering 6 Pfg.« stand dort in Druckbuchstaben und darunter in krakeliger Schreibschrift: »20 Stück für 1 Mark.«

»Jetzt bauen sie schon die Straßen am Dorf vorbei. Nur weil all Auto fahren wollen«, schimpfte Traud und stellte fest: »Früher lief die Straß auch krummer.«

»Ja, dat is, weil die Leut net gern bremsen wollen«, meinte Heringsmichel, der mit seinem Rad just neben ihr zum Stehen gekommen war und seinen Hut zog. »So kann man schneller fahren. Grad ist besser. Ich kauf mir jetzt auch en Auto«, sagte er, zog ein Säckchen mit Münzen aus der Tasche, das er stolz in seiner Hand wog. »Seit über fünf Jahren spar ich schon drauf. Damit dat Geschäft mit den Heringen besser flutscht. Dat is die neue Zeit, Traud, die ganz neue Zeit. Bald fährt alles Auto, du wirst et schon sehen.«

»Aber«, wandte sie ein, »wenn du en Auto hast, dann siehste doch nix mehr. Kommst ja noch net mal mehr in die Dörfer rein. Fährst einfach dran vorbei, geht doch viel zu schnell alles.« Verständnislos betrachtete sie Michels Fahrrad. »Wo du so en schön Fahrrad hast.«

»Aber ich komm doch viel besser voran und kann noch mehr Fisch verkaufe. Jetzt, wo die meisten Straßen mit Split bestreut sind, is dat besser. Haste gesehn, die Schlaglöcher sind all ausgebessert und zwar net bloß mit Steinen. Ja Traud, die Zeiten werden besser und wenn de wat werden willst, brauchste en Auto. Zu Fuß geht bald keiner mehr.«

»Ich brauch kein Auto.« Traud verzog das Gesicht und zeigte auf ihre Füße. »Die haben mich so weit getragen, so weit. Für wat brauch ich ein Auto?«

»War doch nur en Spaß«, lachte Michel, »du kannst ja auch net fahren. Aber wenn ich dich mal wieder treff mit meinem Auto, nehm ich dich ein Stück mit.« Dann griff er nach einer zerbeulten Blechdose, die er auf dem Gepäckträger beförderte, öffnete den Deckel mit einem Schraubenzieher, den er in der Tasche verwahrte, zog einen Hering aus der salzigen Brühe, den er Stüpp vor die Nase hielt. Die ganze Zeit schon hatte das Tier schwanzwedelnd das Netz beschnüffelt und jetzt, als Michel den Fisch so dicht über seine Nase hielt, jaulte und keuchte Stüpp, der Geifer lief ihm aus dem hechelnden Maul. Michel lachte. »Na, so wat Feines haste sicher noch nie gekriegt!« Er hatte kaum losgelassen, da fiel Stüpp auch schon gierig über den Fisch her, ließ nichts übrig, leckte sich ausgiebig die Schnauze. Michel zog auch für Traud einen Hering aus dem Netz, wickelte ihn in ein Stück Zeitung. »Die schmecken! Für mein Hering bin ich berühmt!« Pfeifend ließ er Traud zurück, die ihm nachblickte, bis er über die Kuppe verschwunden war.

Querfeldein lief sie über Meisenthal, dann durch die Haardt entlang des Trierbaches, vorbei an satten Feldern und Gärten. Stüpp rannte, nachdem er es nach einigen Anstrengungen aufgegeben hatte auch Trauds Hering zu verspeisen, ein gutes Stück voraus, mitten durch blühende Wiesen. Leuchtender Klatschmohn stand zwischen den Ähren, die Rispen der Gräser wiegten ihre Köpfe; Schmetterlinge taumelten heran, schwebten im weichen, warmen Wind des Sommers. Hoch in den Lüften kreiste ein Hühnervogel, Schwalben tanzten, aus einem der Dörfer klang Geläut.

Gegen Mittag rasteten sie am Bach. Während Traud Michels Hering verspeiste, ließ sie die Füße in die hellen Fluten hängen, genoss den Salzgeschmack im Mund, den Duft des Wassers und die Melodie des Windes.

Ein Marienkäfer landete auf ihrer Hand. Er krabbelte über den Daumen, dann über den Handrücken. Lächeln musste sie, als das Tierchen die Flügel ausbreitete und davonflog. Sie pfiff nach Stüpp und erhob sich. Rasch zog sie ihre Kleider aus und stieg vorsichtig über ein paar glitschige Steine ins kalte Wasser. Stüpp wedelte mit dem Schwanz und kläffte nach seiner Herrin, die mit der Hand Wasser schöpfte, das sie sich prustend über den Kopf goss. Wieder und wieder besprengte sich Traud, strich sich mit dem erfrischenden Nass über den nackten Körper, über Brust und Schultern, lachte, spritzte Wasser nach Stüpp, der nur noch aufgeregter bellte, schließlich nicht mehr zu halten war und zu ihr in den Bach sprang.

In den folgenden Wochen wechselte sie ständig ihr Lager, denn besonders nach Kriegsende galten die Eifelwälder als unsichere Orte. Nicht nur, dass Soldaten den Forst belagerten, auch die Angst vor dem sogenannten Stumpfarm ging um. Johann Wilhelm Mayer galt als einer der gefährlichsten Verbrecher der Umgebung. Im Jahr zuvor ermordete er seine Geliebte Maria Dahm aus Mayen, letzten Februar Maria Folk, ebenfalls eine Geliebte, im Wald bei Masburg. Im März mordete er Nikolaus Schüller aus Kalenborn und just vor einer Woche fand man im Wald bei Illerich eine weitere ehemalige Geliebte des Mörders tot.

Was für Traud nicht weiter bedrohlich war, rief einige Aufpasser auf den Plan und bald bildeten sich ganze Trupps von Männern, die abwechselnd tags und nachts durch die Wälder streiften und mit ihren Hunden auch Traud immer wieder in ihren schutzlosen Hütten und Unterständen aufspürten und befragten.

»Dat is ja unruhiger als im Krieg«, keifte sie, »hundert Mal hab ich schon gesagt, dat ich nix gesehn hab. Net mal im Wald hat man sein Ruh.« Nicht etwa aus Angst vor dem Stumpfarm – »der tut mir sowieso nix«, pflegte sie zu sagen – sondern aus Wut über die ständigen Störungen, verließ sie die Hütte an der Elzer Mühle. Ziellos wanderte sie über die Dörfer, wo sie Kamillenblumen anbot, in den Unterständen bei den Tieren nächtigte und froh war, wenn sie hier und dort ein Stück Brot oder einen Zipfel Wurst geschenkt bekam. Selten gab es eine warme Mahlzeit. Nur manchmal, wenn sie eine Forelle oder Krebse gefangen hatte, machte sie sich ein Feuer. Hunger plagte sie immer. Ständig spürte sie ein Ziehen in der Magengegend, das auch dann nicht verschwand, wenn sie glaubte, satt zu sein.

In der Wirtschaft in Borler konnte Traud in diesem Sommer mit ihrem Hund nicht bleiben. Katharina hatte ihr zwar ein warmes Essen hingestellt, ihr aber kein Lager in der Scheune zubilligen können, da eine ganze Horde Soldaten auf der Tenne im Stroh nächtigte. Arbeit gab es auch nicht.

Während Stüpp im Dorf herum strich, saßen die beiden Frauen in der Wirtsstube. Katharina hatte Reibekuchen gebacken und während sie die Kuchen im heißen Fett wendete, erzählte sie von Franz. »Er hat damals wegen der vielen Bienenstich dat Aug verloren. Dat haben wir erst net gemerkt. Der sieht nix mehr auf dem linken Aug, dafür auf dem anderen aber umso besser. Den können se für keinen Krieg mehr brauchen«, fügte sie hinzu, »wer weiß, für wat dat gut war.«

Dann kam die Rede auf ihren anderen Sohn, Hubert, den sie schon so lange vermisste. »Denk mal an«, sagte Katharina und ihre Augen füllten sich mit Tränen, »im September is en Brief von der Front gekommen. Da stand wat ganz Seltsames drin. Unser Hubert hat geschrieben, dat er nachts wach gelegen hätt, weil ein Pferd in seiner Nähe net mehr aufgehört hat zu wiehern. Dat Tier hätt an der Lein gerissen und fürchterlich getan. Da is der Hubert aufgestanden und is gucken gegangen und wat meinst du? Da war dat unser Pferd, der Fanni, den sie uns weggenommen hatten. Wie ein Gruß von daheim wär dat gewesen. Dat Pferd hat unseren Hubert erkannt.«

Katharina verbarg den Kopf in der Armbeuge. Der Arm wurde nass von Tränen. »Dat et so wat gibt.« Sie stand auf, holte zwei Gläser und eine Flasche mit rotem Aufgesetzten. »Dat sind Johannesbeeren«, sagte sie, »noch vom letzten Jahr. Dat tut uns jetzt gut.« Sie füllte die Gläser und sie prosteten sich zu.

»Haste denn wat Neues gehört vom Hubert?«, fragte Traud. Katharina schüttelte den Kopf. »Nee. Et is kein Post mehr gekommen.« Wieder kämpfte sie mit den Tränen. »Aber ich weiß et. Auch ohne Brief. Der Hubert lebt net mehr. In der Nacht, et war die Nacht vor Allerheiligen, da isset Kreuz runtergefallen. Dat Kreuz, dat oben bei mir neben dem Weihwasserschälchen hängt. Mitten in der Nacht war dat. Ich bin aufgeschreckt und, ich weiß gar net, wie ich dat sagen soll, dat war so seltsam. Da hab ich gewusst, dat der Hubert net mehr lebt. Der kommt net mehr, der Hubert kommt net mehr heim.«

»Du darfst ihn doch net aufgeben«, versuchte Traud sie zu beruhigen, aber Katharinas glasige Augen blickten starr geradeaus und dieser Blick hatte etwas Eindeutiges, etwas Wissendes, dem auch Traud sich nicht entziehen konnte. »Dieser dreckige Krieg«, sagte Katharina mit unterdrücktem Hass, »hat unseren Jungen dat Leben gekostet. Für nix un wieder nix.«

Schweigend saßen sie, bis das Geläut vom Heyerberg sie aufschrecken ließ. »Wat bedeutet dat bloß schon wieder? Immer noch ziehn Truppen durch die Eifel und besetzen die Schulen und Wirtschaften. Dat is hier so ein Durcheinander«, sagte Katharina, »und all die Soldaten. Manchen fehlen Arme oder Hände, viele haben sich Hautkrankheiten geholt, die nie mehr weggehn. Von dem Giftgas. Man hört schreckliche Sachen. Hoffentlich kommen die all bald nach Haus und dann is Schluss mit dem Krieg.« Sie meinte auch, dass seltsames Volk darunter sei und dass Traud auf sich achten müsse. »Die haben die jungen Leut doch für et ganze Leben verstört. Man weiß net, wat die im Kopf haben, wenn sie an der Front waren. Wat meinst du, wat die all gesehn haben.«

Als das Geläut verstummte, verabschiedeten sie sich. »Et is besser, du suchst dir woanders wat. Vielleicht kannst du noch mal beim Fehrer fragen?« Traud nickte und versprach wiederzukommen, im Herbst vielleicht, zur Kartoffelernte.

Beim Fehrer konnte Traud tatsächlich wieder ein paar Nächte einkehren, so lange, bis er mit seiner Frau wieder auf Handelsreisen ging. Nach ein paar Wochen in Bodenbach – sie hatte im Lenzenhaus beim Räuchern geholfen – ging sie nach Bongard, von Bongard nach Gelenberg. Sie fand mit Stüpp Unterkunft auf einem abgelegenen Hof, wo sie im Kuhstall nächtigte und der Bauersfrau – ihr Mann war ebenfalls eingezogen worden – ein paar Wochen auf dem Feld half. Als auch dort Soldaten einquartiert wurden, zog sie weiter.

Die Bauersfrau hatte noch gesagt, sie solle gut auf sich aufpassen, es sei allerhand Gesindel unterwegs, besonders im Wald, sie habe von unzähligen Verstecken gehört. »Ganze Lager gibt et da oben«, sagte sie, aber Traud lachte bloß. »Angst – dat kenn ich net. Ich hab net mal Angst vorm Teufel. Nach Welcherath geh ich, da war man mir immer gut. Da werd ich nach Arbeit fragen und Kamillenblumen hab ich auch noch«, rief sie, »und der da« – dabei zeigte sie auf Stüpp – »passt gut auf mich auf!« Sie gab ihrem Hund das Zeichen zum Aufbruch, winkte nochmals und war bald mitsamt ihrem Gepäck auf den Feldwegen verschwunden.

Der Gedanke bald wieder in Welcherath zu sein, stimmte sie froh. »Zweimal schlafen wir im Wald«, erklärte sie Stüpp, der die Ohren spitzte, »zweimal unter dem offenen Himmel!« Sie lachte und sah zu, wie sich das Tier in einer Pfütze wälzte und nach einer Wespe schnappte.

Kurz ruhten sie gegen Abend am Ufer des Kirsbaches, unterhalb der Roten Heck. Traud hielt die Hände in das glitzernde Wasser, trank und wusch sich. Dann zogen sie weiter.

Von jenseits des Kirsbaches, aus einem Waldstück, klangen immer wieder Stimmen herüber. Stüpp bellte einige Male in Richtung der Tannen; Traud äugte nach den schwärzer werdenden Wolken. »Mach voran Stüpp, komm schon!« Gefällte Bäume lagen im Gras; kerzengerade Stämme von Buchen.

Es dunkelte schneller als sonst und bald stand ein dunstiger, roter Mond über dem Wald. Eigentlich hatte Traud vorgehabt, gleich in der Nähe einen Platz für die Nacht zu suchen. Aber die Stimmen hatten sie beunruhigt und so entschloss sie sich, trotz der Schwärze, die sie inzwischen umgab, weiterzugehen. Nur noch an den Fluchten der Bäume, deren Silhouetten immer dichter gegen den fahlen Himmel standen, konnte sie den Weg erkennen.

Gegen Mitternacht hörte sie die Stimmen erneut. Die Laute klangen nah, es waren Männerstimmen, Soldaten vielleicht, die sich hier verschanzt hatten. Deserteure, ging es ihr durch den Kopf, oder Besatzer. Nein, hoffentlich keine Besatzer, dachte sie und gab Stüpp ein Zeichen: »Kschschchch, bleib ruhig.«

Plötzlich blendete sie ein Licht. Ein Mann rief etwas in einer ihr fremden Sprache und sie hatte das Gefühl, in eine Falle geraten zu sein. Erstarrt stand sie, hielt die Hand über die Augen. Stüpp bellte, sie hörte, wie Geäst knackte und andere Hunde anschlugen, dann erkannte sie undeutlich die Umrisse zweier Männer in Uniformen, die sich ihr näherten und etwas befahlen, was sie nicht verstand. Verstört und wie gelähmt spähte sie in die Dunkelheit. Der Schein der Karbidlampe wurde greller, warf Licht und Schatten auf Gesichter, Stiefel, Hecken und Gesträuch. Einer der Soldaten fasste sie am Arm. Sie sah schwarze, blitzende Augen, weiße Zähne, dunkle Haut und schwarzes krauses Haar. Stüpp jaulte. Der Mann stieß sie mit seinem Gewehr in den Bauch und drängte sie rückwärts in die Büsche. Traud versuchte sich loszureißen, wegzurennen, aber das Gepäck hinderte sie fortzukommen, sie stolperte, fiel zu Boden. Eine schreckliche Angst überkam sie und sie begann zu schreien, laut und schrill, aber schnell hatte einer der Männer sie gepackt und ihr den Mund zugehalten, der andere war hinzu gesprungen und zu zweit zerrten sie sie in ein feuchtes Erdloch. Sie wehrte sich nach Leibeskräften, trat nach den Stiefelträgern, schrie nach Stüpp, von dem sie nur noch ein Winseln hörte. Ein dunkles, erhitztes Gesicht näherte sich dem ihren, sie stemmte die Hand gegen sein Kinn, er hatte sie bei den Haaren gepackt, schob ihr mit der anderen Hand den Rock hoch, sie bemerkte noch, wie einer seinen Gürtel öffnete, spürte gierige, erregte Hände an ihrem Körper und dann nichts mehr als einen dumpfen harten Schlag auf die Schläfe.

Als sie aufwachte, war alles ruhig. Sie lag in einer verdrehten Haltung, ihre Röcke waren zerrissen. Nachdem sie sich eine ganze Weile nicht rühren konnte, liefen Tränen über ihr Gesicht, denn sie musste an Paul denken und an die weiße Wäsche, die sie als Kind in Anns Garten ausgebreitet hatte. Mühsam versuchte sie sich hochzuziehen und als sie wieder auf den Beinen war, sah sie, wie hellrotes Blut an ihren Beinen herunter lief. Sie fasste sich an den Kopf und auch hier spürte sie Blut. Ihre Hände waren voller Blut, Blut, überall, alles rot. Mit ein paar Blättern wischte sie sich Bauch und Schenkel, zog die zerfetzten Röcke herab und rief dabei verzweifelt nach Stüpp. Von den Soldaten war nichts mehr zu sehen. Traud lief durch dichtes Gesträuch; Stüpp lag zerschlagen am Weg.

Schreiend rannte sie entlang des Erbaches. Als die Lungen stachen und sie über eine Wurzel strauchelte, blieb sie liegen; am Wegrand nach Welcherath, mitten im Dreck, ein zitterndes, graues Menschenbündel. Ihr Kopf war leer, die Lippe geschwollen und an einer Stelle gesprungen. Immer wieder fuhr sie mit der Zunge über die verletzte Stelle.

Ein paar Takte Mozart

Der Sommer 1920 war heiß und trocken gewesen. Allerorten klagten die Bauern über Wassermangel, die Mühlenbetriebe entlang der Elz mussten für Monate ihre Arbeit einstellen. Sogar die Dorfbrunnen, die sonst immer reichlich Wasser führten, waren nicht mehr imstande, die Menschen zu versorgen. Einzig die Quellen sprudelten weiter und so waren die Dörfer, die über einen Drees verfügten, zumindest mit Trinkwasser eingedeckt.

Den ganzen Sommer konnte Traud deshalb kaum darauf hoffen, Arbeit in den Mühlen zu finden und so war sie von Niederelz, wo sie den letzten Winter bei einem Müller geholfen hatte, über Mayen wieder in die östliche Eifel gewandert.

In diesem Jahr war es ihr schwerer gefallen als sonst, längere Zeit an einem Ort zu bleiben. Sie wusste selbst nicht, was es war, das sie so unablässig weiter trieb, von einem Dorf zum anderen, von einem Hof zum nächsten. Recht bekannt war sie inzwischen auf den Dörfern, hatte sich auch einen guten Ruf als tüchtige Schafferin erworben, dennoch wurde es zunehmend schwieriger, Arbeit, einen Schlafplatz und Essen zu finden.

Erst im Frühjahr hatte sie in Kolverath nachgefragt, fand aber bloß für ein paar Tage bei Michels einen Unterschlupf. Auf dem ehemaligen Schneiderhof war sie, als sie ihre Kamillenbündel vorzeigte und feilbot, auf übelste Weise verscheucht worden. Weithin hörbar hatte man ihr alle Schande hinterher geschrien, so dass einige Bauern, denen der Vorfall zu Ohren gekommen war, die grässliche Vertreibung eines ehemaligen Dorfmitglieds vor den Gemeinderat brachten, wo man beschloss, sie als einen Gemeindefall zu behandeln und ihr jederzeit, auf Anfrage, reihum in den Bauernhäusern Aufnahme zu gewähren. Ein bisschen beruhigte sie der Gedanke, dass ihr in schlechten Zeiten zumindest die Ställe und Scheunen ihres Heimatdorfes offen stünden.

Dennoch, seither verspürte sie etwas Demütigendes, wenn sie durch Kolverath zog, hier und da anklopfte und die Kamille aus dem Papier wickelte. Sie nutzte deshalb das Angebot der Gemeinde nur selten und wenn, dann wollte sie niemandem etwas schuldig bleiben oder gar zur Last fallen, arbeitete daher noch beflissener als anderswo, sodass es selten nur das Mitleid der Menschen war, das ihr die Türen öffnete.

Als sie an St. Anna über den Elsberg wanderte, schwang ein festliches Geläute über die Hügel und Täler. In Müllenbach wurde die neue Kirche eingeweiht und es klang in den unterschiedlichsten Resonanzen hinauf zu Traud, die sich still ins hohe Gras setzte und lauschte. Seit Jahren waren die Müllenbacher mit ihrem Kirchenbau befasst gewesen, hatten gespart und gesammelt, um endlich eine eigene Pfarrei zu werden mit einem eigenen Pfarrer. Eine Weile dachte sie daran, hinunterzugehen und sich an diesem für Müllenbach denkwürdigen Tag mitzufreuen.

Dann gewahrte sie auch aus den anderen Dörfern Glockenläuten und sie lehnte sich behaglich zurück ins Gras. »Endlich können die Kinder die Klappern wieder wegtun, sie haben also wieder ein Geläut«, dachte sie und hielt das Gesicht in die Sonne. Im Krieg hatte sie miterlebt, wie allerorten die Glocken fortkamen, letztes Jahr war sie in Adenau dabei gewesen, als das Kriegerdenkmal einweiht wurde, ein grauer hoher Findling, beschriftet mit den Namen von 26 jungen Männern, sechs davon waren nicht einmal zwanzig geworden.

Nun war das Glockengeläut wieder zurück und Traud blinzelte vergnügt in die Wolken, die schneller zogen als sonst und die Sonne dann und wann verhüllten, sodass Wälder und Wiesen aussahen wie gescheckt.

Eine Weile saß sie still. Sie kramte nach einem Kamm und kämmte ihr Haar. Dann erhob sie sich, klomm ein gutes Stück den Berg hinauf. Hier und da standen knorrige, von Misteln übersäte Apfel- oder Birnbäume. Auf dem vulkanischen Gipfel wuchsen rosafarbene Akelei und Teufelskrallen, Schafsgarbe und Glockenblumen, sogar Silberdisteln. Sie pflückte von der Schafgarbe, die sie ebenso wie die Kamille, mit einer braunen Papierschnur zu kleinen Sträußen band. Die Kräuterbündel, die zum Trocknen rund um den Rucksack baumelten, wurden gern gekauft oder eingetauscht, sodass Traud darauf hoffte, bis zum Herbst ein paar Mark in der Tasche zu haben.

In Kolverath hatte sie es diesmal auf beinahe vier Mark gebracht, immerhin. Natürlich würde sie damit nicht weit kommen; dennoch öffnete die Handelsware ihr manche Tür und oft geschah es auch, dass die Kräuter ihr zu einer Arbeit verhalfen. Und hatte sie erst Arbeit, ergaben sich manchmal Hinweise und Empfehlungen, von denen sie profitieren konnte.

An diesem Tag war sie bis Kelberg gelaufen, wo sie zwei Tage bei einem Büchsenmacher aushalf. Von dort schickte man sie zum Jeckelshof, wo Helfer für die Felder gebraucht wurden. Traud war jede Arbeit recht und so stimmte sie zu, als der Bauer ihr mindestens einen Monat in Aussicht stellte. »Solang haste Ruh! Dann musste weiter«, polterte er, wies ihr einen Platz in der Tenne zu, wo ein Laubsack lag und eine Decke.

Auf dem Jeckelshof hatte Traud von einem enormen Bauvorhaben gehört, das ihre Phantasie einige Wochen anheizte.

Adam, langjähriger Knecht des Jeckelsbauern, war ein dorfbekannter Tüftler und Bastler, ein großer Kenner der deutschen Historie und ein ebenso großer Säufer. Schon morgens, nach dem Aufwachen litt er unter erbärmlichen Krämpfen, die sich erst nach einem ordentlichen Schluck Schnaps betäuben ließen. Er glühte vor Verehrung für Kaiser Wilhelm, hatte – gleich neben dem Weihwasserglas – in seiner Kammer ein gerahmtes Foto hängen, das den Kaiser in einem warmen, schweren Mantel bei der Kircheneinweihung in Gerolstein zeigte. War der Suff besonders heftig ausgefallen, salutierte er vor diesem Bild, was man bis zum benachbarten Hof hören konnte.

Adam wusste Traud eine ganze Menge über den Kaiser zu berichten, unter anderem, dass er bereits vor dem Weltkrieg die Idee gehabt hatte, in der Nähe von Adenau, an der Nürburg, eine besondere Fahrbahn für Automobile zu bauen. »En Rennstreck sollte dat damals schon werden. Damit wollt Wilhelm net nur die Erhabenheit der deutschen Industrie, sondern auch den Stellenwert des Rennsports zeigen.«

Traud war der Rennsport völlig gleich, der Kaiser sowieso und Adams Gesprächigkeit war ihr eher lästig. Aber sie hatte vernommen, dass es dort möglicherweise Arbeit gäbe, also spitzte sie die Ohren.

»Jetzt haben sich sogar die Reichsregierung, dat Land Preußen und die Rheinprovinz überzeugen lassen, so ne Piste zu bauen«, fuhr Adam fort, »wat meinst du, wat für en Bedeutung dat hat für die ganze Gegend? Dat gibt Arbeit. Wo wir doch dat Armenhaus Preußens sind.«

»Dat Armenhaus Preußens?«, fragte sie.

»Na, wat glaubst du denn?«, entgegnete er, »anderswo sieht et anders aus.« Er gab Traud ein Zeichen.

»Du willst bestimmt wissen, woher ich dat weiß. Komm mal mit. Ich zeig dir wat«, grinste er, führte sie mit wichtigem Blick um die Scheune herum in die Futterkammer, wies dort auf einen braunen Kasten mit einer geschnitzten Holzfront, der auf einem durchgebogenen Brett stand, das nur behelfsmäßig an der Wand befestigt war. »Dat is en Drei-Röhren-Batterie-Empfänger, so wat haste sicher noch nie gesehn, wat?« Adam schwoll die Brust. Traud sah verwundert auf die verdrahteten Leitungen mit frei in der Luft geführten blanken Verbindungen, die wiederum mit Messingmuttern an anderen Drähten befestigt waren und irgendwo im Schnitzwerk verschwanden. »Da staunste, wat?«

Stolz hob er seinen Zeigefinger und riss die Augen auf. »Und jetzt kommt dat Beste.« Mit seinen schwieligen Fingern drehte er an einem Schräubchen, das auf dem Deckel befestigt war. Das Gerät begann zu brummen, dann folgte ein heftiges Pfeifen. »Dat is en Rundfunkempfänger, en richtiger echter Rundfunkempfänger! Dat is en Sensation. So wat bringt die Welt voran!«

Zunächst war Traud wegen der ungewohnten Geräusche einen Schritt zurückgegangen, aber jetzt stand sie mit fragendem Blick in der muffigen Kammer, als dem Kasten Töne entwichen.

»Wat is dat? Wat sind dat für Tön?«

»Och, dat is wahrscheinlich Mozart oder so wat. Jedenfalls isset Musik.«

»Musik soll dat sein? Wo sind die denn, die da spielen?«

Traud reckte sich. Adam schüttelte sich vor Lachen. Sie bemerkte, dass er nur noch wenige Zähne hatte. Unten staken drei schiefstehende gelbe, oben derer zwei.

»Nee, nee, die sitzen net in dem Kasten. Da brauchste kein Angst zu haben. Dat is en Grammophon, wat da spielt. Und die Tön kommen durch dat Radio zu uns. Über Wellen, aber dat verstehst du ja net. Heut isset auch net so gut. Aber sonst, wenn ich die Antenn draußen festmach ... Stell dir mal vor, wat du hier hörst, kann man gleichzeitig in Mayen und Adenau oder in Köln hören.«

Glücklich betrachtete er sein selbst geschraubtes Gerät, kerzengerade stand er davor, fast schien es, als wolle er salutieren.

»Hört man dat auch in Kolverath?«, wollte Traud wissen.

»Sicher dat«, sagte Adam, »überall.«

»Auch in Frankreich?«, forschte sie weiter und dachte an Paul, der vielleicht dieselbe Melodie hören konnte.

»In Frankreich doch net. Die hören doch französische Musik.« Die Melodie wurde leiser, hörte auf, Applaus folgte, der sich wie das Geklatsche dicker Regentropfen anhörte.

»Dat is wohl en Konzert«, mutmaßte Adam und neigte den Kopf näher zu den Lautsprecherröhren.

»Woher weißt du dat mit der Nürburg?«, fragte sie.

»Ich hab die Ansprach gehört, hier drin ...«, schmunzelte Adam während er versuchte, die Antenne neu auszurichten.

»Wat meinste, für wat ich dat gebaut hab? Da weiß man alles. Auch, dat sie jetzt anfangen wollen mit der Rennstreck. Dat sind Arbeitsbeschaffungsmaßnahmen. En Segen für unsere Steinbrüch, für den Wald, für alles. Dat gibt Arbeit für all! Da werden jede Menge Leut reich dran. Wär vielleicht auch wat für dich«, zwinkerte er.

»Ich hab schon auf dem Bau geholfen«, beteuerte sie beflissen, »dat könnt ich wohl machen.«

Trauds Gedanken flogen. Sie malte sich aus, dass sie an der Nürburg vielleicht eine bezahlte Arbeit finden würde, so wie andere, die in die Stadt gegangen waren. Hätte sie erst die Arbeit, käme bald das Geld dazu. Als erstes würde sie die alten Fetzen ablegen und sich in Kelberg beim Schmitt einkleiden. Auch ein Hütchen sollte es sein. Eine Handtasche auch, und die passenden Schuhe. Würde sie anders aussehen, wäre sie auch gleich jemand anderes, jemand neues, vielleicht gar bald eine Kräuterverkäuferin, die in einem wohl sortierten Garten alle möglichen und nützlichen Kräuter ziehen würde und am Wochenmarkt einen Stand unterhielte.

Tief war sie in ihre Hirngespinste versunken, als ihr Adam auf die Schultern klopfte. »Du wirst noch sehn, wie berühmt die Eifel damit wird. Die bringen et fertig und holen sogar noch den Caracciola her!«

Wieder brummte das Gerät, ein Rauschen folgte. »Horch …, dat is wirklich en Konzert, vielleicht aus dem Kölner Dom«, erläuterte Adam, »und wir können dat hören, obwohl wir weit weg sind!«

Verzückt stand er vor seinem Empfänger, fuhr mit dem Zeigefinger über die geschnitzten Frontbögen, während Traud überlegte, wie sie am schnellsten nach Nürburg käme.

Bis an den Morgen

Der Traum von einer bezahlten Arbeit an der Nürburg hatte sich schnell zerschlagen. Noch im August war sie nach Norden geeilt, im Kopf die Idee von einem Kräutergarten und einem Bauchladen, mit dem sie übers Land ziehen wollte.

»Wir brauchen keine zerlumpten Jammerweiber«, war der despektierliche Kommentar eines Mannes gewesen, den sie nach einiger Sucherei als Kompaniechef ausfindig machten konnte. Schallend gelacht hatte er, sich dabei auf seine Schippe gestützt und nach seiner Truppe gepfiffen. »Seht mal her, die will bei euch mitmachen. Könnt ihr so en Weib brauchen?«

Das höhnische Gelächter der Männer hallte noch in Trauds Ohren, als sie sich durch den Maschendraht zwängte, der die einzelnen Streckenabschnitte voneinander trennte und sich in ihrer Hast den Rock aufriss. »Dat wär et noch! So ne feine Dame bei uns …!«, hatten sie gerufen, sich dabei auf die Schenkel geschlagen und gegrölt vor Lachen. Es waren auch wirklich keine Frauen zu sehen gewesen und so lief sie, ihrer Hoffnungen beraubt, ziellos durch die Felder. Bei einem Schäfer in Wiesemscheid fragte sie schließlich um Unterkunft nach.

Vom Schäfer hatte sie erfahren, dass man anlässlich des Lukasmarktes in Mayen Arbeiter brauche. Eigentlich hatte sie in diesem

Jahr nicht vorgehabt wegen des Marktes so weit zu laufen, aber jetzt, wo ihr der Schäfer mehrfach versichert hatte, dass man dort auf alle Fälle einen Broterwerb fände, beeilte sie sich fortzukommen, um rechtzeitig vor Marktbeginn bei der alten Krings zu sein. Dort hatte sie schon zweimal, immer während der Kirmes, beim Backen von Hefekuchen mit Bunnes* geholfen.

Jährlich Mitte Oktober gab es in Mayen diesen Markt und Traud hatte sich am Samstagmorgen schon mit der frühen Sonne erhoben und sich auf den Weg über die Dörfer gemacht. Hinter Nachtsheim taten ihr die Füße weh und sie dachte daran, in der ersten Scheune vor Luxem eine Pause einzulegen. Aber die nächste Scheune war belegt von ein paar Musikanten, die bereits am Freitag zum Tanz aufgespielt hatten und sich nun, nach einer Nacht im Heu, die kratzigen Halme von Kleidern und Haaren strichen. Auch von droben, vom offenen Giebel der Tenne, vernahm Traud Schnarchen und so eilte sie weiter, fand aber sämtliche umliegenden Scheunen ebenso belagert wie die erste.

So ruhte sie eine Weile auf dem Kürrenberger Marktplatz, wo sie bunt ausstaffierte Leute beobachtete, die aus allen Richtungen strömten und nach Mayen zogen. Bettler kamen heran, auch Reiche, Eilige und Langsame, Frohe und Besorgte, Geehrte und Verachtete. Es kamen Leute mit Kisten und Körben, darunter einige Marktweiber, geputzte Mädchen stolzierten am Arm ihres Liebsten, ein Junge pfiff ein Lied, ein gebückter Greis mit einem sorgenzerfurchten Gesicht ging an einem Stab, auch der blinde Dures mit seinem mageren Hund zog vorüber.

Als sie gegen Abend auf dem großen Platz unterhalb der Burg eintraf, erwartete sie bereits ein großes Gedränge. Da waren Buden aufgestellt, Verkaufstände mit Jahrmarktströdel, ein Karussell mit einem Baldachin aus himmelblauem Stoff, der mit Sternen bedruckt war, drehte sich, ein Mann stand an einer Drehorgel, auf der ein Affe saß. Bunte Plakate kündigten allerhand spektakuläre Menschen an wie einen Mohren, der zaubern konnte und Olga, angeblich Russin, die stärkste Frau der Welt. Außerdem gab es über das ganze Wochenende noch einen Pferde- und Schafmarkt sowie einen Vieh- und Waren-

* Birnenkompott

markt. Mit ihrem schäbigen Kleid und den zerlatschten Schuhen schritt sie erhobenen Kopfes über den Platz, staunte über die vielen Menschen, die sich hier drängten, die kichernden Mädchen, die Arm in Arm und mächtig herausgeputzt über den Platz schritten und nach Seife und Parfum dufteten, alle im Sonntagsstaat. Gerne hätte sie sich auch einmal amüsiert, getanzt und gelacht.

Einen Moment stand sie und betrachtete das glückliche Gesicht eines Kindes, das zufrieden an einem Zuckerapfel schleckte. Irgendwie tauchte Paul in Trauds Gedanken auf. Und wie immer, wenn er in ihrem Kopf herum kreiste, war es wie ein kleines Gehöchtnis, das sehr beruhigend wirkte. Ja, der Paul. Auch der würde nicht mit ihr tanzen, zumindest nicht in diesem Aufzug. Sie zupfte an ihrer Strickjacke, der man das letzte Nachtlager deutlich ansah und setzte langsam ihren Gang fort.

Ganz hinten, am Ende des Platzes, stand – fast unbemerkt von den lärmenden Scharen – ein alter Mann hinter einem gebrechlichen Holztisch, auf dem er eine Reihe winziger blauer Fläschchen aufgebaut hatte. »Echter Lavendel. Aus Frankreich. Von den Feldern der Provence. Dat duftet vielleicht ... Hmmm ...« Dabei schwenkte er eines der Fläschchen, fächerte in der Luft herum, atmete tief ein. »Hmmmm ...« Auch Traud hielt er ein geöffnetes Fläschchen unter die Nase. Als sie unschlüssig stehen blieb, schüttelte er es ein bisschen und lächelte. »Lavendel is wat Wunderbares. Ein paar Tropfen davon ins Wischwasser und schon duftet die Stub. Oder ein paar Tropfen in ein Schälchen gießen und in den Schrank stellen. Hält Motten ab und alles duftet. Hilft sogar gegen Insektenstiche aller Art.«

Ungläubig besah sie sich das bläuliche Fläschchen, wollte es aber nicht in die Hand nehmen, weil kaufen, nein, das konnte sie sich sowieso nicht leisten. »Ich kann nix kaufen«, beeilte sie sich zu sagen, »sieht man dat net?« Der Mann zuckte die Schultern. »Dat kann sich jeder leisten. Et is ja net teuer.« Sie schüttelte den Kopf, war gerade im Begriff weiterzugehen, als sie eine Hand auf der Schulter spürte.

»Traud, mein Traudchen«, hörte sie eine wohlbekannte Stimme ganz nah an ihrem Ohr und als sie sich umdrehte, stand Paul vor ihr.

»Wat hab ich dich gesucht! Wo kommste her, wat machste hier?«

»Paul, dat is en Wunder«, stammelte sie. »Grad hab ich an dich gedacht. Und jetzt stehste hier.«

Sein Gesicht strahlte. Tausende kleiner Falten bildeten sich um seine Augen, die fest auf Traud gerichtet waren. »Dat ich dich wieder hab!«

Er packte sie, nahm sie fest in den Arm und für einen Moment schloss er die Augen. Schon im nächsten Augenblick hielt er sie von sich weg, musterte ihre hagere Gestalt und kam zu dem Urteil, dass sie besser aussähe denn je. »Wie oft hab ich mir vorgestellt, wie du wohl jetzt aussiehst. Oder wo du bist. Einmal hab ich en Frau gesehn und gemeint, du bist et, aber du warst et net.«

Der Mann mit den Lavendelfläschchen mischte sich ein. »Dat is echtes Lavendelöl. Aus Frankreich. Für so ein kleines Fläschchen braucht man einen ganzen Sack Lavendelblüten. Und erst der Duft, der wirkt wahre Wunder, so wahr ich hier steh.«

Paul erwiderte, dass ihm auch ohne das Fläschchen soeben ein Wunder begegnet sei, nahm Traud am Arm, zog sie fort, über den Platz auf die Buden zu.

»Paul, ich kann net bleiben. Ich muss arbeiten, brauch Geld. Zur alten Krings will ich. Die kriegt Besuch dieser Tage, vielleicht wartet die schon auf mich.«

»Bei der Krings biste? Die kenn ich gut. Wart, ich geh mit und sag ihr, dat du später kommst. Ich bin im Dienst bei Hommes und hab heut meinen freien Tag.« Er machte eine Pause und blieb vor dem Karussell stehen. »Du ahnst ja net, wie lang ich drauf gewartet hab, dich wieder zu sehn. Und ich hab immer gewusst, dat dat eines Tages passiert. Wo ist eigentlich Stüpp? Ach, dat kannst du mir alles später erzählen. Ich lass dich jetzt net gehn, tanzen gehn wir, du und ich, heut Abend, ein paar Stunden nur, und Traud,« – ernst wurde sein Gesicht und er wirkte plötzlich sehr angestrengt, als er sagte: »keiner von uns weiß schließlich, wie oft im Leben so Gelegenheiten wiederkommen.«

Die Absprachen mit der Witwe Theresia Krings waren bloß eine Sache von Minuten. Sofort war die alte Dame einverstanden, als Traud ihr anbot, während des Marktes zu helfen und war es auch zufrieden, dass sie erst am anderen Tag damit anfangen würde.

Paul konnte sein Glück kaum fassen. »Weißt du, ich war lang fort«, sagte er, indem er sie am Arm fasste und sie zurück auf den Marktplatz führte. »In Frankreich war ich. Letztes Jahr bin ich heimgekommen. Hätt net geglaubt, dat ich dat übersteh. Glaub mir, wenn man da draußen steht im Graben, Nächte voll kalter Todesangst, wenn dir die Kugeln von drüben über den Kopf pfeifen, wenn Granaten die Kameraden in Stücke reißen, dann vergeht einem alle Hoffnung. Da war nix von Helden und Ruhmeskränzen. Man is nur noch ein kleiner, armseliger Mensch ... Erst als der Krieg vorbei war, wusst ich, dat ich net umsonst wieder da rausgekommen bin.«

Als wollte er die Gedanken fortwischen, machte er eine wegwerfende Bewegung mit der Hand. »Lassen wir die Sachen. Tanzen gehn wir jetzt«, bestimmte er und fasste nach ihrer Hand. Traud zögerte und wies auf ihr Kleid. »So kann ich doch net tanzen gehn.« Gerührt betrachtete Paul das verschmutzte und abgeschabte Kleid, das ihm bisher gar nicht aufgefallen war. »Wenn ich Geld hätt, ich tät aus dir wat Feines machen. Aber wat heißt dat schon – Kleider, dafür kannste ja nix. Und tanzen würd ich mit dir immer, egal in wat für einem Kleid.«

Sie gingen weiter über den bunten Platz mit den geschmückten Menschen, atmeten den Duft von gebrannten Kastanien und Zuckerwerk und kehrten schließlich im Gasthaus ›Zum Roten Ochsen‹ ein. Die Wirtsstube war zum Bersten voll, im kleinen Saal saßen Musikanten in der Ecke neben der Theke. Zwar waren die Fenster geöffnet, aber dennoch war die Luft dick und stickig. Durch den Saal schwebte plump der Zigarettenqualm, Kellner eilten herum, der Bass kratzte, der Mann mit dem Schifferklavier spielte auf, Pärchen wirbelten über die runde Tanzfläche, Röcke flogen, eins-zwei-drei, links herum, eins-zwei-drei, rechts herum.

Sie suchten sich einen Platz am Ende der Tanzfläche, wo sie sich zu einer Gruppe Dorfjugendlicher gesellten, die Traud misstrauisch beäugten. Ganz dicht rückten sie auf der Bank zusammen, seine rechte Hand umfasste ihre Schultern, die linke tätschelte ihr Knie.

Immer noch strömten neue Gäste herein, mächtig heraus geputzt, alle Tische waren besetzt. Bier gabs, auch für Traud, und als die Musik wieder einsetzte und einen Rheinländer brachte, war Paul nicht mehr zu halten und zog sie auf die Tanzfläche. Fest umschlang er Traud, schwenkte sie ein paar Mal hin und her, es folgte ein kurzer Wechselschritt schräg rechts vorwärts, dann drehte er sie so nach links, dass er ihr, die den Kopf zurückwandte, ins Gesicht schauen konnte, darauf ging es wieder nach rechts, während sie ihn nun über die rechte Schulter anblickte.

»Im Grunewald, im Grunewald ist Holzauktion, ist Holzauktion, ist Holzauktion ... links um die Eck erum, rechts um die Eck erum, da ist heut Nacht Holzauktion ...« Wild tanzten sie inmitten rot glühender ausgelassener Gesichter, verschwitzter Hemden, verrutschter Schlipse und aufgeknöpfter Blusen und konnten gar nicht mehr aufhören. Da wurde gelacht, geflucht und – trunken vom Schnaps – auf den Tisch geschlagen und auf den Boden gespuckt.

Paul sah nur Traud, die die ganze Zeit laut lachte. So etwas hatte sie noch nie erlebt, alles war wie ein Rausch, die Lichter, der Saal, die Musik, die vielen Stimmen und bei ihr, ganz nah bei ihr, der Paul. Sie tanzten lange; einen Ländler, Schottisch und Bayrischpolka, bis die Musik aufhörte und immer wieder flüsterte er ihr ins Ohr, dass er keinen Tanz auslassen wolle, keine Minute versäumen, in der er sie im Arm halten dürfe.

Traud klebte das Haar an der Stirn, als sie aus dem Saal traten. Langsam schlenderten sie über den fast leeren Platz, wo der alte Mann mit seinen Lavendelfläschchen immer noch stand und den heimkehrenden Menschen von der wohltuenden Wirkung der blauen Blüten erzählte. Auch die Drehorgel spielte noch. Sie gingen ein gutes Stück entlang der Tannenschonung, bis sie hinaus auf die abgeernteten Felder gelangten.

Traud erzählte, dass sie ihr den Stüpp erschlagen hatten, im Krieg, dunkle Männer seien es gewesen. Was ihr selbst geschehen war, verschwieg sie. Auch Paul erzählte vom Krieg, auch er verschwieg die schweren und drückenden Erinnerungen.

Bisweilen fegte ein kalter Windstoß über die Flur, in der Dunkelheit zeichneten sich auf den Wiesen hier und dort die Silhouetten der Kühe ab. In der Luft lag schon der dumpfe, schwere Geruch des Herbstes, über die Wiesen zog der vergorene Duft überreifer Äpfel, in der Ferne orgelte das Drehinstrument. Wildrosen und Berberitzen blühten noch und Traud rupfte nach einem Ästchen mit kleinen roten Früchten, steckte Paul den dünnen Zweig ins Knopfloch, griff nach seiner Hand, die sie behaglich drückte.

Hand in Hand gingen sie, von der Dämmerung umhüllt. Wie in Silber getaucht, so erschien Traud die Welt. Mond und Sterne funkelten über ihnen und sie dachte an die Nacht, in der sie gewünscht hatte, mit ihm auf anderes Gestirn zu gelangen. Ein paar Mal blieben sie stehen und jedes Mal küsste Paul sie so heftig, als wolle er sie nie mehr loslassen. Traud war glücklich, lachte immerzu. Stolz lief sie mit ihm über die holprigen Wege. Bald stolperten sie zwischen Heckengestrüpp hindurch, hinaus auf die Felder, auf denen noch der Rosenkohl stand. »Pass auf, dat du net fällst«, mahnte er und drückte ihre Hand, den Arm, die Taille.

Auf einer Wiese am Waldrand ließ sich Paul nieder, zog sie neben sich ins Gras und so lagen sie, ihren Kopf an seiner Schulter, sahen in den dunklen Himmel mit den unzähligen hellen Flecken, zählten lachend die Sterne, bis Traud einfiel, dass man davon Warzen bekäme. Wohlig lagen sie und streckten sich auf dem klamm werdenden Boden. Es roch nach Erde, alles war still, nur Pauls Atem, sein Geruch. Sie dachte an das Haus in Kolverath, ausgerechnet jetzt dachte sie an ein sicheres Heim und doch – jetzt wollte sie nirgendwo anders sein als hier. Ein träumerisches Lächeln spielte um ihre Lippen, während sie sich aufrichtete und ihm eine dunkle Strähne von den Augen strich. Sicher und beschützt fühlte sie sich neben ihm. Das war ein Gefühl, das sie lange nicht mehr hatte, eigentlich nicht mehr kannte, seit sie in Kolverath vom Hof gezogen waren.

»Ich weiß noch genau, als ich dich zum ersten Mal gesehn hab«, sinnierte Paul. »Und als der Hubert dann gesagt hat, dat ihr fort müsst, da wollt ich unbedingt mit euch ziehn. Wat hätt ich denn aber machen sollen? Aber jetzt«, lachte er, »jetzt biste hier und jetzt bleibste auch hier. Bei mir!«

Fest drückte er ihr einen neuen Kuss auf die Lippen, schmiegte sich ganz dicht an sie, fühlte ihren mageren Körper an seinem, spürte ihren Atem an seinem Ohr. Er lockerte das braune Tuch, das sie über die Schultern trug, begann das Kleid aufzuknöpfen, während er ihren Hals küsste. Als er ihr das Leibchen über den Kopf zog, löste sich der Zopf, die braunen Locken fielen ihr über die Schultern, gebannt sah er sie an, die jetzt mit brennenden Augen neben ihm lag. »Gell Traud, jetzt bleibste bei mir.«

Die ganze Nacht lagen sie wach. Sie bemerkten weder den leise einsetzenden Nieselregen, noch den harten, klammen Boden unter sich. Traud hatte ihren Kopf in Pauls Schoß gelegt und hielt die Augen geschlossen. Neben ihrem Kopf lag das Taschentuch, das er ihr damals in Hoffeld geschenkt hatte; es war aus dem Ärmel gefallen. Aufmerksam betrachtete er ihr erschöpftes, blasses Gesicht. Der schmale Mund schien immer noch zu lächeln, die geschwungenen dunklen Brauen, die er mit dem Finger nachzeichnete, verliehen ihr etwas Sprunghaftes. Er glaubte zu spüren, dass sie Angst davor hatte, sich einzugestehen, ihn zu lieben, obwohl er es so sehr wünschte. Er glaubte auch zu ahnen, dass solche Gedanken bei ihr nicht lange anhielten und diese Ahnungen verursachten einen stechenden Schmerz in seiner Brustgegend.

»Traud, warum biste abgehauen damals in Arbach?«, flüsterte er. »Warum haste mir net Bescheid gesagt? Ich hab dich so lang gesucht, überall. Jeder hat mich ausgelacht. Dann bin ich in den Krieg gezogen. Warum biste weg?«

Traud zuckte zusammen und öffnete die Augen. Sie hatte diese Frage nicht mehr erwartet, aber nun, da sie ausgesprochen war, wusste sie zunächst nicht zu antworten. Ja, warum hatte sie das getan? Sie antwortete nicht sofort, ihr Blick verlor sich in den Himmel, und da begegnete ihr wieder dieses alte Gefühl des Misstrauens, die Angst vor Enttäuschung, all die Warnungen der Mutter, die Beschimpfungen, die sie ertragen hatte.

»Ach Paul, ich weiß net, warum ich net bleiben konnt«, begann sie. »Ich konnt einfach net. Irgendwie hatt ich dat Gefühl, ich müsst weg. So viel Leut haben mir gesagt, dat dat mit mir nix is. Bettelmensch rufen sie mich und ich bin ja nix. Wat bin ich denn schon? Du bist der Einzige, der freundlich ist zur mir. Ich bin et sogar gewöhnt, dat die Leut mich anglotzen. Haste ja gesehen im Ochsen vorhin. Ich hab kein ordentlich Kleid, kein Geld, net mal en Dach überm Kopf. Und ich bin dat ja auch gewöhnt. Ich könnt gar net anders leben.«

Er schluckte. »Du könnst net anders leben?«

»Nee Paul, ich bin wat ich bin. Ich komm zurecht. Lang hab ich gehofft, dat ich mit meiner Mutter wieder in einem Haus wohnen würd, aber dat waren bloß Träum. Un die hab ich schon lang net mehr.«

Er versuchte nicht, ihr zu widersprechen. Vielleicht begriff er in diesem Moment, dass es nicht wichtig wäre, wo sie morgen sein würden oder in einer Woche. Trauds Arm lag warm um seinen Hals, sie lag nun wieder ausgestreckt und lehnte den Kopf an seine Brust. Er spürte, wie ihr Herz schlug, spürte ihren warmen Atem auf seiner Haut. Da war nur noch Frieden und zugleich wurde ihm klar, dass es nicht dauern würde.

Wenn sie ihn jetzt bitten würde, bei ihr zu bleiben ... Paul seufzte. Aber Traud bat nicht. Sie saß jetzt halb aufgerichtet mit einem düsteren, unruhigen Blick und er befürchtete, dass sie gleich aufspringen und verschwinden würde, wie so oft.

»Traud, meine Traud.« Erneut zog er sie zu sich heran, begann ihr ein Lied zu summen, während er sie fest an sich drückte. »Morgen kauf ich dir en Kleid«, versprach er, während er ihr seine Jacke über die nackten Schultern legte.

Traud schüttelte den Kopf. »Morgen muss ich arbeiten. Dat weißt du doch. Ich kann net raus.«

»Dann eben am Abend«, versuchte er weiter. Sie schwieg und tastete nach ihrem zerknitterten Rock.

Anderentags hatte Traud pünktlich ihren Dienst bei der Krings angetreten. Und obwohl sie die ganze Nacht nicht geschlafen hatte, war sie weder hungrig noch müde. Es war eher so, als ob die Nacht mit Paul ihr eine ganz besondere Kraft gegeben hatte. Die ganze Zeit über dachte sie an seine Worte, an seine Zärtlichkeiten und ein großes warmes Gefühl breitete sich in ihrer Bauchgegend aus.

Sie hatten sich für den Abend wieder verabredet und Traud war bester Laune. Sie wedelte und staubte mit dem Federwisch im Wohnzimmer der alten Dame herum, benutzte heimlich das neu eingebaute Wassercloset, tauchte das Gesicht in eine geblümte Porzellanschale mit Wasser und sprudelte umher, wie es Leuten eigen ist, die dergleichen im Freien zu tun pflegen. Dabei summte sie einen Schlager, der ihr seit dem vergangenen Abend hartnäckig im Kopf herumging und immer wieder dachte sie an Paul, an den Tanz, die Musik und an die Nacht unter dem glänzenden Sternenhimmel.

Über der dunklen, massigen Anrichte aus Eichenholz hing ein Spiegel. Vorsichtig trat Traud näher heran und musterte sich. Ihr Kleid sah erbärmlich aus. An den Ellenbogen durchgescheuert, fadenscheinig sowieso, die Farbe verblasst und der Saum an unzähligen Stellen herunter getreten. Paul wollte ihr ein Kleid kaufen. Wie würde sie wohl in einem neuen Kleid aussehen?

Sie schlich noch näher an den Spiegel heran und betrachtete aufmerksam ihr Gesicht, das trotz der Bräune vom letzten Sommer blass wirkte, die schmalen Lippen mit den feinen Fältchen an den Mundwinkeln, die hohe Stirn, die Ränder unter den großen Augen, die dunklen Brauen. 34 Jahre war sie nun alt. Schön hatte Paul sie gefunden, trotz des verlotterten Kleides, trotz der ungewaschenen Haare und der von Wind und Wetter gegerbten Haut. Schön, das hatte Paul gesagt. Glaub den Männern nichts, das hatte die Mutter gesagt. Bleib bei mir, hatte Paul gesagt. Vertrau keinem, hatte die Mutter gesagt.

Hin und her sprangen die Gedanken. Langsam zog sie sich das Tuch vom Kopf, schüttelte die langen braunen Locken, die nun üppig um ihre Schultern lagen.

»Haste nix zu schaffen?« Erschrocken fuhr Traud herum und griff nach ihrem Tuch.

»Schöne Haare haste«, sagte Frau Krings, »die sieht man ja gar net unter dem braunen Fetzen. Sind allerdings ziemlich filzig in den Spitzen, müsstest du auch mal richtig waschen. Und die Spitzen schneiden. Könnst auch mal wat Neues brauchen, oder?«, fügte sie hinzu und musterte Trauds magere Gestalt und wie sie reglos vor dem Spiegel verharrte. »Wart mal, ich hab wat für dich.«

Die Witwe verschwand, hastig band Traud die Haare zusammen. Sogleich machte sie sich wieder an die Arbeit, nahm den Lumpen in die Hände und fuhr so energisch über die antike Anrichte, dass die Gläser darin zu klirren begannen. Kurz darauf kniete sie auf dem Boden, schrubbte mit einer Bürste über die breiten Dielen und sah erst wieder auf, als ihr die Krings einen Schal hinhielt.

»Da, dat is für dich. Is besser als der fusselige Lumpen da«, sagte sie und deutete auf die löcherige Kopfbedeckung, die über der Stuhllehne hing. »Na, nimm schon«, forderte sie Traud auf, die nicht so recht wusste, wie das unerwartete Geschenk zu verstehen war. »Darfste ruhig annehmen. Ich zieh dir nix vom Lohn ab, brauchst kein Angst zu haben. Du hast immer ordentlich geschafft. Dat is dafür.«

Vorsichtig griff Traud nach dem feinen Stoff, weich fühlte er sich an, ein Tuch mit Rosenmuster. Glücklich faltete sie es auseinander, besah sich die Farben und strahlte. »Leg et dir mal um«, sagte die Witwe, was sich Traud nicht zweimal sagen ließ. Vergnügt stand sie erneut vor dem Spiegel mit dem bunten Schal um die Schultern. »Jetzt biste en richtig schön Frau! Wenn du willst, stell ich den Kessel auf. Dann waschen wir dir mal die Haare.« Die alte Frau lachte und Traud dachte nur daran, was Paul wohl dazu sagen würde.

Eine ganze Stunde schon hatte er auf sie gewartet, bis sie endlich aus dem Kringsschen Haus trat. Freudig hakten sie sich ein und schlenderten über den Kirmesplatz, der deutlich leerer war als am Tag zuvor. Spielende Hunde jagten kläffend in lustigen Sprüngen an ihnen vorbei. Der alte Mann mit den Wunderfläschchen hatte seinen Stand nun weiter oben aufgebaut, das Karussell stand still und an den Ständen herrschte kein Andrang mehr.

»Heut kriegste en Kleid«, kündigte Paul an und zog Traud in die Kirchgasse, abseits des Platzes, wo es einen Krämerladen und eine Schneiderei gab. »Ich weiß net, dat is doch so teuer.«

»Du sollst auch mal schön sein, genau wie die anderen. Und du wirst sehen, mit nem neuen Kleid, da biste noch viel schöner!«

Am Ende der Gasse lag die Schneiderei, ein schmales Haus mit einem grün gestrichenen Vorbau und einem Glasfenster, das bis zur Mitte der Scheibe mit einem roten Samtvorhang an goldglänzenden Ösen verhangen war. Sie traten in die niedrige Schneiderstube, wo es nach Bohnerwachs und Staub roch. Riesige Ballen von Stoff, für unzählige Kleider gedacht, lagen schwer in den offenen Schränken. Ein Geselle, der mit einer Arbeit hinter einem Verkaufstisch saß, sprang sofort beflissen auf, raffte die Lappen zusammen an denen er nähte, klopfte sich die Fäden von der Hose und erkundigte sich nach ihren Wünschen.

»Ein Kleid. Ein Kleid für die Dame«, orderte Paul und sah erwartungsvoll den Schneider an, der Traud skeptisch beäugte.

»Was für ein Kleid soll es denn sein?«, fragte er Traud, die verlegen ihren Rock glatt strich und nach ihrem neuen Tuch mit dem Rosenmuster tastete, das sie sich um die Schultern gelegt hatte.

»Ein schönes«, mischte sich Paul ein, »à la Mode«, betonte er und lachte, »ein schönes Nachmittagskleid mit einen Stufenrock, gell, dat wär doch wat!«

»Sie wissen hoffentlich, was so ein Kleid kostet.« Kritisch blieb der Blick des Schneiders an Trauds zerfetztem, zerknittertem Rock hängen, von dem man längst nicht mehr die Farbe bestimmen konnte.

Paul ließ sich nicht beirren, ignorierte die Frage. »Ja, ein Kleid mit einem Stufenrock, lang, aus Wolle vielleicht, mit einem gestickten feinen Kragen.«

Wieder musterte der Schneider Traud von oben bis unten, trat dann hinter die Verkaufstheke, kramte in einer Schublade, zog ein Heft mit Modellen und Schnittmustern hervor, das er auf der Theke ausbreitete.

»Sehn Sie hier«, forderte er sie auf und zeigte mit dem Finger auf die Zeichnung einer schlanken, eleganten Frau mit einem glatt fallenden Bubikopf in einem aparten roten Wolltrikotkleid. »Das wäre ein Modell für ein Nachmittagskleid. Sehr chic. Grau und rot, sehr effektvoll.«

»Bei uns in Hoffeld hat sich auch en Mädchen en Bubikopf schneiden lassen«, sagte Paul.

Neugierig betrachtete Traud die attraktive Dame, die außer dem Kleid noch moderne spitze Riemchenschuhe trug, dazu eine mit glitzernden Pailletten bestickte Tasche und sich zudem eine lange Perlenkette um den Hals gelegt hatte, die bis zum Bauch reichte. Der Schneider blätterte weiter und zeigte ein Modell in einem beige-rosa Kleid aus Crepe de Chine.

»Paul«, flüsterte sie und zupfte an seinem Ärmel, »lass et uns noch mal überlegen. Dat sind doch alles kein Kleider für mich.«

»Hier gibt et nix zu überlegen«, bestimmte er, »grad dat sind die richtigen Kleider für dich.« Stolz sah er sich nach Traud um und zog sie näher zu sich heran. »Schau mal, dat hier ist auch sehr schön!« Er zeigte auf ein Kleid aus mittelblauer Wolle mit einem weiten, in der Taille dicht gereihten Rock, tiefen Glockenfalten und einem auffällig gestickten Rosenmotiv am Kragen.

»Da brauch ich aber viel Stoff«, bemerkte der Schneider und begann zu rechnen. »Vier Meter fünfundachtzig, einen Meter breit, bei Schnittgröße 40. Tja, der Meter kostet momentan 170 Mark. Und die Arbeit, die kommt dazu. Das wären so ungefähr 850 Mark, wenn das mit der Mark nicht noch schlechter wird. Im Sommer hats noch anders ausgesehn!«

Ungerührt fragte Paul: »Wat meinste, gefällt et dir?« Traud hätte sich am liebsten unsichtbar gemacht. So ein Kleid trugen nur ganz feine Damen, bestenfalls in Mayen, niemals auf den Dörfern. Und jetzt sollte sie so eines tragen?

»Sag, wo soll ich dat denn anziehen? Im Wald oder im Stall?« Der Schneider zuckte zusammen.

Paul musste lachen. »Immer ziehst du dat an. Dat kleidet dich. Wirst schon sehen. Also mir gefällt et. Und wenn et dir auch gefällt, wird jetzt Maß genommen.«

Steif stand sie, als der Schneider mit dem Maßband um sie herum sprang, dabei einige Male die Nase rümpfte, schließlich doch das Maßband hier und dort anlegte, ein paar Zahlen in sein kleines schwarzes Heft notierte und den Namen der Kundin wissen wollte.

»Ich bestell dat Kleid«, beeilte sich Paul zu sagen. »Paul Krommes, aus Hoffeld. Wann isset denn fertig?« Der Schneider vermerkte den Namen, blätterte in seinem Kalender und versprach das Kleid auf Sankt Martin fertig zu haben. Eine Anprobe müsse sein, vielleicht sogar zwei, zwischendurch, sonst könne er für seine Arbeit nicht garantieren. Paul nickte zufrieden, zog Traud an seine Seite, die ihn verschüchtert ansah.

Kaum aber hatten sie das Gebimmel der Ladenglocke hinter sich, legte sich ihre Zurückhaltung. »So en Kleid kann ich doch nie anziehn. Wat hast du dir bloß dabei gedacht? Und so viel Geld? Wo willste dat denn hernehmen? Komm Paul, wir hauen hier ab. Ich trau mich da net mehr rein. Der verkauft dat Kleid schon anderweitig.«

»Nee, nee, Traudchen. Ich bin da rein gegangen, um dir en schönes Kleid zu kaufen. Weil du dich gestern so geschämt hast in dem alten Rock. Dat wollt ich und dat hab ich gemacht. Jetzt mach mir auch die Freud und zieh et an. Bitte!« Paul blickte ihr so zuversichtlich in die Augen, dass sie nichts mehr sagen konnte. Obwohl sie noch Zeit gehabt hätte, drängte es sie fort.

»Ich muss wieder zu der Krings. Die hat Besuch aus Ahrweiler. Wenn die weg sind, muss ich wieder fort.«

Bittend und ernst stand er vor ihr. »Lauf net wieder fort. Wir finden schon wat anderes. Denk doch mal drüber nach. Über uns beide. Du weißt doch, dat ich immer an dich gedacht hab. Et liegt an dir.«

»Ich weiß«, antwortete Traud, »ich weiß et.«

Als sie bei der Witwe ankam, fand sie das Haus leer. Theresia Krings war mit ihrem Besuch ausgegangen. Traud hätte zwar einiges zu tun gewusst, aber die Gedanken schweiften ab, ständig dachte sie an Paul und an das Kleid und schließlich zog sie sich in einen Winkel des Hauses zurück, wo sie still in einer Ecke saß und vor sich hin brütete.

Im Haus war es ruhig, nur die Uhr auf der Anrichte tickte. Es roch sauber, nach Seife und Bohnerwachs. Am liebsten wäre sie jetzt durch einen Wald gelaufen, hätte dem Knacken der Äste gelauscht, den vielen verschiedenen Vogelstimmen, dem feinen Säuseln der Blätter im Wind oder dem Rascheln des Laubes, wenn sich ein Tier bewegte. Aber sie hatte nicht nur der Krings versprochen bis Sonntag zu bleiben, auch Paul vertraute darauf, dass sie bliebe und nicht, wie damals in Arbach, sang- und klanglos wieder verschwand.

Wie oft hatte sie sich nach Paul gesehnt, wie oft hatte sie sich vorgestellt, was er wohl gerade tat und wo er sei? Wie hatte sie in den letzten Kriegsjahren um ihn gebangt? Wie oft hatte sie das Tuch mit der Stickerei gedrückt, wie sorgfältig darauf aufgepasst? Und doch spürte sie wieder dieses starke Drängen in der Brust fortzugehen, weiter und weg, in die Wälder, durch die Dörfer, trotz aller Entbehrungen und aller Risiken, denen sie sich dabei aussetzte.

Da schlugen zwei Herzen in ihr, eines für Paul, denn sie fühlte das sichere und starke Gefühl der Liebe, ein eindeutiges Gefühl, das ihr immer schon den Rücken gestärkt hatte, auch wenn er fern war. Dann war dort dieses andere Herz, das schlug für die Freiheit und für das schwere und unstete Leben, das sie nicht anders kannte und von dem sie wusste, dass sie es nicht lassen würde. Dieses Herz schlug für das Leben, das sie gewohnt war, draußen in Feld und Flur, in den Ställen und Scheunen. Es schlug hell und klar für die schutzlosen Wege, auf denen sie Wind und Wetter ausgesetzt war, Hunger und Durst ertragen musste, Läuse und Dreck, soviel Dreck, Nässe und entsetzliche Kälte, wo Ekel und Schönheit nebeneinander wohnten. Es schlug längst für die Zigeunerhaftigkeit und das Vagabundentum, das in ihrer Seele nistete, hatte diese Gesinnung sie doch dahin geführt, wo sie jetzt war. Die Herzen zu verbinden schien ihr unmöglich.

Lachen musste sie bei dem Gedanken Paul mitzunehmen, sie beide, immer unterwegs. Nein, nicht einmal fragen würde sie ihn, zu absurd die Vorstellung. Längst schon hatte sie sich daran gewöhnt, dass er fern war. Es war eine ferne Liebe, die ihr aber trotzdem Kraft spendete und sie stärkte, wo immer sie war. Er war bei ihr, überall, sie trug ihn in ihrem Herzen, ihn allein, längst schon und das galt für immer. Es war nicht wichtig mit ihm zu leben, wie er es sich wünschte. Diese Liebe zählte und sie bemaß sich nicht in einem Versprechen oder in einem Plan. Die Liebe zu Paul brauchte keine Beweise, sie war einfach vorhanden, nicht zufällig und unberechenbar, sondern stark und klar.

Sie tastete nach seinem Taschentuch, das sie wieder unter ihrem Leibchen versteckt hielt. Pauls bittende Augen tauchten vor ihr auf, sie glaubte sein vertrautes Lachen zu hören. »Traud, mein Traudchen ...« Nein, diesmal würde sie nicht weglaufen, sie würde ihm sagen, was sie bewegte, das wäre sie ihm schuldig.

Bis zum Ende der Woche traf sie ihn noch zweimal, ohne etwas zu sagen. Seinem hoffnungsvollen Blick konnte sie nicht widerstehen und so schwieg sie.

In diesem Herbst waren die Zugvögel spät dran und die Bauern meinten, dies deute auf einen langen Winter hin. Traud erschrak, zu oft schon hatte sie derart gefroren, dass ihr die Nägel geplatzt waren. Aus Sorge bald wieder frierend und hungernd herumzuirren – aber auch aus Unschlüssigkeit Paul gegenüber – verhandelte sie mit der Krings um weitere zwei Wochen. Die Witwe hatte sich an ihre Hilfe im Haushalt gewöhnt und war sofort bereit, sie weiter zu behalten, aus Bequemlichkeit zwar, denn viel zu tun gab es nicht, hatte doch die alte, alleinstehende Frau außer ihrem zwar aufwändigen Haushalt nur noch zwei Kühe zu versorgen.

Ständig redete Paul auf Traud ein, empfahl ihr zu bleiben, verdeutlichte ihr die Vorzüge den langen Winter über an einem warmen und sicheren Ort zu sein, was ihr zunächst verlockend schien. So vertagte sie einstweilen das Gespräch mit ihm, blieb in Mayen und genoss es eine Weile, nicht nur ein Dach überm Kopf zu haben, sondern auch ein regelmäßiges Essen, das sie, ganz nach den Wünschen der Frau Krings, selbst zubereitete. Dennoch blieb der Drang fortzugehen und das Bedürfnis, mit Paul offen zu reden.

Ende der Woche, draußen war es bereits kalt und unwirtlich, holte Paul sie zur Anprobe beim Schneider ab. Vermummt in ihr Tuch ging sie schweigend neben ihm durch die enge Gasse, die zur Schneiderei führte, dachte unentwegt daran, dass er ein Recht darauf habe, ihre Gedanken zu kennen. Aber sie wusste keinen Anfang und so blieb sie stumm, bis er das Gespräch suchte.

»Weißt Traud, ich hab mir so mein Gedanken gemacht um uns«, begann er. »Ich weiß ja, wat du für en Mensch bist und dat du dein Freiheit brauchst. Du kennst et ja auch net anders. Und ich will dich ja auch net festbinden, obwohl ich dat so gern tät. Trotzdem mach ich dir en Vorschlag. Oben beim Heimershof steht en Häuschen leer, dat gehört dem Hafelsbauern. Da wohnt schon über zwei Jahre keiner mehr. Traud, da könnst du hin und über Winter bleiben. Is sogar en Feuerstell drin. Arbeit im Dorf gibt et auch. Hab schon nachgefragt. Wat meinste?«

Unsicher tastete er nach ihrer Hand, wusste nicht, ob er zu viel gewünscht hatte oder ihr, wie schon einmal, zu nah getreten war. Traud schwieg, ließ seine Hand aber gewähren, bis er schließlich sagte: »Na gut. Gefällt dir wohl net. War ja auch bloß en Idee. Ich stell et mir halt schrecklich vor, wie du bei der Schweinekälte allein durchkommen willst.« Ein bisschen ärgerte es ihn, dass sie so hartnäckig schwieg, ahnte er doch nicht, wie es in ihr kämpfte.

Vor einem Gebäude mit hohem Giebel blieben sie stehen. Eine Menschentraube hatte sich vor der Treppe der »Kaiserlichen Post« versammelt. Ein Uniformierter stand oben am Geländer und verlas die aktuellen Preise für Zucker, Mehl und Öl, was einige Bürger heftig erzürnte. »Gestern so, heut anders!«, schrie eine Frau in die Menge, »Millionen für en Pfund Butter! Man weiß ja gar net mehr, wo man dran ist!« Ein paar Stimmen mischten sich ein, der Uniformierte verschwand wieder und Paul zog Traud weiter. Bis zum Schneiderladen sprachen sie nicht. Traud blickte stumm vor sich auf den gepflasterten Boden und ließ seine Hand erst los, als der grün gestrichene Laden mit der goldenen Schere auf der Fassade in Sicht kam.

Drinnen wurden sie freundlichst empfangen, der Meister selbst war diesmal anwesend. Kein Blick des Argwohns oder der Arroganz sprach aus seinen Augen, als Paul nach dem Kleid fragte, dabei auf Traud deutete, die sich das neue Tuch weit über die Schultern zog, um die löcherige Bluse zu verdecken.

»Sie kommen also zur Anprobe«, zwinkerte er ihr zu, »etwas Geduld nur, komme sofort.« Er verschwand hinter einem Vorhang, klapperte mit hölzernen Bügeln und kehrte mit zwei Kleidungstücken zurück, einem blauen Oberteil und einem langen, glockig geschnittenen Wollrock. »Das wird ein Kleid«, schmunzelte der kleine, kurzatmige Mann, der ein Nadelkissen um den Arm und ein Maßband um den Hals trug.

»Fassen Sie mal an«, forderte er Paul auf, »das ist Wolle, reine Wolle.« Nicht nur Paul, auch Traud befühlte den Stoff. Er begleitete sie hinter einen Paravent in der hinteren Ecke der Stube, wo sie einige Mühe damit hatte, die beiden Teile richtig zu kombinieren. Sie verhedderte sich mit den Häkchen, war plötzlich in den Ärmeln des neuen Kleides gefangen, brauchte eine Weile, bis sie erkannte, was wie zusammengehörte. Unsicher trat sie hinter der zusammenklappbaren Wand hervor, die aus mehreren, mit rotem Stoff bespannten Holzrahmen bestand, hielt Rock und Oberteil in der Mitte gerafft.

»Treten Sie näher, hier vor den Spiegel«, forderte sie der Schneider auf, griff nach seinen Nadeln, sprang alsbald um sie herum, heftete und stach, steckte die Nadeln in den Mund, markierte mit seiner Kreide, während Traud unbeholfen dastand und nicht wusste, wohin mit den Händen. In den Spiegel zu schauen, traute sie sich nicht.

»Dat wird ganz schön«, flüsterte Paul ihr zu, »dat steht dir! So hab ich dich noch nie gesehn.«

»Na, jetzt warten Sie mal, bis es fertig ist«, wandte der Schneider ein, »nächste Woche, Donnerstag oder Freitag. Eine zweite Anprobe ist nicht mehr nötig. Sie sehen selbst, es sitzt schon wie angegossen.« Traud musste sich einige Male drehen, dann wieder ganz gerade stehen. Erleichtert verschwand sie hinter dem Paravent, als der Schneider meinte, dass es gut sei.

In ihrem alten Kleid kam sie wieder hervor, stellte sich vor den Spiegel, drehte sich ein paar Mal hin und her und sagte zu Paul: »Siehste. Dat bin ich. Eben war ich ne ganz andere. Aber dat war ich net.«

Fragend sah der Schneider nach Paul, der verlegen lächelte. »Also Donnerstag. Wir kommen Donnerstag«, sagte er. »Traud, nun freu dich doch en bisschen auf dat neue Kleid.«

»Ich weiß net«, antwortete sie, »wat du aus mir machen willst.« Sie dachte an den Traum, den sie hatte, bevor sie nach Nürburg gegangen war. Ein Kleid hatte sie sich gewünscht, aber jetzt, wo alles so greifbar war, jetzt, wo sogar Paul neben ihr ging, fühlte sie sich so niedrig und unwürdig, des schönen Stoffes nicht wert.

Auf dem Heimweg fand sie keinen Mut, ihm zu sagen, was sie empfand. Dabei war es so schön und vertraut, neben ihm durch die Gassen zu gehen, seinen Arm zu spüren, ihn ganz nah bei sich zu haben. »Einfach gar net denken«, schoss es ihr durch den Kopf, »alles lassen, wie et is. Et wird schon alles kommen, wie et kommen muss.« Als Paul sie bat, auf der nächsten Kirchweih tanzen zu gehen und sie an das Kleid erinnerte, das bis dahin fertig wäre, nickte sie erfreut und drückte ihm mitten auf der Straße einen Kuss auf den Mund.

Weihrauch

Der Winter 1922 brachte große Veränderungen für die Menschen auf den Dörfern.

Die Nächte waren länger geworden und das lag daran, dass anstelle der alten Öl- und Karbidlampen jetzt allerorten elektrisches Licht brannte. In der Struth hatte man auf den Hauptstraßen alle fünfzig Meter einen Mast aufgestellt, an dessen oberem Ende bis Mitternacht eine Lampe die Straßen erhellte. Auch die Häuser waren an das Stromnetz angeschlossen. Auf den roten und schwarzen Schieferdächern zeugten kleine Masten vom Fortschritt und Traud sah oft noch bis tief in die Nacht Licht aus den Stuben funkeln.

Seit dem Sommer waren Arbeitertrupps damit beschäftigt gewesen, Böden aufzureißen, Gräben auszuheben, Kabel zu verlegen. Monatelang türmte sich die aufgewühlte Erde meterhoch, auch Wiesen lagen aufgerissen, auf den Dächern wurden im Zuge der Mastbefestigungen schadhafte Stellen ausgebessert oder sogar gänzlich erneuert.

Ein Dorf nach dem anderen begann zu leuchten.

Traud stand dieser Entwicklung gleichgültig gegenüber. Als sie bei Wolles Juppes das neue Licht zum ersten Mal durch Drehen der schwarzen Schalter selbst an- oder ausknipsen durfte, konnte sie sich nicht enthalten zu bemängeln, dass längeres Sehen auch mehr Arbeit bedeute. Juppes war ungeheuer stolz auf die Neuerung, hatte selbst Hand angelegt beim Aufstellen der Masten in der Struth und verteidigte seine Errungenschaft. »Dat neue Licht bannt die Geister, denn die fürchten die Helligkeit wie der Teufel die gute Seel.«

»Wer net an Geister glaubt«, schimpfte Traud, »dem hilft dat Licht net. Unsereins hat nix davon, nur mehr Arbeit, dat wirste schon noch merken.«

Seit zwei Wochen war sie bei Juppes und überall hatte er herumerzählt, dass er wieder Frauenbesuch habe. Traud schuftete wie noch nie. Sie weichte Wäsche ein, tagelang wrang sie mit ihren rot geschafften Händen schwere Leintücher. Das Waschwasser war so kalt, dass es ihr jedesmal den Atem nahm, wenn sie wieder ein neues Stück eintauchte. Am Abend schwollen die Hände und juckten, die Haut sah rissig und wund aus.

Dennoch; wie gern sah Juppes ihr zu, wenn sie voller Energie mit einer Wurzelbürste über die Platten im Flur ging, wenn sie die Küche schrubbte und dabei nicht vom Boden aufsah, bis auch der letzte Fleck verblasst war. »Du bist ne wüste Schafferin«, lobte er und freute sich.

Dennoch, trotz ihres Fleißes, war ihm Traud diesmal seltsam vorgekommen. Abends verschwand sie schon beizeiten in der Scheune und obwohl er ihr einen Platz im Haus zugewiesen hatte, bestand sie darauf, auf dem Heustall zu nächtigen. Eine Weile dachte er, es läge an seinen Geschichten, denn er musste zugeben, manche Episode zig Male erzählt zu haben. Dann dachte er, es läge am elektrischen Licht und so versprach er, in Zukunft wieder die alten Karbidlampen anzuzünden, die beim Brennen so schön fauchten, wenn sie nur kommen wolle. Aber Traud kam nicht.

Jeden Abend, wenn die Dämmerung das Dorf einhüllte, verkroch sie sich auf der Tenne, wo sie oft lange wach lag und durch die Löcher des Daches in den Himmel sah. Stumm und niedergedrückt blieb sie tagsüber, arbeitete verbissen und unermüdlich, aß kaum etwas und auch die Scherze von Juppes ließen sie kalt. »Weiberkram«, maulte Juppes, dem Trauds Verhalten merkwürdig schien, hatte er sich doch wie immer auf ihre Gesellschaft gefreut.

»Dat Traud is so bekümmert«, sagte er zu seinem Schwager Anton, »is ja auch kein Wunder. Wat is dat für ein armes Mensch. Und hat so en hartes Leben. Hat kein Heim und kein Haus. Armes Dingen.«

Es war nicht nur das quälende Alleinsein, das Traud plagte. Dass sie auf sich alleine gestellt war, wusste sie, seit die Mutter fort war. Dass Einsamkeit derart brennen konnte, spürte sie erst, seit sie von Mayen weggegangen war. Bei Nacht und Nebel war sie aufgebrochen, querfeldein gerannt, bis die Seiten schmerzten und ihr Juppes eingefallen war. Das war einer der sicheren Orte, von denen sie wusste, dass sie immer wieder kommen konnte und für gute Arbeit auch gut behandelt wurde.

Sie hatte das Tempo erst verlangsamt, als Sassen hinter ihr lag. In dichtem Nebel breitete sich in jener Nacht die Struth vor ihr aus, jenes große, muldenförmige und unfruchtbare Plateau, wo Heidekraut den größten Teil des Bodens bedeckte. Stellenweise lagen abgeerntete Felder um die Dörfer herum. Grauwacken und Tonschiefer ragten aus der flachen, steinigen Ackerkrume. Stunden war sie gegangen, rastlos, atemlos. Sie fühlte das Letzte verloren, zu sehr schmerzte es, mit offenen Augen, aber blind vor Sehnsucht herumzuirren.

Der kalte Wind biss ihr ins Gesicht, die Augen tränten. Dann und wann war sie stehen geblieben, um sich mit dem Handrücken die Nase zu wischen. Weit hinter ihr lag Mayen, der Paul, die Krings, das Kleid und all die Pläne, die ja doch niemals wahr geworden wären. Als sie gegen Morgen den Kirchenpfad zu Wolles Haus hinunterging, war es ihr, als wate sie durch Wolken.

Am Abend vor ihrem Aufbruch hatte sie Paul gesehen. Die alte Krings hatte sie mit einer Postsendung beauftragt und so war sie nochmals den Römerhügel hinab gelaufen, eilig, weil sie befürchtete, nicht mehr rechtzeitig vor Ladenschluss anzukommen.

Sie hatte ihn bereits erkannt, als sie bei der Brudergasse um die Ecke bog. Mit der Tochter vom Hommeshof stand er vor der Post, just dort, wo am morgen der Uniformierte die Preise verlesen hatte. Er hatte sie nicht bemerkt, stand scherzend mit Lisbeth, die lachend an seiner Jacke zupfte. Da war ihr eingefallen, dass jedes Mädchen im Ort seinen Preis hatte und Lisbeth die Tochter eines wohlhabenden Bauern war. Wenn sie die Straße entlang ging, wusste jeder, wie viel Morgen Land da gingen und wie viel Vieh. Lisbeth durfte auf eine ordentliche Mitgift hoffen – aber sie, was hatte sie zu erwarten? Mit Lisbeth konnte sie sich nicht vergleichen. Und Paul hatte glücklich ausgesehen, besonders in dem Moment, als er ihr durch das blonde Haar strich und sie kichernd vor ihm stand.

Lisbeth und Paul, ging es ihr durch den Kopf. Das passte besser als Paul und Traud. Auch er würde einmal ein schönes Erbe bekommen. Eine Weile stand sie im Schatten einer hohen Mauer, wusste nicht, wohin sie sich wenden sollte. Da war weder das Gefühl der Eifersucht, noch empfand sie Neid. Nur fort wollte sie und so rannte sie zurück durch die Gassen, vorbei an der Schneiderei, über den Marktplatz zum Kringsschen Haus, wo sie die Postsendung auf den Tisch warf, alsbald ihr Bündel schnürte und in der gleichen Nacht aus Mayen verschwand.

Auf ihrem Strohlager in Juppes Scheune dachte sie an Paul und versuchte sich einzureden, dass er es also verstanden habe, dass es keine Zukunft mit ihr geben könne und alle Pläne unmöglich seien. Sie hatte keinen Preis, keine Mitgift. Sie war nichts. Mit ihr war kein Staat zu machen. Leer und nutzlos empfand sie sich, als einen Menschen, den jeder leicht entbehren konnte. Bettelmensch hatte der Hubert sie genannt, und sie wollte Paul keinen Bettelmenschen zumuten. Sicher würde er sein Glück finden und das wünschte sie ihm. Mit Lisbeth, das wäre eine andere Sache. Stolz hob sie den Kopf. Sie hatte ihren Platz frei gemacht. Dennoch empfand sie keine Freude darüber, im Gegenteil, die Gedanken folterten, wechselten die Richtung und sie begann, ihnen zu misstrauen. Hatte sie nicht oft genug erlebt, dass Menschen ihr wirkliches Ansinnen hinter Masken verbargen? Hatte sie nicht längst verstanden, dass ein Ja leicht ein Nein meinen konnte, je nachdem? Menschenworte bedeuteten oft zweierlei, oft sogar dreierlei, je nachdem wer was gerade im Kopf hatte. Auch Paul hatte viel gesagt und viel versprochen. »Et is all gleichviel«, sagte sie laut, »und all eins.«

Auch wenn der gutmütige Juppes ihre Arbeit lobte; jede andere hätte sie genauso gut machen können. Sie betrachtete ihre schäbigen Kleider, die roten und rissigen Hände mit den hervorstehenden Knöcheln. Paul hatte ihr gezeigt, wie sie an ihren Händen abzählen könnte, wie viele Tage die einzelnen Monate hätten. »Januar, Februar, März ...«, zählte Traud und berührte Knöchel und Vertiefungen ihrer linken Hand, bis sie innehielt und ihr Blick auf die schwarzen Rillen an den Fingernägeln fiel, die so eingefressen waren, dass sie nie mehr ganz verschwinden würden. Wenn wenigstens Stüpp da wäre, dachte sie.

Wochenlang blieb sie wie gelähmt. Juppes fragte nicht und sonst fiel ihr Verhalten niemandem auf.

In diesem Jahr wurde es früh kalt. Kurz nach Allerheiligen waren die Felder weiß und Juppes war froh, dass Traud allein auf den Rübenacker ging, hatte er doch in seinen gebrechlichen Schwägern keine Hilfe. Den ganzen Tag blieb sie bei nieseligem Wetter auf dem Acker und riss Rüben aus, die sie auf eine Karre lud. Die Rüben hatten tiefe Wurzeln und schon nach kurzer Zeit schmerzten ihr Rücken und Beine. Längst war die Nässe durch die Schuhe gedrungen, die sie sich von Lies ausgeliehen hatte. Am Abend konnte sie sich kaum noch aufrichten.

Oft kehrte sie erst in der Dunkelheit mit ihrem vollen Karren heim. Dann stand sie noch Stunden bei Juppes in der Scheune, befreite die Rüben vom gröbsten Schmutz und schnitt die Blätter ab. Ihre Hände waren aufgesprungen, tiefe Schrunden hatten sich gebildet und beim Händewaschen biss sie die Zähne zusammen. Nachts träumte sie von endlosen Ackerfurchen und blutenden Händen.

Vor Weihnachten trug Juppes ihr auf zu backen. Mohnstrudel und Vanillekipferl sollte es geben und Traud war froh, ein paar Tage in der Küche verbringen zu dürfen, wo es warm und trocken war. Bis Heiligabend duftete es im ganzen Haus nach Gebäck und Kuchen, auf der Kredenz standen allerhand Bäckereien und Juppes staunte über ihre Backkünste. Er selbst war seit Wochen mit dem Bau einer Krippe befasst. Eine Krippe mit einem Strohdach sollte es werden, mit schroffen Felsen aus Basalt, einem Olivenhain, mit einer kleinen Wiege für das Kind und echten Wachsfiguren für Jesus, Maria und Josef. An einem klaren See, der aus einem Spiegel bestand, sollten Hirten ihre Schafe tränken, über einen mit Holzspänen bestreuten Weg die Drei Könige reiten.

Am Heilig Abend standen vier Körbchen mit Plätzchen unter einem geschmückten Tannenstrauß in der Stube und aus der Küche drang ein feiner Bratenduft. An der Krippe hatte Juppes drei Kerzen entzündet, just dort, wo das Konstrukt nicht fertig geworden war. Ein mächtiger Rauschgoldengel hing über der Stallkulisse und trug eine Schärpe, auf die er mit einem feinen Pinsel »Gloria« geschrieben hatte.

Traud bekam ein ebenso schönes Körbchen wie Lies und die Schwäger. Sie saß mit am Tisch, als Juppes »Stille Nacht, heilige Nacht« anstimmte. Nach dem Essen holte er eine flache Pfanne aus dem Keller, zerbröselte darauf ein Stückchen Weihrauch, das er von den Messdienern abgeluchst hatte. Er gab etwas Wasser hinzu, ging dann mit dem dampfenden Gemisch durch das ganze Haus, in den Stall, hinauf auf den Speicher, von dort in die Getreidekammern, wo Backbleche mit getrockneten Äpfeln und Birnen lagen sowie Säcke mit Mehl und Saatgut in der Ecke standen. Er schwenkte die Pfanne, besprengte jeden Raum und murmelte einen Spruch, der weniger an ein Gebet als an eine Beschwörungsformel erinnerte.

»Dat reinigt das Haus von bösen Geistern«, erklärte er Traud, die verwundert dem Schauspiel gefolgt war. »Dat reinigt auch von bösen Gedanken und allerlei Hirngespinsten«, fügte Juppes hinzu. Ganz nah war sie bei diesen Worten an ihn herangeschlichen und hatte auch einen Spritzer des rauchigen Wassers abbekommen. »Jetzt denk ich net mehr an Paul«, schwor sie sich und betrachtete hoffnungsvoll den nassen Fleck auf ihrer Schürze. »Weihrauch, dat isset wat hilft.«

Gegen Mitternacht stapften sie durch den frisch gefallenen Schnee zur Kirche. Bis auf den letzten Platz waren die Bänke besetzt und Traud musste hinten stehen bleiben. Der Altar war mit Kerzen und einer goldenen Engelsfigur geschmückt und unter dem Tabernakel war eine Krippe aufgebaut. Als die Orgel einsetzte, erneuerte sie ihren Vorsatz, nicht mehr an Paul zu denken, was ihr aber schon während der Christmette nicht gelang.

Auch bis Stefanstag waren die Gedanken an ihn nicht weniger geworden. Es war wie eine suchende Erinnerung an ein versäumtes Glück, dunkel und quälend, verbunden mit Unruhe und Schmerz. Immer wieder wies sie dieses Gefühl weit von sich, fort in die Tiefe, dorthin wo das Vergessen beginnt, aber immer von Neuem drängte es hervor ins Bewusstsein, wuchs und wuchs, blieb stark und groß. Ein paar Mal dachte sie daran, zurückzugehen nach Mayen, ihn zu suchen, sich in seinen Armen zu verkriechen. Manchmal hoffte sie darauf, er werde sie suchen, irgendwann vor ihr stehen und sie mitnehmen. Dann dachte sie an Lisbeth, die den Paul so verliebt angesehen hatte und daran, dass er mit ihr sicher besser dran sei.

In der Silvesternacht siegte schließlich das Verlangen, nach Mayen zurückzugehen. Gleich an Neujahr wollte sie Juppes Bescheid geben und fortziehen, so schnell wie möglich zu Paul, zu ihrem Paul zurückkehren. Aber am Neujahrsmorgen fiel der Schnee so dicht wie selten. Juppes schickte Traud immer wieder zum Schippen vor das Haus. Nicht einmal die Haustür, die nach außen aufging, ließ sich öffnen, weil die schweren Schneemassen so stark drückten, dass sich selbst Juppes mit seinem vollen Gewicht dagegen stemmen musste, um wenigstens einen Spalt zu öffnen.

Den ganzen Januar lag tiefer Schnee und ans Fortgehen war nicht zu denken. Traud hantierte im Stall, striegelte und fütterte die Kühe, molk morgens und abends, bis die Finger müde und verkrampft waren, sah immer nur den dicken, schäumenden weißen Strahl, der in den Eimer schoss und dachte an Paul. Sie schleppte die Milcheimer umher, leerte die Milch durch feine Siebe in Kannen, drehte das Butterfass. Sie fütterte die Schweine, säuberte die Koben, sammelte Eier im Hühnerstall, während die Erinnerung an ihn schmerzte und brannte.

Noch Anfang Februar war sie bei dem Versuch den Schuppen zu erreichen, bis zu den Hüften im Schnee eingebrochen und wieder musste sie ihre Pläne verschieben. Jeden Tag schaufelte sie Schnee und äugte nach dem bewölkten Himmel, der erst Anfang März aufriss und die Sonne durchließ.

Lautloses Feuer

Mit den Gedanken bei Paul war Traud in der Frühe des Josefstags aufgebrochen. Morgenrot tauchte die Struth in ein zartes fleischfarbenes Rosa. Die Böden der Wälder waren noch verschneit und gefroren, auf den Feldwegen entlang der Dörfer versank man aber schon im Matsch. Hinter Hörschhausen bog sie rechts ab, lief ein gutes Stück entlang der Felder, die nur noch eine dünne Schneedecke trugen, unter der klumpig aufgeworfene Erde sichtbar wurde. Ihr Rock streifte den lehmigen Grund, schwarze Saatkrähen krächzten misstönend und begleiteten mit schwerem Zickzackflug ihren Gang. Sie zog die Schultern in die Höhe und kreuzte die Arme über der Brust.

Auf der Höhe bei Bermel peitschte ein eisiger Wind, der ihre Rockschöße flattern ließ und ihr ins Gesicht schnitt. Beim Gehen musste sie sich vorbeugen, hüllte dabei die blau gefrorenen Hände in die Ärmel ihrer Weste, was wenig half.

Sie ging denselben Weg zurück, den sie gekommen war, übernachtete in einer Hütte bei Boos. Am Nachmittag des nächsten Tages näherte sie sich dem Nettetal.

Am Abend hatte sie nichts Eiligeres zu tun als durch die Mayener Gassen zu laufen und nach Paul Ausschau zu halten. Die Straßen waren nur trüb beleuchtet. Bettler standen auf dem

Marktplatz herum, darunter Amputierte und Arbeitslose, Leute mit Gesichtern wie aus zerknittertem Papier.

Als sie im Kringsschen Haus anklopfte und um ein Lager und Arbeit fragte, war es fast Nacht geworden. Die Witwe war nicht nachtragend und stellte ihr, wie immer, ein paar Tage in Aussicht. Traud dachte ohnehin nicht daran, sich länger zu verdingen, einzig und allein der Gedanke an Paul trieb sie.

Gleich am nächsten Morgen verschwand sie aus Krings Stall und lief den Römerhügel hinab. Aus einer Seitenstraße hupte ein Auto; hinter ihr klapperten hohe Absätze, kichernde Mädchen schwirrten an ihr vorbei. Sie wechselte die Straßenseite, zögerte, verlangsamte den Schritt, blieb unschlüssig stehen. Dann wandte sie sich dem Hommes Haus zu, wo Paul zuletzt in Stellung war. Kurz überlegte sie, ob sie einfach nachfragen oder abwarten sollte, entschied sich dann aber anzuklopfen und sich nach ihm zu erkundigen. Ein kleines Mädchen, die jüngste der Hommestöchter, öffnete die Tür, sah verwundert auf die abgezehrte Gestalt, rief dann nach der Mutter, die in einem strengen schwarzen Kleid aus der Stube trat und Traud missbilligend ins Auge fasste.

»Hier gibt et nix«, beeilte sich die Hausfrau zu sagen, noch bevor Traud ihr Anliegen äußern konnte und verlegen auf dem mit grünlichen Marmorplatten ausgelegten Gang stand, mit ihren übereinander gezogenen Röcken und der schäbigen grünen Strickjacke. »Ich will auch nix«, antwortete Traud, »außer wat wissen.«

Sie traute sich kaum aufzuschauen, wusste nicht wohin mit den Händen. Wieder kam sie sich so klein, so nichtswürdig vor. Fragend hob sie den Blick. »Ich wüsst gern, ob der Paul noch hier schafft. Der Krommes Paul aus Hoffeld.«

»Wat willst du denn von dem? Der hätt et aber sicher net gern, wenn er wüsst, dat so eine wie du nach ihm fragt. Mach, dat du fortkommst!« Hohn und Verachtung lagen in dieser Stimme. Traud drehte sich um, weil sie den entwürdigenden Blick nicht aushielt, eilte den Flur zurück und konnte erst wieder atmen, als sie auf der Straße stand.

Den ganzen Mittag trieb sie sich in der Nähe des Hommes Hauses herum, aber Paul ließ sich nicht blicken und niemand kam vorbei, bei dem sie hätte nachfragen können.

Nachdem sie den Kringsschen Haushalt einigermaßen in Ordnung gebracht hatte, lief sie erneut die breite Koblenzer Straße hinauf, schlich durch die Gassen des Römerviertels auf und ab, äugte nach den Fenstern, spähte in jeden Wagen, der vorbeifuhr, glaubte auch einmal Paul zu sehen, rannte aber einem Trugbild hinterher und konnte nichts ausrichten.

Auch die nächsten Tage verliefen ergebnislos. An Maria Verkündigung, einem Mittwoch, betrat Frau Hommes die Stube des Kringshauses. Sie zeigte auf Traud, die in einer Ecke über einer Näharbeit saß. »Is die bei euch im Dienst?«, fragte die elegante Frau, während die Witwe Krings unsicher dastand und fürchtete, Traud habe etwas ausgefressen.

»Ja, dat is en Hilf für mich, en arm Dingen. Kommt jedes Jahr her, macht alles, ist zuverlässig und fleißig«, fügte sie hinzu, irritiert vom kritischen Blick der Besucherin. »Wieso fragt ihr? Wat is mit ihr?«, wollte sie wissen und ihr Blick wanderte von Traud zur Hommes und wieder zurück.

»Sie schleicht jeden Tag um unser Haus und um die Gass, glotzt in unser Fenster. All haben dat gesehn.«

Verständnislos blickte die Krings auf Traud, die ruhig dasaß, mit der Nadel auf- und abfuhr, und Frau Hommes keines Blickes würdigte. »Wat haste denn bei Hommes zu suchen?«, fragte sie schließlich.

Traud stichelte weiter mit der Nadel. »Ich werd wohl laufen können, wohin ich will und wann ich will«, antwortete sie trotzig und warf den Kopf zurück.

»Irgendwat willst du«, fuhr die Hommes fort, »warst ja auch im Haus und hast nach Paul gefragt.«

»Ja, aber ich hab kein Antwort bekommen bei euch und also musst ich mir die Antwort woanders suchen.«

Die Hommes drohte: »Gar nix musst du. Lass den Paul in Ruh und lass uns in Ruh. Und vor allem, lass dich net mehr in unserer Näh blicken. Sonst kommste fort von hier. Bettelvolk ist net erwünscht.«

Zu der erstaunten Krings gewandt sagte sie: »Dat ist doch en ganz übles Weib. Schaut sie bloß mal an. Dat Ihr so en Person überhaupt ins Haus lasst. Und wie die stinkt. Wenn man dichter rangeht, wird et einem ja schlecht. Ihr solltet sie fortjagen!«

»Aber nein«, antwortete die Krings ganz ruhig. »Dat Traud kenn ich schon seit Jahren. Is en schaffig Person. So wie die Mutter. Dat bring ich net fertig, sie vor die Tür zu jagen.«

»Sie sind zu weich, liebe Frau Krings«, stellte die Hommes fest und richtete den Blick fest auf Traud. Mit Nachdruck fuhr sie fort: »So eine schleicht sich in die Häuser, um zu klauen oder sonstige Übeltätigkeiten anzurichten. Dat Ihr euch da mal net vertut. En schaffig Person ist dat gewiss net.« Zornig griff die Hommes nach ihrem Tuch und verließ das Haus.

Traud nähte weiter. Fest heftete sie den Blick auf die Stopfstellen, spürte den fragenden Blick der alten Krings, die sich neben sie gesetzt hatte. »Isset wegen dem Paul? Biste deshalb zurück? Ich weiß noch, wie du mit dem zum Tanzen gegangen bist. Auf dem Lukasmarkt. Hast du wirklich bei Hommes nachgefragt?«, fragte sie schließlich.

Traud antwortete nicht. »Dat hättst du vielleicht besser net gemacht. Warum hast du mich denn net gefragt? Der Paul ist den ganzen Winter hier in Mayen gewesen und ich hab gehört, dat sich die älteste Tochter vom Hommes mit ihm verlobt hätt.«

Um Trauds Mund zuckte es. »Dat haben die wohl geheim gehalten«, fuhr die Krings fort, »warum weiß ich net. Ja, und jetzt soll im Mai geheiratet werden.«

Traud ließ die Näharbeit sinken und starrte finster vor sich hin. Dann brach sie in ein Gelächter aus, das der alten Frau durch Mark und Bein ging. Sie stand auf, warf das Nähzeug auf den Boden, rannte aus der Stube, schlug die Tür hinter sich zu, schrie und tobte dermaßen, dass sich die Krings eine ganze Weile nicht in ihre Nähe traute.

In der Nacht blieb sie fort.

Die Witwe fand sie gegen Mittag des anderen Tages im Kartoffelkeller, wo sie zwischen Gläsern mit eingemachtem Gemüse und Fleisch an der Wand kauerte und stumm vor sich hin starrte. Wenig später war sie verschwunden.

Maargräser und Krötengold

Viele Monate waren vergangen, seit sie sich davon gemacht hatte aus Mayen. Unablässig war sie damals gegangen, über den Hubertusstein nach Monreal, wo sie die Landstraße verließ und auf Feldwegen weiterlief. An der Augstmühle folgte sie dem Elzbach bis nach Bermel. Sie mied die Dörfer und Menschen; wollte niemanden sehen und hatte nicht eher Ruhe, bis sie sich im Wald vor jedem Menschenblick geborgen fühlte. Sie wusch und kämmte sich nicht mehr, die verfilzten Haare hingen ihr wüst über das Gesicht. Jeder Schlag ihres Herzens war ohne Kraft. Sie nährte sich – wenn überhaupt – von den Früchten der Felder, trank an den Quellen, aber alles, was sie tat, jeder Schritt, den sie ging, erschien ihr sinnlos und töricht.

Den ganzen August verbrachte sie in einem Obdach am Etzenberg, in der Nähe der Ditscheider Mühle. Nur diese eine schief stehende Hütte gab es hier, die Scheiben waren zerborsten, Wind und Regen konnten ungehindert eindringen, es roch nach Moder und Dreck. Ungeziefer bevölkerte Boden und Bretterwände, in der Nacht hörte sie Ratten scharren. Tagelang kauerte sie bei mattem Licht auf einem Bündel Stroh, das sie auf den Feldern zusammengesucht hatte, tief versunken, die Beine angewinkelt, wiegte den Oberkörper hin und her, summte leise vor sich hin und blickte mit gespenstischen Augen ins Leere. Es war ihr gleichgültig, wo sie sich befand, wie sie sich fühlte und ob sie überhaupt noch lebte. Sie betete dafür, dass ihr Leben an diesem Ort erlöschen möge.

Als dies nicht eintrat, schleppte sie sich mühselig weiter, wohin, wusste sie nicht, nur weiter, fort und immer weiter. Mit einem Haselstock in der Hand lief sie über staubige Wege, entlang der Bäche, über ungemähte Wiesen, über Moos und Laub, durch Dickicht. Sträucher rissen an ihren Kleidern, Disteln und Brennnesseln zerkratzten ihre nackten Füße; immer wieder wischte sie sich klebrige Spinnweben vom Gesicht.

Den Blick gesenkt, erschöpft von den vielen fruchtlosen Gedanken, vor sich ihr gekrümmter Schatten, so schlurfte sie voran. Manchmal blieb sie stehen, verharrte eine Weile unbeweglich in der Sonne. Sie sah weder die weiten Kornfelder, noch hörte sie das tiefe Summen der Bienen. Ein verzehrender Schmerz tobte in ihrer Brust, jede Hoffnung in ihr war tot, nachts träumte sie von Not und Hunger, Elend und Dreck. Nichts war ihr geblieben als das klägliche Sein, in dem sie keinen Halt mehr fand und taumelte, erstarrt in einer quälenden Erinnerung. Sie hatte keine Hoffnung und keine Neugier mehr, ihr Herz war zergangen wie Rauch in der Luft.

Solange es warm war, scheuchte sie den Gedanken an ein Morgen und an den nächsten Winter. Sie aß kaum, auch wenn der Hunger zu sehr brannte. Den Tieren tat sie es gleich und sammelte Beeren, Schlehen, wilde Kirschen, Nüsse und Pilze. Manchmal fand sie auch einen Rübenstrunk und ein paar fleckige Kartoffeln, nagte an Tannenzapfen wie die Eichhörnchen. Vom Hungern wurde sie mager wie ein Strick. Die Wangen fielen ihr ein, einige Zähne wackelten, die Glieder schlotterten in den Gelenken. Sie hasste sich selbst, ihr schrundiges Gesicht und ihre verschafften Hände, erschreckend war ihr die eigene Stimme, die verfilzten und verlausten Haare, die jetzt büschelweise ausgingen. Brennnesseln hatten rote Quaddeln an den Beinen hinterlassen, geschwollene Beulen, die schließlich aufrissen, aus denen Eiter und Blut quoll. An den Füßen und unter den Achseln hatte sich ein schuppiges Ekzem gebildet, das entsetzlich juckte und dunkelrot glänzte.

Hinter Retterath gelangte sie am Elzbach an eine Stelle, wo das Gewässer ein Stück abfiel und tief und dunkel schimmerte. Ohne zu zögern, als ob sie einen Weg sähe im Wasser, ging sie hinein, rutschte mit den Füßen über glitschige Ufersteine, ging weiter, das Wasser kroch an ihr empor, nässte die löchrigen Strümpfe, fasste das Kleid, das sich zunächst aufbauschte, um sich dann weich und kalt um ihren Leib zu pressen.

Sie ging, bis ihr das Wasser an den Hals reichte, verharrte einen Moment. Silberne Blasen stiegen schwankend an die Oberfläche, ein Schwarm winziger Elritzen blitzte auf und schoss davon. Sie ließ sich weiter hinab, hörte von irgendwoher Pauls Stimme, sah, wie er mit seiner Hand über Lisbeths blonde Haare strich. Entschlossen tat sie noch einen Schritt, wohl war ihr bei der Umarmung des Wassers, sie fühlte keinen Hunger mehr und keine Kälte, befreit öffnete sie ihre Arme, Paul war nah, einen Schritt noch, vielleicht noch einen zweiten. »Die Kugel aus Gold«, rief sie, »da haste sie, du Kröt!«

Der Beutel, den sie auf dem Rücken trug, war aufgegangen und unzählige getrocknete Kamillenblüten quollen hervor, stiegen an die Oberfläche, schaukelten auf dem Wasser, gelblich, weiß, gelb. Mit brennenden Augen starrte sie auf die Blumen und wisperte: »Die Maarfrau sitzt ganz unten, wo dat Maar am tiefsten ist in ihrem grünen Kämmerlein, spinnt aus Maargräsern Fäden fein wie Seide. Und immerzu lauert sie auf Menschen, die über dat Maar schwimmen. Die zieht sie dann mit ihren herrlichen, grün schimmernden Fäden hinab, tief bis in dat Kämmerlein, dort müssen sie spinnen so lange sie leben – und deshalb trägt die Maarfrau auch jeden Sonntag en neu Kleid.« Lächelnd tat sie noch einen Schritt. Eine alte Melodie fiel ihr ein und sie begann zu singen.

»Sie hörte drunten die Glocken gehen,
im tiefen, tiefen See,
wollt Vater und Mutter wieder sehn,
die schöne junge Lilofee …«

Im Wasser schwangen grüngelbliche Algen um ihre Füße. Bevor sie das Bewusstsein verlor, dachte sie daran, dass das der Bart des Wassermanns sein müsse. Lautlos schloss sich der Blütenteppich über ihrem Kopf, ein kleiner Sog entstand, der die Blumen zusammenhielt, die noch eine ganze Weile zitterten, bis die Strömung sie ans Ufer trieb.

Auch Traud fand sich am Ufer wieder. Die Tiefe des Wassers hatte nicht gereicht, ihrer Pein ein Ende zu bereiten, so wie sie es sich gewünscht hatte. Als sie wieder zu sich kam, lag sie bis zu den Hüften im Bach, irgendwie musste sie in ihrem Delirium doch das Ufer erreicht haben und nun lag sie zitternd auf der durchweichten Erde und klammerte sich an einen zerfressenen Baumstumpf, der halb aus dem Wasser ragte. Still starrte sie auf die glitzernde Wasseroberfläche, ihr Blick verlor sich auf den wenigen Kamillenblumen, die die Flut nicht fortgeschwemmt hatte. Eine Weile lag sie ohne sich zu rühren und sann dem Geschehenen nach. Auch der Bach hatte sie nicht haben wollen, nicht einmal die Elz, für die es ein Leichtes gewesen wäre, sie von ihrem Elend zu befreien.

Sie müsse also weiterleben, irgendwie und allein.

Sie machte sich nicht die Mühe ihre Kleider zu trocknen. So wie sie war, setzte sie den Weg fort, sah entseelter aus denn je und die wenigen Menschen, denen sie begegnete, erschraken vor ihr. Eine Magd, die ihr entgegenkam, bekreuzigte sich. Bei Oberelz begegnete sie einer Bäuerin, die einen Wagen hinter sich herzog. »Da, nimm, ist für dich«, sagte die Frau, zog ein Stück Brot aus der Tasche und hielt es Traud entgegen.

Ende September setzte Regen ein. Schwere Tropfen fielen auf die staubigen Wege, die noch eine Weile dampften, bevor sie sich in Matschpfade verwandelten. Schon in der Nacht vor St. Michael roch Traud, dass es anderes Wetter geben würde und sie hatte nach den Wolken geäugt und gewartet. Als die ersten Tropfen fielen, blickte sie nach oben, streckte die Hand dem Regen entgegen, stand bald mitten auf den Feldern, auf die das Wasser nur so klatschte, stapfte triefend vor Nässe durch den Matsch, über Wege, die von Räderspuren zerfurcht waren, in denen sich Wasser sammelte.

Wasser lief ihr aus Haaren und Kleidern und ihre dunklen Augen blickten leer. Ein Donnerschlag, der in ein Grollen mündete, erfüllte das ganze Tal. Ein Blitz erhellte den Wald, zuckte von einem Ende des Tales zum anderen und der Himmel leuchtete gelblich. Die Abstände zwischen Blitz und Donner verkürzten sich. Wolken jagten über den Himmel. Murmelnd redete sie zu sich selbst, das beruhigte etwas. Unter einem Hochstand wartete sie eine Weile, bis der Regen eintöniger wurde.

Erschöpft, durchnässt und verwildert kam Traud nach Lirstal.

Am Schmiederhof verlangsamte sie ihren Schritt, ging vor dem hohen gemauerten Tor langsam auf und ab, blickte in den Hof. Es war ein Anwesen mit mehreren Ställen und einem großzügigen Wohnhaus. Zwei Walnussbäume, eine Kuhtränke und ein Dunghaufen mit einer Jauchepumpe waren zu sehen. Ein Bauer lud Körbe mit Äpfeln auf einen Pferdewagen, Kinder neckten einen knurrenden Welpen, eine Magd sammelte Fallobst vom Boden.

Traud zitterte, fuhr sich mit schmutzigen Händen über das Gesicht. Die nassen Kleider hingen wie das Elend selbst um sie herum. Die Lider waren derart entzündet, als habe sie viele Nächte gewacht. Von Zeit zu Zeit wurde sie von einem schmerzhaften Husten geschüttelt. Unentschlossen stand sie, bis der Bauer seine Arbeit erledigt hatte, der Wagen beladen war und sich bald darauf, gezogen von einem braunen Wallach, auf sie zu bewegte. »Aus dem Weg!«, schrie er, wollte an ihr vorbei, zog aber, nachdem er sie genauer ins Visier genommen hatte, die Zügel straff. »Brrrrr ...«

Fassungslos betrachtete der Bauer die verwilderte Gestalt vor sich. Dann stieg er von seinem Bock. Langsam ging er auf sie zu. Sein Magen drehte sich vor der abstoßenden, stinkenden Kreatur. »Heiliger Antonius«, murmelte er, besah sich ihre moderigen Lumpen, den Schmutz auf ihrem Gesicht und an den Händen, die wirren Haare. Nicht einmal im Krieg hatte er eine derart zerrissene Gestalt gesehen. Er gab sich alle Mühe gefasst zu bleiben, musste aber doch ein paar Mal schlucken. Von der merkwürdigen Szene angelockt, kamen die Kinder. Von allen Seiten kamen sie gerannt und gafften gebannt und neugierig auf die erbarmenswürdige Traud, die immer noch an der Mauer lehnte. »Huuu, ein Geist ...«, lärmten sie, »sieht aus, als wär sie schon tot gewesen und hätt sich wieder ausgegraben.«

»Los, verzieht euch, geht int Haus«, befahl der Bauer, »hier gibt et nix zum Glotzen.« Ein paar Meter weg nur trollten sich die Kinder, taten aber nicht wie ihnen befohlen, denn es war spannend zu verfolgen, was mit der zerlumpten Person geschehen würde.

»Komm mit rein«, entschied der Bauer, um Traud vor neugierigen Blicken zu schützen und wieder ging ein Geschrei durch die Kindermenge. »Jetzt gehn sie rein, puhh, die stinkt doch, wat Mutter wohl sagt ...?«

Mit unsicheren Schritten schlurfte Traud hinter dem Bauern her, gelangte über einen gepflasterten Pfad auf den Hof, über drei vertretene Treppenstufen hinauf ins Wohnhaus. Auch die Bäuerin erschrak und bekreuzigte sich, bot ihr aber dennoch einen Platz auf der Bank an. Sofort hatte sie Milch aufgesetzt und Brot gebracht.

Schlotternd saß Traud in der Küche des Schmiederbauern. Sie fragten sie nach diesem und jenem, aber ihre kraftlose, traurige Stimme war kaum zu hören. Nur dass sie Arbeit suchte und ein Dach überm Kopf, das verstanden sie und ein gegenseitiger Blick verriet ihr Einverständnis.

In der Nacht lag sie auf einem trockenen Strohsack in der Scheune. Mit den Bauersleuten hatte sie wenig gesprochen, aber sie durfte sich am Brunnen waschen und die Bäuerin brachte ihr trockene Kleider und eine Weste. Ihre alten Fetzen lagen ausgebreitet zum Trocknen neben ihr. Die Kinder hatten sie noch eine Weile durch die Bretterritzen beobachtet, gewispert und gelacht, aber als sie sich nicht mehr bewegte, schließlich Ruhe gegeben.

Am nächsten Tag half sie Äpfel zu sortieren. Erstaunlich fanden es die Bauersleute, wie schnell sie wieder auf die Beine gekommen war, bemerkten auch, mit welcher Hurtigkeit und mit welchem Geschick sie Äpfel wusch, von Blättern und Stielen befreite, die wurmstichigen von den guten trennte.

Gegen Ende der Woche begann die Kartoffelernte. Traud buddelte bei feuchter Witterung kniend oder gebückt, durchwühlte eine Furche nach der anderen, legte Kartoffel um Kartoffel beiseite, trug die schweren Säcke, als ob sie nie etwas anders getan hätte. So waren sich die Bauersleute bald einig, sie zu behalten, so lange, bis die Felder bestellt wären, mindestens aber bis St. Martin.

Der Winter kam in diesem Jahr früher als gewöhnlich. Schon an Martini war morgens alles weiß. Bald folgten schwere Schneestürme, sodass Straßen und Wege unpassierbar wurden. Es war Traud nicht unrecht, als ihr Vinzenz, der Bauer, das Angebot machte, noch bis Jahresanfang zu bleiben. Auf dem Schmiederhof glaubte sie einen einigermaßen geschützten Platz gefunden zu haben. Hinzu kam, dass sie sich auch erstaunlich gut erholt hatte.

Marta, die Bäuerin, war eine umgängliche, ruhige Frau, die sich am liebsten selbst um ihren Haushalt kümmerte und Traud nur selten beanspruchte. Also war sie oft draußen, half in Feld und Stall, ging Vinzenz zur Hand und Uli, dem Knecht.

Im Frühjahr 1924 wurden einige der zahlreichen Arbeitslosen der Eifel herangezogen, um Waldwege auszubauen und Wasserleitungen zu verlegen. Manche Wälder waren kaum noch begehbar, besonders in der Gegend um den Steimelskopf. Hinzu kam, dass die Arbeiten von Widerständlern gegen die Alliierten immer wieder sabotiert wurden und deshalb nur schleppend vorangingen. Baustellen lagen wochenlang, die Wege waren bis in den Frühsommer unpassierbar und auch die Holzdiebstähle, besonders in der Nacht, nahmen ein nie gekanntes Ausmaß an.

Traud hätte sicherlich Wege gefunden, aus Lirstal wegzukommen, aber Vinzenz fielen immer neue Aufgaben für sie ein und sie war zufrieden damit, sodass sie einstweilen blieb.

»Wir können dich gut brauchen«, pflegte er zu sagen, »sei froh, dat du en Dach überm Kopf hast. Die Zeiten sind schlecht, in der Stadt bezahlt man für ein Brot 399 Milliarden Reichsmark und dat ist noch rationiert.«

Vinzenz war ein grüblerischer Mensch. Seine dunklen Augen blickten oft traurig und verloren, selten sah man ihn lächeln und obwohl er noch keine vierzig Jahre zählte, hatten sich schon tiefe Falten in sein Gesicht gegraben. Die Weltlage beunruhigte ihn und oft fluchte er auf die Politik, die nichts tauge, die die Armen noch ärmer mache und das Land vollends kaputt. In der Rheinischen Zeitung, die er sich dann und wann aus Mayen mitbrachte, las er über Auswanderer, den Putschversuch Hitlers, die immensen Arbeitslosenzahlen und er betete für das Wohl der Menschheit, für die Armen, die Hungernden und gelobte zudem, um ein derart schlimmes Schicksal von sich selbst abzuwenden, so oft wie möglich Gutes zu tun.

In Traud hatte er einen Fall der Bedürftigkeit erkannt und obwohl er selbst nichts zu verschenken hatte, steckte er ihr doch hier und da etwas zu, ein warmes Tuch etwa, auch gestrickte Strümpfe.

»Soviel Armut gibt et. In den Städten is et besonders schlimm. Wir haben ja wenigstens noch unser Landwirtschaft. Ja, ja, dat Land is kaputt. 132 Milliarden Goldmark wollen sie, Entschädigungen an die Siegermächte, grad an die Franzosen, wo soll dat herkommen? Und all die Arbeitslosen ...«

Was ihm besondere Sorge bereitete, war der Verfall des Geldes. »Der Regierung scheint dat ja ganz egal zu sein, die verlieren ihre Schulden, aber wat macht der kleine Mann? Wat machen all die Leut, die net auf Wechsel kaufen können, die Arbeiter und Bauern, die ihre dünnen Ersparnisse dahinschmelzen sehn? Wer verdient, dat sind die Schieber und die großen Unternehmer mit ihren Aktien! Dat is der große Ausverkauf der Ehrlichkeit und des Anstands. Dat gibt noch Tote, sag ich dir. Glorioses, blessiertes Deutschland!«

Als die Arbeit auf den Feldern losging und er zumeist allein mit ihr unterwegs war, machte er es sich zur Gewohnheit, mit der wortkargen Traud einen Schwatz zu halten.

»Zwei Millionen Tote, ein verlorener Krieg und die Inflation – dat hält kein Volk aus. Unser Mark hat die Schwindsucht, die Preise steigen und steigen, dat Volk wird immer ärmer. Solang noch einer wat zum Tauschen hat, is er fein raus. Rasierklingen gegen Butter, Brot gegen Möbel, Silberlöffel gegen ein Stück Schinken. Aber wer von Löhnen lebt, wird bald nix mehr zu fressen haben. Und unser Regierung guckt zu. Die werden durch die Inflation ihre Schulden los, dat dat Volk draufgeht, sehn sie net.«

Er explizierte ihr seine Gedanken in sehr ausführlicher Manier und obwohl sie sich nie beteiligte, suchte er beinahe täglich das Gespräch mit ihr. Ob es an Trauds spröder Art lag oder daran, dass sie nur selten antwortete, Vinzenz begann sich unbemerkt und leise für sie zu interessieren.

Allabendlich, wenn sie beim Melken im Stall war, kam er dazu, erzählte und palaverte, bis sie ihre Arbeit ruhen ließ und ging erst wieder hinauf in die Stube, wenn sie sich auf den Heustall verzogen hatte. Irgendwie fühlte sich Vinzenz hingezogen zur Traud, die so gänzlich anders war als alles, was er kannte, die mutig war, wie er es nie von einer Frau gedacht hatte, die schaffen konnte wie ein Mann, die sich vor nichts und niemand fürchtete und die ihm aufgrund ihrer Verschlossenheit ein Rätsel war.

Er studierte sie wie einen absonderlichen Fall, versuchte in ihrem Gesicht, in ihren Augen zu lesen, war auf eine seltsame Art fasziniert von ihrem undurchschaubaren Wesen und dem für ihn unfassbaren Schicksal.

Einmal, als Traud draußen auf dem Acker war, überkam ihn der Drang, dass er, um mehr über sie zu erfahren, den abgewetzten Beutel, den sie mit sich führte, durchforsten müsse. Und so wartete er einen günstigen Moment ab, schlich zu ihrem Lager in die Scheune, wühlte dort in fieberhafter Eile in ihrem Bündel, zog ein paar Habseligkeiten ans Licht, darunter eine Flasche mit trüb gewordenem Essig, Tücher und verschmutzte Lappen, einen Rosenkranz. Er fand auch einen Rock und zwei zerrissene Blusen, in Papier gewickeltes Nähzeug, ein brüchiges Stück Kernseife, ein löchriges Taschentuch, einen grobzinkigen Kamm, ein paar Groschen und mehrere Papiertüten mit Kamillenblumen, deren abgefallene Blüten im Beutel verstreut an den Kleidungstücken hafteten. Mehrfach drehte er die Sachen, fand aber keine Antwort auf seine Neugier und so stopfte er das muffige Zeug wieder zurück in den Sack.

Am Abend saß er wieder im Stall, wo er ihr beim Melken zusah.

Anfangs machte seine Anhänglichkeit Traud wenig aus. Bald aber fühlte sie sich beobachtet und immer häufiger auch von Vinzenz belauert. Zunächst dachte sie, dass er ihre Arbeit beäugen wolle. Als sich diese Annahme aber zerstreute, ignorierte sie ihn eine Weile, ließ ihn reden, antwortete nur knapp oder gar nicht mehr auf seine Fragen. Mit der Zeit aber wurden ihr seine abendlichen Monologe und seine Anhänglichkeit lästig. Ein paar Mal ließ sie ihn einfach stehn oder machte sich, kaum dass sie ihn kommen sah, an anderen Sachen zu schaffen. Je mehr sie sich aber entzog, desto öfter kam Vinzenz, desto dichter haftete er an ihren Fersen.

In der Woche vor Ostern war Traud gerade beim Ausmisten, als er zu ihr in den Stall kam. Während sie den dampfenden Dung zusammenkehrte, dann auf den Schubkarren lud, stand er hinter ihr, dann neben ihr, schwätzte über die Arbeitslosen und den Wildfrevel. Er sah zu, wie sie mit einem Rechen die Streu im Stall verteilte und ging ihr hinterher, als sie im Hühnerstall Wasser in die Tränken füllte. Auch als sie sich in der Milchküche ans Rübenschnetzeln gab, stand er in der Tür, sprach über die neue Reichsmark und den angekündigten Wirtschaftsaufschwung, fragte sie unablässig nach ihrer Meinung, was sie über Hindenburg denke und was über den Verzicht auf Elsass-Lothringen.

Lästig, so lästig war ihr der Vinzenz.

Die ganze Zeit dachte sie daran, wie sie ihn loswerden, wie sie sich von seinem leidigen Geschwätz befreien könne. »Wat schert mich die Wiedergutmachung und der Waldfrevel!« Sie schmetterte die Rüben in die Häckselmaschine, dachte dabei ans Fortgehen und auch daran, dass sie sich vor solchen Schwätzern hüten müsse. Während sie das schwere Rad drehte, das die Rüben hüpfen ließ, hatte sie nur sein monotones Gerede im Ohr. Vor lauter Wut drehte sie das Rad immer schneller, die scharfen Zähne des Mahlwerks bissen sich tief in die roten Wurzeln, die Knollenstücke flogen nur so. Traud kurbelte und kurbelte, sah nichts als die dicken Knollen, die sich immer schneller drehten, bevor sie zermalmt wurden. Erst als ein kurzer stechender Schmerz ihr Hirn erreichte, ließ sie das Rad los, das surrend zurück schnellte und betrachtete ungläubig ihre Fingerkuppen, aus denen das Blut spritzte. Außer sich vor Zorn hielt sie die blutende Hand hoch und schrie: »Verdammter Mist! Warum lässt du mich net in Ruh arbeiten? Siehst ja, wat dabei rauskommt!«

Mit schmerzverzerrtem Gesicht lehnte sie sich an die Maschine und hielt sich die Hand. Vinzenz, der gleich angesprungen kam, rannte alsbald ins Haus, kehrte mit Verbandszeug und ein paar Lappen zurück und begann der wimmernden Traud die blutenden Fingerkuppen zu binden.

»Wat schleichst du auch ständig um mich erum wie en tragend Katz?«, zürnte sie. »Ist dir mein Arbeit net gut genug? Dat wär mir nie passiert, wenn du mich in Ruh gelassen hättst!« Böse funkelten ihre Augen und Vinzenz begann zu stottern: »Ich wollt doch nur ... ich hab gedacht ...«

»Wat hast du gedacht?« Kühn klang ihre Stimme, als sie ihm sagte, dass sie sich nicht mehr auf ihre Arbeit besinnen könne, weil er ständig hinter ihr her sei und dass sie entschieden habe, deshalb zu gehen.

Vinzenz spürte einen Kloß im Hals. »Du willst fort von uns?« fragte er ungläubig. »Aber wir waren doch immer gut zu dir. Ich hab gedacht ...« Forsch entzog Traud ihm die Hand, die er nicht fertig gewickelt hatte. »Du denkst und denkst. Und denkst ganz falsch.«

Wieder griff Vinzenz nach ihrer verwundeten Hand. »Ich will dir die Finger verbinden. Da darf kein Dreck reinkommen.«

Widerstrebend überließ ihm Traud die Hand, von der er sorgsam das Blut abtupfte. So nah war er ihr noch nie gekommen und er genoss das Gefühl, sie endlich einmal berühren zu dürfen. Eine ganze Weile dauerte die Wickelei. Traud spürte Vinzenz' Atem an ihrem Gesicht und seinen nahen deutlichen Blick. Vorsichtig streichelte er ihr mit seiner Hand über Wangen und Kinn. »Dat mit deiner Hand tut mir leid. Ich bin so froh, dat du hier bist.«

Sie antwortete nicht. Er strich ihr eine Haarsträhne aus der Stirn, während sie starr und blass an der Maschine lehnte und ihm ihre Hand hinhielt. »Ich tät gern wat für dich tun, Traud«, sagte Vinzenz. »Du bist so ein armes Mensch, wie ich noch nie eins gesehen hab. Und so allein.«

Immer noch schwieg Traud. »Wünschst du dir net jemand zu haben, der dich lieb hat? Der sich um dich kümmert? Ich würd mich gern um dich kümmern.« Er sah ihr fest in die Augen, während sich sein Gesicht dem ihren näherte und zärtlich klang seine Stimme, als er wiederholte: »Sehr gern tät ich mich um dich kümmern.«

Als Traud einen Kuss auf ihren Lippen spürte, wich sie entsetzt zurück, sprang zur Seite, schubste Vinzenz, ungeachtet der noch immer nicht fertig gewickelten Hand vor die Brust. »Du täst dich gern um mich kümmern? Kann mir dein Kümmern schon vorstellen! Nur die Bäuerin dürft halt nix davon erfahren. Oder wat würd die von deinem Kümmern halten? Würd die vielleicht auch denken, du tätst en gutes Werk?«

Immer lauter wurde ihre Stimme und Vinzenz musste sie mehrfach ermahnen leiser zu sein.

»Ja, ja«, schrie sie weiter, »dat bloß dein Frau nix hört. So ein Jämmerling bist du, en Bangbüchs dazu. Ich will dir wat sagen: so arm wie du bin ich net. Ich brauch von dir auch kein Almosen.«

Ratlos stand Vinzenz mit den blutverschmierten Lappen in der Hand. »Aber Traud, so war et doch net gemeint. Ich weiß doch gar net richtig, wie ich dat gemeint hab mit dem Kümmern. Doch net wat du denkst. Ich hab dich doch gern.«

»Dann überleg dir nächstens wat du meinst, bevor du schwätzt! Überlegst doch sonst so viel. Aber manches verstehst du sowieso net.« Sie lief an ihm vorbei in die Scheune. Das weiße Band um ihre Hand war das letzte, was er in der Dunkelheit von ihr erkennen konnte.

Als er allein war, warf er die blutigen Lappen in die Häckselmaschine und drehte das Schwungrad so schnell er konnte.

Die Sterne hatten ihren Schein schon an die heraufziehende Dämmerung abgegeben. Es war die Stunde zwischen Nacht und Licht, die unergründlichste Stunde des Tages, in der Traud ihr Bündel packte und wie ein Schatten durch das Tor des Schmiederhofes glitt.

Sie hatte keine Nachricht hinterlassen, sollte sich die Bäuerin doch ruhig ihren Teil denken. Wütend war sie auf Vinzenz, von dem sie glaubte, dass er ihre Lage ausnutzen wollte. Schäbig fand sie sein Verhalten. Die Wunden an den Fingerkuppen pochten und immer wieder rissen die Krusten auf und begannen von neuem zu bluten.

Wieder war ihr alles gleich geworden; sie dachte nicht einmal über eine neue Unterkunft nach, auch das war gleich.

Den Sommer über fand sie nicht selten Aufnahme und oft sogar eine warme Mahlzeit bei Bauersleuten, bisweilen schloss sie sich den Schäfern an. Anders als sonst suchte sie im Herbst kein Winterlager, sondern blieb in den Wäldern. Nachts lag sie oft wach, lauschte nach Schritten oder dem Geraschel der Tiere, am Tag wanderte sie vom frühen Morgen bis in die Dämmerung straßauf, straßab und sprach mit sich selbst. Oft fluchte sie vor sich hin. Ihr Haar starrte vor Schmutz, das Kleid war verfleckt und trug deutliche Spuren ihrer armseligen Nachtlager. Die ausgetretenen Schlappen hatte sie mit Zeitungspapier gestopft, das vorne bei den Zehen herausquoll.

Was sie sah, machte ihr Herz schwer, die Menschen erschienen ihr geplagt und böse, enge Gassen und Häuser beängstigten sie.

Manchmal, im Winter, wenn sie bis ins Mark durchkältet war und an nichts mehr dachte als an einen warmen Ofen, kehrte sie in einem Wirtshaus ein, wo sie hier und da eine Suppe bekam, öfter jedoch wieder vor die Tür gewiesen wurde, weil sie nichts verzehrte.

Sie ging durch beleuchtete Straßen und unbeleuchtete, über Wald- und Feldwege, durch Alleen mit kahlen Bäumen, über stille und laute Plätze und überall begegneten ihr Menschen, die sie begafften und anglotzen, teilweise sogar stehen blieben und mit dem Finger auf sie zeigten.

Im Frühjahr kam sie nach Mayen. Wieder war sie dem Lauf der Elz gefolgt. Seit sie Paul gesucht hatte, war sie nicht mehr hier gewesen und sie dachte daran, wie sie durch die Gassen geschlichen war, in der Hoffnung, irgendwo eine Spur von ihm zu finden.

Was sie in Mayen sah, war bitter. Die Nachkriegszeit war trostlos. Es schien, als ob es keine Ruhe mehr geben würde. Die Not stand den Menschen ins Gesicht geschrieben. Sie hatten ihr Leben lang gearbeitet, so wie ihre Väter und Großväter ein Leben lang geschuftet hatten, um ein bisschen Geld anzuhäufen. Aber das mühsam zusammengekratzte Geld war nun fortgeschmolzen; eben hielten sie es noch in der Hand und nun war es wertlos, sie waren ins Elend geraten und wussten nicht, was dagegen zu tun gewesen wäre. Kräftige, gesunde Männer lungerten auf dem Marktplatz herum, Arbeitslose in abgetragenen Kleidern, verwahrlost, die Haare fettig. Vor dem Gemeindehaus standen bärtige, zerlumpte Gestalten Schlange um einen Teller Suppe. Traud sah vom Husten geschüttelte Kinder mit gelben Gesichtern, die aussahen, als hätten sie noch nie gelacht. Die

Mädchen kicherten nicht wie sonst, die Buben blickten feindselig und prahlten nicht mehr.

Aber neben den Kriegsverlierern gab es auch elegante Damen mit schönen, roten Mündern, die in modischen Kostümen, mit langen Perlenketten und Stiefelchen mit hohen Absätzen daher kamen. Es gab die dazu passenden Männer, die in langen warmen Mänteln aus bestem Zwirn, einer mit einem goldgeränderten Zwicker auf der Nase, herumstolzierten, die Arme auf dem Rücken verschränkt.

Sie stand am Obertor, als sich vom Markt her ein Protestzug heranschob. Kriegskrüppel hielten Pappschilder in die Höhe, manche hatten sich Zettel mit Aufschriften auf Rücken, Brust oder an Stöcke geheftet. Einer vorneweg rief etwas, was Traud nicht verstand. Er war einarmig, der Ärmel seines Anzugs hing auf einer Seite schlapp hinunter. Der Einarmige zog schwer an einer Karre mit Gummirädern, transportierte einen jungen Mann, dem beide Beine fehlten. »Das ist der Dank des Vaterlandes« stand auf dem Pappschild, das sie an der Lenkstange befestigt hatten. Hinter ihnen gingen Amputierte mit Krücken, die sich mit schief hängenden Körpern weiterhievten und hier und da auf ihre Stümpfe wiesen. Blinde tappten mit weißen Stöcken über das Pflaster. An den Armen trugen sie gelbe Binden mit drei Punkten, ihre Stöcke quietschten auf den Steinen. »Wir haben Hunger! Haben wir dafür gekämpft?« Ein paar Kriegerwitwen bildeten den Schluss: dünn, verhärmt, voller Angst.

Die Fußgänger wechselten die Seite oder wandten sich ab, wussten nicht wohin mit ihren Blicken, flüchteten in Seitengassen. Ein Mann zerrte seinen fragenden Sohn in eine Bäckerei. Unangenehm war der frierende Trupp der Krüppel, peinlich. Traud stand am Brunnen und dachte an Vinzenz. Er hatte über dieses Elend gesprochen, über die Armut derjenigen, die im Krieg alles gegeben hatten und denen jetzt alles genommen war. Sie sah, wie sich vom oberen Marktplatz ein paar jugendliche Nazis in Uniformen unter die Krüppel mischten und Blätter austeilten. »Kommt zu uns! Hitler hat euch nicht vergessen. Er wird für euch sorgen«, sagten sie. Und: »Es wird Arbeit geben für alle! Jeder wird zu essen haben! Der Führer wird alles dafür geben, dass das deutsche Volk wieder zu Ehren kommt!« Einer schwang eine Fahne: »Adolf Hitler – Reichkanzler! Ehre, Arbeit und Brot für die deutsche Nation!«

In den hinteren Reihen stimmte einer ein Lied an. »Zum letzten Mal wird Sturmappell geblasen, zum Kampfe stehn wir alle schon bereit ...« Als niemand einstimmte, wurde der Gesang lauter und kämpferischer. »Schon flattern Hitlerfahnen über allen Barrikaden, die Knechtschaft dauert nur noch kurze Zeit ...«

Traud überlegte wegen der Suppe zu bleiben. Tagelang hatte sie keine warme Mahlzeit mehr bekommen. Sie schlurfte hinüber zum Gemeindehaus und wartete in einer Schlange von hungernden Menschen, von denen sich diesmal niemand nach ihr umdrehte und keiner sie begaffte.

Hirtengespräche

Sieben Jahre waren seither vergangen.

Im Winter 1932 sank das Thermometer dauerhaft auf minus 28 Grad. Der Boden war metertief gefroren, auf Rhein und Mosel bewegte sich nichts mehr. Den Bauern erfroren die Kartoffeln im Keller. Scharenweise sah man sie in den Wald ziehen um Brennholz und Reisig zu besorgen, ungeachtet der harten Strafe, die auf Holzfrevel stand. Der Januar brachte nochmals riesige Schneemassen.

Lange Zeit hatte Traud sich in Müllenbach aufgehalten, wo sie fast in jedem Haus ausgeholfen hatte. Danach war sie einige Wochen in Kolverath gewesen und Ende Mai nach Katzwinkel aufgebrochen.

Von Sassen aus gelangte sie auf den Riedberg, eine baumlose sandige Höhe. Bis in den Hunsrück konnte sie von hier sehen, zu ihren Füßen lag das vertrocknete Mosbrucher Maar. Es war schwer zu gehen mit den Körben, der Wind peitschte ihr ins Gesicht und ließ den Rocksaum flattern. Auf der Höhe des Simonswaldes befiel sie ein heftiges Unwohlsein und sie legte eine Rast ein. Aber das Unwohlsein schwand nicht, im Gegenteil. Den ganzen Tag schon hatte sie es gespürt und nun, gegen Abend hin, drückte es heftiger. Sie fühlte den Magen in Aufruhr, die Därme, mehrfach hatte sie sich in die Büsche geschlagen, wo sie sich qualvoll übergeben musste. Mit der beginnenden Dunkelheit hielt sie nach einem Licht Ausschau, nach einem Unterschlupf, aber zwischen Ueß und Katzwinkel dehnte sich über eine lange Strecke nur offenes Feld.

Erst nach etlichen Kilometern, unweit des Ueßbaches, sah sie einen Schäferkarren auf einer Anhöhe. An die fünfzig Schafe grasten auf den Weiden und an den Hängen, ein schwarzer Hund saß aufmerksam auf seinen Hinterbeinen, hechelte nach Traud und schlug an, als sie sich über den Feldweg näherte. Zwei Schäfer saßen auf einer Holzbank um ein Feuer. Einer von ihnen spielte auf einer Zieharmonika, sein zerfetzter schwarzer Mantel hing ihm schlaff über den Rücken.

Traud trat an sie heran und bat um etwas Brot. Sie fügte hinzu, dass es ihr nicht wohl sei und wollte auch die Entfernung bis Katzwinkel wissen. Die Männer gaben keine Antwort. Der mit der Zieharmonika hörte auf zu spielen, stand auf und ging zum Wagen. Der andere beobachtete Traud aus den Augenwinkeln, starrte dann wieder ins Feuer, rauchte und spuckte. Kaum kehrte sein Kamerad mit einem Kanten Brot zurück, begann er zu wettern: »Guck dir dat mal an! So wat hab ich ja noch nie gesehn. Kommt her und fragt nach Brot. Wat mittlerweile alles unterwegs ist. Aber en Frau, und och noch ganz allein, dat hab ich ja noch net gesehn. Himmelherrgott, wie die aussieht!«

Er zündete einen Kienspan an, um besser zu sehen. »Lass et sein«, riet der mit dem Brot. »So dunkel ist es ja noch gar net. Geh jetzt heim und lass die Frau in Ruh! Ich muss jetzt sowieso auf die Schaf sehn.« Tatsächlich stand der Mann auf, knöpfte sich die Jacke zu und ging wortlos in Richtung des Baches.

»Ich heiß Schorsch«, sagte der Schäfer und reichte Traud das Brot. »Setz dich ruhig. Kannst auch über die Nacht hier bleiben. Hier tut dir keiner wat. Und der Hund da passt sogar noch auf dich auf, wat meinste, Harry?« Er lachte und pfiff nach dem Hund, der schwanzwedelnd herantrottete und sich neben Traud ins Gras setzte. »Ich bin Traud, aus Kolverath.« Das Brot in ihrer Hand duftete. Seit sie aus Kolverath fortgegangen war, hatte sie nicht mehr gegessen, nur am Drees getrunken. Gierig biss sie hinein, ihr Kinn war unentwegt in Bewegung, wieder biss sie ein Stück ab, kaute und schluckte. »Du hast aber Hunger«, bemerkte Schorsch und nickte ihr aufmunternd zu. »Iss ruhig, ich hol dir nachher noch wat Fleisch.«

Trauds Augen wanderten immer wieder zu dem leuchtenden Kienspan. Irgendwie beruhigte sie das warme Licht und der Schäfer, der sich inzwischen neben sie gesetzt hatte, schien ihr verlässlich. »Hoffentlich nimmst du dat net persönlich, wat der grad gesagt hat«, begann Schorsch und deutete in die Richtung, in die sein Kumpan verschwunden war. »Der hat die Zeiten noch net begriffen. Ich hab letzte Woch Zeitung gelesen. Et weht jetzt bald en anderer Wind. Wir haben über sechs Millionen Arbeitslose. Dat muss man sich mal vorstellen. Vor zwei Jahren waren et erst vier Millionen. Da isset doch kein Wunder, wenn Menschen auf die Straß kommen.«

Traud wusste nicht, was sie zu solcher Rede sagen sollte, kaute vor sich hin, spürte nach, ob die Magenschmerzen nachließen und sah in das wärmende Feuer. »Dat mit den Nazis wird ne Sache, wie? Hoffentlich räumen die auf, und zwar ordentlich. Et gibt immer mehr Wähler für die NSDAP. Dat stand im Trierischen. Und dat Hindenburg wieder zum Reichspräsidenten gewählt wurde, hab ich auch gelesen.«

»Ich versteh nix von Politik«, warf Traud ein, »aber dat et immer mehr arm Leut gibt, hab ich auch gemerkt.«

»Dat is ja nur, weil Deutschland den Krieg verloren hat und wir jetzt unheimliche Summen zahlen müssen. Dat kann doch kein Land schaffen. Deshalb geht alles den Berg runter.«

Der Schäfer erhob sich vom Boden. »Et wird klamm. Komm, Harry, wir treiben die Schaf zusammen.«

Der schwarze Hund stellte die Ohren. Mehrfach machte er die Runde um seine Tiere, und fast kam es Traud so vor, als zähle er die Herde. Auch aus den Haselhecken und den Berberitzensträuchern trieb er die unbedachten Wolltiere, umkreiste sie, bis der Schäfer pfiff, ihn mit der Herde allein ließ und zum Feuer zurückkehrte. »Dat mit den Nazis wird noch wat. Du wirst sehn, die NSDAP wird ne starke Partei.«

Er brachte Traud den versprochenen Teller mit Fleischstücken und begann wieder über Politik zu reden, wollte auch wissen, was sie unterwegs gehört hatte. Es interessierte ihn, was sie dazu zu sagen habe, aber als sie nur ausweichende Antworten gab – zu sehr war sie mit dem herzhaften Essen beschäftigt – verlagerte er das Thema auf seine Herde, erklärte ihr die Unterschiede zwischen den Weiden und war schließlich neugierig zu erfahren, was Traud umhertreibe.

Als er erfuhr, dass sie mit Kamille hausierte, musste er lachen. »Kamille? Meinste unsere Kamille? Anthemis tinctoria? Dat ist gar net schlecht«, versicherte er ihr. »Die Leut haben sowieso vergessen, sich um die Kräuter zu kümmern. Wir Schäfer wissen da auch allerhand. So ein Wissen kannste richtig zu Geld machen. Du musst et nur klug genug anstellen.« Er begann von seltenen Kräutern zu sprechen, die nur der Kenner zu pflücken und zu nutzen vermag, er redete von Menschen, die achtlos daran vorbei gingen, von Tinkturen und Salben, die ein Apotheker aus Kelberg ihm aus raren Kräutergemischen anrührte. Auch von Salben für seine Schafe sprach er, von Aufgüssen und Pulvern und von einem seltenen Buch, in dem sämtliche Pflanzenarten nach ihren lateinischen Gattungen aufgeführt und aus dem er wunderbare Rezepturen abgeleitet habe.

Krachend zerfiel das Holz im Feuer und sprühte rote Funken, die in den Nachthimmel flogen. Traud war müde geworden. Das warme Feuer und der satte Bauch taten ihr wohl, die Magenkrämpfe hatten nachgelassen und sie sehnte sich danach, die Beine zu strecken und zu ruhen. Schorsch bot ihr an neben dem Feuer zu lagern, beschaffte noch einen Strohsack, auf dem sie, kaum dass sie lag, sofort einschlief.

In den Wochen darauf lernte Traud aus Kräutern Tees und Pulver zu machen und mit einfachen Methoden spezielle Mischungen für Aufgüsse und Tinkturen herzustellen. Schorsch gefielen ihre wachen Augen, die sich für alles zu interessieren schienen und so explizierte er, zeigte und erläuterte ihr seine Geheimnisse. Einiges Vertrauen setzte er in sie und obwohl seine Kameraden ihn belächelten, zog er mit ihr über Felder und vulkanische Höhen, sogar durch Sümpfe, und überall deutete er auf Gewächse, die für die Menschen von Wert waren. Er sammelte und pflückte Sauerampfer und Thymian, Schafgarbe und wilden Rosmarin, duftenden Huflattich und Zinnkraut, legte sorgsam die schönsten Pflanzen zwischen Zeitungspapier. »Damit kannste den Leuten viel Gutes tun«, sagte er und versuchte sie davon zu überzeugen, dass es sich für sie geradezu anböte, den Warenbestand auszuweiten, um damit ein Zubrot zu sichern.

Traud fühlte sich wohl bei Schorsch und eine Weile zergingen die Gedanken an Paul. Ganz leicht und behaglich war ihr, sodass sie eines Abends, als sie mit Schorsch am Feuer saß und er zu ihren Ehren ein Lämmchen briet und Zieharmonika spielte, zu erzählen anfing von dem, was sie so lange für sich behalten hatte und sie jahrelang schon peinigte. Vom Lukasmarkt erzählte sie, von Stüpp und von dem Kleid, von Pauls Taschentuch, das sie immer noch bei sich trug, von der Zeit, in der sie als Kinder Bucheckern gesammelt hatten. Gedanken, die sie bisher niemals einem Menschen mitgeteilt hatte, bekamen plötzlich Gestalt in Worten, die leicht über die Lippen kamen. Auch dass die Mutter sie vor Paul gewarnt hatte, erwähnte sie, und dass die Warnungen stets in ihrem Kopf herumgegangen wären, obwohl sie ihm doch immer vertraut hätte. »Und als ich ihn damals gesehn hab mit Lisbeth, da hab mich so klein gefühlt, so dreckig, so nichtswertig. Und hab mein jämmerliches Leben daneben gestellt.«

»Dat du liebst wie sonst gar nix«, antwortete Schorsch und erntete einen verwunderten Blick.

»Ja, vielleicht hast du Recht«, entgegnete sie und lachte.

Eine Weile schwiegen sie. Dann sagte er, dass er froh sei, dass Traud die Liebe begegnet sei. »Et gibt nix Schöneres und nix Höheres.«

Nachdem sie eine Weile ins Feuer gestarrt hatten, fuhr er fort: »Wenn man so en Leben führt wie du, isset schwer, damit aufzuhören. Dat is, wie wenn man zwei Welten in sich hat.«

Traud nickte. »Ich weiß. Aber wenn er jetzt kommen würd …«

Schorsch lachte. »Sag et net. Denn ich wüßt wohl, wat du tätst. Dat hier is dein Leben.« Er wies mit der Hand über die Hügel. »Guck dich mal um. Oben die Stern, der Wald, die Weg. Auch der Dreck und der Hunger und die Läus. Den Paul liebst du auch, dat glaub ich dir wohl. Du hast dir en schwer Leben ausgesucht.«

Traud zuckte die Achseln. »Ich weiß et net. Ich kenn et ja net anders. Aber den Paul vermiss ich. Dat wird wohl so bleiben.«

Schorsch stocherte in der Glut und legte neues Holz auf. »Ich könnt dir jetzt auch anbieten hierzubleiben. Aber dat lass ich lieber. Du würdest ja doch net bleiben.« Er sah sie an und strich ihr gedankenverloren eine Haarsträhne aus dem Gesicht. »Hoffentlich hat dir mein Explizieren wat genützt.« Er schluckte. »Ich wünsch dir, dat du den Paul mal wieder siehst, ja, dat wünsch ich dir.«

Bis Juli war sie bei Schorsch geblieben. Es waren schöne, ruhige Wochen gewesen. Während er seine Herde nach Norden trieb, wanderte Traud getröstet und gestärkt zurück in die Struth, übernachtete zweimal in Gefell, sammelte unterwegs dicke Bündel wilder Pfefferminze und Spitzwegerich, die ebenso wie die Kamille seitlich an ihrer Tasche baumelten.

Wie sie vermutet hatte, war sie ohne Umschweife im Wolles Haus untergekommen und hatte nach einer kurzen Nacht in der Morgendämmerung mit der üblichen Arbeit begonnen.

Schon in aller Frühe schrie Juppes im Hof herum, dass er nie geglaubt hätte, dass Hindenburg diesen österreichischen Affen zum Reichskanzler machen würde. »Er hat so schwer Bedenken gehabt«, tobte er, während er mit der Forke auf dem Mist stand und dampfenden Dung auf eine Schubkarre lud. »Der is zu alt für so wat. Wenn er wenigstens Brüning noch behalten hätt. Aber nee, und jetzt steht er da. Keine Reichtagsmehrheit mehr, steht in der Adenauer Zeitung. Und nun dat. Jetzt hammer den Schlammassel. Werdet et schon sehn.«

Traud spähte aus dem trüben Kellerfenster, wollte wissen, mit wem er in solche Gespräche verwickelt war, konnte aber nur Lies erkennen, die mit einem Eimer voller Körner im Hof umher ging und die Hühner fütterte. »Och Juppes, wat verstehn wir denn schon davon?«, meinte sie trocken, »kümmer dich lieber um die Zäun, die fallen bald um.« Lies verschwand im Haus, während Juppes seinen Ärger über Hindenburgs Entscheidung weiterhin freien Lauf ließ. »Dat war unser letzt Rettung, Hindenburg, Mensch, dat et so wat überhaupt gibt.«

Bis zum Nachmittag hatte er sich nicht beruhigt und als er Traud mit einem beladenen Wäschekorb in Richtung Wiese gehen sah, lief er mit erhobenen Armen hinter ihr her. »Jetzt können wir uns all warm anziehn. Der macht doch keinen Hehl draus, wat er vorhat. Er sagt et doch deutlich in seinen mächtigen Reden ... Leut wie du müssen schwer in Deckung gehn. So wat wie dich will der Hitler net. Dat is en ganz radikaler Mensch.«

Verwundert drehte sich Traud nach Juppes um, der mit hochrotem Kopf keuchend näher kam und mit den Armen in der Luft herumfuchtelte. »Mir gefällt dat auch net«, sagte sie, »aber ich versteh nix davon. Wegen mir hab ich kein Angst. Ich tu doch keinem wat.«

»Dat tun die Juden auch net. Und genau denen will er an den Kragen«, antwortete er, »wenn einer schon so anfängt. Dat kann ja gar net gut gehen.«

Traud ging weiter und ließ Juppes zurück, der sich mit hängenden Armen und gesenktem Kopf an einen Apfelbaum lehnte. »Traudchen, Traudchen, wat bist du so mutig.«

Am Abend gab es überall Feierlichkeiten. Kurz nur hatte Juppes das Radio eingeschaltet und dann streng entschieden, dass er all den Pomp zur Reichstagseröffnung nicht mitanhören könne.

»Jetzt machen die schon Fackelzüg durch die Städte, auch in Mayen soll wat los sein, ja sin die denn all verrückt!« Juppes konnte sich nicht beruhigen. »Überall hört man der Führer, der Führer. Werdet sehn, wo der uns noch hinführt.«

Traud hatte mitbekommen, dass im Dorf geworben wurde für die Hitlerjugend und die Jungmädelschaft. »Aber die tun doch wat für die Jugend«, versuchte sie ihn zu überzeugen, »ich durft nie wat machen!«

Juppes spuckte seinen Kautabak in die Ecke der Stube. »Pah! Die machen wat. Wenn du willst, dann rück doch rüber. Nee, nee, Traudchen, ich rat dir, denk erstmal nach.« Sie schwieg wie immer, wenn sie keine Antwort wusste.

Nacht aus Glas

Seither waren Jahre vergangen. Traud hatte sich leidlich durchgebracht. Sie war seltener in die Dörfer gegangen, hielt sich meist entfernt von den Menschen, da sie sich immer deutlicher als anders und ausgestoßen empfand. Nur wenn der Hunger zu sehr plagte, wenn Kälte und Unwetter einsetzten und es im Wald krachte und ächzte, dass sie glaubte, die Bäume stürzten zusammen, verließ sie ihre Plätze in Gehölz und Flur; dann trieb es sie auf die Höfe, wo sie ihre Kamille feilbot oder tageweise bei Ernten mithalf.

Als sich 1938 die Wälder färbten, die Luft dunstig wurde und Nebel die Hügel und Wälder einhüllte, kam Traud nach Retterath. Es läutete, als sie vom Hurenbüsch her ins Dorf ging. In den Gärten nah der Häuser roch es nach Kohl und Zwiebeln. Die Luft war frisch, hier und da stieg Rauch kerzengerade aus den Schornsteinen. Wäscherinnen standen um den Dorfbrunnen, ein paar Mädchen mit einem Puppenwagen rannten an ihr vorbei, riefen sich etwas zu und verschwanden lachend hinter einem mit Efeu bewachsenen Gemäuer. Eine Frau kehrte mit einem Besen aus Haselruten Laub zusammen. Unter den hohen Kirchenmauern stand eine Horde Gassenjungen. »Los, die ziehn wir auf«, verabredeten sie flüsternd, noch bevor Traud näher herangekommen war.

»He du Schluderweib!«, riefen sie ihr zu, »hast dich wohl verlaufen, oder wat willst du hier?« Es folgten ein paar Frechheiten, aber Traud nahm keine Notiz von der Bande, drehte nicht einmal den Kopf, obwohl einer der Knaben hinter ihr her lief und sie mit Dreck bewarf. Bis zum Pfarrhaus hängten sie sich an sie, zupften und zerrten an ihren Kleidern. Sie trieben ihren Mutwillen schließlich so weit, bis sich ein Fenster öffnete und eine kräftige Männerstimme den Buben Schläge androhte. Sofort stoben sie davon und Traud konnte ungestört ihren Weg fortsetzen.

Als sie hinter dem Pfarrhaus um die Ecke bog, gewahrte sie einen Hund, der mit gefletschten Zähnen einen schief gewachsenen, schlecht gekleideten Jungen anknurrte, der sich in geringem Abstand starr vor Angst an einen Zaunpfahl klammerte. Das Tier, ein schwarz gescheckter Mischlingshund, riss an einer langen Kette, die mit einem Gatter verbunden war, knurrte und bellte abwechselnd, entblößte dabei lange, gelbe Zähne.

Entschlossen packte Traud die Hand des Kindes, zerrte es fort vom Zaun, als eine aufgeregte Stimme kreischte: »Warum schlägt keiner die Bestie tot? Wird noch mal eins von den Kindern totbeißen, dat Miststück!«

Aufgebracht rannte eine hagere Frauengestalt in einer blau karierten Schürze quer über den Hof auf die Straße, machte Anstalten nach dem gereizten, geifernden Hund zu treten, streckte die Hände nach ihrem Kind, das immer noch verzweifelt schrie, und entriss es Trauds Obhut.

»Dat du dem nie mehr zu nah kommst«, drohte sie und hob die Hand, »man weiß nie, zu wat so ein Biest fähig ist.« Angelockt vom Geschrei der Mutter näherte sich ein Mann in einem derben Arbeitskittel. »Vatter ...!«

»Schreit doch net so, Lisbeth. Et ist doch nix passiert, ihr wisst doch alle beide, dat der festgebunden ist«, sagte er und indem er dem Jungen über den Kopf strich, fügte er hinzu: »Du darfst net mehr so nah rangehn. Wütenden Hunden muss man nur fest in die Augen schaun. Meistens haben sie nur Angst.«

Der Junge stand immer noch mit weit aufgerissenen Augen und reckte nach dem Kittel des Vaters. Der wollte seinen Sohn soeben hochnehmen, als er plötzlich innehielt. Er verharrte einen Moment, ließ den Buben los und ging langsam auf Traud zu. Seine Augen begannen zu leuchten. »Traud«, sagte er, »du bist doch et Traud!«

Die Mutter des Kindes hatte sie bis dahin keines Blickes gewürdigt. Jetzt sah sie neugierig herüber, musterte die Kleider und wunderte sich über die Freundlichkeit, die ihr Mann dieser abgerissenen Gestalt entgegenbrachte. »Komm da weg, Paul, gehn wir ins Haus«, riet sie ihm, während sie Traud misstrauisch beäugte, »die will bestimmt nur betteln.«

Paul sah und hörte nichts. Er hatte nur noch Blicke für Traud und in diesen Blicken lagen die ganze Welt, der ganze Schmerz und die Sehnsucht all der Jahre, in denen sie getrennt waren, und plötzlich wusste er, dass alles, was er ohne sie getan hatte, in diesem Moment bedeutungslos war.

»Traud«, wiederholte er und hielt ihr die Hand entgegen, die sie zögernd ergriff. Mit ihren brennenden Augen stand sie da, auf dem Rücken einen zerfransten Beutel, der Saum des schäbigen Kleides hing im Staub, mit diesem Blick, der ihm galt, ihm allein.

Für beide hätte in diesem Moment die Welt untergehen können, sie hätten es nicht gespürt. Auch Traud sah nur noch Paul, seine Augen, seinen Blick. Bilder kamen ihr in den Sinn, wie er als Junge durch die Kirschzweige geäugt und ihr seine Hand gereicht hatte, sie dachte an die Säckchen mit den Bucheckern und an den ersten Kuss, hinter dem Bretterzaun. All die Jahre ohne ihn waren plötzlich verwischt, galten nicht mehr, es gab kein Empfinden sonst, nur einen rasanten Schwindel im Kopf und ein Pochen in ihrem Inneren, wie sie es noch nie gespürt hatte. Da war Paul, endlich Paul. Er stand zum Greifen nah, das Kind zupfte an seinem Kittel, seine Hand, die leicht zitterte, fühlte sich warm an.

Ein Funke der Freude huschte über ihr schmales und herbes Gesicht. »Tag Paul«, sagte sie und lächelte.

»Paul, nu mach schon, komm endlich.« Verwundert besah sich Lisbeth die Szene, wusste nicht, wie sie sich das seltsame Gebaren ihres Mannes erklären sollte.

Paul hörte nicht und deshalb zog sie an seinem Arm, auch das Kind empfand die seltsame Stimmung und tat es der Mutter nach: »Vatter, so komm doch ...«

Unfähig eines weiteren Wortes ließ sich Paul von der Straße ziehen, drehte sich noch ein paar Mal nach Traud um und verschwand wortlos, gezogen von der Hand seines Sohnes, hinter einem Scheunentor.

Traud stand da und hielt die Augen geschlossen. Auch sie fühlte ein Pochen, einen stechenden Schmerz in der Brust und als Tränen auf ihr abgewetztes Tuch tropften, drehte sie sich um und eilte in Richtung des Elzbaches.

Die ganze Zeit über hatte sie Pauls Blick vor Augen. Ein Stück des Weges weinte sie still vor sich hin, waren die alten Wunden doch wieder aufgerissen. Immer wieder wischte sie mit dem Ärmel über die Nase, sie strauchelte über den Saum ihres Rockes, die Schritte waren mühsam.

Vor einem abseits gelegenen Gehöft überlegte sie anzuklopfen und um ein Nachtlager in Stall oder Scheune zu bitten, als sich ein Türfenster öffnete und noch bevor Traud fragen konnte, eine wüste Stimme sie derart zusammenfahren ließ, dass sie ein Stück rückwärts ging. »Schnorrerin hau ab, sonst mach ich dir Beine! Sieh zu, wo du wat kriegst!«, schimpfte es von der Tür her, »he, hörst du net, abhauen sollst du, scher' dich weg und lass uns in Frieden! Hungervolk!«

Sie schleppte sich weiter den Weg zum Elzbach hinunter, hockte am Ufer eine Weile nieder und sah in die Fluten. Die Augen in ihrem abgezehrten Gesicht blickten mit stumpfer Gleichgültigkeit in das träge fließende Wasser.

Eine Bachstelze ließ sich auf einem feuchten Uferstein nieder, wippte mit winzigen Bewegungen federnd den Sterz, lief dann auf ihren schwarzen drahtigen Beinchen ein Stück am Ufer entlang und beäugte das Wasser, über dessen kräuselige Oberfläche eine Spinne in abrupten, schnellen Sprüngen huschte. Unruhig bewegte die Bachstelze den Kopf, hüpfte noch dichter ans Wasser heran, das Köpfchen zuckte, dann erstarrte sie, als ob sie über etwas erschrecke und war dann verschwunden. Versunken saß Traud, die Arme um die Knie geschlungen, blickte in die Sonne, bis sie die Augen schließen musste und den roten Ball immer noch vor sich sah, tanzend vor einem schwarzen Hintergrund.

»He, hallo!« Sie sah nicht auf. Von der anderen Uferseite näherte sich eine Gestalt. »Traud!« Sie fuhr zusammen, als sie ihren Namen rufen hörte.

Als sie aufblickte, sah sie Paul, der trotz eines schweren Rucksacks auf dem Rücken geschickt über die flachen Flusssteine sprang und winkte. »Traud«, rief er erfreut, stolperte auf dem letzten Stück über einen Ast, hastete weiter und stand schließlich atemlos vor ihr. »Endlich hab ich dich gefunden! Die ganze Gegend hab ich abgesucht.«

»Paul«, stammelte sie und es schien ihm, als habe sie darauf gewartet. »Du bist mir hinterher?«, fragte sie verwundert, mit einem Blick voller Wärme.

»Ach Traud, ich hab so lang auf dich gewartet. Viel zu lang.« In Pauls Augen standen Tränen, als er sie fest umarmte, sie küsste, ihr wieder und wieder über den Kopf strich und sich eine Weile gar nicht beruhigen konnte. Da war wieder das Gefühl, als hätte es nie eine Trennung gegeben, die vergangene Zeit war ausgeblendet, existierte nicht. »Traudchen«, sagte er leise und nahm sie fest in seine Arme. Sie hob das Gesicht und lächelte ihn an.

Lange betrachtete er ihr hageres, braunes Gesicht, nahm ihre Hände, die er fest zwischen seinen hielt und empfand Erleichterung als er sah, dass auch Traud bewegt war von dem unerwarteten Wiedersehen.

»Wat haste denn mit deiner Hand gemacht?« Sorgenvoll betrachtete er die vernarbten Fingerspitzen mit den roten eingerissenen Kuppen, wartete aber die Antwort nicht ab, zu groß war seine Freude. »Wie lang hab ich gewartet«, wiederholte er, »du warst immer in meinen Gedanken, nächtelang hab ich gelegen und an dich gedacht. In allen Frauen, die mir begegnet sind, hab ich dich gesehn und gesucht hab ich dich ... Überall. Ach Traud, warum biste damals net bei mir geblieben?«

Sie schwieg und senkte den Kopf. Mit dem Ärmel wischte sie sich über die nassen Augen. »Du siehst doch, wer ich bin. Ich wollt dir net im Weg stehn«, erwiderte sie. »Damals, nach dem Lukasmarkt, hab ich ein paar Mal gedacht, wunder wat für ein Glück dat ist, jemand wie dich zu haben. Jemand, der sich für mich interessiert. Hätt mich net lang besinnen sollen. Hab oft dran gedacht und später bin ich auch zurückgegangen, an Hommes Tür hab ich geklopft. Fortgejagt haben sie mich.«

»Dat sieht der Alten recht. Und ich hab gewartet ...«, sinnierte er, »immer hab ich gedacht, wir zwei sind füreinander bestimmt und damals – Traud, du hättst nur bleiben müssen. Schon vorher, erinnerst du dich, als du so krank warst? Da hab ich gewusst, et wird nie ne andere geben. Ich seh dich noch vor mir, wie du so blass gelegen bist mit dem verklebten Haar über der Stirn. Und dann, als du wieder beieinander warst, dein Gestalt, dein Augen ... Wenn du mit deiner Mutter aufs Feld gegangen bist und ich hinterher, et war mir so wat Liebes, dich nur gehen zu sehn. Und dann, nach dem Lukasmarkt, nie hab ich et vergessen, alles hab ich aufgehoben, für dich.«

»Et mag gewesen sein, wie et war, et is eben gewesen«, erwiderte Traud, als müsse sie sich schützen vor Pauls klaren und eindeutigen Worten.

»Glaubst du«, fuhr er fort, »ich bin einer, der sich mit Gewesenem abfindet?« Seine Stimme zitterte, heftig brachen seine Worte hervor. »Auch ich bin mir mein Glück schuldig. Genauso wie du und wie alle. Und wenn wir et versäumen, sind wir nix, gar nix.«

Ihr Gesicht verdunkelte sich. Ihr abgewandter Blick sah auf die kräuselige Wasseroberfläche und auf die Steine, die halb vom Bach umspült wurden. Sie dachte an Pauls Söhnchen, an Lisbeth und wie sie ihn ins Haus gezogen hatten.

»Weißt du, wie ich gelitten hab?«, fuhr er fort. »Ich will et dir sagen. Damals, als du verschwunden warst und ich in den Krieg gezogen bin, freiwillig, weil ich net wusst wohin mit meinem zermarterten Herz, da hab ich gehofft, net mehr rauszukommen aus den Gräben. Jeden Morgen hab ich gehofft, am Abend net mehr wach zu werden und als dat net passiert ist, wusst ich, dat ich dich wieder treffen würd und all mein Sehnen war auf diesen Tag gerichtet. Dat war all net umsonst. Ich bin zwar ein anderer geworden, aber heut weiß ich, ich hatt nie wat außer meiner Lieb zu dir und die hab ich bewahrt wie einen Schatz. Ich hätt für dich Steine geklopft und gestohlen, alles, wenn du et gewollt hättst. Siehst du net, wie ich heut vor dir steh? Spürst du denn gar nix?«, rief er mit unterdrückter Stimme.

»Et ist viel Zeit vergangen«, sagte sie still, »wir waren wohl net füreinander bestimmt.«

»Net, Traud? Wir waren et net? Et ist anders gekommen, dat ist wohl wahr. Aber net, weil ich et so wollt.« Verzweifelt drückte er ihre Hand und als sie eine Weile schweigend nebeneinanderher saßen, brach es aus ihm heraus: »Ohne dich geht mein Weg net mehr weiter. Ich hab et versucht, du weißt et. Und du hast et auch versucht. Lass uns endlich reden, lass uns alles sagen. Und kein Angst mehr haben.«

Er schluckte. »Ich bleib heut bei dir, egal, wo du hingehst. Egal wat draus wird. Traud, oh Traud.« Schluchzend verbarg er sein

Gesicht in den Händen. Sie stand und schluckte. Nie hätte sie gedacht, ihn nochmals so vor sich stehen zu sehen. Sie dachte an den Nachmittag, an den Hund mit den blutunterlaufenen Augen und das ängstliche Kind. Sie dachte auch an ihre erfolglose Suche, an ihre Verzweiflung und daran, dass Pauls Gefühle für sie nicht Liebe sein konnten, sondern bloß Mitleid.

»Mit mir kannst du net gehn«, sagte sie, »unmöglich, dat würdst du net lang aushalten.«

Er gab nicht auf. »Et gibt bald Krieg. Überall hört man dat. Ich lass dich net mehr gehen, nie mehr. Jeden Tag hab ich gewartet. Wie viele Nächt, wenn ich mich mit dem Schlaf abgemüht hab, sind mein Gedanken nur um dich gekreist, Gedanken wie wilde Hünd. Traud, du kannst net immer weglaufen. Vor wat läufst du weg?«

Sie schüttelte den Kopf. »Lass mir noch en bisschen dein Hand«, bat sie, »die ist so schön warm. Und dann, Paul, dann geh wieder heim. Und denk ab und zu an mich.«

»An dich denken soll ich? Wat glaubst du, wat ich all die Jahre getan hab! Is dat alles, wat du mir sagst?«

»Ja«, sagte sie ernst und drückte seine Hand. Sie wollte aufstehen, als Paul sie an den Schultern fasste, wild umschlang und heftig küsste.

An jenem Abend am Elzbach brachte Traud es nicht fertig, ihn wegzuschicken.

Matt und warm strich die Oktobersonne über das Land. Bunte Farben hatten die Laubwälder überzogen, die Felder lagen kahl. Gegen Abend wurde es kühl. Die Vogelstimmen waren leiser geworden, das Rot des Himmels blasser. Sie waren ein weites Stück den Bach entlang gelaufen, dann, als die Dämmerung die Ufer einhüllte und die Luft diesig wurde, bogen sie in den Wald um den Eulenberg ein. Holzhauer hatten hier einen großen Dreispitz herausgeschlagen, die Stämme lagen abseits im Gras.

Sie gingen in Richtung Arbach, wo Traud im Hasenbüsch einen Unterschlupf in der Nähe eines alten Forsthauses wusste.

Nach Mitternacht kehrten sie in einem Gasthaus ein, obwohl sie heftig protestierte, wollte sie doch wegen ihrer erbärmlichen

Kleider kein Wirtshaus betreten. »Dat sollen die riskieren, dich net zu bedienen«, schwor Paul, »da gehen wir jetzt rein und du kriegst wat zu essen!«

Schon durch die geschlossenen Fensterläden drang grelles Gelächter.

Sie öffneten die Kneipentür. Getöse, Bierflaschengeklirr und Tabaksqualm schlugen ihnen entgegen. An der Theke standen drei SS-Offiziere, von denen einer Paul zunickte. Sie hatten gerade eine Flasche Mosel geöffnet, die Wirtin brachte Gläser.

»Heil Hitler!« Paul hob kurz die Hand, zeigte auf den Tisch in der Ecke, schob Traud einen Stuhl hin und setzte sich ihr gegenüber. An einem runden Tisch vor dem Ofen saßen ein paar Bauern über einem Kartenspiel. Die Wirtin warf einen argwöhnischen Blick auf Traud, war sie doch die einzige Frau in der Runde, die zudem die Blicke auf sich zog, weil sie zerlumpt und schlimmer als eine Bettlerin daherkam. Aus allen Ecken tuschelte es und neugierige Blicke reckten sich aus den Bänken. Einer der SS-Offiziere griff nach seinem Bierkrug, tat einen kräftigen Zug und wischte sich prustend den Mund am Uniformärmel ab. Er palaverte etwas von einem phänomenalen Fang, griff nach seiner Tasche und fischte zwei dicke Forellen heraus, die er in grüne Blätter eingeschlagen hatte. Kurz zog ein Geruch nach Fluss und Fisch zu den Tischen hinüber.

Paul fragte nach einer warmen Suppe. Das Gesicht der Wirtin wurde nicht freundlicher. »Erbsensupp könnt ihr haben«, sagte sie, »sonst gibt et nix.«

Der Offizier wog einen der Fische in der Hand. Der andere lag mit gebrochenen Augen auf der Theke, seine Haut schimmerte grau, über den Unterleib zog sich eine Blutspur. Ein anderer Offizier begann, nachdem er die Forellen inspiziert hatte, pikante Anekdoten zu erzählen. Laut und grob lachte er, drehte sich dabei mehrfach nach Traud um. Es dauerte lange, bis die Wirtin mit der Suppe kam. Brot und etwas Speck brachte sie zusätzlich auf einem Holzbrett.

»Dat is einer, der Schmittchen, dat is einer«, schmunzelte sie und wies mit dem Kopf nach dem Offizier, dessen Geschichten zusehends schlüpfriger wurden.

Obwohl sich Traud anfangs unwohl gefühlt hatte, freute sie sich jetzt auf den dampfenden Teller, den die Wirtsfrau, nicht ohne sie nochmals zu mustern, vor ihr auf den Tisch stellte. Sie ignorierte den abschätzigen Blick, fühlte sie die gleichen Blicke doch auch von denen an der Theke und den Bauern am Tisch und griff nach dem Löffel. Schmatzend aß sie, schöpfte eifrig, blies immer wieder den Dampf von der Suppe und konnte nicht umhin, dem lästerlichen Gespräch der Männer zuzuhören.

»Die da vorn jagen die Juden«, raunte sie Paul zu, der erschrocken mit Essen innehielt. »In Mayen hängen Schilder vor den Läden, die Juden gehören. Da steht drauf, dat man da net mehr kaufen darf. Und bei der Metzgerei Rosenkranz soll einer an die Wand geschrieben haben ›Jude verrecke‹. Dat hat mir einer erzählt.«

»Schwätz net so laut. Die haben net nur wat gegen die Juden, sondern auch gegen Herumstreuner und Hausierer. Und da machen die kein Fissematenten. Schon allein deshalb muss ich auf dich aufpassen.«

Traud lachte. »Wat soll mir denn passieren? Ich hab schon Schlimmeres gesehn als die Geschniegelten da vorn.«

Paul blickte besorgt zur Theke. Die Offiziere hatten nochmal Wein bestellt und disputierten inzwischen über die Frage, ob man auch in Kelberg eine Sonnwendfeier veranstalten solle, wie es bereits in Simmern und Trier geschehen sei, wo die Schulkinder an einem riesigen Feuer Gedichte und Feuersprüche vorgetragen hätten. »Wie auf der Wolfsburg«, sagte einer und hob sein Glas.

»In Mayen isset noch viel schlimmer geworden«, flüsterte Paul, »du kannst dir gar net vorstellen, wat da inzwischen los is.«

Neugierig rückte Traud näher. »Nee, dat kann ich dir hier net erzählen, nachher, wenn wir draußen sind ...«

Sie aß weiter. Zu gut schmeckte die Suppe, zu wohl tat die Wärme in der Stube und sie genoss es, sich zumindest für eine Stunde an diesem Ort mit Paul zu Hause zu träumen.

»Im Kino war ich. In Mayen«, erzählte er, »Habanera mit Zarah Leander. Gerammelt voll war der Saal. Sogar an den Seiten hatten sie Stühle aufgestellt. Den ganzen Film hab ich an dich gedacht. Wie schön wär et gewesen, wenn ich dich dabei gehabt hätt.«

»Ich war noch nie im Kino, isset schön da drin?«

»Und ob.« Paul legte den Löffel ab. »Gesungen hat sie auch. En Stimm hat die ... unfassbar.«

Nachdenklich sah er zu, wie sie den letzten Rest aus dem Teller kratzte. Unterm Tisch drückte er ihre Hand. »Traud, immer haben wir uns wieder gefunden und jedes Mal hat mich dat wie en Schlag getroffen und ich hab mich nur noch heftiger an die Hoffnung geklammert, dat du und ich, eines Tags ...«

»Dat sind Wünsch«, fiel ihm Traud ins Wort, »die hab ich auch. Dat mit uns könnt nur wat werden auf festem Grund und Boden, und den haben wir net.« Mit einem traurigen Ausdruck im Gesicht stützte sie die Hand auf und sagte leise: »Bis morgen sind wir zusammen. Und dann geh zurück nach Retterath und sei froh, wenn dich dein Frau wieder aufnimmt. Da geht et dir doch gut, sei froh drum.«

»Gut, ohne dich?«

»Du musst et vergessen.«

»Kannst du et je vergessen?«

»Ich will nur dat et dir gut geht«, flüsterte sie und sah ihm fest in die Augen, »auf allen Wegen gut geht. Aber jetzt lass uns aufbrechen. Wir haben noch en gutes Stück vor uns.«

Paul zahlte an der Theke. Die Offiziere drehten die Köpfe, einer grinste, meinte höhnisch, indem er ihm vertraulich nah kam: »So wat hab ich ja schon lang net mehr gesehn. Is dat dein Ernst oder tust du nur en gutes Werk?«

Die anderen lachten jetzt auch und sogar die Wirtin spottete.

Paul zog Traud hinaus. »Siehste Paul«, sagte sie, als sie draußen standen, »so wat würd dir mit mir ständig passieren. Dat würdst du net lang aushalten.«

»Lass mich doch entscheiden, wat ich aushalten würd.« Er fasste sie um die Taille, aber sie machte sich frei, lachte und zupfte ihn an der Jacke. »Paul, Paul, dat du hinter mir her bist ...«

Unterwegs drehten sich ihre Gedanken immer wieder um Lisbeth und den schmächtigen Jungen, die Paul ihretwegen zurückgelassen hatte. Lisbeth hatte zwar nicht besonders hübsch ausgesehen in dem verschossenen Kleid, aber im Vergleich zu ihr – Traud musste lachen. Sie wusste nicht, was er immer noch an ihr fand. An ihr, der Streunerin. Obwohl sie sich morgens noch am Bach gewaschen hatte, hing das Haar nun strähnig herab, der schmutzige Wickel um ihren Kopf war besudelt.

»Wieso lachst du?«, fragte Paul. »Ich weiß gar net, wat du immer noch an mir findst«, sagte sie, indem sie ihre Gedanken kund tat. Dann schluckte sie und der Ausdruck ihres Gesichtes veränderte sich. Traurig sah sie ihn an und flüsterte: »Du bist der Einzige auf der Welt, der in mir en Mensch sieht.«

Schwarz ragten die Tannen gegen den düsteren Himmel, von irgendwoher schrie ein Kauz. Der Wald und die Sträucher, der Weg, der immer schmaler wurde, alles sah im Schatten des Mondes unwirklich aus. Traud ging zügig. Sie kannte jeden Strauch, wusste genau wie der Bachlauf ging, selbst in der Dunkelheit irrte sie nicht.

Unterwegs erzählte Paul der entsetzten Traud, dass es längst Boykottaufrufe gegen die jüdischen Geschäfte gäbe, so auch gegen die jüdische Metzgerei Rosenkranz in Mayen.

»Seit Monaten werden die von SA-Leuten bewacht. Leut, die da einkaufen wollen, werden drangsaliert. Neulich hat einer erzählt, er wär am Betreten der Metzgerei gehindert worden. Drinnen bei der Rosenkranz hätt auch einer gestanden, dat die bloß nix verkaufen konnt. Dat muss man sich mal vorstellen. Allerhand Aufruhr hat et deshalb gegeben. Und letzten November«, fuhr er fort, »sind welche gekommen und haben bei den Judenfamilien mitten in der Nacht die Fensterscheiben eingeschlagen. Et waren auch en paar Kelberger dabei. Alles Stiefelträger. Wild herumgeschrieen haben sie, allerhand Hetzparolen gebrüllt und Stein geschmissen. Die Fensterscheiben waren am End all kaputt. Da konnt man gar nix machen. Zu fanatisch waren die.«

»Warum will der Führer dat eigentlich?«, fragte Traud und schüttelte den Kopf.

»Er sagt, die Juden nehmen uns alles weg, verdienen dat dicke Geld, machen die besseren Geschäfte. Und am End bleibt nix für uns. Der alte Hommes schwätzt genauso.«

»Aber die Rosenkranzens mit ihrer Metzgerei, die gibt et doch schon lang. Die nehmen doch keinem wat weg.«

»Ich weiß et auch net. Et sind eben schlimme Zeiten für manch einen. Und sagen darfste auch nix. Da spitzen einige ganz schön die Ohren. Besser, du bleibst still.«

»Hmmm ...«, Traud blieb einen Moment stehen, »wenn keiner wat sagt, machen die doch, wat sie wollen.«

»Man muss sich gut überlegen, wat man tut und sagt. Et könnt einen selber Kopf und Kragen kosten. Die spaßen nämlich net, die Braunhemden.«

»Ach, lass uns von wat anderem sprechen«, wünschte sie sich, »dat sind so traurige Geschichten. Die sollen die Leut doch einfach in Ruh lassen. Mir hat noch keiner von denen wat getan. Im Gegenteil, die alt Frau Rosenkranz war immer freundlich. Manches Mal bin ich mein Kamillenblumen da losgeworden.«

Eine Weile gingen sie schweigend nebeneinander her. Dann begann Traud erneut. »Ne Schweinerei ist dat. Glauben wohl, sie sind Gottweißwat.«

Paul blieb stehen. »Ich sag et dir noch mal: mach, dat du irgendwo unterkommst. Da kommt wat auf uns zu. Die ganze Eifel ist mit Arbeitern aus allen deutschen Gauen überflutet. Die helfen beim Bau des Westwalls. Wat meinste, wat dat bedeutet? Du kannst so net weitermachen! Wir könnten weggehn, weit weg von hier. In den Städten wird gut bezahlte Arbeit angeboten. Etliche gehn fort, wandern sogar aus Deutschland aus. Et gibt gute Gründe.«

»Nee Paul, dat mach ich net. Ich bleib hier. Und du auch. Und zwar bei deiner Frau. Denk an dein Kind.« Im Vorbeigehen riss sie ein Blatt von einem Ahorn. »Hier weiß ich, wo ich hinkann. Ich weiß, wer mir gut ist, kann mich auch allein durchschlagen. Und manchmal hab ich auch so wat wie ein Heim, so wie bei Wolles Juppes in der Struth. Da kann ich fast immer hin. Juppes fragt nix und estimiert mich. Da hol ich mir mein Kraft. Und Paul, ich fürcht mich net – vor niemand.« Mit erhobenem Kopf ging sie weiter. »Ich fühl mich heimatlich auf meinem Boden, der mich nährt. Alles andere wär gelogen«, fügte sie hinzu.

»Dat weiß ich doch«, entgegnete er, der sich beeilte, ihr zu folgen, »du bist en tapferes Mensch. Dat en Frau überhaupt so en Leben aushält. Ich kann mir vorstellen, dat du schon einiges überstanden hast.«

Forschend betrachtete er sie von der Seite, dachte daran, dass er gerne, so gerne, irgendein Bündnis mit ihr geknüpft hätte oder ein Versprechen abgepresst und wieder fühlte er die Sehnsucht in seiner Brust, die ihn alles außer Traud vergessen ließ.

Sie schwieg, richtete die Augen fest auf den Weg vor sich. »Du brauchst et gar net mehr zu probieren. Dat hier ist mein Leben. Wenn man so en Leben von Kind auf gewöhnt ist, dann wird et en Teil von einem selbst. Ich kann net mehr an einer Stell bleiben und obwohl ich solche Sehnsucht hab nach einem festen Platz, einem Platz, wo auch du bist«, fügte sie leise hinzu, »et geht net, wenn ich et auch versuchen würd. Und fort von hier, dat ging gar net. Wenn ich mir vorstell, ich wär irgendwo anders und hätt unseren Wald net mehr, unsern Drees, der Ginster im Frühjahr, die Elz, die Schwalben über mir, nee, dat würd ich gar net aushalten. Ich hab hier meinen Platz. Die andern haben sicher schön Häuser und so, aber ich hab den Wald und die Wiesen und alles hier.«

Sie blieb stehen, zeigte mit der Hand über die hügelige Landschaft, von der sich in der Dunkelheit nur die Umrisse gegen den düsteren Himmel abzeichneten, zog einen schmutzigen Fetzen Stoff aus der Tasche und schnäuzte sich lange und ausgiebig.

»Und du hast auch deinen Platz. In Retterath. Um mich brauchst du dir kein Sorgen zu machen. Mir kann nix passieren. Unser Herrgott passt gut auf mich auf.«

»Ich würd gern auch auf dich aufpassen. Traud, ich hab dich so gern ...« Er fasste sie an den Schultern, strich ihr über das franselige Tuch und seine hoffnungsvollen Augen suchten ihren Blick. So standen sie im trüben Licht eines halben Mondes. Noch war ein Widerschein der anderen Mondhälfte zu sehen, bleich, von wässerigem Blau. Die Luft war feucht, ein feiner Nieselregen setzte ein. Trauds Gesicht schimmerte von der Nässe. Als der Regen stärker wurde, beeilten sie sich weiterzukommen.

Unwirtlich und mühsam war der Weg und als sie die Hütte fanden, hing der Mond schon schräg und in seinem Licht traten die Schatten des Gezweigs scharf hervor. Am Himmel standen Sterne und Traud hatte ein paar Mal nach oben geschaut.

»Um dies Jahreszeit gibt et kein Sternschnuppen mehr«, bemerkte sie. Sie erinnerte sich, dass sie sich Paul schon so oft herbeigewünscht hatte, einmal auch mittels einer Sternschnuppe, und nun war der Wunsch wahr geworden. Ein dankbares Gefühl ergriff sie und zugleich befürchtete sie eine Entscheidung treffen zu müssen, eine, die von ihr abhing. Sehnsüchtig sah sie erneut nach oben. Vielleicht war da oben etwas, was sie begreifen musste. Oder die Lösung, was sie tun sollte.

Vor der morschen Tür sah Traud sich um, zeigte auf ein paar Gaunerzinken, die Landstreicher ins Holz geritzt hatten, ein Kreis mit einem Pfeil sowie ein durchgestrichener Schlüssel.

»Dat sind die Rotwelschen«, erklärte sie und bat Paul stehen zu bleiben. »Et is allerhand Volk unterwegs«, flüsterte sie, »ich hab gelernt, die Zeichen zu verstehn und dat hat mich schon oft gerettet.«

Sie versetzte der Tür einen Tritt mit dem Fuß, so dass der Bretterverschlag halb aufsprang. Ein Schwarm flüchtender Ratten jagte die Wände hinauf. Nachdem sie sich vergewissert hatte, mit Paul allein zu sein, traten sie ein. Drinnen war es finster, es roch muffig, nach Erde und Feuchtigkeit. Es dauerte einen Moment, bis sich ihre Augen an das veränderte Licht gewöhnten.

Paul stand da, sah Traud und nur noch Traud, hatte so viel Angst sie wieder zu verlieren, hoffte inständig darauf, dass er sie diesmal überzeugen könnte. Wieder war sie ihm so nah, ihre Umrisse verwischten, als er sie fest an sich zog. Lange standen sie und hielten sich in enger Umarmung. »Endlich«, sagte er, »ich hab dich wieder.«

Traud hatte einen Kerzenstumpen angezündet, den sie bei sich trug und erst jetzt konnte Paul erkennen, dass ein Teil ihrer Bleibe zusammengestürzt war. Er erkannte einen aufgerissenen Strohsack, der in der hinteren Ecke vor einer verfallenen Mauer mit einem schiefen Fenster lag, Bretter lehnten davor, ein rostiger Eimer und zwei ungleiche Wagenräder lagen herum.

»Hier war ich schon oft«, sagte Traud, »nur manchmal ist die Hütte schon bewohnt, wenn ich komm.«

»Wat machst du dann?«, wollte er wissen. »Dann schlaf ich im Wald«, entgegnete sie, »da wo ich bin, gibt et viel Gesindel.«

Sie zog eine Blechflasche aus ihrem Bündel. »Da, trink«, bot sie an, »is Wasser drin. Vom Drees. Sonst hab ich nix.«

Das Wasser schmeckte süßlich und schal.

Sie machte sich daran die Bretter aus Platzgründen auf die andere Wandseite zu schaffen und beförderte eine Öllampe ans Licht, die noch halb gefüllt war.

»Dat is doch auch wat«, nickte sie zufrieden, »aber zu Haus hättst du et trotzdem gemütlicher.« Lächelnd entzündete sie die Lampe, verbrannte sich am Streichholz und lachte auf, weil Paul so erschrocken dreinblickte. Das Licht warf einen hellen Schein.

»Vielleicht hätt ich et gemütlicher«, entgegnete er, »aber du wärst net da und also, wat soll et mit der Gemütlichkeit. Alles hier is gut wie et is. Nur du und ich. Lass uns gar net weiter denken.« Bittend sah er sie an.

»Nee«, sagte Traud, während sie das karge Strohlager lüftete und auseinander breitete, »lass uns einfach net denken.« Sie rollte ihre Decke aus, die sie auf dem Rücken getragen und mit einer Kordel zusammengewickelt hatte. »Et is gut, dat du hier bist, Paul.«

Bald lagen sie dicht beieinander auf dem zerlöcherten Filz und Paul, berauscht von dieser unerwarteten Glückseligkeit, hielt Traud fest umschlungen, konnte aber seine Gedanken und den Mund nicht zügeln und begann aufs Neue zu betteln, Traud zu beschwören. Er redete fast irre, suchte sie zu bewegen, ihren Sinn zu ändern, versuchte zu erklären, dass sein Leben, seine Seligkeit, sein Blut und sein Herz nur an ihr hingen, an ihr allein und dass auch sein Schicksal an das ihre gebunden sei, ob ihr das gefiele oder nicht. Er endete mit dem drohenden Krieg, dass sie es allein niemals schaffen könne. Und er verschwieg auch nicht, dass er Angst habe um sie, schreckliche Angst.

Traud hatte still zugehört, ihre Augen ruhten auf seinem Gesicht. Sie versuchte sich seine Züge einzuprägen, so genau wie möglich. Sie dachte daran, dass sie von diesen Momenten lange zehren müsse. »Sei net traurig, wenn die Nacht um ist«, flüsterte sie, »du bist immer bei mir und ich bin bei dir. Auch wenn wir uns net sehn. So isset doch immer gewesen Paul, immer schon. Et is net wichtig, wo wir morgen sind, oder in einer Woch oder in einem Monat. Und et is auch net wichtig, ob wir beieinander sind. Wir sind doch sowieso immer beieinander.«

Paul starrte mit Tränen in den Augen in die Dunkelheit. »Vielleicht haste Recht, « entgegnete er, »et is schön, dat du so denken kannst. Ich weiß net, ob ich et auch kann.«

Sie streichelte sein Gesicht, die Haare, suchte seine Hände.

»Traud, wir gehören einander für all Zeiten, dat darfst du nie vergessen«, flüsterte er.

Trauds Arm lag um seinen Hals, er lehnte den Kopf an ihre Brust. Er horchte nach ihrem Herzschlag, spürte ihren warmen Atem auf seinem Gesicht. Sanft strich sie ihm übers Haar. Sie tastete nach einer schlecht verheilten Narbe über seiner linken Augenbraue. Ernst und aufrichtig sah sie ihm ins Gesicht und sagte: »Ich lieb dich so, ich lieb dich.«

Es war das einzige Mal, dass sie diese ewigen Worte sagte, die Paul mit großem Glück erfüllten und er presste sie an sich, streichelte ihr über Haare und Gesicht. Ein schmerzliches und verzweifeltes Verlangen nach ihr stieg in ihm auf. Und auch Traud konnte nicht mehr verbergen, was sie empfand, ihr Körper drängte sich an seinen, ihre Hände glitten über seinen Körper, er knöpfte ihre Bluse auf, küsste ihren Mund, den Hals und löste ihr Haar, das in weichen Wellen über ihre Schultern fiel.

Gegen Morgen erst war Traud eingeschlafen. Ihr warmer verschwitzter Körper lag eng an seinem, ihre Hand umschlang seine Schultern. In der Hütte und ringsum war alles still, er hörte nur ihren Atem, regelmäßig und schwer. Mit offenen Augen lag er im Dunkel, verscheuchte jeden Gedanken an ein Morgen. Der Mond zeichnete das verzerrte Fensterkreuz mit seinen vier Feldern auf den Boden, kleine Vierecke, die langsam näher krochen. Auf keinen Fall wollte Paul schlafen. Wäre er in den Schlaf gesunken, es wäre ihm wie ein Frevel gewesen, eine weitere Zeit ohne Traud, vergeudet, verschwendet, und er wollte keine Minute versäumen, in der er sie bei sich hatte. Nicht das winzigste Zucken im Gesicht wollte er sich entgehen lassen, keine noch so flüchtige Bewegung, kein Atemholen. Das Herz brannte ihm nach ihr. Er dachte an das Taschentuch mit dem Monogramm und fragte sich, ob sie es wohl noch habe. Bilder kamen ihm in den Sinn, eines, wie sie in Hoffeld um die weiße Wäsche gehüpft, ein anderes, wie Stüpp an ihr hochgesprungen war. Er sah die alte Hommes vor sich, Lisbeth, sein Söhnchen, und alle außer Traud machten eine vorwurfsvolle Miene.

Und plötzlich wusste er, dass sie seine Liebe nur annehmen könnte, wenn er sich fern von ihr hielte, denn Traud liebte auf eine andere Weise als er, so wie auch ihr Leben ein anderes war als seines.

Er schob ihren Arm ein wenig von sich, tastete nach seinem Tabaksbeutel, drehte sich eine Zigarette und entzündete ein Streichholz. Traud zuckte im Schlaf und hustete. Deshalb drückte er die Zigarette schon nach wenigen Zügen neben sich auf dem Lehmboden aus, zog ihren Arm dicht zu sich heran, legte ihr seine Jacke über die nackten Schultern.

Wieder und wieder sah er sie an. Um ihren Mund lag ein unbegreiflicher Zug, die Hand mit den einst aufgerissenen Fingerkuppen hatte sich ins Stroh gewühlt und zuckte bisweilen. Die Wunde war schlecht verheilt und Paul ahnte, dass sie bei der Arbeit schmerzen würde, ebenso wie die Brandwunde, die er auf ihrem Arm entdeckt hatte. Er besah sich ihr Bündel, das neben ihr lag und den Blick auf ein paar Tücher freigab, eine Wasserflasche und einen weiteren Gegenstand, ein Stück Brot wahrscheinlich, das zusammen mit einem Strauß getrockneter Kamille lose in Zeitungspapier geschlagen war.

Das Öl in der Lampe ging zur Neige und der Docht begann bitter und stechend zu riechen. Er traute sich nicht, das Licht auszublasen aus Furcht, Traud könnte erwachen. Er sah zu, wie die Flamme erlosch und nur noch ein rotes Glimmen übrig blieb, bis auch dieses verlosch und alles in Finsternis tauchte.

»Sinnlos, sinnlos«, dachte er und erschrak bei dieser Empfindung, »sinnlos für zwei, die doch einander verlassen würden.« Vergebens versuchte er die warmen, guten Gedanken der Nacht wieder herzustellen, vergebens versuchte er sich einzureden, dass alles so seine Richtigkeit habe.

»Bist du schon wach?«, murmelte sie ohne die Augen zu öffnen, schmiegte sich an ihn und Paul hielt sie fest, sollte sie doch nur so ruhen, an seiner Schulter, immer.

Nach Sonnenaufgang hörten sie Stimmen vor der Hütte. »Rasch, zieh dich an«, mahnte Traud und bemühte sich das Bündel zu packen, griff nach dem klammen Rock, als sich Paul ein seltener Anblick der Verkommenheit bot. Lärmend und grölend fiel eine vagabundierende Horde sturzbesoffener Tagelöhner in die Hütte ein, kommentierte mit ungebührlichen und groben Worten die Situation, in der sie die beiden vorfanden, vergriffen sich an Trauds Beutel, den sie johlend durch die Luft warfen.

»Ein Liebesnest«, johlten sie, »da haben wir ja ein richtiges Liebesnest aufgestöbert, mit nem richtigen Liebespaar ...«

Mutig vom Schnaps wollte sich einer Traud greifen, aber Paul warf sich schützend dazwischen, zog sie fort, hinaus durch den morschen Türrahmen und rannte mit ihr die Wiesen hinunter zum Ufer der Elz.

»Mein Beutel«, stammelte sie, »jetzt hab ich gar nix mehr.«

»Sei froh, dat du da weg bist.«

»Aber dat Tuch von dir und der Rosenkranz von meiner Mutter ...«

Zärtlich sah Paul sie an. »Sind dat dir die wichtigsten Sachen?«, fragte er, gebot ihr einen Moment zu warten und sich nicht von der Stelle zu bewegen. Er kraxelte den Hügel wieder hinauf und verschwand hinter Dornengestrüpp.

Es dauerte nicht lange und er erschien mit Trauds Beutel, den er triumphierend über seinem Kopf schwang und der noch abgewetzter aussah als sonst, aber alles enthielt, was ihr wichtig war.

»Den konnten die Saufköpf sowieso net brauchen.«

»Jetzt bringst du mir dat Tüchlein noch mal«, lächelte sie, griff in den Beutel, zog den bestickten Fetzen aus einer Seitentasche und wies auf die Buchstaben T und P, die trotz des brüchig gewordenen Stoffes noch deutlich zu erkennen waren.

Paul stand gerührt vor ihr. Er wusste, dass der Abschied nicht fern war, wusste auch, dass er keine Worte mehr finden würde, die es vermochte hätten, Traud umzustimmen.

»Geh jetzt Paul, geh schnell. Du bist immer bei mir.«

»Ja, ich weiß«, sagte er, stand aber immer noch mit seinem Rucksack. Sie zog ihn ein kurzes Stück hinter sich her, bis zur Wegkreuzung vor Arbach. Dort standen sie in trauriger Umarmung, bis schließlich Traud allein weiter ging, über die staubigen Waldwege, die Augen voll Wasser. Und doch, das dachte sie beharrlich, war die Entscheidung richtig und gut gewesen. Er war fort, es war vorbei. Er hatte eine Familie, ein Kind. »Nur an nix hängen«, heulte sie, »nix halten, nix gern haben. Sobald ein Arm dich umschlingt, musst du dich losreißen ... Wer nix hat, kann nix verlieren.«

Hinter Arbach verkroch sie sich auf einem Hochsitz, hüllte sich in die Decke, auf der sie mit Paul gelegen hatte, lag wie ein Sack Lumpen auf den Brettern und als sie erwachte, fühlte sie nichts als Verlassenheit und Gram. Heiß war ihr, Durst quälte sie. Schweiß verklebte das Kleid am Rücken, die Lippen waren gerissen und dennoch brachte sie es nicht fertig, die Decke abzustreifen, an der noch sein Geruch hing. Schorsch fiel ihr ein, der ihr ein Wiedersehen mit Paul gewünscht hatte.

Nebellied

Im Herbst 1939, an einem Markttag, kam Traud nach Kelberg. Bauern standen mit ihren Fuhrwerken, Brotverkäufer mit ihren Kästen aus Fichtenholz, Frauen und Kinder umschwärmten die wenigen Stände. Spatzen pickten im Stroh, das auf dem Pflaster lag. Mägde und Bürgerfrauen gingen herum, betrachteten prüfend Zwiebeln und Kohl, Lauch und Äpfel, versuchten den Preis herunter zu handeln. Wolken zogen am Himmel, vom Kirchturm herab läutete es. Immer war es so gewesen, dieselben Stände, derselbe Handel, derselbe satte Herbstgeruch, die gleichen Früchte, die stets zur gleichen Zeit reif wurden.

Nur in diesem Herbst schien alles seltsam verändert. Eine trübe Stimmung lag über dem Städtchen, auf dem Marktplatz flatterte eine Fahne mit Hakenkreuz. Angst vor dem Ungewissen stand den Menschen im Gesicht.

Bei Nacht und Nebel waren die deutschen Truppen in Polen eingefallen. Heringsmichel, dem sie kurz vor Kelberg begegnet war, wusste zu berichten, dass Hitler nichts auf die Proteste aus Frankreich und England gab, die ihn aufgefordert hatten, sich augenblicklich von dort zurückzuziehen.

»Jetzt geht et los«, hatte Michel gesagt und, als ob der Krieg von Himmel herabkomme, ängstlich nach den Wolken geäugt. »Seit 5 Uhr 45 wird zurückgeschossen, hieß et im Radio ... Dat lassen die sich net gefallen«, mutmaßte er und gab Traud den Rat, sich ruhig zu halten, irgendwo in der Gemeinde einen Platz zu finden, die Zeiten würden fürchterlich. »Warst wohl zu blöd, dir en Mann zu sorgen«, sagte er und schüttelte bedenklich den Kopf. »Da hättst du et jetzt besser.«

Auf dem Marktplatz gingen die Leute mit versteinerten, grauen Gesichtern umher. Nicht einmal die Kinder zupften – wie sonst – an ihren Kleidern. Von niemandem vernahm sie eine offene Geste. Es war die Kälte dieser Zeit, die sie bis ins Mark spürte, die Veränderung der ganzen Welt, die sich in diesen Tagen vollzog. Einzig die Wirtin Müsseler aus Bongard, die mit Traud bekannt war und ungeduldig einen rotzigen Sohn hinter sich herzerrte, nickte ihr zu, drehte aber schnell wieder den Kopf, als wolle sie vermeiden, dass der Gruß bemerkt würde.

»Mutter, wer war dat?« Neugierig verfolgten die Augen des Kindes Trauds Gang.

»He, glotz die Frau net so an! Dat is bloß en Frau aus Kolverath«, war die knappe Auskunft.

»Wat is mit der?«

Traud blieb stehen, gespannt auf die Antwort. »Die wandert rum und verkauft Kamille«, antwortete die Wirtin und zog das Kind weiter, das noch einen langen Blick auf Traud warf.

»So hässlich«, entschlüpfte es dem Jungen, »schau doch Mutter, wie hässlich die is.«

Traud blieb an einem Stand mit Kräutern stehen, kramte in ihrem Beutel und wickelte einen dicken Bund Kamillenblumen aus einem Stück Zeitungspapier.

»Dat sin schöne Kamillenblumen«, sagte sie zu der Bauersfrau, die sie und die gelben Blumen misstrauisch musterte. Laut pries sie die Blüten an, lobte deren Vorzüge, explizierte überzeugend, wie man daraus mit wenig Mühe wahre Wundermittel herstellen könne. Sie verhandelte so laut, dass schließlich auch Passanten stehen blieben, um zu sehen, was sie feilzubieten habe. Die Bauersfrau winkte ab, Kamillenblumen würden nicht gekauft, da könne sie nichts machen.

Von hinten griff eine Frauenhand nach dem Bündel, Traud drehte sich überrascht um. »Wieviel?«, fragte eine Frau in einem Fuchsmantel und roch an den Blüten. Sofort kreischte die Bauersfrau dazwischen: »An meinem Stand werden kein Händel gemacht! Mach dat du fort kommst mit deiner dreckigen Hundskamille. Vertreibst mir ja die Kundschaft!«

Wut stieg in Traud hoch und sie ballte die Fäuste gegen die Bäuerin, stieß üble Verwünschungen aus, die derart derb waren, dass auch die interessierte Kundin das Kraut zurücklegte und das Weite suchte.

»Ich vertreib die Kundschaft, wollen doch mal sehn, wer hier die Kundschaft vertreibt!« Lauthals krakeelte sie über den Platz, echauffierte sich des entgangenen Geschäftes wegen immer mehr, fluchte und fuchtelte mit der Kamille in der Luft herum, keifte und tobte. Der Michelsbauer aus Kolverath, der mit einem Karren Äpfel zum Markt gekommen war, nahm sie schließlich beiseite, indem er sie an seinen Stand zog. »Beruhig dich, Traud. Lass die Leut. Ich hol dich nachher mit in unser Dorf, dann geht et dir wieder besser!«

Die Verdunklung währte schon eine Weile. Die Nacht schimmerte schwer und dunkel durch die Zweige, ein Windstoß ließ die offenen Fensterflügel der Getreidekammer vibrieren, es roch nach Erde.

Traud lehnte am Stallfenster des Michelshofes, fröstelte und zog das Tuch über die Schultern. Die Dörfer waren in der Nacht kaum noch zu sehen. Still und schwarz ragten nur ein paar Umrisse in den Himmel. Aus der Stube dröhnte ein Volksempfänger: »… Tausende und Abertausende säumen die Straßen, um dem Führer zuzujubeln. Die Fahrt Adolf Hitlers gleicht einem Triumphzug. Wer hätte noch vor wenigen Monaten davon zu träumen gewagt: Österreich, das Sudetenland, Böhmen und

Mähren sind aus fremder Knechtschaft erlöst und heim ins Reich gekommen.«

Trotz der Kälte öffnete sie das Fenster. Am Morgen hatte sie erfahren, dass Handwerker in der Müllenbacher Kirche die Glocken abmontiert hätten. »Daraus werden Waffen geschmolzen«, hatte einer gesagt und mit wichtiger Miene auf den leeren Glockenturm gedeutet. Außerdem war ihr zu Ohren gekommen, dass SA-Leute in Mayen die jüdische Metzgerei geschlossen hätten und die Rosenkranzens sich auf großer Reise nach Polen befänden. »In Arbeitslager kommen sie jetzt, da werden sie munter, « schmunzelte ein Bauer und fügte hinzu, dass Juden in den Städten längst schon zum Zweck der Kennzeichnung gelbe Sterne tragen müssten. »Da weiß man gleich, wer hier wer ist!«

Traud hatte auch erfahren, dass in Zermüllen ein Bauer wegen Abhörens eines Feindsenders verhaftet worden war. Sie verstand nicht, wozu das alles gut sein sollte. Den Michelsbauer zu fragen, traute sie sich nicht, da er schon tagelang mit eingefrorenem Gesicht herumging, allerhand Prophezeiungen ausstieß, die den Krieg angingen, und ihr eigentlich nur Angst machten. Sie tröstete sich damit, dass es besser sei, nicht alles zu wissen, dass sie ohnehin keine Ahnung von den Weltgeschicken habe, und wandte sich anderen Aufgaben zu.

Den Winter über blieb sie in Kolverath. Alle paar Tage wechselte sie das Lager, schaffte und rackerte auf fast allen Höfen ihres Dorfes, wo sie Essen und Unterkunft, manchmal auch Kleidung bekam.

Anfang Mai half sie wieder auf dem Michelshof. Ein verheerender Hagelschlag hatte um Kalte Sophie die guten Ernteaussichten komplett vernichtet. Innerhalb einer Viertelstunde war die Flur nicht mehr wiederzuerkennen. »Dat war all neu bepflanzt«, fluchte der Michelsbauer, »und nun dat!« Die Bauern mussten neues Saatgut kaufen, so sehr hatte der Sturm gewütet. Traud sollte deshalb wieder mit auf die Felder, ihr Auskommen war für Wochen gesichert.

Als die Luftangriffe auf Deutschland anfingen, riet ihr der Bauer weiterzuziehen. »Dat spitzt sich zu«, sagte er, »wirst noch sehn. Dies Jahr wird net mal Fronleichnam gefeiert. Kein

Blumenteppiche, kein Buchenreiser, kein Altärchen vor den Häusern. So wat hab ich noch nie erlebt. Sieh zu und such dir en Ort, wo du bleiben kannst. Die sammeln dich sonst ein, so wie sie andere auch einsammeln und fortbringen. Man hört schreckliche Sachen.«

Er wollte Traud eine Adresse in Mayen aufschreiben, sprach von einem Bekannten, von dem er glaubte, dass er ihr nützen könnte. Dann aber zerriss er den Zettel, schlug mit der Faust auf den Tisch und herrschte sie an: »Ach wat, sieh selber zu, wir müssen jetzt all selber zusehn, wo wir bleiben …«

Obwohl sie bereits mehrfach vertrieben worden war, versuchte sie erneut in ihrem ehemaligen Elternhaus, dem Schneiderhof unterzukommen. Irgendwie glaubte sie alte Rechte einfordern zu müssen, konnte es nicht fassen, dass man ihr wiederholt – auch diesmal nach einem lautstarken Disput – die Tür wies. Wütend verließ sie mitten in der Nacht das Dorf in Richtung Kelberg, wo sie ein paar Monate bei einem Sensendengler aushalf.

Bald trieb es sie wieder in die Struth. Außer dem Milchwagen und dem Heringsmichel begegnete ihr niemand auf dem langen Weg entlang des Hochkelbergs. Auch Michel war weniger gesprächig als sonst. Er trug eine alte, schmutzige Mütze mit einem Schirm, der so verschlissen war, dass man die Pappe darunter sah. Sein Mantel war geflickt, das Gesicht grau wie die Haare. Er war zu Fuß unterwegs. Dass Juppes krank sei, erwähnte er, und dass Lies nicht mehr mit ihm parat käme.

Plötzlich hatte es Traud eilig. Sie vergrub die Hände in den Ärmeln, stapfte hastig voran. Den ganzen Weg dachte sie an Juppes. Auf beiden Seiten des Weges lagen Felder, der Weg in die Struth führte von hier aus fast geradeaus. Die Luft war mild, aber die Sonne wärmte nicht.

Es war Abend, als sie bei Wolles anklopfte. Am Himmel stand ein silberner halber Mond.

Als niemand öffnete, trat sie ein. Stimmen kamen aus der hinteren Kammer. Es waren unterschiedliche Frauenstimmen, Traud erkannte die Fistelstimme von Lies. »… der für uns gekreuzigt worden ist, heilige Maria Mutter Gottes, bitte für uns Sünder, jetzt und in der Stunde unseres Todes, Amen …«

Juppes lag mit geschlossenen Augen auf einem weißen Kissen. Schweißperlen standen ihm auf der Stirn, sein Atem rasselte. Die Frauen beteten noch zwei Gesetze, bevor sie sich bekreuzigten und die weißen Kerzen, die sie rund um sein Bett aufgestellt hatten, ausbliesen.

Von Lies erfuhr Traud, dass der Pfarrer bereits am Morgen da gewesen und Juppes gesegnet hatte. Es war ihr nicht unrecht, dass Traud gekommen war, überstieg die Pflege ihres Bruders doch ihre Kräfte. Ohnehin war sie nicht ohne die Hilfe der Nachbarsfrauen ausgekommen, die regelmäßig Essen vorbeibrachten und – wenn es nötig war – mit anpackten.

Als die Frauen gegangen waren und auch Lies sich auf ihre Kammer zurück gezogen hatte, schlich Traud sich zu Juppes ans Bett. Lange saß sie und betrachtete sein Gesicht, die tiefen Furchen in der gegerbten Haut, die grauen, gelockten und immer noch üppigen Haare, die verschafften Hände.

Irgendwann war sie eingenickt. Ihr Kopf hing seitlich, mit der Schulter stützte sie sich an die Bettlehne. In der Nacht wurde Juppes von einem Hustenanfall geschüttelt. Traud erwachte und holte Wasser. Nie vergaß sie den dankbaren Ausdruck in seinem Gesicht, als sie seinen Kopf stützte und ihm die Tasse an den Mund führte. »Du bis ein jodes Mensch«, sagte er. Bewegt fasste sie nach seiner Hand, die sich knöchern und kalt anfühlte.

Er lebte noch vier Tage und Traud war froh, dass sie ihm doch noch etwas von dem vergelten konnte, was er für sie getan hatte.

Noch vor der Beerdigung verschwand sie. Obwohl Lies sie gern behalten hätte, auch als Helferin beim Leichenschmaus, brachte Traud es nicht fertig, Juppes die letzte Ehre in ihren zerfetzten Kleidern zu entbieten.

Als sie Wolles Haus und die Struth verließ, senkte sich eine tiefe Schwermut auf ihr Herz. Lange sah sie nach dem Dreesberg hinüber, denn auf dem dortigen Acker hatte sie ihn oft pflügen und graben gesehen. Noch unlängst musste Juppes dort gegraben haben; die Erde trug noch Spuren einer Hacke. Sie zitterte in ihren dünnen Kleidern. Ein paar Mal noch blieb sie stehn, atmete, spürte Tränen auf dem Gesicht. Ein kalter Regen setzte ein. Sie wickelte sich fester in ihr Tuch, verließ die Straße und ging auf den Feldern weiter.

Stundenweit

Als sich die Kriegshetze zuspitzte, zog es sie zurück nach Kolverath, wo sie diesmal einen ganzen Korb Kamille verkaufen konnte. Sie empfand ihr Dorf als einen der sichersten Orte, wohl auch des Gemeindebeschlusses wegen, der besagte, dass jeder Bauer ihr – so wie anderen mittellosen Personen, die aus dem Dorf stammten – reihum und zumindest für eine Nacht ein Dach überm Kopf sowie eine warme Mahlzeit anzubieten habe. Da Lebensmittel seit August rationiert waren – selbst Traud hatte sich Rationierungskarten, die an alle Haushalte verteilt wurden, auf der Gemeinde abgeholt –, wollte sie den Leuten aus ihrem Dorf nicht unnötig zur Last fallen. Deshalb sah sie darauf, dass sie wieder aus Kolverath fort kam, wenn die Arbeit weniger wurde. Sie zeigte sich dankbar für die Großherzigkeit der Leute ihres Heimatdorfes, von denen sie wusste, dass die meisten ihr auch ohne Gemeindebeschluss geholfen hätten.

Obwohl ihr immer wieder geraten wurde, sich des Krieges wegen unauffällig zu verhalten und die Streunerei zu lassen, war sie das ganze Frühjahr auf den Dörfern zwischen Horperath und Beinhausen unterwegs. Leicht war es Arbeit zu finden, denn überall waren Männer zum Militärdienst eingezogen und fehlten auf Höfen und Feldern. Dieser Umstand geriet Traud dermaßen zum Vorteil, dass sie es sich sogar manchmal leisten konnte, Arbeit abzulehnen. Münzen klimperten in ihrem Rock, nicht viele zwar, aber genügend, um sich dann und wann eine Bahnfahrt zu erlauben.

Viermal war sie während des Krieges auf der Strecke Ulmen-Mayen mit dem Zug gereist. Jedes Mal stand sie aufgeregt am Bahnsteig, hielt das kostbare Billet fest in beiden Händen und wünschte, dass die Mutter jetzt vom Himmel herabschauen könnte. Oder Paul, aus der Ferne. Stolz und aufrecht saß sie im Abteil, auf rot gepolsterten Stoffsitzen.

Auch bei der fünften Bahnfahrt erschrak sie noch über das schrille Pfeifen, den Ruck, mit dem der Zug sich in Bewegung setzte, das mächtige Ziehen der Lokomotive, die riesige Rauchwolke, die dabei entstand. Sie lauschte nach dem Geräusch der Schienen, das einen immer rascheren Rhythmus bekam. Manchmal kam noch ein anderes Geräusch dazu, dann, wenn der Zug über Weichen fuhr.

Eine Frau in Trauerkleidung drückte sich an Traud vorbei. Eine Bäuerin, deren Hals wegen eines ausgeprägten Kropfes breiter war als das Gesicht, saß mit einem Geflügelkorb in der hinteren Ecke des Waggons, auf der Bank vor ihr hockte ein kleiner Junge mit einer Hasenscharte neben einem Mann, dessen Arm verbunden war.

An schmierigen Fenstern glitt die Landschaft vorüber, Wiesen und Hügel, Häuser mit Strohdächern, die wie Mützen aussahen, Kornfelder mit unzähligen blauen und roten Punkten im schrägen Licht, Scheunen und Ställe, Gärten und Obstbäume. Der Zug stampfte, kurz tauchte wie ein Silberstreifen die Elz in der Ferne auf, Feldwege, Asphaltwege oder Pappeln säumten die Ufer, Radfahrer waren unterwegs. Wege führten um die Dörfer, liefen mit den Schienen um die Wette, verschwanden in Wäldern. Felder flogen heran und wieder davon und manchmal war sich Traud nicht sicher, ob sie selbst oder die Landschaft sich bewegte.

Dann und wann kreischten Bremsen. »Dat geht so schnell«, sagte sie zu der Frau mit dem Geflügelkorb, »dat rauscht alles nur so vorbei.« Die Frau nickte. Ihr Blick blieb einen Moment an Trauds löchrigem Rock hängen, dann sah sie aus dem Fenster. Mit roten, verschafften Händen hielt sie den Korb auf dem Schoß, die beiden Hühner, denen sie ein Tuch um die gefiederten Leiber gebunden hatte, reckten die Hälse und ruckten aufgeregt mit den Köpfen. Hinter Höchstberg wurde die Frau redselig. Der Kropf wippte, als sie erzählte, dass sie aus Utzerath käme und nach Monreal zu einer Base unterwegs sei, die im Sterben läge und der sie, als letzte Ehre sozusagen, eine Hühnersuppe kochen wolle. Vor lauter Rührung über den eigenen guten Willen wurden ihre Augen feucht, die Nase rötete sich und seufzend tastete sie nach einem Taschentuch. Gut situiert sei die Base, habe sich einst bestens verheiratet, und sie erwähnte auch, dass nun mit einem kräftigen Erbe zu rechnen sei, da keine leiblichen Kinder zu versorgen wären. »Da lohnt sich ja dat Huhn«, dachte Traud und laut sagte sie: »Ich hab gar keinen mehr. Net mal ne Base.«

Der Mann mit dem verbundenen Arm mischte sich ein. »Dat ist der Krieg. Jeder is jetzt allein und muss sehn, wo er bleibt. Habt ihr gehört? Der Westwall ist fast fertig. Dat wird ne Festung, wie sie noch keiner gesehen hat.« Niemand antwortete.

Traud sah aus dem Fenster. Der Zug hielt in jedem Dorf, Menschen stiegen aus oder ein, zwängten sich durch die Gänge, einige blieben stehn, das Gepäck zwischen die Beine geklemmt. Die Luft war zum Schneiden. Ein Postsack wurde herausgereicht. Türen knallten. Ein Schaffner pfiff. Dann ruckte der Wagen wieder an, die schwarze Masse ratterte weiter.

Nach einer Weile konnte sie das Stillsitzen nicht mehr aushalten, erhob sich, nickte nach der Frau mit dem Geflügelkorb und strebte ohne ein weiteres Wort dem Ausgang zu, wo sie eine Weile auf den beweglichen Eisenplatten stand und sich an einem Türgriff festhielt, bis der Zug an der Augtsmühle bei Niederelz bremste.

Außer Traud stieg noch ein gebückter Mann aus, der sich suchend auf dem einzigen Bahnsteig umsah und seine Schritte schließlich in Richtung der Mühle lenkte.

Sie brauchte einen Moment, sich das Gepäck und das Tuch umzubinden.

Der Weg führte am Waldrand vorbei. Bis Urmersbach ging sie. Unterwegs erfuhr sie von einem Hütejungen, dass es in diesem Jahr unglaubliche Mengen an Bucheckern gäbe, so dass die Dörfler fast geschlossen aufgebrochen wären, um die begehrten Ölfrüchte zu sammeln. »Wenn sie Geld bekommen für die Eckern«, dachte Traud, »haben sie auch Geld für Kamillenblumen.«

Am Gemeindebackhaus von Urmersbach stand ein Laster bereit, zwei Bauern wuchteten Säcke auf eine Waage und rieben sich die Hände. Andere Bauern schleppten Säcke heran, der Fahrer des Lasters wog und zahlte, zahlte und wog. Mit zufriedenen Gesichtern stopften sich die Bauern das Geld in die Tasche. »Dies Jahr gibt et nix für die Schwein«, hörte Traud einen von ihnen sagen. »Ja, für die gibt et höchstens Eicheln.« Die Bauern lachten, warfen sich die leeren Säcke über die Schultern. »So ein Geldsegen ...«

Traud trat mit ihren Kräuterbündeln näher. »Schafgarbe, Huflattich, Kamillenblumen, guter Tee«, bot sie an und hielt die Kamille hoch. »Bucheckern, Bucheckern und Bucheckern«, lachte einer, »wir brauchen keinen Tee.«

Die Bauern verließen den Platz, andere kamen, das Geschäft wiederholte sich. Ein betrunkener Bauer rempelte sie an, aber sonst beachtete niemand Traud, die immer noch da stand, die Kräuter in der Hand, in der Hoffnung, dass auch für sie etwas abfiele vom großen Verdienst. Ein paar Mal noch bot sie ihre Ware an, bis sie dem Fahrer des Lasters lästig wurde.

»Komm, verschwind. Du siehst doch, dat hier geschafft wird. Jetzt denkt keiner an Tee.«

»Und Arbeit?«, fragte sie, »ich such Arbeit.« Einer der Bauern drehte sich um. »Wenn du meinst, dat du hier mitmachen kannst, haste dich geschnitten. Dat Geschäft machen wir allein.«

Sie wollte sich gerade fluchend davonmachen, als ein stämmiger Bauer mit einem roten Gesicht eilig über den Platz kam. »Sie haben wieder Brandplättchen abgeworfen, los – wir brauchen Leut!« Der Fahrer des Lasters deutete auf Traud. »Statt mit in die Eckern zu gehn, kannste mit in die Felder.«

»Aber beeil dich«, fügte der Bauer hinzu, »wenn wir net schnell genug sind, geraten unser Erträg in Gefahr. Auch abgeworfene Flugblätter werden zusammengesucht. Et sind schon etliche draußen. Wenn du dir en Essen verdienen willst, im Gemeindehaus gibt et nachher für all en Graupensupp.«

Handschuhe musste sie anziehen, bevor sie mit anderen Frauen und Kindern in die Felder zog. »Dat Zeug is giftig«, verriet eine der Frauen, »du musst die Handschuh unbedingt anlassen, sonst verbrennste dir die Finger.«

Der Bauer, der den Trupp begleitete, mahnte nochmals zur Eile und erklärte: »Die werfen dat Zeug feucht ab und sobald et getrocknet is, entzündet sich alles! Macht voran! Schneller!«

Obwohl Traud die Knochen bereits nach kurzer Zeit wehtaten, sammelte sie bis zum Nachmittag zahllose, unscheinbare, dünne Phosphorplättchen, die alle in einem großen Bottich mit Wasser landeten. Es gab nur noch einen Rest Graupensuppe, als sie zurückkamen, dafür bot ihr aber ein Bauer Arbeit auf einem Hof, der ganz in der Nähe lag. Damit hatte sie Glück, trafen doch anderentags endlose Soldatentrupps ein, die allesamt zwangseinquartiert wurden.

Selten hatte sie so viele Soldaten gesehen wie in dieser Gegend. Von Tag zu Tag wurden es mehr, sie zogen durch die Dörfer, hielten sich immer nur ein paar Tage auf den Höfen auf. Es waren Einheiten aus allen deutschen Gauen, die einquartiert wurden: Berliner, Sachsen, Rheinländer und Ostmärker. Manchmal bis zu hundert Mann. In der Scheune auf dem Lehmwaldhof schien eine ganze Kompanie zu lagern.

Anfangs war Traud ihnen aus dem Weg gegangen, aber bald bemerkte sie, dass zwischen den Soldaten und den Bauern bestes Einvernehmen herrschte. Dennoch, wo Soldaten waren, gab es weder Schlafplätze noch Arbeit. Sie belagerten sämtliche Scheunen, nicht selten sogar die Ställe. Erst als ein erneuter Abmarschbefehl gegen Westen kam, entspannte sich die Lage.

Ebereschen, samtrot

Im August 1942 zog Traud durch Retterath. Vom grünen Weiher war sie hergekommen, klopfte hier und da an die Türen, zeigte ihre Kamillenbündel und Kräutersträuße, die sie neuerdings sortiert in einem geflochtenen Weidenkorb mit sich trug.

Nach Retterath kam sie nicht von ungefähr. Lange hatte sie gegrübelt, oftmals das Dorf links oder rechts liegen gelassen und andere Pfade gewählt. Aber die Erinnerung an Paul schmerzte und brannte ohne nachzulassen und auch die Sorge wegen des Krieges bohrte und nagte an ihrem Herzen und so boten die Kamillenblumen einen Vorwand, mit den Leuten in den Häusern um Pauls Hof ein Gespräch anzubandeln und ein wenig herum zu horchen.

Drei Jahre waren vergangen, seit sie sich auf den Feldern am Elzbach schmerzlich voneinander getrennt hatten. Sie erinnerte sich, wie Paul sie in der Nacht mehrmals angefleht hatte bei ihm zu bleiben und sie am Morgen, nachdem sie die Hütte hatten verlassen müssen, weil allerhand Lumpengesindel dort eingefallen war, partout nicht gehen lassen wollte. Ein langes Stück Weges noch war er an ihrer Seite geblieben, konnte sich nicht losreißen und musste es am Ende doch tun.

Irgendwo zwischen dem Hasenbusch und Arbach war er auf der Straße stehen geblieben, während sie weiterging, immer weiterging. Mehrfach hatte sie sich umgedreht, um die Erinnerung an ihn vollständig zu haben. Er stand und stand mit seinem ernsten Gesicht und herabhängenden Armen. Sie sah ihn kleiner werden, immer kleiner, bis er schließlich zu einem winzigen Punkt geworden war, ein Punkt irgendwo auf den braunen Feldern, zwischen roten, leuchtenden Ebereschen.

Zwei Tage war sie damals herumgeirrt, mit leerem Kopf, ohne Gedanken. Jetzt kamen die alten Zweifel zurück an die Richtigkeit ihrer Entscheidung. »Warum bin ich damals wieder fort?«, fragte sie sich. »Wieso muss ich eigentlich immer weiter, immerzu?« Sie wunderte sich über sich selbst, war sie doch wieder ohne Ziel.

Damals war sie in die Struth gegangen, den Winter über bei Juppes geblieben. Daran hatte sie gut getan, denn es war ein strenger und lang anhaltender Winter geworden, der sogar den Führer zur Weißglut trieb, wurden doch die Arbeiten an der Reichsautobahn Koblenz-Trier stark behindert. Besonders am Teilstück ›Schöne Aussicht – Laubach-Ulmen‹, das vorrangig fertiggestellt werden sollte, ging es wegen der Schneemassen keinen Millimeter vorwärts. Wie hatte sich Juppes damals die Hände gerieben und geschmunzelt, als er von dem Unglück hörte. »Ja, der Führer hat die Rechnung ohne die Eifel gemacht. Weiß der Teufel, warum dat mit der Autobahn so schnell gehn soll.« In Gedanken sah sie Juppes vor sich stehen – lachend. Traud seufzte.

In Retterath suchte sie weder Arbeit noch Kunden für die trockenen Kamillenblumen. Aus sicherer Entfernung hatte sie Pauls

Hof ins Visier genommen. Das Haus sah verwahrlost aus, im Gemüsegarten wuchs flammendroter Phlox, Glockenblumen und Lupinen blühten durcheinander, durch das offene Holzgatter stelzten ein paar Hühner. Den ganzen Vormittag war außer einer Magd mit einem Eimer niemand über den Hof gekommen. Sie sah auch den Jungen nicht, Pauls Sohn, den sie dereinst von einem wütenden Hund fortgerissen hatte. Die Hundehütte lag leer an der Straße gegenüber.

Am Mittag klopfte sie bei einer Nachbarin an, die ihr ein Bündel Kamille abnahm und einen Teller dicker Milch anbot. »Wer wohnt denn gegenüber?«, fragte sie, während sie löffelte.

»Da braucht Ihr net zu fragen«, war die entmutigende Antwort, »die haben selber nix und brauchen sicher kein Kamille.« Auch auf dem Hof auf der anderen Straßenseite brachte sie zunächst wenig in Erfahrung. Auch hier verwiesen die Bauersleute, die sie im Stall beim Füttern antraf, auf den schlechten Zustand des Hofes und gaben ihr zu verstehn, dass nach Arbeit zu fragen zwecklos sei. Traud wurde mutiger.

»Dort wohnt doch der Krommes Paul?«, fragte sie erneut.

»Wie man et nimmt«, zwinkerte die Bäuerin. Der Mann räusperte sich und fügte hinzu: »Den haben se eingezogen, gleich als et los ging und Post is schon lang net mehr gekommen.«

»Paul ist im Krieg?«, entschlüpfte es Traud und als sie die verwunderten Gesichter der Bauersleute sah, dachte sie, dass sie ein Recht darauf habe zu wissen, wo er sich aufhalte.

»Kennt Ihr den denn?«, fragte die Bäuerin neugierig. Stumm nickte Traud, sah Paul wieder in irgendwelchen Gräben liegen, verwundet und blutend.

»Der stammt aus Hoffeld«, berichtete die Bäuerin, »seid Ihr auch von da?« Traud schüttelte den Kopf. »Nee, aus Kolverath. Aber den Paul kenn ich. Von früher.«

»Na, hoffen wir mal, dat er wiederkommt«, sagte der Bauer, »hoffentlich dauert dat alles net mehr lang. Hier sind schon drei junge Männer gefallen.«

»Der kommt auch net mehr zurück, so oder so net«, fiel ihm die Bäuerin leichtzüngig ins Wort und schwenkte drohend den Arm, »da kann dat Lisbeth lang warten. Wer weiß, wo der is!«

»Halt dein loses Maul«, schimpfte der Bauer, »du weißt ja gar net, wovon du redst. Guck du lieber auf dein Sachen ...« Er reichte seiner Frau die Mistgabel und nickte Traud ermunternd zu. »Man darf net alles glauben, wat die Weiber so reden.« Dann gab er ihr noch ein paar Hinweise, wo es sich lohnen könnte um Arbeit zu fragen und machte sich an seinem Vieh zu schaffen.

Als Traud an Pauls Hof vorbeikam und scheu nach den Fenstern äugte, gingen ihr die Worte der Bäuerin durch den Kopf. »Der kommt so oder so net mehr zurück ...« Sie sagte diese Worte vor sich her und konnte sich keinen Reim darauf machen. Wie das bloß gemeint war? Was war geschehen, was war mit Paul? Sie erwog, noch einen Versuch auf einem abseits gelegenen Gehöft zu machen.

Sie hatte die letzten Häuser von Retterath erreicht und blieb stehn. Sie blickte nach rechts und nach links, der Straße nach und dann auf die Feldwege, wo ihr ein alter Mann mit einer Fuhre entgegen kam.

Sie zog das Kopftuch fester. »Wo wohnt denn der Krommes Paul?«, fragte sie ihn schon aus der Ferne und der Mann zeigte mit dem Finger zurück ins Dorf.

»Gleich da vorn, dat dritte Haus, dat graue da.« Traud sah sich um. »Aber den findst du net«, fügte er hinzu, »der ist fort, genauso wie die andern Männer auch.«

»Wohnt denn keiner im Haus?«, wollte sie wissen. »Hab schon lang keinen mehr da gesehen. Die Frau vom Krommes stammt aus Mayen und ist wieder dahin zurückgegangen. Manchmal kommt sie und schaut nach dem Hof, aber guck nur selbst. Ist alles verlottert da hinten.« Der Mann machte eine wegwerfende Handbewegung, bog dann in einen zerfurchten Feldweg ein, der in den Wald führte.

Aus Rücksicht auf Lisbeth wollte Traud nicht länger im Dorf herumhorchen und entschied weiterzuziehen. Sie begab sich wieder auf die Landstraße, auf der reger Betrieb herrschte. Hierhin und dorthin lenkte sie ihre Schritte, zunächst in Richtung Salcherath, dann kehrte sie um und lief in Richtung Lirstal. Schließlich dachte sie sich, nach Hoffeld zu gehen, um dort Näheres in Erfahrung zur bringen.

Sie war noch keine Stunde unterwegs, da überholte sie ein Auto, das, als ob es einiger Überlegungen bedurft hätte, ein gutes Stück vor ihr abrupt bremste und dabei eine gehörige Staubwolke aufwirbelte. Die Scheibe wurde heruntergekurbelt, ein schwarz gelockter Frauenkopf beugte sich aus dem Seitenfenster.

»Kommt, ich nehm Euch mit ... beeilt Euch!« Die Frau winkte mit der Hand und lachte. Traud dachte gar nicht daran gemeint zu sein, beschleunigte weder den Schritt, noch zeigte sie Interesse an dem seltenen Angebot. Der Wagen stand mit laufendem Motor, bis sie näher herangekommen war.

»Wie isset? Wollt Ihr net mit?«, fragte die Frau erneut. »Ihr seht aus, als ob Ihr Euch über ne Fahrt freuen würdet. Wo wollt Ihr denn hin? Ich fahr nach Kelberg.«

»Falls Ihr mich gemeint habt«, erwiderte Traud. »mir isset egal. Et is ganz egal, wo et hingeht.« Obwohl sie sich eben noch für Hoffeld entschieden hatte, umklammerte sie nun den blank geputzten Griff der Beifahrertür und zog daran. Die Frau lachte, beugte sich vor und wuchtete eine Tasche vom Sitz, die sie, um Platz zu machen, nach hinten verstaute.

»Euren Beutel legen wir auch nach hinten«, bestimmte sie, »dann isset bequemer.« Traud gab keine Antwort, zwängte sich auf den Sitz und schlug mit ordentlicher Wucht die Tür zu. Sie besah sich die vielen Knöpfe, die Uhren aus Chrom mit den großen und kleinen Zeigern, die Hebel am Lenkrad. Festhalten wollte sie sich, als sich der Wagen in Bewegung setzte, machte deshalb ein paar ungelenke Bewegungen, griff dann in ihrer Verlegenheit nach ihrem Tuch und strich sorgfältig die herausquellenden Haarsträhnen unter den Stoff.

Argwöhnisch betrachtete sie den Hebel, mit dem die Fahrerin das Geräusch des Motors veränderte. Trauds Blick wanderte vom hölzernen Hebel mit dem Knauf zu der Frau, die mit ihren zarten und beringten Händen das Lenkrad umklammert hielt. Ein bisschen Stolz konnte sie sich nicht verkneifen. Zufrieden lehnte sie sich zurück. Endlich kam auch sie einmal in den Luxus, mit einem echten Automobil zu fahren. Und das, obwohl sie, gerade heute, besonders abgerissen aussah und auch die Körperpflege seit Wochen vernachlässigt hatte. Die Frau neben ihr schien sich weder an ihrem verwilderten Aussehen zu stören noch an ihrem Körpergeruch.

»Ihr seid wohl schon länger unterwegs?«, mutmaßte sie und nickte Traud freundlich zu. »Die Zeiten sind net einfach, oder?«

»Ich verkauf Kamillenblumen.«

»Oh, Kamillenblumen. Hätt ich neulich erst gut brauchen können. Wegen dem Magen ...«

Der Motor knatterte. Redselig fuhr sie fort: »Ich fahr zum ersten Mal mit so nem Wagen. Gehört mir net. Aber Fahren hab ich gelernt und dat is ein tolles Gefühl, oder wat meint Ihr? Fuffzig PS hat der. Dat wär, als wenn man von fuffzig Pferden gezogen würd.«

Verwundert betrachtete Traud das junge, fröhliche Gesicht neben sich. »Fuffzig Pferde? Wem gehört dat Auto denn?«, wollte sie wissen.

»Dem Hommes aus Mayen. Der hat sogar zwei Autos. Eins für werkstags, eins für sonntags, so wie bei richtig reichen Leuten.«

Eine dunkle Erinnerung packte Traud. »Hommes in Mayen kenn ich, hab ich aber net in guter Erinnerung.«

»Ja, dat glaub ich, dat die Euch die Tür vor der Nas zumachen. Die kaufen Kamille in der Apothek ...«

Traud dachte nach und dann erwähnte sie: »Der Paul, Paul Krommes hat da geschafft, vor dem Krieg.«

»Kenn ich net«, entgegnete die Frau, »da haben schon so viel Leut geschafft. Ich zum Beispiel auch. Ich bring den Wagen nach Kelberg und fahr dann wieder ab Utzerath mit dem Zug zurück. Dat Auto is verkauft worden. Die haben so viel Geld dafür gekriegt, dat krieg ich im ganzen Jahr net! Der alte Hommes is wirklich en Geizkragen, noch net mal seinem Hund gibt der genug zu fressen.«

»Dat sind reich Leut oft«, meinte Traud und überlegte, ob sie weiter forschen sollte. »Wat macht denn dat Lisbeth, die Tochter vom Hommes?«, fragte sie schließlich, tat so, als stelle sie die Frage beiläufig, sah dabei aus dem Fenster und hatte wieder das Gefühl sich festhalten zu müssen, so ungewohnt schnell zog die Landschaft an ihr vorbei.

»Lisbeth? Ja, kennt ihr die auch? Ihr seid ja wirklich ganz schön rumgekommen.« Die Fahrerin tastete nach einem Päckchen Zigaretten, das sie in einem Fach zwischen den Chromuhren und dem Schalthebel verwahrte. »Raucht Ihr?«, fragte sie und hielt Traud das offene Päckchen hin.

»Nee, nee«, lachte Traud und sah dabei zu, wie die junge Frau eine Zigarette aus der Packung zog. »Dat is doch nix für Frauen!«

»Euer Leben ist doch auch nix für Frauen«, bemerkte die Fahrerin und hantierte mit einem Streichholz.

»Ich kenn et net anders«, war die schlichte Antwort.

Eine Weile schwiegen sie. Noch schneller rauschte nun die Landschaft vorbei, die Wiesen und Wälder, die Dörfer im Hintergrund, die bucklige Straße, alles braun, grün, dazwischen Himmel. Traud entschloss sich, nicht noch einmal mit Lisbeth anzufangen, als die Fahrerin von sich aus zu erzählen begann.

»Ja, Lisbeth. Dat is eigentlich en schrecklich Geschicht.« Traud spürte, wie ihr Herzschlag schneller wurde und sich die Muskeln anspannten. »Also ich wollt so wat net erleben.«

Tief inhalierte die Frau den Rauch, der sich im Innenraum des Wagens ausbreitete. »Lisbeth war immer so verwöhnt. Hat gar nix schaffen müssen. Nur dann kam et knüppeldick. Sie hat en Mann geheiratet, den die Eltern net wollten. Dat war nur en Arbeiter und damit konnt sich der alte Hommes net zufrieden geben. Lisbeth hat den trotzdem geheiratet, aber dat war kein gut Sach. Sie wollt den Mann, aber der Mann wollt sie net. Wie man so sein Leben vergeuden kann.« Traud schwieg. »Manche meinen, er hätt sie wegen dem Geld geheiratet. Aber Geld haben die jedenfalls keins bekommen vom Hommes. Der hat denen gar nix gegeben, net mal dat Schwarze unterm Fingernagel.«

Wieder zog die Frau an der Zigarette. Dann wies sie mit der beringten Hand aus dem Fenster, nach den Wildgänsen, die in großen Schwärmen den Hochwald überflogen. »Ich wollt auch mal nach Afrika, wie die Gäns«, lachte sie. »Wo soll ich Euch eigentlich rauslassen?«

»Wo ihr wollt«, sagte Traud und fügte hinzu: »Wenn et geht, holt mich mit, so weit ihr fahrt.« Die Fahrerin nickte und lächelte. »Gell, dat tut gut. Gut für die Füß.«

Traud wäre es längst recht gewesen wieder auszusteigen, aber die Neugier überwog und so blieb sie sitzen und hoffte auf eine Fortsetzung der Geschichte. Als sich nichts tat, half sie nach. »Ja, und wat is jetzt mit dem Lisbeth?«

»Ach so, dat Lisbeth. Ich hätt et beinah vergessen.« Die Zigarette war zur Hälfte geraucht, die Asche krümmte sich schon und drohte abzufallen. »Lisbeth hätt den net heiraten sollen. Der war schon versprochen. Sogar ein Verlobungskleid soll der schon gekauft haben für die andere. Dat hat man sich so erzählt. Aber Lisbeth war ziemlich raffiniert. Die hat den irgendwie eingewickelt. Ja, und dann war sie schwanger und wat hätt der da schon machen sollen? Nach Retterath sind sie gezogen. Weg aus Mayen, aber dat hat auch net geholfen. Der Mann war immer unglücklich. Jedenfalls kam dat alles mal raus und Lisbeth is jetzt ganz allein mit den Kindern. Finanziell geht et ihr gut. Dafür hat der Vater später doch noch gesorgt. Aber sonst? Na ja, kann man sich ja vorstellen. Ne böse Geschicht. Die Jungen sind aber schon groß, einer übernimmt jetzt dat Geschäft.«

»Und wat is mit dem Paul?«

»Paul? Wieso Paul? Meint Ihr den Mann von Lisbeth? Kennt Ihr den?« Traud biss sich auf die Lippen und richtete sich im Sitz auf. Weit weg und fremd klang die eigene Stimme, als sie sagte: »Den Paul hab ich gut gekannt. Und dat Kleid, dat Verlobungskleid war für mich.«

Fast hätte die Chauffeuse den Abzweig nach Kelberg versäumt, so gebannt fixierte sie Traud, die in zerlatschten Schuhen, mit verzotteltem Haar und verschmutztem Kleid, an dem sämtliche Knöpfe abgesprungen waren, ruhig neben ihr saß und stolz den Kopf hob. »Ja, man würd net meinen, dat sich der Paul so eine wie mich ausgesucht hat. Aber dat is ja auch lang her.«

Sie griff nach dem Gepäck auf dem Rücksitz, öffnete die Kordel ihres Beutels, zog an einem Bündel Kamillenblumen, das sie in Zeitungspapier eingeschlagen hatte, und überreichte es der Fahrerin. »Dat sind gute Kamillenblumen. Für die Fahrt.« Bestürzt starrte die Frau auf die abgeschafften Hände, die die trockenen, gelben Blüten hielten.

»Also dat is ja en Ding. Einfach unglaublich! Ja habt Ihr denn nie mehr wat gehört von ihm?«

»Nee, nee, schon lang net mehr. Dat is ja auch, weil ich immer herumzieh. Der kann mich ja auch net finden.«

»Mensch«, staunte die Frau erneut, »dat is ja en richtig Liebesgeschicht. Die Leut in Mayen sagen all, der hätt immer ne andere geliebt. Oft hab ich dat gehört.« Ein verstörter und angestrengter Ausdruck huschte über Trauds Gesicht. Für einen Moment musste sie sich abwenden.

Berührt von dieser eindeutigen Geste fasste die Frau nach ihrer Hand. »Seid Ihr deshalb auf die Straß gekommen?«, wollte sie wissen. Traud antwortete nicht. Erst hinter Köttelbach, nachdem sie die Gedanken etwas geordnet hatte, wandte sie sich der Fahrerin zu.

»Der Paul kann nix dafür. Der hat et gut gemeint mit mir. Aber ich hab immer nur gedacht, dat et Mitleid wär, wat der für mich empfunden hat.« Wieder schwieg sie. Dann warf sie den Kopf zurück, ihr Lachen wirkte gequält, als sie sagte: »Dat is alles lang vorbei. Müßig, dran zu denken. Den Paul seh ich nie mehr und dat is auch besser so.«

Plötzlich drängte sie darauf, herausgelassen zu werden. Der Wagen bremste an der Kreuzung nach Kelberg. »Sagt mir noch wer Ihr seid«, bat die Fahrerin und platzierte die Kamille sorgfältig in einem Fach neben dem Lenkrad.

»Ich bin Traud«, antwortete sie schlicht, »aus Kolverath. Die Leut nennen mich Kamillentraud.« Sie öffnete die Wagentür.

»Also so ne Geschichte hab ich schon lang net mehr gehört«, wiederholte die Fahrerin und drückte der erstaunten Traud fest die schmutzige Hand. »Wo geht Ihr denn jetzt hin?«, wollte sie noch wissen.

»In die Struth wahrscheinlich. Ich bin oft bei Wolles, da gibt et Arbeit für mich.« Die Frau nickte. »Danke für die Kamille.«

Als Traud dem Auto nachsah, wie es über die Kehren verschwand, dachte sie an Paul. Paul, das lag so lange zurück. »Er hat et net verstanden. Er hat et nie verstanden.«

Langsam folgte sie der Straße. Pauls Bitten in der nächtlichen Hütte an der Elz kamen ihr in den Sinn. Sie erinnerte sich, wie sie ihm damals gesagt hatte, dass es nicht wichtig sei, ob sie zusammen wären oder nicht und dass sie sowieso auf ewig miteinander verbunden seien. An diese Übereinkunft fühlte sie sich gebunden, immer noch. »Sei net traurig, wenn die Nacht vorbei ist«, so hatte sie gesagt, »du bist immer bei mir und ich bin bei dir. Auch wenn wir uns net sehen.« Sie wusste nicht mehr, was er geantwortet hatte. Die Worte waren ihr entfallen, nicht aber sein enttäuschter Blick, seine traurigen Augen, der flehentliche Ausdruck um seinen Mund. Paul war tatsächlich irgendwie bei ihr geblieben.

Luftgezitter

Die letzten Kriegsjahre verbrachte Traud mit noch unsteterem Wandern als sonst. Obwohl ihr mehrfach geraten wurde, sich einen sicheren Platz zu suchen – die Nazis seien zu allerhand fähig, Ratten und Schmeißfliegen seien darunter – zog es sie an die entlegensten Orte der Eifel, bald die Ahr hinauf, bald moselabwärts. Sie half auf diesem und jenem Hof, einmal sogar im Lavabruch bei Drees. Oft aber fand sie keine Unterkunft, weil die meisten Scheunen mit Soldaten belegt waren, die sie entweder lauthals verlachten, wenn sie mit ihrem Bündel ankam oder schlichtweg vom Platz verwiesen.

Sie scheute sich nicht, ihrem Unmut über ungerechte Behandlungen durch Soldaten oder Beamten Luft zu machen, einmal sorgte sie dafür, indem sie ein riesiges Lamento veranstaltete, dass eine Bäuerin eine beschlagnahmte Milchzentrifugentrommel wieder zurückerhielt, ein anderes Mal jagte sie einen wichtigtuerischen Landratsamtsschreiber aus einem Stall, wo er das einzige einer Witwe verbliebene Rind konfiszieren wollte.

Traud hatte keine Angst, wohl aber machte sie einen Bogen um jedes Wehrmachtsfahrzeug. Juppes hatte ihr dereinst von schlimmen Patrouillen erzählt und oft damit gedroht, dass sie eines Tages von den Nazis wegen Landstreicherei eingesperrt werden würde. Insbesondere die Munitionswagen, die, wie sie gehört hatte, demnächst an die Westfront rollen sollten, waren ihr unbehaglich, standen doch Tag und Nacht Posten bereit und wachten mit geschulterten Gewehren über das ungeheuerliche Kriegsgerät.

Außerdem gab es noch die Tiefflieger, vor denen sie immer wieder in Deckung gehen musste.

An einem Spätsommertag war Traud unterwegs von Berenbach nach Ueß, wo sie am Backes, dem Dreschplatz des Dorfes, beim Dreschen helfen sollte. Stille lag über der Landschaft. Die Wiesen waren kahl gemäht und lagen in einem verblassten Grün zwischen den Feldern mit der Wintergerste, die sich wellenförmig im darüber streichenden Wind wiegte. Nur das Summen der Bienen war zu hören, bis plötzlich ein deutsches Wehrmachtsauto, beladen mit Soldaten, den Frieden störte und, aus anderer Richtung kommend, ebenfalls in Richtung Ueß dröhnte.

So plötzlich das Fahrzeug aufgetaucht war, so unerwartet kamen auch die Tiefflieger. Wie Himmelsgeschosse jagten sie heran, machten einen höllischen Lärm, nahmen Kurs auf den Wagen. Sie flogen so dicht heran, dass Traud sich oberhalb des Weges, der über den Ueßbach zum Liesenberg führt, flach auf den Boden warf. Dann hagelte es Kugeln auf das Fahrzeug und seine Insassen. In Sekundenschnelle bremste der Wagen, Soldaten rollten sich ins hohe Gras. Niemand wurde verletzt, die zahlreichen Kugeln hatten lediglich das Fahrzeug getroffen.

Ein paar Tage später, Traud war diesmal an der Weißen Brücke zwischen Berenbach und Hörschhausen unterwegs, erwischten sie ein weiteres Wehrmachtsauto und schossen es in Brand. Diesmal blieb keiner am Leben.

Nach solchen Erlebnissen mied sie die Dörfer wochenlang, blieb in der Nähe der Schäfer, bei denen sie immer Aufnahme fand, schlief in den Viehunterständen. Oft lag sie ganze Nächte wach, horchte nach heulenden Flugzeugen, linste nach Leuchtzeichen in der Dunkelheit, klammerte sich an ihren Beutel, saß wie versteinert.

Ab Juni griffen die Jagdbomber nicht nur den Wehrmachtsnachschub auf Straßen, Brücken und Eisenbahnstrecken im Tiefflug an, sie beschossen auch Zivilpersonen. Oft mussten die Bauern beim Heuen oder bei der Kartoffelernte hinter Hecken oder in Ackerfurchen Schutz suchen. Angst bestimmte den Alltag aller. Auch Traud bibberte und betete in ihren Verstecken, wenn sie den heraufziehenden Donner der Bomber hörte.

Das änderte sich auch nicht, als sie von Hitlers Wunderwaffen erfuhr, mit denen die drohende Niederlage abgewendet werden sollte. Sie misstraute dem Versprechen des Führers, der mit den VI-Raketen den Endsieg garantiert hatte, sie misstraute den neuen Vergeltungswaffen, die mit ihrem dicken Rumpf, ihren kurzstummeligen Tragflächen und ihrem Leitwerk zu harmlos, eher wie dicke Hummeln aussahen.

Von Schorsch wusste sie, dass es in Wirklichkeit Raketen oder Fliegerbomber waren, vollgestopft mit Sprengstoff, Benzin, Batterien und Uhrwerken. Fast jeden Tag kamen sie von Büchel her geflogen, wo eine Abschussrampe stand. Sie sollten nach Westen, ins Feindgebiet, was nicht immer gelang. Viele stürzten bereits wenige Kilometer hinter der Abschussrampe ab, detonierten über Häusern, töteten Menschen. Die Angst wuchs, breitete sich aus wie ein Geschwür.

Für Traud gab es keinen geschützten Ort mehr, keinen Platz, der nicht dunkel und bedrohlich wirkte. Auch die abgestützten Löcher und Höhlen, die sich die Menschen in Wäldern gegraben hatten, in die auch sie in ihrer Not flüchtete, wenn Pech und Schwefel die Luft schwärzten und Granaten, Bomben und Artilleriefeuer über ihren Kopf jagten, boten bloß einen kläglichen Schutz. Alles stolperte durcheinander, wenn die Tiefflieger wieder heran jagten, drängte in die Höhlen; Menschen hingen übereinander, gequetscht, gekrümmt, jeder darauf bedacht, dass der Luftdruck die Lungen nicht zerriss. Vierzehn Tage hatte der Führer gesagt, dauere der Krieg und die Front würde niemals in Deutschland einrücken. Längst wussten alle, dass die Front immer weiter vorrückte und auch der Westwall nicht mehr als Festung galt.

Je länger der Krieg anhielt und je aussichtsloser er wurde, desto schwieriger war es für Traud, sich durchzubringen. Bald waren auch die Wälder voller Soldaten, die Strecken unsicherer denn je. Wegen der vielen Gruppentransporte in Richtung Ardennen und der zahlreichen Luftangriffe war es gefährlich, allein weiterzuziehen. Hinzu kam, dass die weiten Wege immer beschwerlicher wurden. Die Beine schmerzten, im Rücken, der von den Lasten schief geworden war, plagte sie ein permanentes Stechen.

Obwohl sie keine großen Hoffnungen hatte, dass es in der Stadt besser sei, entschloss sie sich, die letzten Groschen für ein Billet nach Mayen auszugeben. Sie hatte gehört, dass es dort Notunterkünfte für Obdachlose und Armenspeisungen geben sollte.

Längst schränkten Luftangriffe auf die Bahnlinie der Eifelquerbahn den zivilen Bahnverkehr ein, es gab nur noch zwei Fahrten pro Tag, hauptsächlich nachts. Auf der Strecke Mayen-Gerolstein fuhren die Züge nur noch nach Kriegsfahrplan. Einen halben Tag verbrachte sie an der Bahnstation von Urmersbach, bis es Nacht wurde und der Zug endlich eintraf.

Wegen der langsamen und unbeleuchteten Fahrt benötigte der Zug über zwei Stunden. Da das Viadukt über dem Nettetal zerstört war, wurden die Fahrgäste mit einem Pferdefuhrwerk zwischen den beiden Mayener Bahnhöfen kutschiert.

Gegen Mitternacht erreichte sie den Ostbahnhof. Trotz der nächtlichen Stunde waren etliche Leute unterwegs, standen mit Koffern herum, unterhielten sich, flüsterten. Auch Kinder waren darunter.

Traud verzog sich auf eine Bank, wo sie vor sich hindöste und auf den Morgen wartete. Irgendwann nickte sie ein. Ihr Geist durchstreifte jene Schichten, in denen sich Schlaf, Bewusstsein und Traum durchdringen. Mal grub sie sich tiefer in den Traum, mal tiefer in den Schlaf. Sie träumte, dass ein Brief von Paul gekommen sei, an Wolles Adresse, ein großer, brauner Umschlag, beklebt mit einer bunten Briefmarke. An den oberen Rand hatte er mit krakeligen Lettern »Für meine Traud« geschrieben. Sie versuchte den Brief zu öffnen, aber das Papier war so fest, der Kleber so hart, sie riss und zerrte, bis die Fingerkuppen wieder bluteten und der Brief mit ihrem Blut verschmiert und zerknittert war. Öffnen ließ er sich nicht.

Schwer schreckte sie auf. Eine Frau mit einer roten Binde um den Arm – Traud wusste nicht, wo sie hergekommen war – reichte ihr einen Becher mit heißem Tee, dessen Wohltat sie bis in die Zehenspitzen spürte.

Als es hell wurde, verließ sie die Halle. Die Stadt lag wie ausgestorben. Sie erinnerte sich daran, wie sie als Kind mit ihrer Mutter durch schöne Straßen mit einem bunten Warenangebot gezogen war. Sie erinnerte sich an Geschäfte mit teurem Schmuck in den Vitrinen, feinsten Taschentüchern, Schals und Kleidern. In einem Hotel hatten dicke rote Teppiche ausgelegen, prachtvolle Leuchter von der Decke gehangen, Leute in feinen Kleidern waren an ihr vorbei geeilt. Vor einem der Läden war sie fortgescheucht worden und sie dachte, dass das heute nicht mehr nötig wäre. In ihren schäbigen Kleidern fiel sie weniger auf denn je.

Jetzt waren die meisten Läden geschlossen und die, die geöffnet hatten, verfügten bloß über ein schmales Angebot. Vor einer Bäckerei hatte sich eine Schlange von Frauen gebildet, die um Mehl anstanden. Am geschlossenen Schmuckladen in der Nähe des Marktplatzes hing ein Schild »Kaufe nicht bei Juden« und jemand hatte mit roter Farbe daneben geschmiert »Juden raus.« Ein Loch klaffte in der zersplitterten Scheibe.

Die ungute Atmosphäre in der Stadt ängstigte sie. Sie fragte eine Frau nach der Armenspeisung, erntete aber nichts als einen ungläubigen, missbilligenden Blick. »Armenspeisung? Wo soll dat denn sein? Da hätten wir aber wat zu tun.« In einer anderen Straße fragte sie nochmals und wieder hatte sie das Gefühl, bespuckt zu werden. »Geh dahin, wo du herkommst, hier gibt et nix!« Auch eine Unterkunft gab es nicht. Kurz dachte sie daran, bei der Krings nachzufragen, aber bald schon verwarf sie den Gedanken wieder.

An der Restauration Colmie kam sie vorbei. Die blauen Wolpern kamen ihr in den Sinn und die schöne Frau mit dem enttäuschten Gesicht. Mutlos zog sie weiter durch die Gassen unterhalb der Burg.

Über die breite Straße näherte sich ein Fuhrwerk im vollen Galopp. Räder knirschten auf dem Asphalt, ein paar besoffene Männer brüllten und knallten mit der Peitsche. »Weg da, Alte! Hier kommen wir!« Einen kleinen Jungen hatten sie dabei, in der Uniform der Pimpfe, dem drohten sie, dass sie ihn der Traud übergeben wollten, worauf er geradewegs in die Hölle führe. Sie versetzten ihm einen Stoß, just vor ihre Füße warfen sie ihn, grölten und lachten. »Dat is die Straf für Dieberei!«

Verdattert versuchte der Junge auf die Füße zu kommen, taumelte dabei, wich vor Traud zurück. »Du brauchst kein Angst zu haben«, sagte sie zu dem Kind, »ich hol dich net mit.« Dann schwang sie den Arm, fluchte und drohte nach dem Fuhrwerk, während der Junge sich aufraffte und nach dem nächstbesten Stein griff, den er ihr mit voller Wucht gegen die Schläfe schmetterte. Einen Moment schwankte sie, der Junge schrie etwas und rannte weg. Traud strauchelte und fiel der Länge nach auf die Straße, wo sie im Staub liegen blieb. Die Männer im Wagen schlugen sich vor Heiterkeit auf die Schenkel.

In der Nacht noch verließ sie die Stadt, wo sie diesmal gar keine Möglichkeit gefunden hatte, sich zu ernähren.

Gegen Anfang der Woche erschien sie wieder in der Struth. Ihre Schritte waren kürzer geworden, das Gesicht noch grauer und länger. Sie hatte Hunger, schon wochenlang keine Kamille verkaufen können und Arbeit fand sie auch nicht. Juppes hatte sie niemals abgewiesen und nun, wo er tot war, erhoffte sie sich das Gleiche von Lies.

Auf dem Wolles Hof zogen zwei Knechte ein Schwein quer über den Hof. Der Schweinskopf hing nach der Seite und holperte über die Steine, Blut lief aus einer klaffenden Wunde am Kopf. Lies sah aus der Tür und gab Traud ein Zeichen. »Komm rein, kannst helfen.«

Während die Männer das Tier kopfüber an einem wuchtigen Haken an der Stalltür aufhängten, begab sie sich in die Küche, wo Lies bereits Feuer gemacht hatte und mehrere Töpfe dampften. Bald reichte man ihr aus dem Stall eine Schüssel mit Blut, das sie mit einem Schneebesen schlug.

Einer der Knechte trat ein. Traud erkannte Lühpaul, einen Kesselflicker, der gelegentlich auch bei Wolles einkehrte, ansonsten aber von Ort zu Ort zog, Kochtöpfe, Kannen oder Regenschirme lötete. Seine Kleidung war ebenso durchlöchert wie die Ihre, sein Gesicht wurde von einem rotblonden Bart umrahmt, sein Hut war speckig.

Normalerweise blieb er mit seinem Hundekarren und dem Lötkasten in der Mitte des Dorfes stehen, bis die Leute die lecken Töpfe hervorgeholt hatten. Diesmal war bloß eine Frau mit einem zerfetzten Regenschirm gekommen und eine Schar Kinder, die gespannt zugesehen hatte, wie er die verschieden großen Lötkolben im offenen Feuer erhitzte und das Lötzinn zum Schmelzen brachte. Als niemand sonst kam, entschloss er sich bei Wolles um Arbeit nachzufragen. Auch er war erleichtert, dass er sofort beim Schlachten mithelfen konnte.

Er nickte Traud zu, sprach aber nicht; seine Schürze und die Stiefel waren blutverschmiert. In der Hand hielt er Schweinsdärme, die er säuberte und in einen Topf mit Salzlake legte. Bereits am Tag zuvor hatte er Därme präpariert, die nun weiß und schlaff in milchigem Wasser lagen.

Zwei Tage brachten sie damit zu, Teile des Schweins zu verarbeiten, einzusalzen oder zu verpacken. Traud kochte den Schweinskopf sowie Speck- und Bauchlappen, drehte alles durch den Fleischwolf. Lies schüttete diverse Kräuter, Zwiebeln und Knoblauch in den dampfenden Sud, dazu ein paar Brocken Fett. Gemeinsam füllten sie die Fleisch-, Blut- und Fettmischung in Därme, die sie am unteren Ende verknoteten und zum Stocken in siedendes Wasser legten. Bis Mitte der Woche brodelte und dampfte es auf dem Herd.

Die ganze Zeit dachte Traud an den Brief, von dem sie geträumt hatte. Und je länger sie darüber nachdachte, desto wahrscheinlicher schien es ihr, dass Paul tatsächlich geschrieben haben könnte. Schließlich hielt sie es nicht mehr aus und fragte. Lies stemmte die Hände in die Seiten und prustete vor Lachen.

»Hier soll Post angekommen sein für dich? Wie soll dat denn gehn? Kein Mensch weiß doch, wo du steckst ...« Neugierig reckte sie den Hals. »Wer soll dir denn schon schreiben?«

Traud zuckte nur mit den Achseln, rannte aus der Stube und versuchte Lies' lautes Lachen zu überhören, das ihr bis in den Stall nachklang. Ja, wieso hätte Paul ihr auch schreiben sollen? Sie zerstreute den Gedanken an den einzigen Mann, der auch nach all den Jahren immer wieder in ihren Kopf auftauchte, sie zerstreute die Gedanken an die kurze Zeit, die sie zusammen verbracht hatten. Lies lachte immer noch und irgendwann begann auch Traud zu lachen, lachte über sich selbst und dass sie die Hoffnung nicht aufgegeben hatte, auch jetzt nicht, wo sie so alt geworden war. »Ein Brief für mich? Ja, wieso sollt er mir schreiben?«

Als sie Tage später vom Acker heimkehrte, wartete Lies bereits an der Haustür. »Da hat en Frau nach dir gefragt«, kreischte sie, noch bevor Traud grüßen konnte. Lies rannte in die Küche und kehrte mit einem Papierfetzen zurück, auf den sie mit großen Buchstaben den Namen »Laux« notiert hatte und den sie nun heftig durch die Luft wirbelte, bevor sie ihn Traud unter die Nase hielt. »Dat war en Frau ... Woher kennst du die? En fein Frau war dat, kam mit nem fast nagelneuen Auto.«

Traud wollte nach dem Zettel greifen, aber Lies hielt ihn hoch und keuchte vor Lachen. »Nach der Kamillenverkäuferin Traud hat sie gefragt. Du bist also en Kamillenverkäuferin?« Hämisch verzog sie die Lippen. Von Lies' Gelächter angezogen, kam Lühpaul in die Stube und auch er zeigte sich belustigt, dass Traud einmal eine Nachfrage gegolten hatte. Lies kicherte weiter. »Schwarze Locken hatte sie. Und geschminkt war die auch. Wie ein aus der Stadt.« Wieder kreischte Lies, Lühpaul lachte.

»Komm Lies, gib den Zettel raus«, bat er, »die wird schon wissen, wer dat war, gell, Traud?« Er zog sie in den Flur und raunte ihr zu, dass die Dame wiederkommen wolle, nur wann, wisse er nicht. »Dat war en schön Mädchen, hat sicher noch nie Krätze gehabt so wie du«, zwinkerte er Traud zu, »darf gern wiederkommen. Aber jetzt komm in die Waschküch. Da steht en Bütt mit Wäsch.«

Während Lühpaul sich entfernte, lehnte sie mit zittrigen Händen an der Wand im Flur und faltete den Zettel auseinander, den Lies ihr in die Hand gedrückt hatte. »Die Frau hat mich mal ein Stück mit dem Auto mitgenommen, mit nem schönen Auto ...«, rief sie ihm hinterher, aber er war schon verschwunden. Wild kreisten ihre Gedanken. Nur ›Laux‹ stand auf dem Zettel. Was dieser Besuch wohl zu bedeuten hatte? Sicher wusste sie etwas von Paul, sicher steckte eine wichtige Nachricht dahinter. Sie faltete den Zettel und klemmte ihn zwischen Schürze und Rock. Paul kreiste durch ihren Kopf, die Frau mit dem Auto, Lies mit dem Zettel.

Noch als sie die Wäsche weichte, den Stall mistete und die Tröge mit Futter füllte, schlug ihr Herz wie wild, weil die Hoffnung auf eine Nachricht von Paul so groß geworden war und jetzt plötzlich unfassbar möglich. Im Traum hätte sie nicht daran gedacht, dass irgendjemand sie suchen könnte, ja mehr noch, ihr etwas mitzuteilen hatte. Hundertmal zog sie den Zettel aus der Schürze, starrte auf das bräunliche Papier, das von einem durchgerissenen Karton stammte.

Den Winter über blieb Traud bei Lies. Jeden Tag hoffte sie auf Nachricht. Oft stand sie, den Blick auf die Landstraße gerichtet und spähte nach den Autos. Lies machte sich einen Spaß daraus, sie damit aufzuziehen. Wie immer, wenn sie Kummer hatte, arbeitete Traud noch verbissener und energischer als sonst, sprach kaum, aß wenig.

Ende Januar gab es im Wolles Haus einen Stromausfall, was keine Seltenheit darstellte. Just zur gleichen Zeit ging das Brot aus. Lies, die genötigt war zu backen, befahl, dass auch ohne Dreschmaschine schleunigst gedroschen werden müsste. »Wenn et keinen Strom gibt, brauchen wir Willi mit seinem Bulldogg net Bescheid zu sagen, dann müssen wir eben mit dem Flegel dreschen«, bestimmte sie und trug Traud auf, in der Nachbarschaft ein paar Helfer zu suchen. Roggen und Weizen für Brot, Hafer und Gerste fürs Vieh, so lautete der Auftrag.

Die Knechte, die Traud zusammenbrachte, hatten das Dreschen mit Flegeln verlernt und sie machte ihnen wortreich klar, dass sich immer nur ein Flegel auf der Frucht und damit auf dem Boden befinden dürfe, da sich ansonsten die Dreschflegel gegenseitig zerschlagen würden. »Eins, zwei, drei und vier und eins und zwei und drei und vier«, zählte sie den Takt vor und bald schon hörte eine ganze Gruppe Knechte auf ihr Kommando. Kam jemand aus dem Takt, fing sie von vorne an und drohte: »Wenn dat noch mal passiert, kriegt ihr all die Flegel um die Hörner!« Die Körner sprangen aus den Ähren, die Luft staubte nur so von der Spreu, an diesem Tag wurde eine Menge geschafft.

Traud gönnte niemandem, am wenigsten sich selbst, eine Verschnaufpause. Irgendwann gesellte sich ein Nachbar zu den Bauern und versuchte sie zu foppen, weil bekannt war, dass sie sich wüst und laut zu verteidigen wusste. »Na Traud, mein Schnuckelchen ... Kannste nix anderes als schaffen?« Traud würdigte ihn keines Blickes, gab bloß den Takt noch schneller an. »Ein

Vollblutweib«, meinte er noch, »wat meint ihr, wat die schnurren kann ... hach, einfach zum Schwachwerden.« Es folgten ein paar schweinische Bemerkungen und zuletzt sprach er mit Fingerzeig auf Traud von einem fauchenden wilden Kätzchen. Sie blieb in ihre Arbeit vertieft.

Nachdem der Nachbar, enttäuscht ob des misslungenen Spektakels, gegangen war, fragte einer der Knechte Lies: »Wat is denn mit der los? Ist doch sonst net auf den Mund gefallen! Warum gibt sie denn kein Widerwort?«

Lies zuckte mit den Schultern. »Is die ganz Zeit schon so komisch. Wartet auf Besuch. Auf en Frau mit nem Auto.« Dabei grinste sie und hob vielsagend die Augenbrauen. Traud antwortete barsch: »Immer die Schwätzerei. Entweder et wird geschafft oder et wird die Schnüss geschwoard, und jetzt wird geschafft.«

Als sie spät noch in die Stube trat, kam Lies nah an sie heran und flüsterte: »Du brauchst net mehr zu warten, die Frau kommt net mehr.«

Mit fragendem Blick stand Traud in der dunklen Kammer.

»Letzt Woch, als du auf dem Feld warst, hat sie wieder hier gestanden. Ich hab se fortgejagt. Weil ich gesehn hab, dat dich dat ganz verrückt macht. In Ruh lassen soll die dich, wat soll die denn nach dir fragen? Hat hier nix zu suchen!«, schimpfte Lies. Trauds Gesicht wurde starr. Lies lachte. »Glaub mir, dat is besser für dich. Hättst mal hören sollen, wat ich der alles gesagt hab! Mit rotem Kopf is sie wieder abgedampft, in ihrem tollen Wagen!«

Wutentbrannt rannte Traud in die Scheune, jeder Wortwechsel mit Lies wäre vergeudete Zeit gewesen. Sie packte ihr Bündel, noch in der Nacht war sie auf und davon.

Schneespuren

Je länger der Krieg anhielt, desto weniger Händler ließen sich noch sehen und außer Traud kam bald niemand mehr. Seit Dreikönige waren die Tage strahlend kalt, der Himmel eisig blau. Bäche und Tümpel lagen gefroren; Kinder vergnügten sich mit Schlittschuhen.

Auf dem Kelberger Fronfeld war eine Fernmeldeeinheit der Luftwaffe stationiert. Sie hatten ein paar Zelte aufgebaut, in der Mitte des Platzes stand ein Kanonenofen, um den Briketts und Brennholz gelagert waren. Suppe verbreitete einen köstlichen Duft. Ein junger Soldat verteilte sie schöpflöffelweise an seine Kompanie. Längst hatte er Traud bemerkt, die am Waldrand stehen geblieben war und dem Schauspiel zusah. Als schließlich noch ein Rest der Suppe übrigblieb, winkte er sie zu sich, bückte sich nach einem Gefäß, schöpfte der zögerlich näher kommenden Traud eine Kelle der dampfenden Suppe, reichte ihr einen Löffel dazu und eine Scheibe Brot.

»Guten Appetit«, sagte er, »lasst es Euch schmecken. Ihr seht aus, als ob Ihr schon lange nichts mehr bekommen hättet.« Sie nickte, aß mit Appetit, kratzte geräuschvoll mit dem Löffel im Gefäß herum, um auch den letzten Rest zu erwischen.

»Wen fütterst du denn da?« Neugierig drehten sich die Köpfe der Kameraden; die Blicke wurden aber bald wieder gleichmütig, als sie erfuhren, dass es sich nur um eine ausgehungerte Alte handele, für die noch ein Rest übriggewesen sei.

»Warum isst du das Brot nicht, das ich dir gegeben hab?«, fragte er. Verlegen ließ Traud die Augen umherwandern. Sie hatte gehofft, er hätte nicht bemerkt, dass sie die Scheibe in den Beutel gesteckt hatte. »Dat is für unterwegs«, sagte sie, »ich hab et noch weit.«

»Wo wollt Ihr denn hin?«, fragte der Soldat und nahm ihr den Napf aus der Hand. Traud zuckte die Schultern. »Bleibt auf den Dörfern«, riet er, »das ist sicherer.«

Er sah nach den Kameraden, die die Näpfe an einem mit Wasser gefüllten Bottich abstellten und ins Zelt gingen. Im Zelt wurde geredet, dumpf klangen die Stimmen hinter den grauen Planen. Der Soldat griff in einen Sack, der am Kanonenofen lehnte und reichte ihr nochmals eine Scheibe Brot.

Gestärkt lief sie in die Stadt, stieg den kleinen Hügel zur Kirche hinauf, wo bisher immer eine Kerze gebrannt und selbst in schlimmsten Zeiten Blumenschmuck um den Altar gestanden hatte. Still setzte sie sich in eine Bank, streckte die Füße und tastete nach der Brotscheibe. Vor ihr tuschelten zwei Frauen. »Die Kreuze sind aus der Schul entfernt worden, aber dat lassen wir uns net gefallen. Da machen wir wat. Dat is doch Frevel.« Die Frau nickte, drehte sich kurz nach Traud um und rückte dann noch näher an die andere heran. »Und auf dem Schwarzenberg sind die Altarfiguren zerstört worden, so wie letztes Jahr dat Heiligenhäuschen an der Straß nach Hünerbach«, flüsterte die andere. »Auf dem Marktplatz haben se en Hitlerbild aufgestellt, Tannengrün haben se drum gewickelt. Grüßen sollen wir dat Bild. Und am Ortsrand hat ne Flakabteilung en Barackenlager eingerichtet.« Wieder drehten sie sich nach Traud um, die aufgestanden war und sich bekreuzigte.

In Kelberg herrschte eine Atmosphäre, wie sie sie nie zuvor empfunden hatte. Laufend gab es Truppenbewegungen sowie Einquartierungen. Zwangsarbeiter und Kriegsgefangene wurden für die Wald- und Feldarbeit eingesetzt. Jeden Abend wurden Ausgangssperren verhängt.

Alle waren auf der Hut, ein falsches Wort gefährdete das Leben. Dennoch war Widerstand spürbar, Menschen veränderten den Hitlergruß in »Treu Sieg« oder verweigerten ihn gänzlich. Sie hörte auch von heimlichen Verstecken für Politische und Juden; etliche Leute, denen sie begegnete, zweifelten am Endsieg.

In der Nacht, bevor sie wieder aufbrach, hatte sie mitbekommen, dass ausgerechnet der Gendarm des Ortes, Alfred Hüster, zu den mutigen Leuten zählte, der besonders zu den Bauern hielt und immer neue Wege fand, die Abgabepflichten zu umgehen. Schmunzeln musste Traud, als sie mithörte, wie er einem Bauern wie beiläufig erzählte, dass er wieder Hühner zu zählen habe, in Bodenbach diesmal, und dass es für ihn eine Plage sei, die seiner Gesundheit nicht mehr zuträglich wäre. Wie ein Lauffeuer verbreitete sich die Nachricht, sodass die Bauern – so wie Hüster es mit seinem Geschwätz geplant hatte – rechtzeitig ihr Federvieh fortschaffen konnten, bevor er eintraf. »Dat is en guter Mensch, der Hüster«, sagte eine Bäuerin zu Traud, als sie Tage später in Bodenbach aufkreuzte und die Geschichte zum Besten gab. »Der Hüster hält zu uns. Da können wir froh sein.«

Fehrer hatte sie nicht angetroffen, seine Hütte war verschlossen. Im Lenzen Haus blieb Traud nur eine Nacht, war doch auch hier alles belagert.

Der Winter 1944 war fürchterlich kalt, riesige Schneemassen bedeckten die Eifelkuppen, wieder versanken ganze Dörfer unter dem Weiß.

Obwohl auch die Dörfer am Ueßbach von der Welt abgeschnitten waren, hatte Traud den beschwerlichen Weg auf sich genommen und war von Ueß nach Utzerath gegangen. Fast fünf Stunden brauchte sie für eine Strecke, die sie ansonsten in einem Viertel der Zeit zurücklegte. Der rechte Schuh war unterwegs aufgeplatzt, die Sohle des linken Schuhes hing herunter. Kälte und Schnee gelangten ungehindert an ihre Füße, die blaustarr in löchrigen Socken steckten. Ihr Atem dampfte, die nassen Haare waren eingefroren, der Frost biss in den Fingern. Die dünne Jacke schützte nicht und so stapfte sie mit taubem Gesicht halb erfroren durch das Weiß, eine schwarze jämmerliche Gestalt, die sich wankend vorwärts bewegte. Obwohl in Ueß schon das baldige Ende des Krieges besprochen wurde, tauchten immer wieder Flieger am Himmel auf.

Ein paar Mal war sie stehen geblieben, nicht nur der Taschen wegen, die sie regelmäßig zum Verschnaufen abstellte – trug sie doch außer zwei schweren Bündeln auch noch einen Pappkarton mit sich – sondern um sich Hände und Füße zu reiben. Sie hauchte und massierte, was wenig half, zerriss ein Schnupftuch, umwickelte mit den Lappen ihre Füße, biss die Zähne zusammen und lief weiter durch taumeliges Weiß, bis sie endlich den Kirchturm der Kapelle von Utzerath vor sich sah.

Die Dorfstraße war sehr belebt, die Kinder hatten sie als Rodelbahn umfunktioniert und unentwegt ging es dort bergauf und bergab. Traud stapfte über die schmale Spur, mit ihrem blau gefrorenen und tief zerfurchten Gesicht, dem zerzausten grauen Haar, einen Rock über dem anderen, im Arm den Karton, die Bündel auf dem Rücken. Keuchend kam sie heran, wie eine weiße Wolke stand ihr Atem in der eisigen Luft, der Schnee knarrte unter ihren Füßen.

Als die Kinder ihrer gewahr wurden, liefen sie zusammen, umsäumten sie, schrien und tobten, riefen »Achtung, die Böh-Traud kommt« und »Kamillentraud im Anmarsch«, lachten und einige Mutige zupften sie am Rock.

»Glotzt mich net so an! Schämt euch all wat und zieht ab«, schrie sie, »lasst mich durch. Seht ihr net, wie bepackt ich bin!« Die Kinder ließen nicht nach, foppten sie weiter, zogen an ihrem Bündel, bewarfen sie mit Schnee, lärmten und jauchzten.

»Ihr Faulenzer, ihr Spitzbuben!«, zeterte Traud, »habt ihr nix zu tun als Maulaffen feilzuhalten, haut ab, haut all endlich ab!«

Auch unbeteiligte Personen fuhr sie barsch an, wusste gar nicht, woher sie die Kraft zur Verteidigung überhaupt nahm, wünschte sie sich doch nichts sehnlicher als einen warmen Platz, irgendwo an einem Ofen. Ein paar Frauen mahnten ihre Kinder, von der Straße wegzukommen, das Glotzen zu lassen. Dennoch gafften auch etliche der Alten, aus angemessener Entfernung zwar – die einen vergnüglich, die anderen mitleidvoll – nach dem merkwürdigen Geschehen.

Am Ende der Dorfstraße bog Traud in einen kleinen Weg ein, der just vom Schnee geräumt worden war und steuerte auf das Ferbersche Haus zu, das am äußeren Dorfrand lag. Dort bat sie um Einlass, klagte, sie könne nicht mehr weiter und müsse sich aufwärmen. »Ich spür mein Füß net mehr«, sagte sie und zeigte auf den offenen Schuh, dessen durchweichte Sohle schlapp herunter hing.

»Jesses Maria, Ihr seid ja halb erfroren«, entsetzte sich die Bäuerin und bat sie in die Stube, wo sie Traud einen Stuhl neben den Ofen zog. »Setzt Euch und ruht en bisschen.« Die Frau kniete sich vor den Ofen, öffnete die Feuerungstür, stocherte mit dem Schüreisen in den glimmenden Holzstücken und legte Scheite nach. Vorsichtig pustete sie in die Glut, bis das Holz zu qualmen begann und bläuliche Flammen empor züngelten. Sie schloss die gusseiserne Klappe. »Bleibt ruhig sitzen«, sagte sie, »gleich wird et warm. Ich setz noch schnell Milch auf.«

Eine Weile blieb Traud schweigend neben dem Ofen sitzen. Dann zog sie die Schuhe aus, rieb sich die Füße, die zu beißen anfingen und nicht minder schmerzten als draußen. Sie fluchte und schrie, rieb die Füße weiter, zog die löchrigen Socken von den verfrorenen Zehen, rote verhärtete und teilweise aufgeplatzte Frostbeulen wurden sichtbar. Sie keuchte und fluchte erneut.

Die Bäuerin kam mit der dampfenden Milch. »Dat tut Euch gut«, sagte sie. Traud trank ohne aufzuschauen und wärmte sich die Hände an der Tasse. Aber kaum dass Wärme sie durchflutete und sie sich aus ihrer Starre löste, sprang sie plötzlich auf und stellte die Tasse auf den Ofen. Sie zog die zerlatschten Schuhe wieder an, wobei sie den linken Schuh mit einem Band behelfsmäßig um den Fuß wickelte, murmelte etwas von einem Zug, den sie nicht versäumen dürfe, griff nach den Taschen und wollte aus der Stube treten, als ihr etwas einfiel.

»Kann der Jung net en Stück mit mir laufen?«, fragte sie die Bäuerin und zeigte auf einen Buben, der vom Flur aus in die Stube lugte und Traud eine ganze Weile schon misstrauisch beäugte, vielleicht weil auch er zu den Spöttern gehörte, die ihr den Weg durch das Dorf schwer gemacht hatten. »Die Taschen sind so schwer. Er könnt sie auf seinen Schlitten packen und mit mir an den Bahnhof gehn.«

»Ja sicher«, sagte die Bäuerin, während sie Traud noch ein Stück Brot zusteckte, »dat macht der gern.« Sie winkte den Jungen heran und trug ihm auf: »Franz-Josef, komm her und hilf der Frau die Taschen tragen.«

Bei diesen Worten war der Knabe zusammengefahren und Traud bemerkte wohl, dass es nicht seinem Willen entsprang sie zu begleiten – nicht weil sie ihm nichts für seine Hilfe geben konnte oder dass er sich gar vor ihr gefürchtet hätte – nein, das war es nicht. Sie wusste, dass die Betroffenheit des Jungen einzig und allein in der Tatsache gründete, dass er sich mit ihr schämen würde. Dennoch packte er sich die Taschen, trug sie hinaus, verstaute alles auf seinem Schlitten, wartete, bis Traud sich verabschiedet hatte und trottete neben ihr her zum Bahnhof. Die Straße war inzwischen menschenleer. Die Familien saßen beim

Mittagessen und so war der Junge sichtlich erleichtert, keinem seiner Kameraden zu begegnen.

Unterwegs erzählte sie ihm, dass sie weit gelaufen sei, durch den Schnee, und dass die ganze Eifel eine einzige Schneehöhle sei. »Ganz still isset auf der Höh. Und alles so weiß, dat et in den Augen weh tut. Dat merkt man hier im Dorf net.«

Am Bahnhof angekommen verabschiedete sie sich, indem sie sagte: »Du bist ein guter Jung. Nächstes Mal, wenn ich komm, bring ich dir Kamillenblumen mit.« Der Junge lächelte sie an und dieses Lächeln gab ihr ein wenig von der Kraft zurück, die sie am Mittag auf der Straße eingebüßt hatte.

Schattengestalt

In Borler war Traud wieder bei Katharina eingekehrt. Diesmal konnte sie bleiben und Katharina bot ihr die Tenne und einen Strohsack an. »Die Soldaten liegen all oben im Ettenhof. Hier ist die Luft rein!«

Katharina war sehr gealtert. Das schwarze lange Kleid hing lose an ihr herunter, die mageren Hände waren verschafft und faltig, das Gesicht hager und blass geworden. Die einst dichten, lockigen Haare hatte sie zu einem dünnen Dutt gebunden. Traud fiel auf, wie langsam sie geworden war. Ihr einzige Freude waren die Enkelkinder, die sie, wenn sie aus der Schule kamen und an ihrem Fenster vorbeilärmten, in die Stube lockte und mit einem dick bestrichenen Butterbrot verwöhnte.

»39 Enkelkinder hab ich«, sagte sie zu Traud und ihr Blick verriet den Stolz, den sie bei diesen Worten empfand. »Stell dir vor«, fuhr sie fort, »aus sieben werden 39. Und all sind sie geraten, grad und schlank gewachsen, all sind sie gesund.« Traud nickte anerkennend. »39 Enkelkinder, dat is schon wat.«

Im Laufe der Woche schrubbten die beiden Frauen die Wirtschaft, besserten die Vorhänge aus, wuschen die Schränke aus und Traud kälkte die Küchenwand, wo der Wassertrog stand. Am Samstag betrat ein Mädchen in einem blau karierten Leinenkleid die Stube, spähte vorsichtig um die Ecke, wo sie Traud herumwerkeln sah, und rief nach Katharina.

»Jöt, wo bist du?« Katharina ließ nicht lange auf sich warten, ging dem Kind freudig entgegen und streichelte ihm über die lockigen braunen Haare. »Tach Marlieschen. Haste Hunger?«

Zu Traud gewandt sagte sie: »Dat is unser Marlies. Dat Jüngste von unserem Franz. Der Franz hat gebaut, unten im Dorf. Drei Kinder hat er jetzt. Und weißte wat?« Mit bedeutsamem Blick näherte sich Katharina und flüsterte: »Der Franz hat net in den Krieg gehn müssen. Der hat doch damals dat Aug verloren, wegen den Bienen. Damals hab ich wunder gemeint, wat dat für ein Pech wär. Aber et war en Glück, en richtiges Glück!«

Sie gab Marlies ein Zeichen ihr zu folgen. »Jetzt mach ich dir en dick Schmandbrot.« Traud hörte, wie sie herumhantierte und mit dem Kind redete. Von einem Lamm erzählte das Mädchen, das sie mit einem Milchfläschchen aufzog. »Et is ganz schwach auf den Beinen. Mutter kocht jeden Tag extra Milch. Dat Lämmchen gehört mir. Vatter hat gesagt, et gehört mir ganz allein. Draußen vorm Stall hat er mir en Ring festgemacht, da hab ich et festgebunden. Aber der Siegfried, der is so gemein. Der hat gesagt, ich soll et nur recht gut füttern, dann tät et besser schmecken.« Beruhigend redete Katharina auf das Kind ein und ihre Stimme klang vergnügt und jung.

Als sich das Mädchen verabschiedete, vertraute sie Traud an, was aus den anderen Kindern geworden war. »Pitter is jetzt Ortsbauernführer, Jüpp hat sechs Kinder, Johann übernimmt die Wirtschaft. All haben se geheiratet. Und all hier im Dorf.« Kurz standen sie zusammen und lachten. Ernst wurde Katharinas Gesicht, als sie sagte: »Nur der Hubert, an den muss ich immer denken. Immer stell ich mir vor, wie jung der war. Und jetzt ziehn sie die Enkel ein. Jeden Tag geh ich von Haus zu Haus und frag, ob die Jungen geschrieben haben. Heil Hitler sagen die Leut in der Stadt. Da is kein Heil, dat sag ich dir, überall werden Bunker gebaut und Panzersperren.«

Aus der Gaststube rief jemand. »Gibt et hier nix mehr zu saufen?« Katharina hastete aus der Küche. Im Flur hielt sie plötzlich inne und drehte sich nach Traud um. »Da war vor ein paar Monaten ein Mann in der Stub, der hat nach dir gefragt. Hat gesagt, dat er aus Hoffeld kommt und dich lang kennt. Der war auch im Krieg. Vogesen hat er gesagt. Hatte ne rote Narbe über der Stirn. Ich konnt ihm kein Auskunft geben. Wusst ja net, wann du wiederkommst.«

Traud zuckte zusammen. Einen Moment dauerte es, bis sie sprechen konnte. »Hieß der Paul?«, fragte sie, obwohl sie die Antwort bereits kannte. »Ich weiß et net«, erwiderte Katharina, maß der Sache aber weiter keine Bedeutung bei und eilte, ihre Gäste zu versorgen.

Paul war also hier gewesen und hatte sie gesucht. Einen Moment schloss sie die Augen – Paul war am Leben. Belustigt horchte sie nach dem schrägen Gesang, der aus der Wirtstube drang. »Angeta-han hats mir der Wein, dei-ner Äu-ge-lein hel-ler Schein, Lindenwirtin du junge, Lindenwirtin du ju-hun-ge.«

Knapp eine Woche konnte sie bei Katharina bleiben. Dann wurden auch hier Scheune, Kammern, sogar der Stall belagert. Müde saß die Wirtin am Tisch, als sich Traud verabschiedete. »Dat wird net mehr besser, wirste sehn«, sagte sie und seufzte, »am End meines Lebens seh ich nur Leid.«

Auf dem Weg nach Bongard begegnete Traud einer Gruppe zerlumpter, abgemagerter Menschen. Sie schleppten ein paar Habseligkeiten auf zwei hölzernen Karren, ihre Rücken waren gebeugt, die Gesichter voll Kummer, Hast und Ergebenheit. Einige taumelten nur noch vorwärts. Es waren meist Frauen und Kinder, einige mit Koffern und Bündeln. Hinter ihnen schritten bewaffnete SS-Soldaten. Die Kapos, die sich von den anderen durch weiße Armbinden unterschieden, umkreisten die Kolonne. Unter Schreien und Stockhieben trieben sie die Menschen vor sich her.

Ein Kübelwagen überholte den Trupp von rechts. Zwei Männer von der Propaganda-Kompanie saßen im offenen Wagen, ein dritter, der ein Maschinengewehr geschultert hatte, stand auf dem Tritt. »Näher ran an die Gräben!«, schrie er, »die Augen auf den Boden!« Einen Moment musterte er Traud, die am Waldrand stehen geblieben war und sich vor Beklemmung nicht rühren konnte. »Was ist, halten wir an?«, fragte er mit Fingerzeig auf sie.

»Lass die Alte«, entgegnete der Fahrer, »behaltet lieber die Schweine vor uns im Visier!« Traud schloss die Augen. Als sie sie wieder öffnete, waren die gequälten Menschen weg, sie hörte nur noch die Geräusche des Fahrzeugs. Ein Geruch von Benzin lag in der Luft.

Am Tag vor Weihnachten 1944 begannen die Bombenabwürfe auf Kelberg. Laufend gab es Fliegeralarm. Am Heiligabend hatten trotz Verdunklung einige Kelberger das Bedürfnis, die Kirche zu besuchen. Ziemliches Geläuf gab es deshalb auf dem Marktplatz. Selbst Traud eilte mitsamt ihrer Bagage den Hügel hinauf, den Leuten hinterher, denn auch sie wollte zumindest ein Gesetz vom Rosenkranz beten; war es doch Weihnachten.

Finster und mächtig ragte der Kirchturm in den Abendhimmel, düster lag das Seitenschiff, die schweren Eichentüren schienen die Menschen zu schlucken, die lautlos ins Dunkel der Kirche huschten, wie Schatten. Niemand hatte gewagt, eine Kerze zu entzünden.

Traud hatte kaum die obersten Stufen erreicht, als die Luftschutzsirene heulte. Jemand schubste sie in die Seite, Leute rannten ihr entgegen, sie hatte keine andere Wahl als umzukehren. »Los, geh schon, renn doch, im Keller isset besser als in der Kirch …!« Sie fühlte eine Hand im Rücken und ließ sich anstecken von der allgemeinen Verwirrung und der Panik, die plötzlich ausgebrochen war. Mit den anderen hetzte sie den Hügel abwärts, über die Straße, in den nahe gelegenen Keller eines Hotels, wo es bereits am Eingang ein heilloses Gewühl gab. Um sie herum unzählige Frauen, teils mit schreienden Kindern, die Einlass begehrten und über einen modrig riechenden, finsteren Gang in die unteren Räume drängten.

Das Heulen der Sirene ließ wieder nach. Traud stand verängstigt und blass zwischen all den Menschen. Ihre Stirn war nass, die Hände zitterten, der Puls pochte in den Schläfen. Eine Frau rückte von ihr ab, meinte zu einer anderen mit einem abschätzigen Blick auf Traud: »Bloß net so nah rangehn. Die hat sicher Läus.«

Die Luft im Bunker war stickig vom muffigen Kleidergeruch, von den verschimmelten Wänden, von Schweiß und Staub.

Immer noch kamen Leute. Traud versuchte in einen Seitengang auszuweichen und lehnte sich dort an eine weißgetünchte Wand. Suchende drängten an ihr vorbei, der Gang war erfüllt von einem fortwährenden Rufen und Kreischen, unterbrochen von den schrillen Stimmen der Ordner. Im hinteren Teil des Kellers hatte jemand einen Volksempfänger aufgestellt. Der schlechte Empfang schmerzte in den Ohren, minutenlang war nur ein Rauschen zu hören, dann eine Stimme: »Ich rufe die deutschen Kameraden in Norwegen, ich rufe Oslo.«

Und kurz darauf: »Hier meldet sich der deutsche Stützpunkt in Norwegen.« Im Keller wurde es ruhig.

Die erste Stimme begann erneut: »Ich rufe Danzig.« Auch diesmal meldete sich eine Stimme: »Hier ist Danzig.«

»Ich rufe Wien ...« Die Frau neben Traud flüsterte: »Dat is en Ringsendung, wat wird dat jetzt geben?«

»Ich rufe Kurland.«

»Hier meldet sich Windau, Kurland ...«

Traud stand an der Wand, hielt die Arme vor der Brust und rührte sich nicht. Klebriger Schweiß rann ihr über den Rücken. Ihre starr blickenden Augen sahen nichts als das Grau der Menschen, den flackernden Schein einer trüben Flamme.

»Ich rufe Mailand, Italien ...«

Dann gab es wieder dieses Rauschen und die Frau wisperte: »Jetzt werden all Sender zusammengeschaltet.«

Traud erschrak, während sich die anderen näher um das Radio drängten.

Und dann wurde alles ganz still, als die Soldaten aus Norwegen, Österreich, Lettland, Ostpreußen und Italien zusammen sangen: »Stille Nacht, heilige Nacht, alles schläft, einsam wacht ...«

Erst nach einer Weile bewegte auch Traud die Lippen. »... nur das traute hochheilige Paar, holder Knabe im lockigen Haar ...« Die Frau neben ihr lächelte sie an. Andere weinten. »... schlaf in himmlischer Ruh, schlaf in himmlischer Ruh.«

Draußen lagen die Gehwege voller Trümmer. Der Marktplatz brannte und es roch nach Staub und altem Zeug. Der Rauch kratzte im Hals und stach in den Augen. Traud konnte nicht weit sehen, denn der rote Schein am Himmel wurde von einem dichten, gelben Staub verschluckt. Leute hasteten durch die Straßen. Einige bemühten sich, ihre Habe aus den Häusern zu retten.

Mühsam kam sie voran. Bisweilen blieb sie stehen, weil sie infolge des Rauches von einem heftigen Husten befallen wurde.

Von den Gebäuden am Markt stürzten immer noch Trümmer herab. In die Häuser konnte man nun hineinsehen. Die Fenster waren geborsten, ganze Wände zusammengebrochen und durch die wenigen Dächer, die gehalten hatten, schimmerte der rötliche Himmel.

Mitten auf der Straße lag eine Frau wie tot, bewegte nur den Mund, aber kein Laut kam heraus und Traud wusste nichts anderes, als sie in ihr Tuch zu hüllen und die Stirn zu befühlen. »Helft ihr doch«, rief sie den Leuten zu, »seht ihr denn net ...!«

Ein Soldat sprang herbei und half ihr, die Verletzte in einen Hausgang zu schaffen. »Ich kümmer mich schon«, versprach er, »bleibt hier sitzen. Ich hol Hilfe.«

Der Soldat machte sich sofort auf den Weg, während Traud neben der wimmernden Verletzten kauerte und ihre Hand hielt. Die Gasse, in die der Soldat eingebogen war, war von Schuttmengen zusammengestürzter Mauern versperrt, Menschen schrien um Hilfe und Traud sah, dass einige Leute mit bloßen Händen versuchten, einen Durchgang zu schaffen. Ein alter Mann hatte eine Spitzhacke aufgetrieben, ein anderer eine Schaufel, die knirschend in die Steine fuhr. Eine Frau brachte einen Schubkarren. Sie kamen nur langsam vorwärts. Einer fluchte, dass das Arbeitsgerät nicht ausreiche, dass die Zahl der Verletzten zu hoch sei und er warf seine Hacke auf die Seite, stieg auf den Trümmerhaufen, rutschte bei jedem Schritt, wusste nicht, wo er die Füße hinsetzen sollte, versuchte dennoch voranzukommen, während von oben Steine fielen. Er überschritt einen langen Balken, kletterte weiter, bis Traud ihn aus den Augen verlor.

Alles hier hatte sich verändert. Von einer Minute auf die andere war der Platz, der ihr so lange vertraut war, ein Platz der Angst geworden. Hier war sie mit ihrer Mutter oft gewesen, hatte den

Markt gesehen, den typischen Geruch nach Kartoffeln, Zwiebeln und Gemüse geliebt. Seit Menschengedenken gab es diesen Platz und jetzt lag er verwüstet.

Und nicht nur der Platz, auch die Leute, die an Traud vorübereilten, sahen verändert aus. Angst stand in ihren Augen. Alles lief durcheinander, Soldaten, Zivilisten, Kinder. Manche trugen Bahren, worauf Tote oder Verletzte lagen. Traud schrie verzweifelt um Hilfe, zeigte auf die Verletzte an ihrer Seite, die die Augen geschlossen hielt und aufgehört hatte zu wimmern. Die Zeit wurde lang, bis zwei Männer mit einer freien Bahre gelaufen kamen, die Frau aufluden und weitereilten, ohne Traud zu beachten. Sie stand auf, sah der Bahre hinterher und wollte in eine Seitengasse einbiegen, als sie von einem Soldaten mit einem Gewehr angehalten wurde.

»Gefahrenzone, hier geht's nicht weiter!« Der Soldat zeigte in die entgegengesetzte Richtung, aber auch die anderen Straßen waren Gefahrenzonen, denn überall brannte es und Soldaten standen Wache. »Geht in die Kirche«, sagte einer zu Traud, »oder Richtung Zermüllen, da ist es am besten.« Diesen Rat gab er auch anderen, die nach Verletzten suchten. »Sucht in der Kirche«, sagte er zu allen, »geht hinauf in die Kirche. Von Rothenbach her ist ein Hilfstrupp unterwegs.«

Es dauerte eine Weile, bis sie sich einen Weg durch das Gewirr und den Tumult gebahnt hatte und den Hügel hinaufgestiegen war. Sie betrat die Kirche durch den Seiteneingang. Vom Altar herab leuchtete jetzt eine Kerze und Traud dachte daran, dass es in einer brennenden Stadt mit der Verdunklung ohnehin vorbei sei. Auf den Gängen herrschte ein großes Gewimmel, es roch auch hier nach Brand und Staub. Die Leute, die herumgingen, warfen lange Schatten, die an den hohen Wänden bis zur Decke wuchsen.

Am Boden lagen die Verletzten, Kinder, Frauen, Männer, beschmutzt, blutig mit wächsernen Gesichtern. Winselnde Menschen lagen auch auf den Stufen zum Altarraum. Fast alle hielten die Augen geschlossen. Ein Pfleger und ein Arzt gingen umher und immer wenn einer von ihnen die Wunden befühlte, gab es einen Aufschrei. Der Arzt hatte keine Medizin und nur wenig Verbandszeug und so musste er sich oftmals darauf beschränken, die Wunden nur anzusehen.

Traud suchte sich einen Platz im linken Querschiff. Dort saß sie unter dem Osterkreuz, mit den geschnitzten Szenen von der Auferstehung Jesu. Sie stand auf und tastete mit den Händen über die eingeritzte Jahreszahl. »1696«, flüsterte sie, dann hockte sie sich wieder auf die steinernen Bodenplatten. Ihre Augen brannten. Seit dem Morgen hatte sie nicht gegessen und es beschlich sie Übelkeit. Lange saß sie, bis ihr die Augen zufielen und sie einnickte.

Ein heftiger Hustenanfall riss sie aus ihrem Dämmerzustand. Die Luft in der Kirche war rauchgeschwärzt. Obwohl sämtliche Bänke inzwischen belegt waren, drängten immer noch Menschen hinein und so erhob sie sich, beeilte sich den Platz freizugeben für diejenigen, die ihn mehr benötigten. Nicht nur aus der Kirche wollte sie hinaus, auch aus Kelberg wollte sie fort, ungeachtet der Wachleute.

Im rechten Querschiff hatte jemand den Kelberger Christus abgehängt und, wohl um die Figur zu schützen, umgedreht an die Wand gelehnt. Traud erschrak über den abgewandten Christus, bemühte sich, diesem Bild keine Bedeutung beizumessen und beeilte sich, nach draußen zu kommen.

Sie fror, als sie aus der Kirche trat und ihren Blick über den Ort streifen ließ. Auch hier war alles grau, die Häuser, die Luft. Es roch nach Verbranntem, immer noch schwelten Feuer.

Ein kleines Mädchen kam ihr entgegen. Es war ebenso grau im Gesicht wie alle anderen und lief in einem zerrissenen und beschmutzten roten Kleid barfuß zum Seiteneingang, wo es unsicher stehen blieb, sich den Arm hielt und in die Kirche äugte. Dann schlüpfte es hinein und Traud sah, wie es von Reihe zu Reihe lief und schließlich mit gesenktem Kopf wieder hinaus trat. Immer noch hielt es sich den Arm.

»Tut dir wat weh?«, fragte Traud. Das Mädchen schüttelte den Kopf. »Nee, net mehr. Er is net gebrochen«, sagte es und hob den Arm ein wenig an, »nur verrenkt. En Frau wollt mir die Hand schienen.«

Soldaten brachten weitere Bahren in die Kirche. Auf einer lag ein Toter, den sie neben einen anderen Toten auf die Erde legten. Traud und das Mädchen sahen in die verzerrten Gesichter, standen lange ohne sich zu rühren.

»Wo sind dein Eltern?«, fragte Traud. »Ich weiß et net. Ich war im Keller. Mein Mutter war auch da. Aber jetzt ist sie weg«, antwortete das Mädchen und sah forschend in ihre Augen. »Ich muss sie suchen«, sagte es und blickte angestrengt über den Platz. Das Kind war erschöpft und blass. Einen Moment dachte Traud daran, es mitzunehmen.

Sie dachte an die Zeit mit ihrer Mutter. »Von jetzt ab is alles anders«, sagte sie, kramte in ihrem Beutel, beugte sich zu dem Kind und reichte ihm ein Sträußchen zerrupfter Kamille. »Dat sind Kamillenblumen, die helfen gegen alles«, sagte sie und während das Mädchen die trockenen Kräuter in den verschmutzen Händen hin und her drehte, kam ihr die eigene Lage in den Sinn. Nein, mitnehmen konnte sie es nicht. Sie hatte nun wirklich nichts, gar nichts zu bieten und sollte das Kind etwa genauso enden wie sie selbst?

»Jetzt geh, lauf weiter«, sagte sie barsch und zog die Schnüre der Tasche fest, »sicher sucht dich schon einer.«

Sie beeilte sich, vom Marktplatz zum Ortsrand zu kommen. Ein paar Mal sah sie sich nach dem Kind um, das lange noch da stand, allein, mit den Blüten in der Hand, mitten auf dem Platz, wo es wimmelte von suchenden Menschen. Sie lief am alten Pfarrhaus vorbei den Berg hoch, dachte sich, nach Zermüllen oder Adenau zu gehen, aber nach einer Weile war ihr der Weg einerlei.

Wolfszeit

Wie sie nach Mayen gekommen war, wusste sie nicht mehr. Immer weiter war sie gelaufen, zuletzt über das Hochplateau am Kürrenberg. Der schöne Blick auf Nitz und Nette ließ sie kalt, nur fort drängte es sie, und bald schon sah sie die Genovevaburg vor sich und die Stadttore.

Unterwegs war ihr das Kringshaus eingefallen und die Vorstellung, dort vielleicht einen sicheren und warmen Platz zu finden, wuchs und war bald zu einer fixen Idee geworden.

Nachdem sie ihre Schritte zuerst in Richtung Stadtmitte gelenkt hatte, überkam sie plötzlich eine seltsame Ahnung. Irgendetwas in ihr sträubte sich weiterzugehen, sie spürte ein mulmiges Gefühl in der Magengegend und eilte, um wieder aus der Stadt herauszukommen. Dort, wo die Häuser dunkler und bescheidener wurden, blieb sie stehen und lehnte sich an eine Wand. Schritte klapperten auf der Straße. Leute kamen näher, unterhielten sich, beachteten Traud nicht, die immer noch da stand und daran dachte, dass diese Menschen sicher genau wussten, wohin sie gehen wollten, was sie dort zu tun hätten, und nur sie, sie allein, wusste nicht, wo sie hingehörte. In solchen Situationen dachte sie an Paul und stellte sich vor, wie schön es wäre, sich einmal noch an seine Schulter lehnen zu dürfen.

In der Gasse lag ein dumpfer Modergeruch von feuchtem Staub und schwammigen Kellerwänden. Menschen liefen auf und ab. Ein paar Soldaten traten laut lachend aus einer Schänke und polterten mit schweren Stiefeln über das Pflaster.

Dann heulte eine Sirene und sofort rannten verängstige Menschen aus den Häusern in Richtung der Schutzräume. Traud hatte nicht das Bedürfnis, sich ihnen anzuschließen. Sie dachte sich, dass sowieso egal sei, was mit ihr geschehen würde.

Langsam ging sie weiter, zog das Tuch fester um den Kopf, jemand rief ihr zu, dass es die falsche Richtung sei, aber sie ließ sich nicht beirren, fuhr nicht einmal zusammen, als die Sirene von neuem anfing. Als die letzten Häuser von Mayen hinter ihr lagen, erblickte sie in der Ferne den Wald und darüber die Sterne. Sie beschleunigte ihren Schritt, dann bog sie in einen Feldweg ab, der in den Wald führte.

»Halt! Wo wollt Ihr hin?« Ein junger Soldat mit einem Helm auf dem Kopf und einem Gewehr über der Schulter stellte sich ihr in den Weg.

»Weg hier«, antwortete Traud und drängte an ihm vorbei.

»Wenn Alarm ist, haben sich alle in die Schutzräume zu begeben.«

»Ich geh in den Schutzraum, der mir passt.«

»Ihr kehrt sofort um«, befahl der Soldat, »es ist bald dunkel und nach der Verdunklung kann keiner mehr gehn, wohin er will.«

Entfernt ertönte die Sirene zu dritten Mal. Der Soldat wandte sich um, ließ Traud stehen und lief, ohne sich nochmals umzusehen, in Richtung Stadt.

»In meinen Schutzraum geh ich!«, rief sie ihm hinterher und drohte mit der Faust.

In der Dämmerung lag Mayen, eine Menge Dächer eng aneinandergeschmiegt. Zwischen den Reihen der Dächer konnte man die Einschnitte der Straßen erkennen. Drüben die Kirche und die Genovevaburg, dort der schiefe Turm, und über allem der Glanz der Sterne und die grässliche Bedrohung, der Krieg und das Unheil.

Dann hörte sie das Geräusch. Ein Geräusch, das näher und näher zu kommen schien, es kam von oben und schon sah sie am Himmel eine Traube weißer Lichter, die fremd und kalt für einen Moment dort zu hängen schien und dann die Stadt erleuchtete. Hundert Motoren brummten am Himmel, die Geräusche wurden stärker und es schien ihr, als ob der Himmel immer heller würde. Sie spürte einen Windstoß im Gesicht und dann übertönte der dumpfe Aufschlag der Bomben jedes andere Geräusch und sie rannte, mühsam, weil ihre Beine zitterten, in Richtung des Waldes.

Der Krach der Explosionen, eine nach der anderen, war wie ein donnerndes Gebrüll, das ihr Laufen übertönte, ihren keuchenden Atem. Mit irren, aufgerissenen Augen blickte sie über die Stadt, während sie sich mit ausgebreiteten Armen an einen Baumstamm klammerte. Sie spürte einen warmen Wind, der aus der Tiefe kam und sie gegen den Baum drückte, warm, nur einen Moment warm.

Es dauerte ein paar Minuten, dann war alles still. Immer noch klammerte sich Traud an die Tanne, ihr Herz raste. Die Lichter am Himmel waren erloschen und die Stadt lag nun in einem anderen Licht, rötlich und trüb. In der Stille zuckten Flammen auf, mehrere Brände loderten, Rauch und Staub stiegen in die Luft, alles war bedeckt von einer riesigen Wolke, die von unten her rot war. Traud sah, wie der schiefe Turm der Clemenskirche in sich zusammensank und es überkam sie eine schreckliche Angst, dass sie alle vielleicht vergessen wären, alle von Gott vergessen, und dass die Bomben wiederkommen könnten. Neben der Tanne sank sie zusammen. Verzweifelt strich sie über den rauen Stamm; ihre Hände zitterten. Sie wusste nicht, wohin sie gehen sollte, zurück in die Stadt oder an irgendeinen anderen Ort.

Der Geruch des Feuers kroch über die Wiesen, sie hörte nun auch Schreie und Motorengeräusche von Fahrzeugen, erschrak jedes Mal bis ins Mark, wenn etwas mit Getöse zusammenstürzte und die Flammen hoch in den Himmel schlugen. Dann kam der Donner zurück. Wieder wurde die Luft erschüttert, alles vibrierte, die weißen Lichter erschienen erneut am Himmel, tauchten langsam hinab, Einschläge folgten. Sie saß auf der Erde, die Knie an den Leib gezogen. Sie dachte an den jungen Soldaten, der ihr begegnet war und an das Elend der vielen Leute, die in den Gassen der Stadt geblieben waren.

Immer noch tobte ihr Herz und als sie sich am Baum hochzog, schlotterten die Knie. Sie ging ein Stück und gelangte über einen Hügel zurück auf die Straße. Dieses Stück Straße erkannte sie nicht wieder, denn anstelle der Häuser lagen Trümmer. Sie entschloss sich, die Stadt zu umgehen, fand sich aber bald an einer Stelle wieder, wo die Trümmer haushoch lagen und ein Durchkommen unmöglich war. Sie war nicht mehr sicher, wo sie war und ging den halben Weg zurück. Sie achtete auf alles, was sie erkennen konnte. Ein paar Häuser standen noch, aber es waren wenige, dazwischen leere, rauchende Stellen. Sie war inzwischen völlig durchfroren, die Stofffetzen, die sie sich um die Hände gewickelt hatte, halfen nicht mehr und die Hand, die das Bündel hielt, war von der Kälte ganz steif.

Plötzlich lief ein Junge etwa fünfzig Schritte vor ihr her und Traud versuchte, ihm hinterherzukommen, in der Hoffnung, irgendwo ein Versteck zu finden, einen geschützten Platz für die Nacht. Eine Weile blieb sie dem Kind auf den Fersen, kletterte über Stacheldraht, zerriss sich den Rock, folgte ihm über Schutthaufen. Irgendwie glaubte sie, den Knaben auf keinen Fall aus den Augen verlieren zu dürfen, war doch ansonsten alles leer und tot.

Atemlos keuchte sie ihm hinterher und als sie ihn zu verlieren glaubte, schrie sie aus Leibeskräften: »Bleib stehn! Weißt du net, dat sie dich einsperren, wenn sie dich um die Zeit hier laufen sehn?« Sie sah noch, wie sich der Junge hinter einen Bretterverschlag rettete. Dann verlor sich seine Spur und Traud klammerte sich, um Luft ringend, an einen Zaun und blickte hinauf nach dem schwarzen Himmel. »Wieso bin ich schon wieder davongekommen? Wenn ich näher an der Kirch gewesen wär, ging et mir jetzt besser.«

Dann wurde es Tag. Ein kalter grauer Morgen unter einem mit Wolken umzogenen Himmel. Im ungewissen Licht bewegten sich die Mayener durch die Straßen, wühlten in den qualmenden Trümmern, gingen zwischen den Reihen der Leichen, der Brände und Schuttberge umher. Sie hatten verwirrte oder gleichgültige Gesichter. Sie sammelten Gegenstände, nur irgendwas wollten sie in ihren zerstörten Häusern wiederfinden, was es auch sein mochte. So viel sie schleppen konnten, nahmen sie auf die Schultern, trugen es an andere Orte. Andere suchten gar nichts, wanderten ziellos herum.

Auch Traud ging in diesem Schweigen wie verloren umher. Mund und Kehle waren ausgetrocknet, die Kälte spürte sie nicht mehr. Auf dem Marktplatz stand ein großes Blechbecken, worin Kohlen glühten. Ein paar Leute drängten sich um die Wärme, saßen vornübergebeugt und hielten die Hände über das Feuer. Jemand reichte Traud einen Aluminiumbecher mit einer dampfenden Flüssigkeit. Sie nahm den Becher und begann mit kleinen Schlucken zu trinken.

Sie sah keinen Unterschied mehr zwischen sich und den anderen. Sie, die immer in Lumpen gelaufen war, fiel nicht mehr auf zwischen all den anderen Lumpenträgern, den Verzweifelten, den Schreienden, den Herumirrenden. So stellte sie sich den Jüngsten Tag vor, die Stunde des Wartens vor dem letzten Gericht, die Stunde des Kampfes zwischen Gott und Teufel.

Jetzt mussten alle kämpfen, mussten so handeln, dass, wenn einer ohne Brot blieb, nicht er es selbst war. Endlich war zu begreifen, dass der Krieg verloren war und jeder hier hatte die Last der Niederlage selbst zu tragen, eine schwere Last für ein armes Volk in einem verwüsteten Land. Vielleicht würde diese Last ein Leben lang nicht genommen, dann wären sie alle nie mehr frei und es gäbe keine Hoffnung mehr.

Gedankenverloren nippte Traud an ihrem Becher. Das heiße Getränk schmeckte bitter. Zwei Rot-Kreuz-Schwestern bahnten sich einen Weg über den Platz. Vor ihr stand ein etwa zwölfjähriges Mädchen mit ungekämmten Haaren und hielt ihr ebenfalls einen Becher hin. »Drüben ist Wasser«, sagte das Kind, »wenn du dich waschen willst.« Traud zögerte, schüttelte den Kopf.

Neben ihr stand eine Frau, alt, mit eingefallenem Gesicht und Ringen unter den Augen. Sie musterte die Alte, die in gebeugter Haltung mit zwei Händen den dampfenden Becher hielt. Sie trug außer einem Tuch nur eine dünne Weste und zitterte am ganzen Körper. Die Frau kam ihr bekannt vor.

Endlich fragte sie: »Seid ihr net Theresia Krings?«

Die Frau blickte auf und Traud bemerkte ein flüchtiges Lächeln auf dem grauen Gesicht. Es dauerte einen Moment, bis sie sprach und es schien, als müsse sie die Worte erst suchen.

»Et is so kalt. Und alles is verloren. Ich hab kein Arbeit mehr für dich.« Traud nickte. Die Frau redete weiter: »Von unserem Haus ist nix mehr übrig. Ich geh nach Kelberg. Zu meiner Schwester. Ich hab noch net mal mehr ein Kleid zum Wechseln.«

Schluchzend stand sie, bedeckte das Gesicht mit den Händen, wies mit dem Finger über den zerstörten Platz. Dann lachte sie plötzlich, laut und schrill, um sich kurz darauf wieder den Kopf zu halten.

Als Traud ausgetrunken hatte, nahm das Mädchen den Becher und füllte ihn für eine andere Wartende auf. »Dat hat gut getan«, sagte sie und nickte dem Kind zu. Und zu Frau Krings sagte sie: »Kelberg is genauso kaputt. Ich war Weihnachten da. Alles kaputt.«

»Ich weiß«, antwortete die Witwe, »aber meiner Familie is nix passiert. Ich kann da hingehn. Immerhin hab ich jemand.«

Verloren stand sie mit unruhigem Blick vor dem Feuer, dabei schüttelte sie immer wieder den Kopf und hatte so einen verzweifelten Ausdruck im Gesicht, dass Traud erschrak. Sie fasste die alte Frau bei der Hand, brachte sie näher ans Feuer und sorgte dafür, dass sie sich setzen konnte. Die Ascheschicht auf den Kohlen war dichter geworden und die Wärme hatte nachgelassen. »Dieser dreckige Krieg«, heulte die Witwe, »wat dat für ein Unglück bringt ...«

Nach einer Weile erhob sie das Gesicht und lächelte: »Weißt du noch, damals, der Paul?« Traud schluckte. Lange schwiegen sie.

Als es dunkelte, erzählte die alte Frau, dass ihr Enkelsohn mit seinen Kameraden in einer alten Flak-Stellung mit Kriegsmunition gespielt habe. »Unser Karlchen, dat unglückliche Kind, der war ganz verrückt auf sowat. Er hat eine Patrone in den Lauf der Flak gesteckt, an der die Kinder vorher den Verschluss abmontiert hatten. Dann haben sie mit nem Gegenstand auf das Zündhütchen der Munition geschlagen.« Sie tastete nach einem Taschentuch und wischte sich die Nase. »Der ganze Bauch war aufgerissen.«

Es verstrich der erste Tag, es kam die Nacht und dann begann ein neuer Tag und die Züge fuhren wieder. Zwar stand der Bahnhof nicht mehr, aber die herausgerissenen Gleise konnten ersetzt werden. Hilfsmannschaften reihten Leiche neben Leiche. Männer gingen zwischen den Trümmern umher und streuten Kalk und Desinfektionsmittel. Die Brände brauchten fast eine Woche, bis sie erloschen. Tagelang stand dichter Rauch in Schwaden über der Stadt, viele Menschen waren fortgegangen. Diejenigen, die ausgehalten hatten, waren einander ähnlich geworden. Anfangs hatten sie geweint, gebetet oder geflucht. Mitten in der Verwüstung hatten sie empfunden, dass alles ein Unrecht war und dass sich selbst die Frage, wer die Schuld daran trüge, erübrigte. Sie warteten einzig darauf, dass der Krieg endlich aufhören und die Angst ein Ende haben möge.

Traud war noch eine Weile bei der Witwe Krings geblieben, bis die sich gegen Abend einer Gruppe von Leuten anschloss, die mit Karren und Wagen in Richtung Kelberg aufbrachen. Sie hatten nur noch wenig gesprochen. Zum Abschied hatten sie sich nur angesehen und einander zugenickt. Als sich der Tross mit den Wagen in Bewegung setzte, verließ auch Traud die Stadt. Nach Kolverath wollte sie, nach Hause.

Unter den Füßen das Gras

Anfang des Jahres setzten gewaltige Flüchtlingströme aus Ostpreußen und Schlesien ein. Auch Evakuierte aus Trier, dem Luxemburger Land sowie dem Westwallgebiet durchzogen die Eifel. Vollbeladene Karren zogen sie hinter sich her, Säcke und Koffer stapelten sich unter den Planen, auf den größeren Wagen saßen Alte, Gebrechliche oder Frauen mit Kleinkindern. Daneben liefen Kinder, hielten sich an Seilen fest, die an die Wagen geknüpft waren, um auf dem mühsamen Weg mithalten zu können. Angst stand allen ins Gesicht geschrieben, auch denen, die aus den Fenstern sahen und einige dachten beim Anblick der frierenden Menschen an die eigene ungewisse Zukunft. Kaum noch jemand glaubte an den Endsieg, kündigte sich doch das Näherrücken der Front durch ständig lauter werdenden Geschützdonner an.

Im Januar durchbrachen schließlich amerikanische Divisionen den Westwall.

Zwar hatte Traud nach Kolverath gehen wollen, war aber in einer verlassenen Jagdhütte am Barsberg geblieben, wo sie sich in diesen Tagen sicher glaubte, lag die Unterkunft doch versteckt und abseits der Straßen. Sie war froh niemandem zur Last zu fallen, die Häuser waren allesamt zwangsbelegt, die Bauernfamilien mussten selbst eng zusammenrücken.

Ende Februar wurde auch die Hütte zu einem unsicheren Platz. Traud flüchtete in die Wälder, verkroch sich im Gestrüpp.

Krumm vor Kälte lag sie nachts auf einem Strohsack, den sie aus der Jagdhütte mitgeschleppt hatte. Das raue Leinen roch nach Fäulnis, das Tuch, das sie sich über Mund und Nase gezogen hatte, gefror von ihrem Atem. Kein warmer Winkel, keine warme Wand. Geplagt von Hunger und Frost bat sie jeden Tag um ihren Tod.

Anfang März setzte nasskaltes, nebligtrübes Wetter ein. Schneematsch bedeckte noch den Boden, als Amerikaner mit Panzern über die Autobahntrasse von Ulmen her in den Dörfern einzogen. Sie bezogen Quartier in zwangsgeräumten Häusern, zahlreiche Familien mussten weichen. Für ihre Stromversorgung stellten sie ein Aggregat auf, beschlagnahmten Bettzeug, Decken und Essen. Polnische Zwangsarbeiter wurden wegen der zerstörten Wasserleitungen verpflichtet, für die Amerikaner Wasser aus den Brunnen zu holen. Wieder gab es Ausgangssperren, zu deren Überwachung ständige Jeeppatrouillen unterwegs waren.

Traud lag im Fieber. Sie litt an einer schweren Influenza, die sie in der Jagdhütte befallen und ihr von einer Stunde zur anderen alle Kraft geraubt hatte. Immerhin hatte sie es von ihrem Erdloch bis nach Bongard geschafft. Der Grippe wegen konnte sie sich in den letzten Kriegstagen nicht mehr rühren. Erschöpft lag sie bei Heinzens auf dem Heuboden, schwitzte und phantasierte. Die Heinzenbäuerin brachte ihr dann und wann Wasser, manchmal auch Milch, zu essen bekam sie so gut wie gar nichts, hielten doch alle Abstand von der zerlumpten Traud, die aussah wie der Tod.

Obwohl es im Dorf keinen Widerstand gegen die amerikanischen Truppen gab, wurden dennoch einige Bauern streng unter Beschuss genommen. Überall fahndeten die Amerikaner nach Soldaten, schnüffelten in jedem Stall herum, in jeder Scheune. Leute, die dabei erwischt wurden, wie sie die verlassenen Wehrmachtsfahrzeuge, die am Eisenberg stehen geblieben waren, auf brauchbare Gegenstände untersuchten oder plünderten, konnten sich auf Einiges gefasst machen. Auch Traud wurde durchsucht. Einer der Soldaten wurde auf die Kranke aufmerksam, zu zweit durchforsteten sie den ganzen Schober, stocherten mit ihren

Gewehren im Heu herum, wühlten nach versteckten Waffen und Munition. Sie schubsten sie in die Seite, filzten ihr Bündel, ließen aber wieder von ihr ab, als sie sahen, dass es sich bloß um eine alte, todgeweihte Bettlerin handelte.

Traud spürte weder Schmerz noch Hunger. Sie spürte auch nichts von der Euphorie der Menschen, von der neuen Hoffnung. Sie sah nicht, wie man auf den öffentlichen Plätzen die Hitlerbilder abnahm, wie die Hakenkreuze übertüncht und die Uniformen verbrannt wurden.

Als sie nach über drei Wochen wieder einigermaßen genesen war – was beinahe einem Wunder gleichkam, hatte sich doch niemand um sie geschert und auch die Heinzenbäuerin keinen Pfifferling mehr für ihr Leben gegeben – sah sie ärger aus denn je. Dünn und grau stand sie Ende März im Hof, einem Gerippe gleich. Fiebrig und hohl schimmerten die Augen, tiefe Schatten zogen sich bis auf die Wangen, die Haut war vernarbt. Sie wusste nicht, woher sie die Kraft nehmen sollte, nach Kolverath zu gehen, aber irgendwie schleppte sie sich voran, ganz in der Hoffnung, dass der Gemeindebeschluss noch gelte und irgendeiner – wer auch immer – sich ihrer annehmen möge.

Sie kam nur mühsam vorwärts. Immer wieder knickten die Beine ein, beim Gehen wankte sie und rang nach Luft. Fast eine Woche lang nächtigte sie in der Nähe von Borler im Häuschen des Heiligen Lambert, weil sie zu schwach war weiterzugehen.

Auf dem Weg zum Heyerberg brach sie zusammen. Stunden lag sie in ihren dünnen Kleidern auf dem gefrorenen Boden, bis sie sich unter unsäglichen Qualen weiterkämpfte zu einer Kapelle, die auf einem Hügel mitten im Wald lag. Kreuzwegstationen aus Stein säumten den Weg und es war Traud, als nähme mit jeder Station ihr Martyrium zu.

Die Tür der kleinen Kirche stand offen. Auf Knien kroch sie hinein, mit einem Röcheln blieb sie auf den Steinplatten liegen und kam erst wieder zu sich, als es dunkelte. Sie hatte keinen Gedanken mehr, fühlte nichts als ein grässliches Dröhnen im Kopf. Vom Turm herab hing ein Seil, das mit der Glocke verbunden war und dessen verknotetes Ende neben ihr über dem Boden im Staub hing. Wie eine Ertrinkende langte sie nach dem Strick, raffte sich daran hoch, erfasste das Ende mit beiden Händen und zog mit ganzer Kraft. Ein paar Mal ließ sie den Glockenstrang auf- und abfahren, hing daran mit ihrem schwachen Gewicht, zog erneut, bis der entkräftete Körper zusammensackte, das Seil zurückschnellte und sie zu Boden stürzte. Ein kurzes Geläut drang aus dem schmalen Turm, kurz, viel zu kurz.

Und doch blieb es nicht unbemerkt.

An jenem Tag las der Bodenbacher Pfarrer als Dank für das Ende des Krieges in Borler eine Messe. In der Dorfkapelle wurde selten eine Messe gehalten, meist zum Erntedank und zum Fest des Kirchenpatrons, des Heiligen Leonard. Deshalb war die Kapelle bis auf den letzten Platz besetzt, ja, sogar hinaus bis unter die Kastanie standen Menschen.

Ein paar Messdiener kicherten hinter dem Altar; sie waren wenig andächtig gewesen, hatten sie doch tagsüber beachtliche Funde aus einem noch unentdeckten Wehrmachtsfahrzeug zusammengetragen, über deren Aufteilung sie nun, während der Andacht, ausführlichst disputierten. Über ihrem Geschwätz hatten sie das Läuten bei der Wandlung vergessen. Ein Räuspern des Pfarrers ließ sie zusammenfahren und just in dem Moment, als sie nach ihren Handglocken greifen wollten, erhob sich – kurz nur – die vertraute Glocke vom nahen Heyerberg.

Arg waren die Buben zusammengefahren. Unheimlich war dieses kurze, abrupte Läuten gerade zur Wandlung, das außer ihnen anscheinend niemand bemerkt hatte. Ertappt fühlten sie sich von all den Heiligenfiguren ringsum, auch schuldig des Schwätzens wegen, dachten sie doch, dass dies ein klares Zeichen von oben sei. Den Rest der Andacht schwiegen sie, blickten schuldbewusst zu Boden, aber schon als der Pfarrer den Segensspruch sprach, hatte die Neugier gesiegt und sie mutmaßten, dass vielleicht ein abgestürzter Engländer dort oben festsäße, vielleicht sogar ein Russe, auf alle Fälle aber etwas Spektakuläres passiert sein müsse.

So schnell waren sie selten aus ihren Kutten gestiegen und am Weihwasserbecken vorbeigeeilt. Sie rannten die Dorfstraße hinunter und dann querfeldein, hinauf nach dem Berg mit der Kapelle.

»Ich hab en Messer dabei, für alle Fälle«, sagte der Älteste und schwenkte ein Lederetui, das er mit einem Seil an den Laschen seiner Hose befestigt hatte.

»Wir sind zu viele, ha«, schätzte ein anderer, »uns passiert och ohne Messer nix!«

»Wenn dat en Engländer is, wat machen wir dann mit dem?«, fragte ein Dritter.

»Den binden wir fest und klauen sein Gewehr.«

»Und wenn der tot is?«

»Tote Engländer läuten net«, war die simple Antwort des Ältesten.

Die Umrisse der Kapelle ragten schwarz gegen den Himmel, als die Jungen den Kreuzweg hinaufschlichen.

»Psssst, still.« Vorsichtig setzten sie einen Fuß vor den anderen und näherten sich langsam der offen stehenden Eichentür.

Als sie ins Dunkel spähten, konnten sie zunächst nichts erkennen. Dann erblickten sie das Lumpenbündel, das starr vor ihren Füßen lag.

»He, dat is en Frau«, fisperte einer und reckte den Kopf.

»Die lebt net mehr«, flüsterte ein anderer. Vorsichtig schupsten sie an ihrer Hand, der in diesem Moment das Ende des Glockenstranges entfiel. Sie drehten sie auf die Seite. Traud zuckte und begann zu röcheln.

»He, dat is die Kamillenfrau, die manchmal in der Wirtschaft is!« Ratlos sahen sie sich an. Voller Angst rannten sie ins Dorf zurück.

Schon als die ersten Häuser von Borler in Sicht kamen, schrien sie: »Auf Heyerberg liegt en Frau. Die Bööh-Traud isset, die manchmal bei Reuter in der Wirtschaft geholfen hat, halb tot is se«, kreischten sie durcheinander.

Zwei Männer machten sich mit ihnen auf den Weg, gefolgt von noch mehr Kindern, die sich den unheimlichen Fund nicht entgehen lassen wollten.

Wenig später schleppten sie Traud ins Dorf. Sie brachten sie in die Wirtschaft, legten sie in die Futterküche. Die junge Wirtin brachte Milch und als Traud nicht trinken wollte, flößte sie ihr die warme Kost löffelweise ein.

Traud sah und hörte nichts. Wieder fieberte sie, fantasierte, sprach von einem Tuch und von Kamillenblumen, und es schien allen, als ob sie jeglichen Verstand verloren hätte.

Erst nach zwei Wochen erkannte sie, wo sie war. Sie bemerkte ein Mädchen, das an ihrem Lager wachte und fragte nach Katharina.

»Sie hat dat Kriegsend net mehr erlebt«, erzählte ihr das Kind, »im Februar is se gestorben. Dat hätt die Jöt gefreut, dat wieder Frieden is. Sie wollt et gar net mehr glauben.«

Gegen Mittag kamen zwei Männer in die Scheune.

»Dat is mein Vatter«, erklärte das Mädchen und wies stolz nach dem jüngeren Mann, »der bringt Euch wat zu essen.« Die Männer grüßten und Traud nickte.

Ihr Blick blieb an dem jüngeren Mann hängen. Er hatte offensichtlich sein linkes Auge eingebüßt, das Lid hing seltsam herab, das Auge war verschlossen. »Wat haste denn mit dem Aug gemacht?«, fragte sie und ahnte die Antwort.

»Ich bin als Kind von Bienen gestochen worden«, sagte er und reichte ihr einen Teller mit Klatschkäse.

Geschriebenes

Es dauerte Monate, bis sie in Kolverath ankam.

Wie gewohnt, fragte sie auf den Höfen um Arbeit und erfuhr noch am ersten Tag, dass man bereits nach ihr geforscht habe und sie sich auf die Gemeinde begeben müsse, weil dort eine wichtige Nachricht auf sie warte.

Traud dachte zuerst an die Fahrerin, dann an Paul, und lächeln musste sie über sich selbst, weil sie immer noch – auch jetzt, wo sie über 50 Jahre alt geworden war – auf ein Wiedersehen mit ihm hoffte.

Gleich am nächsten Tag eilte sie zum Bürgermeisteramt, um das Schreiben im Empfang zu nehmen und malte sich unterwegs allerhand Nachrichten aus.

Als man ihr in der düsteren Ratsstube wirklich einen Brief in die Hand drückte – es war der erste ihres Lebens – spürte sie ihr Herz laut schlagen. Mit zittrigen Händen öffnete sie das Kuvert mit den Portovermerken der Postbeförderung, auf dem jemand mit langgezogener gleichmäßiger Handschrift und schwarzem Füller »zurückgestellt am 5. Januar 1946« vermerkt hatte. Sorgfältig faltete sie das Blatt auseinander, das viermal geknickt war. »Vielleicht doch wat vom Paul.«

Der Brief war mit einer Maschine getippt. Am oberen rechten Rand prangte ein Wappen mit einer in Gold eingebogenen, grünen Spitze, darin einem goldenen Rad; vorn eine aufrechte rote Zange, hinten ein roter Stern. »Bürgermeisteramt Kolverath« stand darunter.

Also nichts von Paul, dachte sie enttäuscht, aber ihre Hände zitterten immer noch.

In dem amtlichen Schreiben explizierte man ihr in knappen Sätzen, dass der Verkauf von Kamille gegen das Arzneimittelgesetz verstoße. Jegliche Fortführung ihrer Handelsgeschäfte wurde untersagt; der Kamillenverkauf sei mit Frist bis September einzustellen, Zuwiderhandlungen zögen rechtliche Folgen nach sich.

Wütend ließ sie Brief und Kuvert sinken und ballte die Fäuste. Niemand würde ihr den Verkauf von Kamille verbieten, ihre Handelsware, ihren ohnehin mageren Broterwerb! Hundertmal drehte und wendete sie das Papier, so, als ob dem Brief noch eine wichtige Nachricht entfallen könnte, hundertmal starrte sie auf das Kuvert, auf die durchgestrichene Adresse, die 25-Pfennig-Briefmarke mit dem Posthorn und dem Aufdruck ›Deutsche Post‹ und ›Tag der Briefmarke 1946‹. Ihr Blick fiel zurück auf den Gruß und auf das Wort ›hochachtungsvoll‹. So einen Gruß hatte ihr noch niemals jemand entboten. »Hochachtungsvolle Grüße«, sagte sie vor sich her, als sie aus dem Amt trat, ›hochachtungsvolle Grüße‹ folgten ihr, als sie über die Dorfstraße an der Kapelle vorbeiging. Was für ein Hohn! Sie hatte keine Sorgen wegen der Kamille. Ob Brief hin oder her, darum scherte sie sich nicht. Sie zerknüllte das Papier und warf es auf den Weg. Enttäuscht war sie, dass es wieder nichts war mit der erhofften Nachricht von Paul.

Sonnenkringel

Zehn Sommer waren vergangen, zehn Winter.

Die Dörfer hatten sich erholt, die Kriegsspuren waren längst beseitigt, sogar ein bescheidener Wohlstand war spürbar.

Mehr als die zermürbende Sorge Arbeit zu finden, wog für Traud inzwischen das Gefühl, ausgestoßen zu sein, wie eine Rarität angegafft, verhöhnt und verspottet zu werden. Mehr und mehr war sie zu einem Sonderfall geworden, eine herumstreunende Frau, das sei selten und auffällig, hörte sie allerorten. Die Leute wollten wissen, weshalb das mit ihr so gekommen sei, wie dieses fürchterliche Leben auszuhalten wäre. Manche zeigten Mitleid, andere zeigten mit dem Finger und flüsterten ihren Kindern: »Guckt se euch genau an. Dat kommt davon!«

Ständig fühlte sie die Blicke der Menschen auf sich gerichtet, was dazu führte, dass sie wie mit Scheuklappen durch die Dörfer lief, die Augen auf den Boden geheftet, und nur dort anklopfte, wo man ihr früher Kamille abgekauft oder Arbeit geboten hatte. Sie versuchte jeden Anlass zu vermeiden, ein Objekt des Glotzens zu werden, dennoch wurde sie überall sofort erspäht, begafft, bestaunt. Alles an ihr war auffallend, die zerlumpten Kleider, die strähnigen Haare, der Geruch, die Mimik und die heftigen Gesten, die Flüche, die sie dann und wann ausstieß, wenn sie es gar nicht mehr aushielt, der eilige, hackige Schritt.

Das Geschäft mit der Kamille hatte sie zwar nicht aufgegeben, aber das Geld, das durch den Verkauf in ihre Tasche wanderte, reichte kaum noch für Brot. Niemand mehr wollte die Kamille aus dem abgeschabten Beutel, was Traud oftmals der Raserei nah brachte. Immer ungehaltener wurde ihre Sprache, wüst und roh die Worte. Keiner kam zu ihr, niemand sprach mit ihr; in den Mienen der Menschen las sie nichts als Abscheu.

Auch Arbeit fand sie kaum noch. Selbst dort, wo sie immer untergekommen war, speiste man sie mit billigen Worten ab. Sie lebte von Almosen, vom Abfall der anderen, von mildherzigen Menschen. Kam sie durch die Dörfer, sprach sie laut mit sich selbst, was ihr bald den Ruf einbrachte, nicht ganz richtig im Kopf zu sein.

Am Tag vor Maria Himmelfahrt tauchte sie in Boos auf. Als ein Dutzend Kinder lärmend und feixend hinter ihr herzog, glaubte sie fortlaufen und sich verstecken zu müssen. »Hier kommt die Bööôh Traud, Bööôh Traud im Anmarsch!«

Sie rissen an ihrem Tuch und hielten sich die Nasen zu, zeigten auf ihre zerlatschten Schuhe, die mit Zeitungspapier ausgestopft waren. Von Haus zu Haus folgte ihr der höhnende Trupp, ohrenbetäubend war das Geschrei, grell ertönten Pfiffe. Ein paar Mal setzte sie sich zur Wehr, schlug mit ihrem Beutel um sich. »Lasst mich in Ruh, ihr Schandmäuler! Geht eurer Wege!«

Wie oft schon waren ihr unbarmherzige Kinderhorden auf Schritt und Tritt gefolgt, wie oft hatte sie sich wehren müssen. Auch diesmal war das Geschrei laut und erbarmungslos, aus sämtlichen Fenstern und Türen gafften Leute, jeder Schritt war eine Qual.

»Ich hab euch nix getan! Wat stiert ihr mich so an?«

Eine mitleidige Bäuerin zog sie von der Straße, entriss sie den Augen der Kinder und bat sie in die Stube. Auf einem Sessel durfte sie Platz nehmen, die Schlappen von den geschwollenen Füßen ziehen und ausruhen. Als sie die Kamille aus einer zerknitterten Tüte zog und für ein paar Pfennige anpries, bot die Bäuerin an, einen Tee daraus zu brühen.

»Die wissen net, wat sie da rufen«, entschuldigte die Bauersfrau die Kinder, die immer noch ums Haus zogen und lauthals stichelten.

»Komm doch raus, lass dich sehn! Komm doch raus, du Bööh-Traud!«

»Ja, ich weiß. Trotzdem ist dat net schön«, sagte Traud.

Die Bäuerin sah aus dem Fenster. »Na warte, wenn da unsre dabei sind! Die Kinder sind ja sonst recht lieb. Aber et sind halt Kinder.«

»Ja, ja, lasst nur.« Traud winkte ab. Während die Bäuerin die Kamille in eine Kanne füllte und mit dampfendem Wasser übergoss, nutzte sie die Gelegenheit, um nach Arbeit zu fragen.

»Wie? Arbeiten wollt Ihr?«

Erstaunt betrachtete die Bauersfrau die abgezehrte Gestalt, die grau und erschöpft im Sessel saß.

»Guckt Euch doch mal an«, sagte sie mitleidig, »Ihr könnt doch net mehr. Habt Ihr kein Verwandten oder Kinder, wo Ihr hin könnt? Et werden bald kein Leut mehr gebraucht auf den Höfen. Net mal mehr Knechte. Jetzt gibt et Maschinen für alles. Et haben schon etliche Höfe aufgegeben.«

Traud antwortete nicht. Zusammengesunken saß sie, hielt die Tasse mit dem Tee in den Händen. Die Bäuerin ging ans Fenster, zog die gestärkten Gardinen auseinander, öffnete die Seitenflügel und rief nach einem der Kinder. »He, is der Siegfried bei euch? Schickt den sofort mal rein.«

Kurz darauf stand ein Junge in der Stube, senkte beschämt den Kopf, als er Traud am Tisch sitzen sah und die Bäuerin ihn anherrschte: »Ich will net mehr hören, dat ihr über ander Leut spottet. Dat machste jetzt wieder gut. Geh rauf und frag Onkel Mattes, ob er die Frau brauchen kann zum Helfen. Im Heu vielleicht. Und mach dich sofort wieder heim!«

Gedrückt war der Junge hinausgegangen und bald zurückgekehrt. »Onkel Mattes war net da, aber Tant Marei hat gesagt, sie brauchen keinen.«

»Dat hab ich mir gedacht. Ihr müsst Euch wat anderes überlegen«, sagte die Bäuerin zu Traud, »auf den Höfen gibt et kaum noch Arbeit. Letztes Jahr hat der Mattes schon gesagt, dat mit der Landwirtschaft bringt nix mehr. Von dem bisschen Ertrag können die Bauern bald selbst net mehr leben. Hier haben schon viele die Felder verkauft. Äcker liegen brach, Wälder verkommen, Wiesen auch. Die jungen Leut ziehn fort in die Städte ...«

Während Traud sich erhob, ergänzte die Frau: »Und die, die noch Landwirtschaft betreiben, haben Maschinen angeschafft, starke teure Maschinen. Die brauchen kein Erntehelfer mehr und auch keinen für et Haus.«

Es war nicht das erste Mal, dass sie abgewiesen wurde. Natürlich war das schon oft passiert, aber so wie in letzter Zeit war es nie gewesen. Verstört blickte sie um sich. Einzig das Betteln würde ihr bleiben.

Als sie Boos verließ, hatte sie endgültig begriffen, dass die Zeit vorbei war, sich auf den Höfen zu verdingen und wusste, dass man sie auch deswegen nicht mehr anstellen würde, weil sie alt und schwach geworden war.

Der Zufall brachte sie im Herbst 1959 nach Retterath. Eigentlich wollte sie nach Kolverath gehen, hatte sich aber – was in der letzten Zeit oft vorgekommen war – in der Nacht verlaufen und erst am Eulenberg wieder zurechtgefunden. Erinnerungen kamen hoch, als sie durch das veränderte Dorf ging, wie üblich von den Leuten angestarrt und von den Kindern verhöhnt wurde.

Vor ihr lag das Haus, in dem Paul früher gelebt hatte. Grau und verlassen sah es aus, der Putz war abgeblättert, der Garten lag brach. Was, wenn er da drin wäre? Plötzlich drängte es sie, in die Fenster zu spähen.

Sie wartete bis zum Abend. Als die Straße leer wurde, bog sie ab und lief zum Bach. Von dort näherte sie sich dem Gemäuer, das von der Bachseite her noch verwahrloster aussah als vom Garten aus. In einem der Zimmer brannte Licht. Mutig stapfte sie durch das Gesträuch, das nasse, kalte Gras klatschte an ihre Beine, die mit Schrunden bedeckten Fußsohlen brannten wie Feuer. An Brombeerhecken streifte sie vorbei, hielt auf das erleuchtete Fenster zu und linste hinein.

Er saß beim Schein einer hell brennenden Lampe vor einer auf dem Tisch ausgebreiteten Zeitung und las. Die Ellbogen waren aufgestützt, der Kopf ruhte auf den Händen. Die grauen Haare standen borstig vom Kopf ab. Alt und müde sah er aus. Obwohl er eine Brille trug, hatte Traud sofort seine Augen erkannt. Als ein Ast knackte, weil sie den Platz verändert hatte, sah er auf. Er nahm seine Brille ab, putzte sie mit dem Hemdsärmel, um sie dann wieder aufzusetzen.

»Wer is da?«, fragte er in die Dunkelheit, schob den Stuhl hinter sich, näherte sich dem Fenster und äugte hinaus. »Is da einer?« Traud wich einen Schritt zurück, spürte den Herzschlag in den Schläfen trommeln, ihr Atem ging keuchend, als sie sich an die Wand neben das Fenster drückte.

Nur eine Wand trennte sie von Paul. Beschämt sah sie an sich herab. Nein, so konnte sie sich ihm nicht zeigen, so schäbig und zerlumpt wollte sie nicht vor ihm stehen. Und doch: wäre er nicht die Rettung, der kleine Funke Hoffnung? Kreuz und quer gingen die Gedanken, nein, sie brauchte keine Rettung, der Paul sollte sie nur im Herzen bewahren wie sie einst war, sollte an sie denken als eine tapfere und mutige Frau. Tränen liefen ihr über das Gesicht, die sie mit dem Handrücken abwischte. Sie hatte ihn gesehen, sie hatte ihn wirklich noch einmal gesehen. Das war weit mehr, als sie erwartet hatte.

Als sie hörte, wie er die Stubentür öffnete, rannte sie so schnell sie konnte hinunter zum Bach, zurück durch dichtes Brombeergestrüpp, das an ihren Kleidern riss, als wollte es sie halten. Auf dem Weg drehte sie sich um, sah ihn im Dämmer vor dem Haus stehen und eilte weiter.

»Traud, Traud, mein Traudchen!« Hatte er gerufen? Nochmals drehte sich sie sich um. Immer noch stand er gebeugt vor der hellen Wand. »Traud, Traud ...« War es Einbildung oder hatte er wirklich gerufen? Sie konnte es nicht unterscheiden und so hastete sie weiter, stolperte über eine Wurzel, raffte sich auf, rannte blind, ihre Augen schwammen.

»Traud, Traud!« Es war seine Stimme und es war sie doch nicht. Es war die Stimme, die so oft gerufen hatte. In Hoffeld, vom Kirschbaum herab. In Mayen auf dem Lukasmarkt. An der Elz, vor dem Krieg. Da war der Duft von frischem Heu und das Bellen eines Hundes.

»Traud, Traudchen.« Es war eine junge, starke Stimme. Als sie sich noch mal umdrehte, war die Stelle, wo er gestanden hatte, leer. »Traud, mein Traudchen ...« Ihr Herz raste. Sie biss die Zähne zusammen, um nicht laut aufzuschreien. »Vorbei. Et is vorbei ... Nie mehr ...«

Die ganze Nacht lief sie, ungeachtet der aufgeplatzten Frostbeulen, der schmerzenden Hüften. Einige Male änderte sie die Richtung, stets im Glauben, bald in Kolverath anzukommen. Sie hinkte, als sie gegen Morgen in der Struth auftauchte, der linke Arm hing schlaff herunter. Der verschlissene Beutel, den sie hinter sich her über den Asphalt zog, war aufgegangen und Kamillenblumen lagen verstreut auf der Straße.

Als es von St. Hubertus herab läutete, eilte sie den Berg hinauf. Zum Erntedank war die Kirche in Hilgerath bis auf den letzten Platz gefüllt. Girlanden aus Tannengrün und Efeu schmückten das Portal, Kinder hatten Palmzweige und Herbstblumen gepflückt und zu bunten Sträußen gebunden. Körbe mit Gemüse, Obst und Ähren zierten die Treppe zum Altarraum.

Ganz hinten am Weihwasserbecken stand Traud. Von draußen hatte sie die warmen Töne eines Harmoniums vernommen, und so war sie mitten in der Andacht hineingeschlichen, weil die Sehnsucht nach ein paar tröstenden Worten groß geworden war und verharrte lauschend, während sie sich an die gekälkte Wand lehnte. Hören wollte sie, nicht sehen, denn das Sehen beschämte sie. All die gut gekleideten Leute, die Frauen links, die Männer rechts und alle im Sonntagszeug, mit frisch gewaschenen und frisierten Haaren. Ein paar junge Männer in der hintersten Bank drehten sich um, spöttische Blicke trafen Traud. Sie band das Kopftuch fester und tastete nach ihrem Rosenkranz. Als sie die glatten Holzperlen zwischen den Fingern spürte, schloss sie die Augen. Das Gemurmel der Betenden klang vertraut und nach einer Weile des Lauschens überkam sie der Wunsch mitzubeten, laut, denn auch sie wollte gehört werden. Tief atmete sie. »... der Herr ist mit dir, du bist gebenedeit unter den Weibern und gebenedeit ist die Frucht deines Leibes, Jesus ..., heilige Maria, Mutter Gottes, bitte für uns Sünder, jetzt und in der Stunde unseres Todes ...«

Still war es nach dem Gebet. Sie spürte die Blicke, die an ihr hafteten, all die Blicke, und sie wusste um die immer gleichen Gedanken der Menschen um sich herum.

Durch das bunte Glas der Fenster fiel gedämpftes Licht und mischte sich mit dem Schein der Kerzen. Auf den Altarstufen knieten Messdiener in ihren roten Kutten mit den weißen Überwürfen. Der Pfarrer sprach das Hochgebet, Glockenklang erhob sich, es wurde zur Wandlung geläutet. Traud sank auf die Knie und betete. Ein großes Sehnen nach etwas, von dem sie nicht sicher wusste, was es war, überkam sie. Wieder drehten sich die Köpfe zu ihr hin, es wurde getuschelt und gewispert, sie dachte daran hinaus zu rennen, blieb aber kniend am Boden. Als das Geraune lauter wurde, erhob sie sich.

Inzwischen hatte auch der Pfarrer die zerlumpte Gestalt am Weihwasserbecken bemerkt und obwohl er das Getuschel und Geschwätz der hinteren Bänke zunächst ignorierte, änderte sich seine Meinung, als er Trauds brennende Augen auf sich gerichtet fühlte. Er zögerte, es gab eine kleine Pause, in der sich wieder alle Blicke nach ihr verrenkten.

Der Pfarrer räusperte sich. Das Magnificat, den Lobgesang Mariens, hielt er in dieser Situation für angebracht und obwohl es eigentlich in den Advent gehörte, begann er mit fester Stimme zu beten: »Richtet euch auf und hebt euer Haupt, denn es naht der Erlöser, meine Seele preist die Größe des Herrn und mein Geist jubelt über Gott, meinen Retter.«

Das Gemurmel verstummte, die Blicke wandten sich wieder den Büchern zu. »Denn auf die Niedrigkeit seiner Magd hat er geschaut, siehe, von nun an preisen mich selig alle Geschlechter. Er vollbringt mit seinem Arm machtvolle Taten, er zerstreut, die im Herzen voll Hochmut sind, er stürzt die Mächtigen vom Thron und erhöht die Niedrigen ...«

An dieser Stelle machte er eine Pause, stand mit dem offenen Gebetbuch auf der Kanzel, verharrte immer noch und irritiert sahen die Leute zu ihm auf, sahen sich verlegen um, als sich seine Worte wiederholten: »... er zerstreut, die im Herzen voll Hochmut sind, er stürzt die Mächtigen vom Thron und erhöht die Niedrigen ...«

Unruhe entstand besonders im Mittelgang. Traud horchte auf. Gott zerstreut, die im Herzen voll Hochmut sind und erhöht die Niedrigen? Wieder trafen sie kritische Blicke, denen sie diesmal Stand hielt. »Die Hungernden beschenkt er mit seinen Gaben und lässt die Reichen leer ausgehen ...«

Traud trat aus dem Schatten der Empore. Ihr bleiches Gesicht mit den dunklen Augenhöhlen starrte zum Altar. »Er nimmt sich seines Knechtes Israel an und denkt an sein Erbarmen ...« Ein paar Schritte ging sie nach vorne. Die Männer, die in den hinteren Reihen standen, rückten auseinander, bildeten eine kleine Gasse. Einen Moment stand sie mit ihren abgerissenen Kleidern, den verworrenen Haaren, den löchrigen Schuhen im Licht der hellen Kirchenleuchten. »... Die Hungernden beschenkt er mit seinen Gaben ...«

Sie traute sich weiter vor, von allen Seiten wurde sie nun gesehen, aber es machte ihr nichts mehr. »Denn auf die Niedrigkeit seiner Magd hat er geschaut«, wiederholte sie in Gedanken. Gespannt verfolgte die Gemeinde jeden Schritt der Traud, die immer weiter nach vorne strebte, bis sie schließlich, erstaunt über sich selbst, vor den Stufen zum Altarraum stehen blieb.

Da stand sie, deren Gesicht gezeichnet war von einem Leben der Entbehrung, deren Augen nichts als Dreck und Schmutz kannten, deren Seele gekränkt war von jahrelangem Spott und Missbilligung.

»Richtet euch auf und erhebt euer Haupt, denn es nahet eure Erlösung …« Der Pfarrer hob die Hand. Erwartungsvoll blickten die Leute nach der Kanzel. »Worin besteht die Schuld des Menschen?«, fragte er. Fest richtete er den Blick auf seine Gemeinde und es klang fast drohend, als er erneut fragte: »Worin besteht die Schuld des Menschen?« In der Kirche war es sekundenlang still. »Im Nichtstun. Im Wegsehn. Im Nichtfühlen. In der Härte seines Herzens«, sagte er und senkte den Kopf. Er gab allen das Segenszeichen, stand selbst noch eine Weile und sah den Leuten nach, wie sie am Weihwasserbecken vorbei nach draußen drängten.

Traud hatte sich in die vorderste Bank zurückgezogen, wo sie mit der Hand über den Augen kniete und in ihrem Innersten die Worte wiederholte, die so tröstlich waren.

Draußen auf dem Kirchplatz hatte sich einiges Geschrei erhoben. Lautstark wurde über den seltsamen Auftritt der Traud disputiert und das eindrückliche Gebet des Pfarrers. Immer wieder streiften verlegene Blicke die Kirchentür, warteten auf die jämmerliche Frauengestalt, die sie auf seltsame Weise beschämt hatte.

Frag mir, Wind, nicht nach

In Weiler waren ein paar Postarbeiter dabei Telefonmasten aufzurichten, als Traud durch den Ort kam. Einer der Männer pfiff ihr hinterher, die anderen lachten. An ein paar Türen hatte sie schon angeklopft und war abgewiesen worden. Eine Frau hatte geschimpft, dass die Kamille nichts wert sei. »Wer weiß, wie lang Ihr die schon in Eurem schmutzigen Sack herumtragt, die kann man net mal mehr anfassen. Da holt man sich ja Gottweißwat!« Wütend ballte Traud die Hand zur Faust und ließ ein paar Flüche los.

Auf der Straße waren Kinder auf sie aufmerksam geworden, rannten ihr, wie üblich, hinterher, foppten sie, zogen sie an den Kleidern, riefen »Bööóh Traud« und allerhand Unverschämtheiten. Eigentlich hatte sie diesmal nicht vorgehabt, sich gegen die Angriffe zu wehren, aber der Drang sich verteidigen zu müssen war in den letzten Wochen stärker geworden.

Sie hob ihre Stimme, schrie, dass sie allesamt Taugenichtse seien, Nichtsnutze und Gaffer. Mit ihrem Beutel schlug sie um sich, dass die Kamille nur so flog, stürzte dabei zu Boden, raffte sich mühsam wieder auf und tobte heftiger denn je. »Lumpenhunde!«, schrie sie, »lasst mich in Ruh ...!«

Einer der Buben hatte sich recht nah herangetraut und ihr Steine vor die Füße geworfen, so dass sie erneut ins Wanken kam. Traud holte aus und ein paar derbe Maulschellen trafen das Kind, das verdutzt stehen geblieben war und nun lautstark anfing zu brüllen. Im Haus, an dem sie zuletzt geklopft hatte, öffnete sich eine Tür, ein Mann stürzte hinaus, geradewegs auf Traud zu.

»Wat fällt dir ein, dich an den Kindern zu vergreifen ... du Hex ..., mach dat du wegkommst!«, tobte er und knuffte sie in die Seite. Drohend stand er vor ihr, rümpfte die Nase über ihre zerlumpte Gestalt. »Stinkst ja wie die Pest! Jetzt hab ich aber genug. Dat werd ich melden. Und dann kommste fort! In die Anstalt geht et dann. So wat wie du gehört eingesperrt!«

Traud wollte weiter, aber der Bauer hinderte sie am Fortkommen, indem er sich ihr in den Weg stellte. »Nee, nee, so einfach kommst du mir net weg.«

Ganz nah trat er an sie heran. »Wir haben dich schon lang im Aug. Hast immer wieder hier herumschmarotzt. Wir brauchen so en Pack net hier im Dorf, mach und guck, dat du anderswo Land gewinnst. Ansonsten muss ich wohl mal tätig werden ...« Fast hätte er Traud am Arm gepackt, aber ihr wütender Blick und die düsteren Augen hielten ihn ab. Zu den johlenden Kindern sagte er: »Wenn die noch mal hier vorbei kommt, sagt ihr mir Bescheid ...«

Traud schmerzten die Hüften, als sie Weiler verließ. Sie war ungeschickt gestolpert, aber der Schmerz in den Knochen war längst nicht so schlimm wie der Schmerz in ihrer Seele. Immer weniger Orte waren ihr geblieben, wo man sie nicht wie eine Diebin oder Streunerin betrachtete. Immer weniger Menschen waren geblieben, bei denen sie Unterschlupf fand. Sie war übrig geblieben, übrig aus einer anderen Zeit.

Der Boden unter den Füßen wankte und schwankte, die letzten Lichter von Weiler tanzten wirr vor ihren Augen und sprenkelten das Tal, das sie hinter sich ließ.

Die Getreidefelder lagen kahl und die dunklen Ackerkrumen ruhten. Schwalben sammelten für den Flug nach Süden, saßen in Scharen auf Telegrafenmasten, überflogen die Dörfer. Welk und tot flatterten Blätter von den Bäumen und fügten sich zu einem weichen Teppich, unter dem das kleine Getier Schutz suchte. Nebel zog herauf, verlassene Krähennester staken zwischen den Ästen kahler Bäume.

An jenem Abend verkroch Traud sich in einem Viehunterstand bei der Augstmühle, lag und blickte in den zerzausten Himmel, wachte wie im Fieber und glaubte immerzu Schritte zu hören, auch Stimmen, dann schien es ihr, als ob sich ein Wagen nähere. Du kommst hier fort, hatte der Mann gerufen und drohend seine Fäuste erhoben.

Sie kauerte sich zusammen auf ihrem elenden Lager und fasste wilde Entschlüsse für den Fall, dass man sie tatsächlich fort, in ein Heim oder eine Anstalt oder sonst was bringen könnte.

Inzwischen graute der Morgen und die Unruhe fraß weiter an ihr. Im dichten Nebel stand sie auf, lugte vorsichtig aus dem windschiefen Unterstand und als sie sich sicher fühlte, ging sie zum Elzufer. Sie wusch sich Hände und Gesicht; dann hielt sie den Saum des schmutzigen Rockes in die Fluten, rieb den Stoff notdürftig über ein paar Steinen.

Zwischen den Pappeln, die das Ufer säumten, waren die Gräser mit erstem Raureif überzogen, silbern schimmerte die Erde. Sie wrang den Saum, erhob sich um ihn zu glätten, indem sie den Stoff straffzog und schüttelte und schließlich an die Schlaufen ihres Rucksacks klemmte. Sie kniff die Augen. Das schleierige Weiß des Nebels schmerzte, längst litt sie an Kurzsichtigkeit, fürchtete zeitweise zu erblinden. Flussaufwärts ging sie, nach der alten Niederelzer Mühle, die ihr als mögliches Quartier in den Sinn gekommen war, ein Ort für die letzte Zeit der Einsamkeit.

Vor Jahren noch war die ganze Gegend voller Mühlen gewesen und entlang der Elz hatte sie allerorten das Klatschen und Schlagen der Mühlenräder gehört, die sich besonders bei Regen schwungvoll drehten, sodass das Wasser, das durch die Radschaufeln in Wallung kam, im Mühlengraben schäumte. Weißbestäubte Knechte waren herumgelaufen, emsig, mit prallen Säcken. Mit riesigen Mahlsteinen hatten sie das Korn zerrieben, bis sie es fein und weiß wie Puder in die Mehlsäcke füllten. Sogar in der Luft flimmerte der weiße Staub. Heute klapperte und schaffte weit und breit nichts. Traud hörte nur das Gezwitscher der Vögel und das Plätschern der Elz, während sie weiterschritt.

Gegen Abend begann es zu regnen. Sie zog das Tuch fester um sich, verließ die Straße und wanderte auf den Feldern weiter. In der Ferne tauchten Lichter entlang der Bahnlinie auf. Sie blieb stehen, betrachtete die Lichter, fühlte Müdigkeit und setzte sich auf ihr Bündel. Es regnete leicht, das Tuch hielt noch dicht. In den Gleisen begann ein Vibrieren, sie horchte nach dem Rattern eines Zuges, schloss die Augen und öffnete sie erst wieder, als es still wurde. Sie hätte ein weiteres Tuch aus dem Bündel nehmen können, aber sie saß und spürte, wie die Nässe in die Kleider kroch. Sie saß da ohne Angst und Sorge, völlig gedankenleer.

Lange betrachtete sie ihre schmutzigen Hände. Die Welt bot keine Hilfe für das nicht zu Begreifende und das Alleinsein. Sie zog die zerlatschten durchnässten Schuhe von den Füßen, zog auch die zerlöcherten Strümpfe aus und warf sie ins Feld. Dann stand sie auf, ging barfuß durch den Schlamm, stieg dann den Weg hinauf, dem Wald zu. Sie zwängte sich durch Gestrüpp und Unterholz, kroch auf allen Vieren voran. Irgendwo ließ sie sich auf einem bemoosten Holzstamm nieder, verschnaufte.

Eine tiefe, schwarze Traurigkeit erfasste ihr Herz. Die grauen Haare hingen nass herab, rochen nach Regen und Erde. Die Hände waren faltig und rot, die Fingerkuppen wund, die Füße voller Frostbeulen. Sie mühte sich, den Kerzenstumpen zu entzünden,

den sie bei sich trug, verbrauchte dabei ein ganzes Heftchen Zündhölzer, da sie kein Gefühl mehr in den steifen, geschwollenen Fingern hatte. Als der Mond sank, tappte sie weiter.

Auf der Höhe angelangt, wo sie so oft schon gestanden und geschaut hatte, atmete sie freier. Obwohl Nebel und Dunkelheit weite Teile der Landschaft vor ihrem Blick verbargen, ging sie weiter, verfolgte ihr Ziel mit dem Instinkt eines Tieres. Viele Stunden war sie gewandert, da hörte sie den Schlag eines Kirchturmes und beschleunigte ihre Schritte. Weiter musste sie, immer weiter und schneller sollte es gehen. »In die Mühl muss ich«, murmelte sie vor sich hin, »da geh ich hin. Da is Ruh, da is Ruh ...«

Manchmal hob sie den bedrängten Blick, blieb damit in den Wolken hängen, stolperte weiter. Einmal war ihr, als ob hinter den Wolken etwas hervorluge, ein riesenhaftes Antlitz, das nur auf sie gerichtet war. Dann glaubte sie, der ganze Himmel habe ein Gesicht, das entsetzlich entstellt und mit feurigen Augen durch die zerfetzten Wolken zu ihr hinabblicke. Um dem Gesicht zu entkommen, rannte sie, rannte immer schneller und doch blieb es über ihr. Es war wie eine Verheißung und sie warf sich auf den Boden, lag dort, bis es dämmerte. Als sie sich aufrichtete und den Blick erneut hob, hatte das Gesicht sich verändert und fast schien es Traud, als zeige es Züge des Erbarmens.

Am Abend lief sie durch Niederelz. Der von einer trüben Laterne schwach erhellte Dorfplatz lag verlassen. Vom Kirchturm schlug eine Glocke die volle Stunde. Langsam schritt sie über den Platz, durch eine Gasse, vorbei an Häusern, in denen Licht brannte. An einer Viehtränke blieb sie stehn, beugte sich über den Rand, hielt die Hand unter Wasser, das aus einem Eisenrohr strahlte, und trank.

Ein rauer Wind erhob sich und blies ihr unbarmherzig ins Gesicht. Es schauerte sie. Der Winter würde kommen, bald schon, und sie wusste weißgott nicht mehr, wie sie noch einen Winter überstehen sollte.

Sie irrte weiter, stundenlang, durch den Wald, stolperte über Gehölz und Wurzeln, scheuchte eine Rehfamilie auf, die in wilder Flucht davon stürzte, hustete und keuchte, rannte, bis die kalte Luft ihr durch Kehle und Lunge schnitt. Sie spürte jeden Herzschlag wie einen Stoß von außen. Die Augen tränten. Sie wischte sich mit dem Handrücken die Nase. Auf einem schmalen Steg verharrte sie, unter ihr gurgelte ein Bach, vereinzelter Laternenschein ließ zitternde Kringel auf schwarzem, schaukelndem Wasser erkennen. Irgendwo schlug ein Hund an.

Traud wusste nicht mehr, wo sie war, ahnte nicht einmal, dass sie in die Irre gegangen und sich mehrfach im Kreis bewegt hatte. Erst gegen Morgen, als der Nebel im Licht zerstäubte, erkannte sie den Weg, folgte ein Stück der Asphaltstraße, ein paar Autos machten einen Bogen um sie.

Als die Sonne aufging, lag die Mühle vor ihr. Scheu sah sie sich um. Die Tür hing halb aus den Angeln, ein paar Bretter fehlten. Im Inneren hatte jemand eine alte Matratze liegen lassen. Dankbar ließ sie sich fallen, sank in ihren zerrissenen Kleidern auf das schmuddelige Lager, hatte keinen Willen mehr und kein Ziel, fühlte keinen Hunger und keinen Durst.

Schöne, junge Lilofee

Am Montagmorgen wurde der Landesnervenklinik in Andernach von einem seltenen Fall berichtet. Ein Polizeiposten aus Weiler hatte angerufen und vermeldet, dass sich in der alten Mühle bei Niederelz eine offensichtlich geistig verwirrte Person aufhalte, von der man wisse, dass sie des Öfteren schon dort gesichtet worden war und sich im Dorf zwecks Verkauf von Kamillenblüten aufgehalten habe. Er fügte hinzu, dass er einem Hinweis eines Bauern aus dem Ort nachgegangen sei und sich selbst inzwischen von der Richtigkeit der Schilderungen überzeugt habe.

Die Person, eine Frau, beschimpfe die Leute und die Kinder auf das Übelste. Zudem sei sie völlig mittellos und in einem derart ungepflegten Zustand, der es nicht mehr erlaube, sie weiterhin unbehelligt zu lassen. Er fügte hinzu, dass die Mühle überdies auch baufällig sei und man allein aus diesem Grund einen weiteren Aufenthalt der Landstreicherin nicht mehr verantworten könne.

Noch am Nachmittag des gleichen Tages machten sich ein Arzt und ein Sanitäter auf den Weg nach Niederelz. Hinter der Abzweigung von Weiler folgten sie dem Fußweg zur Mühle. Bereits als sie sich dem halb verfallenen Verschlag näherten, bemerkten sie, wie Rauchschwaden durch die Ritzen der Bretter drängten. Die morsche Tür fiel ihnen halb entgegen, als sie eintraten.

Der Anblick der sich ihnen bot, war fürchterlich.

Traud saß gehüllt in beißenden, dichten Qualm, der von einem Feuer stammte, das sie mit nassem und fauligem Holz entzündet hatte und den Raum in ein gelbliches Licht tauchte. Ihre Haare hingen offen und verworren über die Schultern, glasige Augen blickten aus einem entstellten und verwilderten Gesicht, ihr abgemagerter Körper war in verdreckte und nasse Lumpen gehüllt. Mit den Armen machte sie unablässige Bewegungen, fuchtelte in der Luft herum, aus ihrem Mund kamen hohle, gellende Töne, die nichts Menschliches mehr hatten.

Erschüttert standen die beiden Männer auf der Schwelle, als Traud ihrer gewahr wurde und ein entsetzliches Geschrei anhob, das durch Mark und Bein ging. »Fort! Raus hier, ... geht weg ...! Macht dat ihr rauskommt ...!«

Dann erhob sich ein eigentümlicher, grausiger Singsang, unterbrochen durch ein ersticktes und dumpfes Gejammer, das bis auf ein paar Fetzen unverständlich blieb: »... freit ein wilder Wassermann ..., des Königs Tochter ..., des Königs Tochter ... im See ...«

Sie sprang auf ihre nackten Füße, trippelte ein paar Schritte um das Feuer, streckte die Hände nach oben. Das Feuer warf gespenstige Schatten, die Flammen lohten, Traud jammerte und schrie, stolperte, landete mit einen Fuß in der Glut und kreischte ob der plötzlichen Schmerzen noch lauter. »... wollt Vater und Mutter wieder sehn ..., die schöne Lilofeeeeee ...«

Der Arzt fragte, ob sie ihre Füße spüren könne, sie gab keine Antwort. Beständig und wie im Krampf presste sie die Hände gegen den Kopf. Ihre Augen schienen erloschen, bald aber brannten sie wieder in einem schauerlichen Feuer.

Beruhigend redete er auf sie ein, fragte sie nach dem Lied und ob sie es wohl ganz kenne. Traud verstand nicht, was er wollte, drohte mit der Faust, forderte ihn auf, das Feuer nachzuschüren, ließ sich dann auf den Boden fallen und hielt sich den verletzten Fuß. Mit besänftigender Stimme redete der Arzt, sprach über die Mühle und die Elz, deren Gegurgel von der Hütte aus zu hören war. Traud wurde ruhiger. Sie war nicht fähig, seinen Worten eine Bedeutung zu geben, zuckte mehrfach die Achseln, antwortete nicht, fiel immer wieder in ihren gewohnten Singsang zurück. Ein paar Mal brach sie mit der Stimme aus, schrille Töne entstanden, sie faselte wirres Zeug, lachte und lallte.

Aber die sanfte Stimme und der ruhige Ton, mit dem sie angeredet wurde, verfehlten die Wirkung nicht. Lange schon hatte niemand mehr so freundlich zu ihr gesprochen. Während der Sanitäter das Feuer löschte und die Tür öffnete, um den Rauch abziehen zu lassen, saß Traud, hielt sich den Kopf und lauschte den Worten des Arztes, der sich inzwischen zu ihr gesetzt hatte. Es war ein hagerer, junger Mann von blässlichem Aussehen mit einem dünnen Oberlippenbart.

Eine Stunde mochten sie wohl so gesessen haben, als plötzlich ein Strahlen in ihren Augen stand. Sie griff nach ihrem Bündel und entnahm eine Handvoll zerdrückter Blüten und Blätter, die sie sich durch die Finger rieseln ließ.

»Kamillenblumen, braucht ihr Kamillenblumen?«, fragte sie und sah die Männer in den blauen Kitteln erwartungsvoll an.

Waldwege

Lange saß Traud in der Ecke ihres Bettes, bis die Augen zufielen und sich der Kopf zur Seite neigte. Eine graue Strähne hatte sich aus dem dünnen Zopf befreit und hing mitten über das faltige Gesicht, teilte es auf in zwei Hälften, hob und senkte sich mit jedem Atemzug.

Auf keinen Fall hatte sie schlafen wollen, des Falters wegen, der starr auf ihrem Kissen lag. Dennoch war der Schlaf gekommen, hatte die aufgescheuchten Gedanken geglättet und Ruhe gebracht.

»Bald kommt Paul«, hatte sie dem Insekt zugeflüstert, und die Erinnerung an Paul trug sie fort, weit hinter die Anstaltsmauern, über Feld- und Waldwege, durch Dörfer, über Hügel und Täler. Jung und rüstig schritt sie aus, die Tasche voll wilder Kamille, atmete die Luft, die von den Höhen herüberwehte, und hatte nur im Sinn heimzukommen, wo immer das auch sein mochte. Am Ufer der Elz verweilte sie, suchte nach einem stillen Platz im Gras, lauschte nach den Käfern, hörte sie fressen, ein leises Knistern zwischen den Halmen, darüber das Sirren einer Libelle. Dann wieder stand sie an einem blühenden Baum, rieb ihre Wange an der Borke, lauschte dem Getön der Bienen. »Wo nehm ich bloß den Kirschbaum her, wenn er kommt?«

Die Greisin im Bett nebenan hatte ihrem Ekel vor dem Essen nachgegeben und die Blechschale mit dem Mischmasch aus Kraut und Fleischfetzen an die Wand geknallt. In ihrem grässlichen Schreien mit der sich überschlagenden Stimme war sie in einen Krampf geraten und zwei Pfleger hatten alle Mühe damit, ihr etwas in den Mund zu zwängen, um zu verhindern, dass sie sich nicht, wie schon mehrfach geschehen, die Zunge durchbiss.

Traud schreckte aus ihrem Traum, presste die Hände gegen die Ohren, denn sie wollte das Gekreische nicht einlassen, stand sie doch eben noch auf einer blühenden Wiese.

Ihr Blick wanderte zum Falter. Die Arme senkten sich wieder und hingen nun schlaff herab, das Gesicht wirkte durchsichtig und leer. Sie sah nicht hinüber zu der Greisin, mit der sie ohnehin noch kein Wort gewechselt hatte, nicht nur weil die Alte immerzu schrie und klagte. Sie sah auch nicht auf die Gestalt, die sich am Gitter ihres Bettes vorwärts schob, sie anstierte und geiferte: »Lass die Augen auf, reiß sie auf, damit du siehst, ob er kommt!«

Die Pfleger nahmen keine Notiz, hantierten immer noch am Bett der Greisin. »Sie wartet auf einen«, höhnte eine andere Stimme, »ich hab gehört, wie sie et gesagt hat. Sie wird bald geholt!« Ein lautes und schrilles Lachen folgte, vermischt mit Neid, Trauer, Wahn.

Trauds Blick wanderte hinauf zum Fenster. Die Stelle, wo der Griff herausgeschraubt war, sah wund und verletzt aus. »Sie wartet und wartet«, kreischte die Stimme in einem fort, und nach und nach fiel der ganze Saal ein. »Aber er kommt, er kommt ...!«

Ein Tumult entstand, an die zwanzig Frauen tobten, die beiden Pfleger mussten eingreifen und doch war minutenlang nichts zu machen, das Geschrei schwoll an zu einem großen Lamento. »Jawoll, der kommt ...!« Alles brüllte durcheinander und jeder jammerte von seinen Nöten, seinen Qualen, im hinteren Saal entstand ein Handgemenge zwischen dem Pfleger und einer jungen Frau.

Nur Traud saß still und wiederholte die Worte, die ihr tröstlich waren. »Paul, bald.«

Im Fensterglas spiegelte sich ein aufkommender Stern und sie dachte an weiche, unter den bloßen Füßen nachgebende Waldwege mit Pfützen.

Anmerkungen:
S. 276: »Worin besteht die Schuld des Menschen?«, zitiert nach Jakob Wassermann, Das Gänsemännchen
S. 276: Die Kapitelüberschrift »Frag mir, Wind, nicht nach« zitiert nach Johannes Bobrowski

Nachwort

Gertrud Feiler, Aufnahme ca. 1948

Im September 1962 – nach fast sechzigjähriger Wanderung – wurde Gertrud Feiler in die Psychiatrische Klinik nach Andernach gebracht. Am 4. Dezember 1964 hatte ihr ruheloses Leben ein Ende. Sie verstarb dort achtzigjährig, krank an Leib und Geist. Ihre letzte Ruhestätte fand sie auf dem Anstaltsfriedhof.

Ute Bales

»Peter Zirbes«

Dies ist die Geschichte des wandernden Porzellanhändlers Peter Zirbes, der mit seinem dichterischen Schaffen in der Zeit und Landschaft des 19. Jahrhunderts um Gehör sucht, und den Glauben an sich selbst und seine Kunst, auch in größter Vergeblichkeit, nicht verliert. Der Kontrast zwischen der rauen dörflichen Umgebung und der Welt der Literatur und Dichtkunst macht den Reiz des Buches aus, die entscheidenden Momente von Leid, Liebe und künstlerischer Größe des Peter Zirbes gewinnen dadurch erst ihre Bedeutung.

Ute Bales zeichnet einen Dichter, der sich auflehnt gegen eine Welt, die ihm ungerecht und unmenschlich scheint. Am Ende seines Lebens steht ein Protest in des Wortes doppelter Bedeutung.

456 Seiten • 22,80 EUR • ISBN 978-3-89801-048-1
Hardcover mit Schutzumschlag

Ausführliche Informationen über die Werke der Autorin:
www.ute-bales.de

Ute Bales

»Unter dem großen Himmel«

Pitt Kreuzberg – Geschichte eines Unbeirrbaren

Pitt Kreuzberg, Sohn eines Weinkaufmanns, wächst in gutbürgerlichen und wohlhabenden Verhältnissen in Ahrweiler auf, der Urgroßvater hat die Apollinaris-Quelle entdeckt und den Ort weltberühmt gemacht hat. Er zeigt kein Interesse an den Handelsgeschäften seiner Familie. Schon früh erwacht in ihm die Liebe zur Kunst. Eigensinnig bewirbt er sich 1907 an der Düsseldorfer Kunstakademie. Dort arbeitet er u. a. mit Hans Thuar und August Macke und schließt sich den Künstlern im Café Ey an. Grell leuchtende Landschaftsbilder und Portraits mit seltsam naturfernen Farben entstehen.

Nach dem Verlust des Familienvermögens und dem Selbstmord des Vaters ist Pitt finanziell auf sich selbst gestelllt. 1913 zieht er mit Frau und Sohn nach Schalkenmehren/Eifel. Dort lebt er unter ärmlichsten Verhältnissen, malt und studiert die Natur. Die hart arbeitenden Bauern des Dorfes stehen dem brotlosen Künstler und Anhänger absonderlicher Weltanschauungen misstrauisch gegenüber. ... Völlig vereinsamt stirbt er.

456 Seiten • 22,80 EUR • ISBN 978-3-89801-048-1
Hardcover mit Schutzumschlag